Les Saintes Reliques

du même auteur
au **cherche midi**

Le Troisième Secret, traduit de l'anglais (États-Unis) par Jean-Luc Piningre.

L'Héritage des Templiers, traduit de l'anglais (États-Unis) par Françoise Smith.

L'Énigme Alexandrie, traduit de l'anglais (États-Unis) par Françoise Smith.

La Conspiration du Temple, traduit de l'anglais (États-Unis) par Françoise Smith.

La Prophétie Charlemagne, traduit de l'anglais (États-Unis) par Diniz Galhos.

Le Musée perdu, traduit de l'anglais (États-Unis) par Gilles Morris-Dumoulin.

Le Mystère Napoléon, traduit de l'anglais (États-Unis) par Danièle Mazingarbe.

Le Complot Romanov, traduit de l'anglais (États-Unis) par Gilles Morris-Dumoulin.

Le Monastère oublié, traduit de l'anglais (États-Unis) par Danièle Mazingarbe.

Le Code Jefferson, traduit de l'anglais (États-Unis) par Danièle Mazingarbe.

Le Temple de Jérusalem, traduit de l'anglais (États-Unis) par Danièle Mazingarbe.

Le Secret des rois, traduit de l'anglais (États-Unis) par Danièle Mazingarbe.

L'Héritage occulte, traduit de l'anglais (États-Unis) par Danièle Mazingarbe.

Le Complot Malone, traduit de l'anglais (États-Unis) par Philippe Szczeciner.

La 14e Colonie, traduit de l'anglais (États-Unis) par Philippe Szczeciner.

L'Héritage Malone, traduit de l'anglais (États-Unis) par Philippe Szczeciner.

La Conspiration Hoover, traduit de l'anglais (États-Unis) par Philippe Szczeciner.

Le Dernier Secret du Vatican, traduit de l'anglais (États-Unis) par Sophie Aslanides.

Steve Berry

Les Saintes Reliques

TRADUIT DE L'ANGLAIS (ÉTATS-UNIS)
PAR **PHILIPPE SZCZECINER**

cherche midi

Vous pouvez consulter notre catalogue général
et l'annonce de nos prochaines parutions sur notre site :
www.cherche-midi.com

Ouvrage publié sous la direction d'Arnaud Hofmarcher
avec la collaboration de Roland Brénin

Titre original : *The Warsaw Protocol*
Éditeur original : Minotaur Books

92, avenue de France
75013 Paris

Mis en page par Nord Compo
Dépôt légal : juin 2020
ISBN : 978-2-7491-6516-5

Pour Frank Green,
un homme d'inspiration.

La Pologne ne mourra pas tant que nous vivrons.
Et ce que par la force l'étranger nous a pris,
par l'épée nous le reconquerrons.

HYMNE NATIONAL POLONAIS

PROLOGUE

Lundi 9 août 1982

Varsovie, Pologne
15 h 45

Janusz Czajkowski aurait volontiers détourné son regard de la scène barbare qui se jouait devant lui, mais il savait que ce serait encore pire.

Si on l'avait conduit jusqu'ici, au cœur de la prison Mokotów, c'était précisément pour qu'il ne perde rien de ce spectacle. L'établissement, construit par les Russes au début du XXe siècle, était chargé d'histoire. Les nazis en avaient fait un usage immodéré en leur temps, et les communistes après eux. À partir de 1945, c'était là que les opposants clandestins polonais, les membres de l'intelligentsia et tous les citoyens perçus comme des menaces pour le gouvernement des soviets avaient été incarcérés, torturés et exécutés. Le centre avait connu son âge d'or pendant la période stalinienne, où les détenus de la « rue Rakowiecka », comme la plupart des Polonais le nommaient alors, se comptaient par milliers. Il arrivait aussi que les gens l'affublent de son qualificatif allemand de *Nacht und Nebel* – nuit et brouillard. Autant dire l'endroit d'où l'on ne revient pas. Pendant l'occupation nazie, en effet, bon nombre d'assassinats avaient été commis là, dans la chaufferie du sous-sol. Officiellement, ces atrocités avaient cessé avec Staline. Mais la réalité était tout autre : on avait continué à rafler des dissidents pendant des décennies et à les amener ici pour les « interroger ».

Comme l'homme qu'il avait devant lui.

Entre deux âges, entièrement nu, poignets et chevilles attachés aux pieds tachés de sang d'un haut tabouret en bois, le prisonnier était plié en deux sur le ventre, la tête encadrée par les jambes d'un gardien qui, penché sur lui, le frappait sur le dos et le postérieur. Chose incroyable, l'homme ne laissait entendre aucune plainte. Le tortionnaire cessa de le rouer de coups, prit un peu de champ, puis lui écrasa la joue avec la semelle de sa botte. De la bave sanguinolente s'échappa de la bouche du malheureux.

Mais toujours pas le moindre gémissement.

« Produire de la peur n'est pas compliqué, assura l'homme qui se tenait au côté de Czajkowski. Mais le plus simple est encore de l'instiller. »

De haute taille, en uniforme austère de major de l'armée polonaise, il arborait une coupe au rasoir de style tout militaire et une épaisse moustache noire au cordeau. La cinquantaine, de corpulence moyenne, mais bien charpenté, il respirait l'arrogance que Czajkowski n'avait que trop souvent remarquée chez les membres de la bourgeoisie rouge, à qui tout était permis. Ses yeux sombres, aussi inexpressifs que deux pointes de diamant, étaient de ceux qui cachent toujours bien plus qu'ils ne révèlent, et Czajkowski se dit qu'il ne devait pas être facile de vivre ainsi en permanence dans la dissimulation. DILECKI, indiquait la bande patronymique sur la poitrine de l'officier. Janusz ne savait rien de ce major, sinon que c'était lui qui l'avait arrêté.

« Produire de la peur nécessite en effet de convaincre une grande partie de la population que cette peur est une réalité, continua le militaire. Cela exige du travail. Il s'agit de créer chez les gens un ressenti, au travers de situations bien visibles. Ce qui implique des effusions de sang, du terrorisme, si vous voulez. En revanche, générer subrepticement la crainte est bien plus facile. Il suffit pour cela de réduire au silence ceux qui remettent en cause l'idée même de peur. Comme ce pauvre diable. »

Le geôlier recommença à frapper l'homme nu, cette fois à l'aide d'une sorte de cravache au bout de laquelle pendait une bille métallique. Les boursouflures qui s'étaient formées sur la peau se mirent à saigner. Trois autres gardiens se joignirent au premier, multipliant les coups.

« Vous remarquerez l'application dont ils font preuve dans leur travail, reprit Dilecki. Ils y mettent juste assez d'énergie pour infliger un maximum de douleur sans tuer. C'est que nous ne voulons pas que cet homme meure, voyez-vous. Bien au contraire, nous souhaitons qu'il témoigne. »

Le captif souffrait à l'évidence beaucoup, mais il refusait tout aussi clairement d'offrir à ses bourreaux la satisfaction de s'en rendre compte.

« Vous oubliez les reins », lança le major.

L'un des tortionnaires acquiesça avant de concentrer ses coups sur la région suggérée.

« Les reins sont des organes particulièrement fragiles, expliqua Dilecki. Si l'on frappe au bon endroit, il n'est même pas utile d'entraver ni de bâillonner les gens. Ils sont comme paralysés et incapables d'émettre un son tant la douleur est insoutenable. »

La voix haut perchée de l'officier ne trahissait pas la moindre émotion, et Janusz se demanda comment on pouvait atteindre un tel degré d'inhumanité. Dilecki était polonais. Les gardiens étaient polonais. Celui que l'on torturait était polonais.

De la folie pure.

Seules la force et la propagande empêchaient la nation de voler en éclats. Sorti de rien, le syndicat Solidarność avait tenté d'en finir avec les soviets, mais huit mois plus tôt, las des concessions, Moscou avait ordonné la répression.

Du jour au lendemain, des dizaines de milliers de personnes s'étaient retrouvées derrière les barreaux sans motif. De nombreuses autres encore avaient été appréhendées puis expulsées du pays. Des gens avaient tout simplement disparu. Tous les mouvements prodémocratie avaient été interdits et leurs dirigeants, y compris le célèbre Lech Wałęsa, emprisonnés. La reprise en main par l'armée avait été rapide et coordonnée. Des soldats patrouillaient à présent dans les rues de toutes les grandes villes. Un couvre-feu avait été décrété, les frontières cadenassées, les aéroports fermés et l'accès aux principales agglomérations limité. Les lignes téléphoniques étaient soit coupées, soit sur écoute, le courrier censuré et les cours suspendus dans les écoles et les universités.

Il y avait eu des morts, sans qu'on en connaisse le nombre exact.

La semaine de travail de six jours avait été imposée. Médias, services publics et de santé, fournisseurs d'eau et d'énergie, charbonnages, ports, chemins de fer et industries clés étaient passés sous administration militaire. La politique répressive comportait un processus d'évaluation des dispositions individuelles à l'égard du régime. Un nouveau test de loyauté comprenait un formulaire à signer par lequel on s'engageait à renoncer à toute activité susceptible de représenter une menace, même potentielle, pour les autorités. C'était par ce biais que beaucoup s'étaient fait prendre, lui-même inclus. Ses réponses au questionnaire n'avaient pas dû donner satisfaction, malgré ses efforts pour mentir le mieux possible.

Le tabassage s'interrompit un instant.

« Qui est ce monsieur ? s'enquit Czajkowski, forçant son cerveau à reprendre du service.

– Un universitaire, professeur de mathématiques. Arrêté à la sortie d'un meeting de Solidarność, ce qui, par définition, fait de lui un suspect.

– Et il détient des secrets ?

– C'est pour s'assurer de ce genre de chose que les interrogatoires existent. Ils sont le plus souvent un simple moyen de rechercher des informations utiles. Pour l'heure, ce que sait cet homme reste à déterminer… »

Dilecki marqua une pause lourde de sens avant d'ajouter :

« Mais les interrogatoires n'ont pas que cette raison d'être. Ils peuvent aussi effaroucher ceux qu'on ne torture pas, ce qui nous permet de briser leur résistance et de les rendre plus… malléables. »

Czajkowski comprenait mieux à présent le motif de sa présence dans ces lieux. Plissant les paupières, Dilecki concentra son attention sur lui.

« Vous me détestez, n'est-ce pas ? »

À quoi bon mentir ?

« Absolument.

– Ça m'est égal. Ce qui m'importe est d'être craint. »

Les jambes de Czajkowski se mirent à trembler. Dilecki se tourna de nouveau vers le prisonnier et fit un geste. L'un des gardiens renversa le tabouret d'un coup de pied, faisant lourdement choir le supplicié sur le sol en béton. On lui détacha les chevilles et les poignets. Son corps sanguinolent se recroquevilla sous l'effet de la douleur. Mais il n'avait toujours pas crié ni prononcé le moindre mot.

Impressionnant. Plus impressionnant encore que les discours de Dilecki sur la peur. S'inspirant de ce courage, Czajkowski trouva celui de demander :

« Qu'attendez-vous de moi ?

– Que vous ouvriez grand vos yeux et vos oreilles et que vous me rapportiez tout ce que vous voyez et entendez. Je veux que vous m'informiez de tout ce dont vous avez connaissance. Je veux savoir qui sont nos amis et nos ennemis. Nous affrontons une crise profonde et avons besoin de gens comme vous pour nous aider.

– Je ne suis personne.

– Ce qui fait de vous l'espion idéal, répliqua le major en s'esclaffant. Et qui sait ? Peut-être serez-vous un jour quelqu'un. »

L'argument des artisans et des partisans de la loi martiale était familier à Czajkowski : la Pologne étant encerclée par l'URSS, la RDA, la Tchécoslovaquie, l'Ukraine et la Biélorussie, toutes dominées par des régimes soviétiques, l'état d'exception avait été instauré afin de mettre la patrie à l'abri d'une éventuelle intervention militaire de ces pays du pacte de Varsovie. Comme cela avait été le cas en 1956 en Hongrie ou en 1968 en Tchécoslovaquie, où l'URSS avait écrasé toute opposition. Mais personne ne croyait sérieusement à cette fable. L'explication, bien plus simple, était que les détenteurs du pouvoir faisaient tout pour le garder.

L'existence même du communisme reposait sur la coercition. Dans sa version polonaise, celui-ci se présentait comme un curieux mélange de socialisme et de fascisme où une oligarchie contrôlait tout le reste de la population, ainsi que l'ensemble des ressources, tandis que l'immense majorité des gens connaissait la faim et la misère.

Le prisonnier remua sur le sol, son corps frêle se tordant comme sous l'effet d'une violente crise d'arthrite. L'un des gardiens lui décocha un coup de pied dans le plexus. L'homme vomit. Czajkowski était partagé entre l'envie éperdue de lui porter secours et celle, tout aussi impérieuse, de faire et de dire n'importe quoi pour sortir de là. Tel un maître exigeant qui réfute chaque conclusion, chaque assertion de son élève, Dilecki était parvenu à le maintenir dans un état de confusion totale. Privé de choix, il finit par prononcer les mots qu'on attendait de lui.

« D'accord. Je ferai ce que vous me demandez. »

Dilecki, mains négligemment croisées sur le ventre, posa sur lui son regard averti.

« Vous devez vous souvenir que, si vous me mentez ou si vous essayez de me tromper ou de me cacher quoi que ce soit, vous finirez vous aussi attaché à un tabouret... », dit-il sans le quitter des yeux.

Ses lèvres minces s'étirèrent en un semblant de sourire, puis il reprit :

« Mais trêve de menaces. Vous avez fait le bon choix, camarade. Comme le dit la chanson : *la Pologne ne mourra pas tant que nous vivrons.*

– *Et ce que par la force... l'étranger... nous a pris... par l'épée... nous le reconquerrons.* »

C'était le prisonnier, étendu sur le sol dans son vomi, qui avait articulé ce vers – le deuxième de l'hymne national. Battu, en sang, il le répéta avec dans la voix une note de triomphe qu'il ne cherchait même pas à dissimuler.

Et ces mots, sacrés pour tous les Polonais, Janusz Czajkowski ne les oublierait jamais.

De nos jours

1

Mardi 4 juin

Bruges, Belgique

Cotton Malone aimait bien que deux et deux fassent quatre, et non cinq. Or il avait un peu trop souvent buté sur cette erreur de calcul incongrue au cours de sa carrière passée d'agent du renseignement. Était-ce le métier qui voulait ça, ou des hasards malencontreux ? Il l'ignorait. Mais il savait par expérience que les approximations arithmétiques n'auguraient jamais rien de bon.

Pas plus cette fois-ci que les autres.

Il se trouvait à l'intérieur de ce que les Flamands appellent De Basiliek van het Heileg Bloed, la basilique du Saint-Sang, un auguste édifice du XIIe siècle qui abritait un des reliquaires les plus sacrés d'Europe. La vénérable église était nichée dans un angle de la place du Bourg, coincée entre l'ancien hôtel de ville et une rangée de boutiques modernes. Il avait fait le voyage jusqu'à Bruges pour la plus importante foire aux livres rares d'Europe, à laquelle il était déjà venu plusieurs fois. Pour tout dire, c'était sa préférée. Non seulement parce qu'il aimait la ville, mais aussi parce que cela lui donnait l'occasion de déguster le meilleur dessert du monde, la dame blanche – de la glace à la vanille arrosée de chocolat belge fondu et couronnée de crème Chantilly. En Amérique, on appelait ça un *sundae* et cela n'avait rien d'extraordinaire. Mais ici les gens du cru en avaient fait un des beaux-arts. Chaque café possédait sa propre recette, et il se promettait bien d'en goûter une nouvelle mouture le soir même, après dîner.

Pour l'heure, toutefois, il était venu voir un spectacle auquel il n'avait jamais assisté, bien qu'il en ait entendu parler. Un événement qui, par le passé, n'avait lieu qu'une fois par semaine, mais qui se déroulait désormais quotidiennement, le matin entre 11 h 30 et 12 heures et l'après-midi entre 14 heures et 16 heures, à en croire une affiche placardée à l'entrée. Cela portait même un nom : la vénération du Saint Sang.

La légende voulait que le corps du Christ ait été confié à Joseph d'Arimathie après la crucifixion. Ce dernier avait fait dévotement la toilette mortuaire de Jésus en recueillant le sang de ses blessures dans un vase sacré qu'il avait transmis, disait-on, à ses descendants. Ensuite, selon deux versions impossibles à départager, des gouttes de ce sang étaient parvenues à Bruges soit en passant par Jérusalem au cours du XIIe siècle, soit *via* Constantinople au XIIIe siècle.

Quoi qu'il en soit, ce sang était toujours resté là depuis, caché, à l'occasion, pour échapper aux calvinistes, aux révolutionnaires ou à divers envahisseurs. Il drainait les pèlerins depuis des centaines d'années, d'autant qu'une bulle papale du XIVe siècle accordait des indulgences à quiconque venait prier devant lui. La pratique était plus qu'étrange, attendu que rien dans la Bible n'indiquait que le sang du Christ avait été en partie préservé, mais cela n'avait jamais découragé les fidèles.

La basilique comportait deux chapelles, la première, sombre et de style roman, au rez-de-chaussée, la seconde, gothique et lumineuse, à l'étage. Détruite à deux reprises, elle avait été chaque fois reconstruite. Malone parcourut des yeux la chapelle haute. Sous un élégant plafond polychrome en forme de coque de bateau renversée et attirant le regard vers le ciel s'ouvraient de part et d'autre d'impressionnantes fenêtres en vitrail qui filtraient la clarté blonde de l'après-midi ensoleillé. Suspendue à un des murs latéraux, une chaire en bronze figurant un globe terrestre dominait le riche décor de la nef. Au fond, un autel doré se détachait devant une fresque très colorée dépeignant, bien sûr, le Christ en train de perdre son sang. Des touristes occupaient les rangées de chaises en bois alignées face à la sainte table, tandis que d'autres, plus nombreux encore, déambulaient en prenant des photos.

Mais ce qui avait heurté le goût de Malone pour la saine logique du deux et deux font quatre était la présence inquiétante de trois hommes qui détonnaient au milieu de la foule. Trois jeunes mal rasés à la physionomie banale et dont l'air circonspect contrastait avec celui des gens alentour. Comme s'ils avaient une raison plus sérieuse que le commun des mortels de se trouver là. Leur attitude tendue et concentrée les désignait comme autre chose que des touristes. Dernier détail alarmant, leurs positions respectives, près des murs extérieurs, d'où ils semblaient s'épier mutuellement plutôt que de s'imprégner de la sacralité du lieu.

Malone jeta un coup d'œil à sa montre : 14 heures. Une cloche sonna, annonçant le début du spectacle.

Une porte s'ouvrit dans une chapelle latérale séparée de la nef par des arcades, et un prêtre apparut. La cérémonie de vénération commençait.

Le prélat, en habits sacerdotaux, portait une cassette rectangulaire aux parois vitrées. À l'intérieur de celle-ci, sur un coussin de velours rouge, reposait le reliquaire. L'ampoule elle-même, qui contenait des brins de laine de mouton maculés de sang, était longue d'une quinzaine de centimètres pour un diamètre de cinq. Façonnée dans un cristal de roche d'origine byzantine, entourée de fil d'or aux extrémités et bouchée à la cire, elle était enchâssée dans un tube en verre plus grand, lui-même fermé aux deux bouts par des couronnes dorées ornées d'angelots. Malone avait lu que la date du 3 mai 1388 était gravée en chiffres romains sur une des parties métalliques de ce cylindre extérieur.

Le prêtre traversa solennellement la chapelle, le visage empreint d'une profonde piété, jusqu'à un autel baroque en marbre blanc recouvert lui aussi de velours rouge et baptisé trône de la relique. Il déposa avec précaution le coffret sur la table avant de s'asseoir sur une chaise pour attendre les fidèles désireux de prier en présence du Saint Sang.

Ce qu'ils ne pourraient faire qu'après avoir versé leur obole.

Une file se forma du côté gauche, là où un autre ecclésiastique se tenait debout près d'une coupe destinée à recevoir les dons. Les gens laissaient tomber leurs euros dans le récipient, puis gravissaient les quelques marches de l'autel pour se recueillir un instant en silence devant la relique. Cotton se demanda ce qui se produirait si un fidèle désirait faire ses dévotions sans avoir déposé sa pièce. Serait-il refoulé ?

Suivant le mouvement, les trois loustics se déplaçaient à présent de la nef vers la chapelle latérale, où plusieurs gardiens canalisaient le flot des visiteurs tout en faisant taire les voix trop fortes.

On avait la permission de s'extasier, de montrer du doigt, de photographier, de filmer et de faire des offrandes, mais de s'exprimer, beaucoup moins.

L'un des trois types s'inséra dans la file. Les autres s'arrêtèrent plusieurs mètres en arrière, près des arcades, pour observer la scène à distance. Entre la foule et le trône de la relique, un brûle-cierges supportait plusieurs dizaines de lumignons en verre aux flammes vacillantes. Certains visiteurs s'en approchaient afin d'en allumer un eux-mêmes – non sans avoir, bien sûr, glissé une pièce dans le tronc métallique attenant.

Le défilé se poursuivait, chaque adorateur marquant une pause devant la châsse, le temps d'une prière et d'un signe de croix. Les deux loustics demeurés à l'écart portaient des sacs à dos. Ils étaient loin d'être les seuls dans ce cas, mais il y avait quelque chose de bizarre dans leur façon de coltiner leur charge.

Après une première partie de carrière dans la marine, une deuxième comme avocat dans la justice militaire et douze ans au sein de la division Magellan du ministère de la Justice, Malone avait pris sa retraite de bonne heure. Désormais propriétaire d'une librairie spécialisée dans les livres anciens, à Copenhague, il lui arrivait occasionnellement de louer ses services à divers gouvernements ou agences de renseignement. Si ces prestations en free-lance lui permettaient d'arrondir largement ses fins de mois, il n'était toutefois pas en mission aujourd'hui. Il se trouvait là en touriste. Au bon endroit, mais apparemment au mauvais moment.

Car quelque chose se tramait.

Quelque chose de peu ragoûtant, s'il en croyait son flair de quasi-quinquagénaire. Décidément, les instincts avaient la vie dure.

Le loustic numéro 1, celui qui avait pris place dans la file, mit une pièce dans la coupe et gravit les marches de l'autel de marbre près duquel le prêtre, impassible, était toujours en faction. À cet instant, les loustics numéros 2 et 3 ôtèrent leurs sacs à dos et les ouvrirent. Le signal d'alarme qui s'était déjà déclenché dans le cerveau de Cotton devint assourdissant. La vieille série de science-fiction *Perdus dans l'espace* lui revint en mémoire, avec le robot qui répétait : « Attention, Will Robinson ! Danger ! Attention ! »

Numéro 2 sortit un pistolet de son sac, numéro 3 un cylindre métallique qu'il lança dans la chapelle latérale après l'avoir dégoupillé.

Un attentat ?

De la fumée s'échappa de l'engin.

Non, pas un attentat. Une diversion.

Numéro 2 tira en l'air par deux fois, les détonations mettant brutalement un terme aux spéculations de Cotton. Du plâtre et des débris de bois tombèrent en pluie du plafond. Une vague de panique déferla aussitôt. Une femme hurla. Les voix enflèrent. Des cris fusèrent. Les gens, peut-être une centaine, se précipitèrent en masse vers l'unique issue accessible, l'escalier tournant aux murs richement décorés qui menait au rez-de-chaussée, ce qui provoqua une pagaille indescriptible.

Un troisième coup de feu claqua.

Une épaisse volute de fumée grise pénétra dans la nef, masquant la chapelle latérale et le reliquaire. Cotton se hâta dans cette direction en se frayant un chemin au milieu de la foule. À travers le brouillard qui se propageait, il vit le premier loustic écarter le prêtre d'une bourrade. Une nouvelle vague de visiteurs affolés surgit, faisant obstacle entre lui et les deux autres membres du trio, qui avançaient vers leur complice à contre-courant de la cohue. Pendant que Malone s'efforçait de gagner du terrain, les deux gaillards rejoignirent leur copain au moment où celui-ci fracassait le coffret de protection du reliquaire. Le vieux prêtre se jeta en avant pour tenter de s'opposer au vol, mais l'un des compères l'envoya au tapis d'un direct en plein visage.

Un braquage express ? Ça y ressemblait fort. Et parfaitement réussi, avec ça !

Les trois acolytes mirent le cap sur la porte par laquelle le prélat était entré un moment plus tôt. Sans doute un accès aux entrailles de la basilique, où existait sûrement un autre escalier permettant de descendre au niveau inférieur. Ce qui signifiait que ces messieurs avaient soigné leur travail de préparation.

Cotton parvint enfin à se dégager du dernier flot de touristes apeurés et pénétra dans la chapelle latérale. Suffoquant, toussant et pleurant dans la fumée, il se dirigea vers l'autel, près duquel il trouva le prêtre étendu sur le sol.

« Ça va aller ? » demanda-t-il, inquiet.

Sonné, l'œil droit tout rouge et tuméfié, le vieil homme lui agrippa le bras avant d'articuler :

« Il faut... la récupérer. »

Les trois affreux avaient disparu. La police, sûrement avertie, devait déjà être en chemin, mais elle ne serait pas d'un grand secours pour retrouver des voleurs sur le point de se volatiliser dans les rues animées de Bruges.

Cotton se prépara donc à l'action. Fini de jouer les touristes.

« Je m'en occupe », assura-t-il.

2

Slovaquie

Jonty Olivier avait en horreur le versant « intimidation » que comportait son métier. Il se considérait comme un gentleman raffiné, un homme de goût, amateur de grands crus et gourmet averti. Comme un esprit cultivé, aussi, qui consacrait l'essentiel de ses loisirs à l'étude des classiques. Son patronyme même évoquait la noblesse telle qu'elle avait pu être incarnée à l'écran par Sir Laurence Olivier. Mais il excellait surtout dans le domaine professionnel. Sa spécialité ? L'information. Il était réputé pour sa capacité à fournir à ses clients le renseignement précis dont ils avaient besoin.

S'interrogeait-on sur la valeur nette cachée d'une entreprise dans le cadre d'une OPA ou d'une alliance potentielle ? Pas de problème. Sur la quantité de fusils automatiques et de munitions introduits au Nigeria par Boko Haram le mois précédent ? Facile. Sur les exigences des FARC au cours des futurs pourparlers bilatéraux ? Un peu plus compliqué, mais pas impossible. Sur les manigances du Hizb-ul-Mujahidin au Cachemire ou la dernière cote journalière attribuée à l'euro par le marché des changes à la clôture des transactions ? Deux questions complexes auxquelles Jonty Olivier était pourtant à même d'apporter des réponses satisfaisantes. Du reste, il concédait des ristournes quand il n'était pas certain à cent pour cent de ce qu'il avançait, partant du principe que, de façon générale, une information fragmentaire vaut toujours mieux que pas d'information du tout. Sa devise ? *Scientia potentia est.* « Le savoir, c'est le pouvoir », comme l'avait écrit avec raison Sir Francis Bacon.

Mais se tenir informé n'allait pas sans certaines difficultés – que l'argent suffisait le plus souvent à aplanir, toutefois, car la cupidité restait une motivation universelle. Le troc aussi produisait de bons résultats. Il n'avait rien non plus contre un peu d'âpreté dans les marchandages, cela faisait partie du jeu.

Mais il ne supportait pas les espions.

Les bras et les jambes de l'homme assis devant lui étaient attachés avec du chatterton à une chaise en fer. De sa bouche sortait le fil électrique qu'on lui avait introduit dans l'œsophage. Le calibre avait été choisi avec soin : assez fin pour ne pas provoquer de réflexe nauséeux, assez gros pour être efficace. Une extrémité du fil était équipée d'un embout en métal conducteur, l'autre reliée à un convertisseur de tension. Des amateurs auraient opéré en force sur l'extérieur du corps, frappant à coups de poing et de pied pour arracher une confession. Il préférait pour sa part une approche moins fruste. Sa technique présentait en effet le double avantage d'infliger une douleur plus profonde et plus vive qu'un procédé sans finesse et de ne laisser aucune trace.

« Qui vous a envoyé ? » s'enquit-il.

Pas de réponse.

Il regarda son collaborateur. Vic DiGenti travaillait pour lui depuis longtemps. Leurs chemins s'étaient croisés quand il exerçait encore son premier métier. Il avait pu constater à l'époque que Vic était un homme plein de ressources à qui il pouvait demander presque n'importe quoi. Dieu merci. Tout le monde avait besoin d'un second. Hardy avait Laurel, Dean Martin Jerry Lewis. Lui avait Vic. Sec, noueux, cheveux noirs et raides, petits yeux gris, ce dernier était taciturne, mais très compétent, d'une loyauté absolue et totalement désintéressé.

Il fit un signe et Vic tourna la molette du convertisseur.

Les yeux du prisonnier s'écarquillèrent sous l'effet du courant qui lui passait dans la gorge. Son corps entravé se mit à tressauter. Mais il n'émit aucun son. L'une des particularités de cette méthode de persuasion était en effet de rendre le sujet incapable de crier. Conscient de la limite à ne pas dépasser, DiGenti coupa l'électricité au bout de cinq secondes.

Les tremblements cessèrent. De la bave s'écoula aux coins des lèvres de l'homme. Un peu répugnant, mais pas étonnant.

« Avez-vous besoin d'une démonstration supplémentaire ? demanda Jonty Olivier. Si oui, je peux bien sûr vous donner satisfaction. Mais je vous conjure de ne pas m'y forcer. »

Le prisonnier fit non de la tête. Il respirait bruyamment et avec beaucoup de peine. Les murs du local, blanchis à la chaux, sentaient l'humidité et le moisi. Jonty Olivier aurait voulu être ailleurs.

« Je vais vous reposer la question, dit-il. Il est vital que vous y répondiez. Est-ce clair ? » L'homme acquiesça. « Pour-qui-tra-vai-llez-vous ? »

Silence.

Jonty Olivier poussa un long soupir d'exaspération.

DiGenti envoya une nouvelle décharge de cinq secondes dans le corps du captif. Ils devaient faire preuve de mesure pour éviter une surtension mortelle.

Ils avaient intercepté l'espion la veille à Bratislava, où Vic et lui s'étaient retrouvés pour régler quelques détails de dernière minute. Tous deux s'étant sentis épiés, ils avaient scruté discrètement les alentours et observé les reflets sur les carrosseries des voitures stationnées pour repérer un éventuel poursuivant. Puis ils s'étaient mêlés à une foule de badauds devant une vitrine, ce qui leur avait permis de vérifier qu'ils avaient en effet quelqu'un sur les talons. Vic, ingénieux comme à son habitude, était parvenu à épingler l'intrus sans attirer l'attention.

« Vous devez tout de même bien vous rendre compte que vous êtes seul, ici, remarqua Olivier. Personne ne viendra à votre secours. Dois-je vraiment poursuivre la démonstration ?

– J'étais là pour… vous surveiller. Pour découvrir… tout ce que je pourrais, dit l'homme en anglais avec un accent d'Europe de l'Est, la voix quelque peu étranglée à cause du fil électrique.

– Ça, je l'avais deviné. Et qu'avez-vous découvert ?

– Rien… du tout. »

Comme si c'était crédible !

« Avez-vous informé votre commanditaire que vous étiez bredouille ?

– Pas encore. »

Un mensonge de plus, à n'en pas douter.

« Et qui est ce commanditaire ? »

Pas de réponse. Un coriace, le monsieur. Jonty Olivier fit un geste et DiGenti tourna de nouveau le bouton. Le corps se raidit, puis fut pris de violentes convulsions, malgré les liens qui l'entravaient. Olivier laissa son alter ego faire durer le supplice quelques secondes de plus que précédemment, mais pas assez longtemps pour risquer une paralysie du muscle cardiaque, puis il lui ordonna par un signe de tête de couper le courant. L'homme s'affaissa sur la chaise, inconscient. DiGenti le ramena à lui d'une solide paire de claques.

Tant de choses étaient sur le point de se produire. Sept invitations avaient été envoyées. Presque toutes les parties sollicitées avaient manifesté leur intérêt. Seules trois n'avaient pas encore répondu. Et la date limite, fixée à minuit le lendemain, soit dans un peu plus de vingt-quatre heures, approchait à grands pas.

« Je n'aime pas les espions, reprit Jonty Olivier. Ils communiquent gracieusement à leurs employeurs les renseignements qu'ils obtiennent. Cela fait d'eux mes principaux concurrents. Par bonheur, vous n'êtes pas un bon espion. Je vous ai déjà posé la question à trois reprises. Si vous me contraignez à vous demander encore une fois pour qui vous travaillez, je laisse le fil sous tension jusqu'à ce que vous en mouriez. »

Il attendit que son coup de bluff fasse effet. L'une des règles auxquelles il se tenait toujours, bien qu'il évitât de s'en vanter, était de ne jamais tuer personne. Mais il pouvait faire en sorte que son prisonnier regrette d'être encore en vie.

L'opération à venir était la plus complexe qu'il ait entreprise à ce jour. Elle comportait en réalité deux volets interdépendants faisant chacun intervenir de nombreuses variables. Mais la récompense ! Ah, la récompense ! L'une des transactions pouvait rapporter vingt millions d'euros ou plus. Pour ce qui était de l'autre, si les gains étaient plus difficiles à évaluer avec certitude, ils avaient tout de même des chances d'atteindre les cent millions. Des sommes suffisantes pour lui permettre de vivre à sa guise jusqu'à la fin de ses jours… à condition que ce maudit espion n'ait pas déjà compromis toute l'affaire.

Il accrocha le regard de DiGenti.

« Non ! Je vous en prie, ne faites pas ça ! supplia le prisonnier.

– Alors, répondez à ma question, dit Jonty Olivier, lui faisant de nouveau face.

– C'est Reinhardt qui m'a envoyé. »

Un frisson parcourut l'échine d'Olivier. Reinhardt ! Son ennemi juré. La dernière personne qu'il se serait attendu à trouver sur son chemin cette fois-ci !

Il se tourna de nouveau vers Vic.

Qui actionna derechef la molette.

3

Cotton quitta la chapelle enfumée par la porte latérale et pénétra dans un petit vestibule où les prêtres devaient s'habiller avant la messe, car il y avait là des chasubles pendues sur un portant. Il avait été enfant de chœur lui-même jusqu'à treize ans, âge auquel, comme tous les adolescents, il avait commencé à s'interroger. Si le catholicisme était très performant pour traiter la question du quoi, il l'était beaucoup moins pour expliquer le pourquoi. Lassé de ne jamais obtenir les réponses qu'il cherchait, il avait fini par décider que la religion n'était pas pour lui et par s'en détourner. Maintenant, quand quelqu'un s'enquérait de sa confession, il se disait catholique non pratiquant. Fallait-il voir dans ce reniement la raison pour laquelle il s'était volontairement embringué dans cette sombre histoire ? S'estimait-il confusément en dette vis-à-vis de l'Église ?

Pour douteuse que soit cette interprétation, il n'en restait pas moins qu'il avait sauté à pieds joints dans un drôle de bain.

Il sortit du vestibule par un court passage au bout duquel s'ouvrait un escalier qui descendait. Ce dernier, constitué d'étroites marches en bois, n'avait pas grand-chose de commun avec son analogue ouvragé de l'entrée principale, vers lequel les gens paniqués s'étaient précipités en masse. Il le dévala jusqu'en bas, trouva une porte donnant sur l'extérieur et déboucha dans le soleil de l'après-midi.

Plissant les yeux, il scruta la marée humaine qui emplissait la grande place devant l'hôtel de ville. Les touristes effrayés qui avaient fui la chapelle haute se serraient nerveusement les uns contre les autres en un groupe compact. Il parcourut la foule du regard à la recherche des trois loustics et ne tarda pas à les repérer tout au bout de l'esplanade pavée, s'apprêtant à disparaître à l'angle d'une ruelle. Le reliquaire, sans doute dissimulé dans un de leurs sacs à dos, était invisible.

Bruges était un joyau du gothique, son centre historique en forme d'œuf bien plus ouvert aux piétons et aux cyclistes qu'aux automobilistes. Un boulevard circulaire maintenait le flot des voitures à distance, mais la ville était sillonnée en tous sens de canaux qui lui avaient valu son surnom de Venise du Nord. Son vaste écheveau de rues tortueuses bordées de maisons pittoresques, anciens sièges de corporations, faisait d'elle la première attraction touristique de Belgique. La vénérable place du marché avait jadis servi de décor aux foires commerciales, aux joutes médiévales, et même aux exécutions capitales. Des hautes façades polychromes de l'époque, beaucoup subsistaient encore. Ce véritable musée urbain vivant était un site classé au patrimoine mondial.

Le genre de lieu avec lequel Cotton avait un lourd contentieux. Non qu'il ait jamais cherché à porter sciemment préjudice à l'héritage architectural de l'humanité, mais il arrivait que les choses dérapent…

Il se lança à la poursuite des trois types et atteignit le coin de rue auquel ils venaient de tourner. Ils étaient là, en train d'avancer dans la venelle entre deux rangées de maisons à pignons, à une centaine de mètres de lui. Se croyant sans doute hors d'atteinte dans cette traverse peu fréquentée qui menait vers le boulevard, loin des principales curiosités, ils semblaient moins sur le qui-vive. Il se mit à leur courir après pour réduire l'écart.

Quand il ne fut plus qu'à cinquante mètres des voleurs, l'un d'eux l'aperçut et avertit ses comparses de sa présence. Tous les trois partirent aussitôt au galop.

Super.

Il força l'allure.

Une passerelle en dos d'âne enjambant un canal marquait le bout de la voie. Les loustics la franchirent puis disparurent vers la droite. Cotton accéléra encore. Arrivé à son tour à la hauteur de l'ouvrage, il vit que les fugitifs avaient emprunté un escalier de pierre pour descendre sur un quai où attendait un bateau. Ils sautèrent à bord avant de démarrer en trombe en passant sous le pont, à son nez et à sa barbe. Quand ils débouchèrent de sous l'arche, deux des joyeux drilles lui adressèrent un petit salut de la main.

En contrebas du pont, du côté où se trouvait Cotton, stationnait une des nombreuses embarcations découvertes de vingt places dédiées aux visites guidées de la ville. Vide. Une file de touristes s'était formée devant la billetterie, la vente n'ayant pas encore débuté. Il gagna la tête de la colonne en bousculant tout le monde et poursuivit son chemin. Depuis son guichet, le préposé lui intima l'ordre de s'arrêter, mais il l'ignora et se rua dans l'escalier de pierre mouillé d'eau fétide qui menait au canal. Un homme qui se tenait au pied des marches, sans doute le conducteur de la patache, réagit en tendant les mains, paumes en avant, pour empêcher l'intrusion. Cotton lui expédia un coup de genou dans le ventre qui le plia en deux.

« Désolé », dit-il entre ses dents avant de grimper dans le bateau dont le moteur tournait au ralenti. Puis il largua les amarres.

Il poussa la manette des gaz. Le diesel sortit de sa torpeur avec un halètement rauque et le rafiot fit un bond. Braquant le volant, Cotton orienta la proue dans la direction qu'avaient prise les trois malfrats. Il avait déjà pratiqué ces promène-couillons en tant que passager lors de ses précédents séjours. Les voyant généralement se traîner d'un site à l'autre à des vitesses d'escargot, il s'était toujours demandé s'ils avaient de la réserve sous le capot.

Il accéléra à fond… et ne fut pas déçu.

L'hélice mordit l'eau, projetant un geyser d'écume blanche, tandis que l'étrave se cabrait, fendant les flots bruns de l'étroit chenal. Il passa sous le pont, après lequel le canal formait un angle vers la gauche pour serpenter ensuite entre des bâtiments en pierre grise nimbés de vigne vierge. Ce parcours sinueux s'achevait par une courbe serrée à droite qui aboutissait à un tronçon rectiligne lui aussi flanqué de maisons couvertes de végétation et de façades à colombages.

Il s'engagea sous un autre pont orné de volutes rouillées et vit au loin les fuyards. Jouissant d'une confortable avance, et certains de lui avoir échappé, ils ne forçaient pas leur vitesse, ce qui lui permit de gagner du terrain.

De hauts murs et des arbres penchés surplombaient à présent le chenal, large d'environ quinze mètres. Un canot chargé de touristes surgit soudain d'un embranchement sur la droite. Virant brutalement à gauche, Malone l'évita de justesse en frôlant sa proue, non sans que les gerbes d'eau qu'il soulevait arrosent copieusement les occupants. Il s'excusa d'un geste du bras tout en redressant la barre pour poursuivre son chemin, son attention fixée sur l'endroit où le canal rejoignait un grand bassin perpendiculaire. Les trois loustics l'attendaient là, leur Chris-Craft lui fermant la route, deux d'entre eux pointant des pistolets sur lui.

Et ils commencèrent à tirer.

Cotton allait tout droit au-devant des balles à la vitesse maximum ou presque, et l'écart qui le séparait de ses adversaires se réduisait rapidement. Il se baissa tandis que les projectiles sifflaient autour de lui. À travers le bas du pare-brise, il vit le canot du trio manœuvrer brusquement pour l'empêcher de tourner à gauche. Le mitraillage continuait. Trop tard pour prendre à droite, le bassin rectangulaire, tout en longueur, n'offrant pas la place suffisante pour virer sans percuter le mur.

Pas le choix.

Il plongea.

Le bateau sans pilote parcourut encore une vingtaine de mètres sur sa lancée avant de s'écraser contre le massif en maçonnerie et d'exploser. Cotton se rappela avoir lu quelque part que les canaux avaient servi d'égouts à ciel ouvert jusqu'aux années 1980, mais cela ne l'empêcha pas de se laisser couler, en espérant que quatre décennies d'épuration avaient éliminé tout risque sanitaire.

Quand il refit surface, les trois affreux avaient disparu.

Les murs du bassin n'étant équipés ni d'échelles ni d'escaliers, il se demandait comment regagner la terre ferme quand un hurlement de sirène lui fit tourner la tête.

Une vedette de la police dont le gyrophare lançait des éclairs bleus fonçait sur lui. Son propre bateau n'était plus qu'une épave en feu qui finissait de sombrer. La vedette s'arrêta près de lui dans une embardée. Deux flics, pistolet en main, le tenaient en joue. Et aucun des deux ne semblait commode.

Le problème n'était plus de trouver un moyen de sortir de l'eau, mais de savoir ce qui allait se passer après.

Une question autrement épineuse.

4

Jonty Olivier se versa une dose généreuse de krupnik, une boisson qu'il avait toujours appréciée : un mélange unique d'herbes aromatiques et d'épices macérées et filtrées, puis incorporées à un liquide constitué de vodka et de miel bouilli. La recette en aurait été concoctée par des moines bénédictins biélorusses avant d'être introduite en Pologne. Le breuvage se servait habituellement chaud, mais il le préférait à température ambiante.

Il dégusta une petite gorgée de la liqueur, trouvant un apaisement dans la brûlure de l'alcool, qui semblait avoir pour effet d'aplanir les aspérités en tout genre. Il était encore tout retourné par l'épisode désagréable qui venait de se dérouler au sous-sol, où le fouineur indiscret était toujours détenu, pieds et poings liés, et d'où il ne sortirait que jeudi. L'information qu'ils avaient soutirée à l'espion était alarmante à bien des égards, et Vic allait devoir s'intéresser de près au problème.

Reinhardt… Pourquoi justement lui ?

Ce que le monde contient de richesses suffit à satisfaire les besoins de l'humanité, mais pas son avidité, disait Gandhi. Une formule qui définissait à merveille ce qu'était Reinhardt, son rival entre tous.

Olivier parcourut des yeux la vieille bibliothèque. Le château de Sturney semblait l'endroit idéal. Forteresse néogothique du XIIIe siècle, l'ouvrage, de plan pentagonal, encadrait une cour fermée d'un côté par un portail monumental. Il était stratégiquement situé au milieu de collines rocheuses proches de la rivière Orava, à cinquante kilomètres au sud de la frontière polonaise, bien à l'abri en territoire slovaque. Cinq tours, toutes couronnées de coupoles, marquaient les pointes du pentagone. Entièrement ceinte d'un balcon, la plus haute évoquait des images de gentes dames en péril. La place avait résisté aux assauts des Turcs, des Cosaques et des hussites pendant les invasions régulières que la région avait subies au fil du temps. Les tapisseries et autres antiquités dont les appartements regorgeaient témoignaient du passé prospère de l'endroit, qui n'avait jamais dû connaître la misère. C'était là qu'avaient été cachés les joyaux de la couronne polonaise lors de la conquête suédoise au XVIIe siècle. Là aussi que le futur roi de Madagascar avait été emprisonné au XVIIIe. Jadis propriété d'aristocrates locaux, le domaine avait été saisi par les communistes dans le cadre de la réforme agraire des années 1950. Par chance, le cadastre n'ayant jamais été modifié, les anciens maîtres des lieux avaient pu récupérer leur bien avec le retour de la démocratie, mais ils s'étaient révélés incapables d'en assumer l'entretien. Le château était à présent un gîte haut de gamme avec personnel à demeure et traiteurs assurant la restauration, ouvert à la location pour les entreprises et les particuliers à même de payer le prix fort.

Olivier alla jusqu'aux portes-fenêtres et sortit sur une terrasse aux murets doublés de plantes en pots aux fleurs vivement colorées. Une forêt de bouleaux, pins, sapins et épicéas s'étendait à perte de vue à ses pieds, tapissant une ancienne vallée jurassique. La Slovaquie septentrionale offrait des paysages grandioses. Vers le nord, les pics saupoudrés de neige des Tatras, la plus haute chaîne de montagnes des Carpates, paradis des skieurs et des randonneurs, se découpaient sur le ciel.

Il menait une vie solitaire par la force des choses. Il avait pris son parti de ses échecs sentimentaux répétés avec les femmes, et les hommes ne l'intéressaient pas. La seule chose qui le faisait vibrer était de dénicher l'introuvable, puis de le vendre. Et, contrairement à Reinhardt, il préférait élaborer ses propres plans en la matière plutôt que de pirater ceux des autres. Il ne comptait plus les affaires rentables d'une manière ou d'une autre qu'il avait conclues. Certes, il contournait la loi, mais il n'avait jamais été catalogué comme une menace. Il s'efforçait d'éviter tout choix politique, partisan ou idéologique. Il était en somme la Suisse incarnée à lui tout seul : neutre sur tous les sujets essentiels, excepté le profit.

Exempt de tout souci financier, achetant ce qu'il voulait au gré de sa fantaisie, voyageant à sa guise, il avait assurément pris goût aux raffinements de l'existence. Pour citer une fois de plus Francis Bacon, l'argent faisait *un bon serviteur, mais un mauvais maître.* Et voilà qu'il était à la veille de finaliser le plus gros projet qu'il ait jamais monté.

Un tintement discret signala un appel. Il sortit de sa poche son téléphone du moment. Paranoïaque par principe, il en changeait en effet tous les trois jours, mettant en pratique une maxime faite sienne de longue date, selon laquelle personne n'avait à le joindre à moins qu'il n'ait lui-même envie d'être joint.

« Le Saint Sang a été volé tout à l'heure, annonça la voix de Vic dans l'écouteur. Je viens de recevoir des Russes un mail de confirmation. »

Olivier sourit. Un retour de plus. Il en était à cinq. Seuls les Américains et les Allemands ne s'étaient pas manifestés.

« Des problèmes ?

– Tout semble s'être passé proprement à Bruges. »

Une bonne chose.

« Nous devons nous assurer que l'affaire n'est pas compromise. Notre hôte du sous-sol me préoccupe, ainsi que celui qui l'a envoyé. »

Ils avaient été d'une prudence extrême en quittant Bratislava avec l'espion attaché et bâillonné sur la banquette arrière, s'assurant qu'ils n'étaient pas suivis et qu'aucune balise GPS n'avait été installée sur leur voiture.

« Ouvre l'œil, Vic. Reinhardt nous serre d'un peu trop près à mon goût.

– Je comprends. J'aurai bientôt d'autres nouvelles.

– Et à propos de ce soir ?

– Tout est réglé. Je pars pour le Nord dans quelques heures. »

Olivier mit fin à la communication, rentra dans la bibliothèque et posa son verre vide sur le buffet en noyer. Plusieurs raisons l'avaient poussé à choisir Sturney. Premièrement, l'endroit était magnifique. Deuxièmement, il se trouvait à moins de deux heures de Cracovie, mais hors des frontières polonaises, sur le sol d'un État étranger souverain. Troisièmement, les premiers voisins vivaient à plus de dix kilomètres. Et quatrièmement, l'intérieur était très spacieux : salle de bal avec mezzanine, salle à manger, douze chambres à l'étage, vaste cuisine et, surtout, couloirs de service permettant de circuler en coulisse d'une pièce à l'autre.

Il avait un goût prononcé pour le secret.

Quelle délicieuse sensation que d'avoir connaissance de choses que ses contemporains ignoraient ! Et cette fois il était bien le seul au monde à savoir ce qu'il savait. Tous ceux qui avaient pu être dans la confidence étaient morts depuis longtemps. L'information dont il était détenteur, sans intérêt au départ et tombée du ciel de façon purement fortuite, revêtait maintenant une valeur inestimable. Vivre d'expédients l'avait toujours fasciné, de même que le prestige découlant de la prise de risque, sans parler des profits qu'il pouvait en attendre. Mais il ne trouvait aucun charme à la peur qui l'étreignait parfois comme un boa, lui donnant des sueurs froides.

Reinhardt…

Un problème à résoudre, au besoin.

Mais, d'abord, il lui fallait jeter à bas le président de la République polonaise.

5

Varsovie
18 h 30

Le président Janusz Czajkowski sortit du palais et se dirigea vers la voiture qui l'attendait. Il avait programmé son escapade avec soin, annulant tous ses rendez-vous de la fin de journée, officiellement pour profiter d'une des rares soirées de liberté où il pouvait dîner et se retirer de bonne heure. En conséquence, sa cour habituelle de conseillers m'as-tu-vu ne l'accompagnait pas. Pas de médias non plus. Seule l'escortait sa garde rapprochée, constituée d'agents du BOR, le Biuro Ochrony Rządu, le service de sécurité du gouvernement. On lui avait affecté deux hommes armés ainsi qu'une Volvo banalisée pour ce déplacement confidentiel.

Dans son dernier avatar, la République de Pologne était née en 1989, ce qui faisait d'elle un pays relativement jeune. La Pologne avait connu antérieurement une première version de ce régime, mais la Seconde Guerre mondiale et l'occupation soviétique avaient mis un terme à l'expérience. Depuis sa résurrection, neuf présidents s'étaient succédé à sa tête. La constitution fixait le mandat à cinq ans renouvelables une fois, mais seul un des huit prédécesseurs de Czajkowski était parvenu à se faire réélire.

La politique polonaise se caractérisait pour le moins par sa fluidité.

L'essentiel des affaires courantes était du ressort du Premier ministre, en principe le leader du parti majoritaire au Parlement, le poste pouvant toutefois échoir à n'importe qui en théorie. Le président disposait d'un droit de veto qu'un vote de trois cinquièmes des députés pouvait neutraliser. Il était aussi chef des armées, et à ce titre habilité à décréter la mobilisation générale. Il possédait le privilège de nommer et de rappeler les ambassadeurs, de gracier les criminels et de casser certains verdicts en matière judiciaire. En outre – et ceci prenait toute son importance dans la situation délicate qui était à présent la sienne –, il jouissait en tant que représentant suprême de l'État polonais du pouvoir de ratifier et de révoquer les traités internationaux.

Un privilège dont il se serait bien passé, en l'occurrence !

Il monta dans la voiture, qui quitta le palais par une sortie secondaire.

Son premier mandat touchait à sa fin.

Les conditions préalables pour briguer la fonction présidentielle étaient limitées. Le prétendant devait être citoyen polonais, âgé d'au moins trente-cinq ans au jour du premier tour de l'élection et avoir recueilli les signatures de cent mille inscrits. Le vainqueur était désigné à la majorité absolue. Si aucun des candidats n'atteignait ce seuil, un second tour était organisé pour départager les deux arrivés en tête. Lui-même l'avait emporté au terme d'une seconde manche serrée, et une nouvelle bataille se profilait à l'horizon face à plusieurs opposants qui perçaient. Un ex-Premier ministre. Un avocat très apprécié. Trois parlementaires. Un musicien punk, leader d'un des petits partis les plus virulents. Et un ancien ministre qui avait déclaré son intention de se présenter seulement si Czajkowski lui « cassait les burnes ». Cela devait être le cas, puisque ce grossier personnage était en passe d'obtenir ses cent mille signatures.

La séquence politique qui s'annonçait promettait d'être animée.

Par chance, il bénéficiait d'une certaine popularité. Sa cote de confiance atteignait 55 %, selon les derniers sondages. Pas si mal. Mais pas non plus une majorité écrasante. Ce qui, entre autres raisons, expliquait pourquoi il regardait à présent défiler les kilomètres assis dans une voiture qui le conduisait vers l'ouest et la bourgade de Józefa. Trois semaines de recherches avaient été nécessaires pour découvrir l'origine du problème : un ancien séide de l'ère communiste décédé il y avait plus de dix ans. On aurait pu espérer qu'il emporterait tout ce qu'il savait dans la tombe. Mais c'était sans doute trop demander. Au lieu de cela, il avait fallu que certaines informations de l'époque remontent à la surface. Et pas simplement quelques chiffres ou données pris au hasard. Non, des éléments qui le concernaient lui directement. De quoi causer sa perte, en fait. Surtout avec la perspective d'une élection particulièrement difficile.

Il avait naïvement cru le passé mort et enterré.

Et voilà que celui-ci ressurgissait, menaçant de tout emporter.

Le moment était venu de l'affronter.

La voiture traversa la petite ville de Józefa, perchée sur une falaise dominant la Vistule. L'agglomération, héritière d'une longue histoire, se piquait de posséder un joli quartier ancien, un château en ruine et une cathédrale, mais son plus beau fleuron était une raffinerie employant plusieurs centaines de personnes. La maison qu'il cherchait se trouvait dans les faubourgs sud, sur une route secondaire qui s'éloignait du fleuve. Le chauffeur se gara au milieu des arbres, bien à l'écart de la chaussée, afin que le véhicule n'attire pas l'attention. Czajkowski ouvrit sa portière, sortit dans la tiédeur du soir et se dirigea vers la bâtisse. Un homme en costume et cravate noirs, arborant une expression indéchiffrable mêlant déférence et froideur, l'attendait sur le seuil. Michał Zima. Le patron du BOR.

Czajkowski le suivit à l'intérieur. L'habitation, toute simple, lui rappela celle où il avait été élevé, près de Rzeszów, dans le sud du pays, par des parents cultivateurs qui étaient tout sauf des révoltés. Une disposition d'esprit qui avait cessé d'être la leur dans les années 1980. Pour apaiser un malaise croissant au sujet du foncier agricole, toujours étatisé, les exploitants s'étaient vu promettre la possibilité d'acheter des terres et d'en transmettre la propriété à leurs enfants. Une promesse jamais concrétisée. Son père et sa mère, à l'instar de la quasi-totalité des autres paysans, avaient fini par se rebeller en refusant de vendre leur production au prix cassé fixé par les autorités, préférant faire don de leur récolte aux grévistes.

Un acte de bravoure qui avait porté ses fruits.

« Où est-elle ? s'enquit Czajkowski.

– Dans la grange, derrière.

– Et le reste ?

– Là-dedans, répondit Zima en pointant son doigt.

– Comment avez-vous eu cette adresse ?

– La chance, je dirais… Il arrive qu'on ne puisse pas compter sur autre chose. »

Le sous-entendu était clair : *Ne posez pas trop de questions.*

Comme il parcourait la pièce du regard, Czajkowski remarqua sur une table un ensemble de clichés encadrés. L'un d'eux retint son attention. Il s'approcha et le prit pour l'examiner. C'était le portrait d'un major de l'armée polonaise qui portait sur sa chemise d'uniforme l'insigne du SB, le service de sécurité. Il reconnut le visage quelconque, les cheveux coupés au rasoir et la moustache bien taillée du tortionnaire de la prison Mokotów.

Aleksy Dilecki.

Un homme dont il n'avait plus entendu parler depuis des décennies.

La Seconde Guerre mondiale avait détruit la Pologne. Entièrement dévasté par les bombardements, renvoyé au néant et privé de ressources, le pays pâtissait en outre d'une pénurie de main-d'œuvre pour la reconstruction. Le gouvernement des soviets avait fait miroiter une renaissance et beaucoup y avaient cru. Mais, avant même la fin des années 1970, la tromperie était devenue patente, et la patience de la population avait atteint ses limites devant l'allongement des heures de travail, la rareté des produits alimentaires dans les magasins et l'exposition constante au froid à cause du manque de charbon et de vêtements, y compris de manteaux. Les gens étaient espionnés sans répit, gavés de propagande, leurs enfants endoctrinés. La menace d'un recours à la force était permanente. De même que la disette, le gouvernement étant allé jusqu'à imposer par le biais de cartes de rationnement la quantité de nourriture que chacun pouvait consommer. *Tous les estomacs se valent*, avaient protesté en nombre les citoyens. On le savait bien : quiconque était tourmenté par la faim et voyait sa progéniture tourmentée par la faim faisait n'importe quoi pour apaiser cette souffrance.

Et c'est ce qui s'était passé.

Aleksy Dilecki… Une citation d'Orwell que Czajkowski aimait beaucoup définissait très bien ce qu'avait été le personnage : *Tous les animaux sont égaux, mais certains le sont plus que d'autres.*

Les politiciens et les policiers étaient systématiquement privilégiés, à l'époque. Ils percevaient des rations plus substantielles, s'approvisionnaient dans des magasins réservés, étaient mieux logés, bénéficiaient de divers avantages. Ils avaient même un nom générique : la *nomenklatura*, un vocable soviétique désignant la liste des postes administratifs qui semblaient constamment en attente de nouveaux titulaires. Ces gens étaient sélectionnés non pour leurs compétences, mais en fonction de leur loyauté à l'égard du régime. Ils avaient fini par former de fait une classe dirigeante autonome, la bourgeoisie rouge, qui ne reculait jamais devant la corruption ni la brutalité pour parvenir à ses fins.

Et c'était un membre de cette clique dont il contemplait maintenant la photo. Les paroles qu'avait prononcées le major dans la prison de Mokotów tant d'années auparavant lui revinrent en mémoire. *Qui sait ? Peut-être serez-vous un jour quelqu'un.*

L'ironie de la situation lui fit secouer la tête. Le fait que Dilecki ne soit plus de ce monde avait quelque chose de réjouissant.

« Vous le connaissez ? » demanda Zima.

Czajkowski n'avait mis qu'une personne au courant de toute l'histoire, et cette personne n'était pas Zima. Il ignora donc la question et reposa le cadre sur la table, avant d'ordonner :

« Montrez-moi ce que vous avez trouvé. »

Zima le mena jusqu'à un débarras encombré de souvenirs de famille et désigna deux classeurs rouillés.

« Ils sont remplis de documents, dit-il. Rapports. Correspondance. Notes de service. Le tout rédigé entre la fin des années 1970 et 1990. Des dates et des épisodes sans lien entre eux. Pas de véritable canevas. Dilecki a travaillé longtemps pour le SB. Il devait détenir de nombreux secrets. Apparemment, il en a emporté une partie avec lui au moment de la chute des communistes. »

Tant de choses s'étaient perdues entre l'effondrement de l'Union soviétique et le renouveau de la Pologne. Qui se souciait du passé aujourd'hui ? La page était tournée, et les gens n'en demandaient pas plus. Apparemment, seul l'avenir avait de l'importance pour eux. Mais ils avaient tort d'être aveugles à ce point.

Car l'histoire, cela comptait.

« Quelqu'un a-t-il examiné ces dossiers ?

– Seulement moi, assura Zima. Et je n'ai fait que les feuilleter. Juste assez pour déterminer qu'ils contiennent peut-être ce que vous cherchez.

– Et qu'est-ce qui vous fait croire que je cherche quelque chose ?

– Rien. Mais j'imagine que c'est le cas, étant donné ce que j'ai pu apprendre jusqu'ici. »

Czajkowski se promit de demander à Zima ce qu'il savait au juste, mais plus tard.

« Faites charger le contenu de ces deux classeurs dans le coffre de la voiture qui m'a amené », commanda-t-il.

Le chef du BOR acquiesça d'un signe de tête.

« La veuve de Dilecki a-t-elle vendu une partie des documents ?

– Elle, non, mais son fils, oui. Nous l'avons placé en garde à vue. »

Voilà qui était nouveau.

« Nous l'avons arrêté il y a quelques heures », précisa Zima, qui invita Czajkowski à retourner avec lui dans le salon.

Un sac de voyage en nylon bleu était posé sur le canapé. Il l'ouvrit, révélant des liasses de billets.

« Un demi-million de złotys. Nous les avons récupérés chez le fils. »

Les choses commençaient à se préciser, maintenant. Si les parents avaient été des communistes convaincus et loyaux, il n'en était pas allé de même pour leur descendant. Plusieurs décennies avaient passé. Le père n'était plus de ce monde, la mère prenait de l'âge. Les deux classeurs du cagibi contenaient peut-être la clé qui ouvrirait la porte d'une vie nouvelle. D'autant que certains des documents stockés là mentionnaient le nom de Janusz Czajkowski… Il suffisait de trouver un acheteur.

« Le fils a-t-il fait des aveux ?

– Oui. Il a conclu un accord avec un certain Vic DiGenti, l'associé de Jonty Olivier.

– Vous parlez de cet Olivier comme si vous le connaissiez.

– C’est le cas. Il vend des informations. Plutôt fiables, d’ailleurs. Il est arrivé que nos agences de renseignement aient recours à ses services. La mère n’était absolument pas au fait des agissements de son fils. Elle a appris la vérité hier soir, quand il lui a proposé une partie de l’argent. Elle l’a très mal pris, et ils ont eu une violente dispute. C’était seulement quelques heures avant qu’il soit mis en détention.

– Montrez-moi… le reste. »

Zima en tête, ils sortirent à l’arrière de la maison et gagnèrent une petite grange au toit de tôle ondulée. Un rideau d’arbres et de buissons rendait le bâtiment invisible de la route toute proche. La porte était ouverte, et ils entrèrent. Un éclairage anémique s’efforçait de chasser les ombres. La remise ne contenait pas grand-chose. Quelques outils, une brouette, une vieille voiture rouillée, et, pendue à une poutre, une femme, bras flasques le long du corps, cou fléchi dans la mort.

« Elle a fait ça cette nuit, commenta Zima. Peut-être après avoir appris l’arrestation de son fils. Ou par loyauté envers son mari. Nous ne le saurons jamais. »

Elle avait apparemment grimpé sur la voiture, attaché une corde à un chevron, puis sauté dans l’oubli.

Czajkowski secoua la tête.

Tout reposait sur la Belgique, à présent.

6

Cotton était assis dans une cellule, encore humide de son bain forcé dans le canal. Il avait grand besoin d'une douche, mais il n'était pas au Ritz, même s'il avait déjà connu pire comme lieu de détention. Celui-ci, au moins, était spacieux, propre et doté de toilettes en état de marche.

En tout cas, s'il avait pu s'estimer en dette envers l'Église, les comptes étaient soldés !

Il était près de 19 heures, et cela faisait un bon bout de temps qu'il était enfermé là tout seul. Les policiers belges ne s'étaient pas montrés particulièrement enjoués quand ils l'avaient sorti de l'eau. Ils avaient commencé par lui menotter les mains derrière le dos, puis ils avaient tenté de l'interroger. Mais il savait quand rester bouche cousue. Bien sûr, il allait devoir s'expliquer à un moment ou à un autre. Avec un peu de chance, le prêtre de la basilique informerait les flics que c'était à sa demande qu'il avait essayé de récupérer le reliquaire. Jusqu'à présent, ces messieurs ignoraient tout, si ce n'est qu'il avait volé un bateau et eu un accident avec. Quand ils étaient arrivés sur les lieux, en effet, la fusillade avait déjà cessé et les trois gugusses n'étaient plus là.

À leurs yeux, le seul problème, c'était lui.

Ils avaient pris son portefeuille. Son passeport était resté à l'hôtel. Au moins, ils connaissaient son nom et ses prénoms. Harold Earl Malone. Son surnom, Cotton, ne figurait pas sur son permis de conduire danois ni sur aucun autre document officiel. Quand on l'interrogeait sur l'origine de ce sobriquet, ce qui se produisait souvent, sa réponse était toujours la même : *c'est une longue histoire.* Et elle remontait effectivement très loin, cette histoire qui avait quelque chose à voir avec son père. Il se souvenait encore du jour – il avait alors dix ans – où les deux officiers de la Flotte étaient venus leur annoncer, à sa mère et à lui, que le sous-marin de son père avait sombré avec tout son équipage. Pas de corps. Pas de funérailles. Affaire classée secret défense. Il lui avait fallu près de quarante ans pour découvrir le pot aux roses. Une expérience qui l'avait mené à concevoir une méfiance extrême à l'égard de l'administration, tous niveaux confondus.

Ce qui expliquait aussi pourquoi il n'avait rien dit aux autorités belges.

Il comptait sur la vérité pour le tirer tôt ou tard de ce mauvais pas. Sur quoi d'autre pouvait-il compter, de toute façon ? La police savait sûrement que la relique avait été dérobée, à présent. Le Saint Sang était ce que Bruges possédait de plus précieux. Les gens s'agenouillaient devant par centaines de milliers chaque année. Depuis le XIVe siècle, on le promenait en procession à travers la ville lors d'une grande fête annuelle. Mais si le vol était connu, pourquoi personne ne s'était-il dérangé pour l'interroger ? On aurait pu s'attendre à ce que la force publique cherche à s'instruire de ce que lui-même avait pu apprendre.

À moins que…

Ses réflexions furent interrompues par un bruit métallique. Il entendit une porte s'ouvrir et se refermer, puis un claquement lent et régulier de pas dans le couloir. Levant les yeux, il vit une femme qui approchait.

Menue, l'air décidé, elle avait des cheveux bruns striés de mèches argentées. Elle avait atteint le milieu de la soixantaine, mais, dans son dossier personnel du ministère de la Justice, qu'il avait eu l'occasion de consulter une fois, la rubrique « date de naissance » n'était pas renseignée. Tout le monde avait ses susceptibilités. Pour elle, c'était l'âge. Deux présidents avaient essayé de faire d'elle leur ministre de la Justice, mais elle avait chaque fois décliné l'offre. Pourquoi ? Mystère. Elle avait tendance à faire ce qui lui plaisait. Résultat, elle excellait dans ce qu'elle entreprenait.

Il se leva et alla jusqu'aux barreaux de sa cellule.

« Ça ne vous rappelle pas notre première rencontre ? lui demanda-t-il.

– Dans la prison du comté de Duval, si ma mémoire est exacte, acquiesça Stéphanie Nelle avec un sourire.

– J'étais un brillant avocat qui défendait les matelots, à l'époque.

– Un brillant avocat qui venait de tirer sur une femme.

– Allons donc ! C'était elle qui avait tiré la première en essayant de me tuer.

– Et nous revoilà à la case départ, au bout de toutes ces années, après que vous avez atomisé un bateau volé dans un canal. Décidément, les ennuis semblent s'accrocher à vos basques.

– Qu'en est-il des trois voleurs et du reliquaire qu'ils ont emporté ?

– C'est bien là le problème, Cotton. Il n'y a pas eu de vol… »

Il resta un instant pantois, puis il comprit.

« Vous avez mis l'affaire sous le boisseau, c'est ça ?

– Absolument. J'étais à notre ambassade, à Bruxelles, quand la police belge a téléphoné. Ayant appris que vous aviez jadis été un des nôtres, ces messieurs s'étaient renseignés auprès de notre bureau d'Atlanta, qui m'avait informée de leur démarche. J'ignorais bien sûr au départ que vous étiez en Belgique, mais j'ai endossé la responsabilité de vos actes.

– En fait, je me trouvais là par hasard, au bon endroit et au mauvais moment, dit-il pour minimiser. Les voleurs, eux, savaient exactement ce qu'ils faisaient, par contre. Ils exécutaient un plan concerté.

– Dites-m'en davantage. »

À travers les barreaux, il lui fit le récit de ce qui s'était passé dans la basilique et de toute la suite.

« Mais vous, que faisiez-vous à Bruxelles ? s'enquit-il pour finir.

– Il y a un prix à payer pour avoir la réponse à cette question… »

C'était donc ça ! Elle l'avait laissé croupir en cellule à dessein. Quelques années plus tôt, en prenant sa retraite anticipée du ministère de la Justice, il s'était imaginé que ses contacts avec Stéphanie Nelle ne seraient plus qu'exceptionnels. Sa décision de décrocher avait été motivée à la fois par sa volonté de ne plus risquer sa peau et par son envie de s'essayer à une autre activité. Amoureux des livres depuis toujours, il avait racheté une librairie à Copenhague et vivait désormais principalement de ce commerce. S'il était venu en Belgique, c'était pour rechercher quelques volumes rares pour le compte de clients fidèles – un *Dracula* de 1897, une première édition du *Hobbit* de 1937 et un original du *Magicien d'Oz* de 1900. Tous hors de prix et difficiles à trouver. Il s'était forgé une réputation de professionnel habile à dénicher tout ce qu'un collectionneur pouvait désirer. Et voilà que, au lieu d'être en train de chiner à la foire aux livres, il se retrouvait en prison et à la merci de son ex-patronne pour en sortir !

« Qu'attendez-vous de moi ? demanda-t-il.

– J'ai toujours apprécié votre façon d'aller droit au but, railla-t-elle. Cela fait gagner un temps fou. »

Pendant la présidence de Danny Daniels, la division Magellan avait été l'agence à tout faire de la Maison-Blanche. Les rapports de Stéphanie avec l'exécutif n'avaient pas toujours été aussi cordiaux. Pour tout dire, la plupart des présidents ne l'avaient pas vraiment portée dans leur cœur. Daniels et elle ne s'étaient pas bien entendus non plus, au début. Mais elle avait gagné sa confiance. Le second mandat de Daniels était terminé, maintenant, et il occupait le poste de sénateur « junior » du Tennessee. Divorcé, il s'était mis à entretenir avec Stéphanie des relations officieuses qui, si l'on en croyait la rumeur, s'étaient muées en attachement amoureux. Cotton s'en réjouissait pour elle. Elle méritait d'être heureuse. Une vie ne devait pas se résumer à travailler.

C'était du moins ce qu'il se répétait pour sa propre gouverne.

Stéphanie faisait partie du très petit nombre de personnes qu'il qualifiait d'amis. Une des plus proches. Ils avaient traversé ensemble toutes sortes d'aventures. C'était à elle qu'il devait sa carrière dans le renseignement. Elle avait parié sur le jeune avocat et officier de marine qu'il était et fait de lui un agent secret très efficace. Si performant, même, qu'elle continuait à le solliciter dans sa retraite quand elle avait besoin d'assistance.

« Vous ne m'avez toujours pas dit ce que vous attendiez de moi, remarqua-t-il. Pas plus que vous n'avez parlé de me faire libérer. J'imagine que les deux choses sont liées. Alors, ne tournons pas autour du pot : combien me proposez-vous ?

– Je n'ai pas droit à une faveur, cette fois ?

– C'est que j'ai des factures à payer, moi, répliqua-t-il, ironique à son tour. Je suis ici pour acheter des livres à l'intention de gens qui me rémunèrent pour ça. Et qui me rémunèrent grassement, ajouterai-je. Je suis commerçant, figurez-vous.

– Cent mille.

– Pour une durée de… ?

– Quelques jours. Jusqu'à jeudi soir au plus tard.

– Niveau de risque ?

– L'affaire pourrait se révéler délicate. »

Stéphanie n'étant pas plus du genre à donner dans l'exagération que dans l'euphémisme, le mot « délicate » constituait dans sa bouche un avertissement à ne pas prendre à la légère. Mais, comme il l'avait appris au fil des ans, les missions dites « sans surprise » recelaient souvent les plus grands dangers, alors qu'une tâche définie comme « délicate » avait des chances de l'être moins que prévu.

« Dans ce cas, je demande un bonus. Cent cinquante.

– Marché conclu. J'ai de gros problèmes sur les bras.

– Faites-moi sortir d'ici, et je vous aiderai à les résoudre. »

7

Cotton sortit de la prison à la suite de Stéphanie, et ils retrouvèrent les rues de Bruges. Des flots de touristes déambulaient, profitant de la douceur du soir. Les policiers n'avaient pas été ravis de le voir partir, mais personne n'avait soulevé d'objection, Stéphanie tenant directement son autorité de Bruxelles et de gens situés bien plus haut sur l'échelle hiérarchique qu'un quelconque commissaire de province.

Si les vêtements de Cotton avaient commencé à sécher depuis son plongeon dans le canal, ses cheveux blond cendré restaient poisseux. Il revenait peu à peu de l'état de transe où le mettait toujours l'action. Il avait beau se répéter en boucle qu'il pouvait se passer de ces poussées d'adrénaline, la vérité était tout autre. Il donnait son maximum quand il était sous pression, même si sa tentative pour rattraper les trois compères n'avait pas compté parmi ses plus hauts faits d'armes. Quoi qu'il en soit, l'apparition inopinée de Stéphanie jetait sur l'affaire un éclairage nouveau.

Des événements importants se tramaient.

Et qui n'aurait pas eu envie de se trouver mêlé à ce genre de chose ?

Ils pénétrèrent sur la place centrale noire de monde.

Bruges avait été à l'origine une forteresse construite pour défendre la côte contre les incursions vikings du IXe siècle. Au XIIe siècle, devenue cité portuaire, elle était une des principales plaques tournantes du commerce médiéval.

Mais la mer s'était retirée peu à peu en laissant derrière elle des vasières qui s'étaient asséchées, puis transformées en terres fertiles, faisant de la ville une « belle endormie ». Debout sur les pavés de la place du marché, là même où des gens se pressaient dès le Xe siècle, Cotton se figurait les pêcheurs et les paysans de jadis en train de vendre leurs produits à la criée, ou les négociants étrangers inspectant le drap flamand au cours des multiples foires et kermesses qui attiraient les foules de l'Europe entière. Bruges avait été en cette période reculée l'équivalent de New York. Le centre de la vie sociale, économique et politique de toute la province.

Cotton était captivé par le spectacle qu'offrait la place. Elle était pour l'essentiel, il ne l'ignorait pas, le fruit d'une restauration des années 1990 qui avait su préserver l'atmosphère des temps anciens tout en rendant l'endroit plus accueillant pour les promeneurs. Les panneaux publicitaires, enseignes au néon et autres tours d'habitation avaient été bannis au moment de la rénovation et le restaient. La simplicité bon enfant de ce lieu séculaire mais parfaitement entretenu lui conférait un charme indéniable. Les maisons à pignons en escalier entourant l'esplanade abritaient hôtels, banques, boutiques de souvenirs, échoppes, bars ou cafés, chaque pouce carré de cette inestimable relique du passé mis à profit par le monde moderne. Haut de quatre-vingt-trois mètres, le beffroi emblématique de la ville se découpait sur le ciel couchant. Il valait la peine d'en faire l'ascension, Cotton avait pu le constater quelques années plus tôt. De son sommet, on voyait par temps clair la côte flamande, distante d'une quinzaine de kilomètres.

« Bon, je vous écoute, dit-il, jugeant le moment venu pour Stéphanie, qui marchait silencieusement à son côté, d'apporter sa contribution.

– Washington est en plein chaos, déclara-t-elle.

– Vous parlez d'un scoop ! »

Pas un jour ne passait sans que la presse titre sur les bourdes à répétition de Warner Fox et de son gouvernement. Ce n'était que changements de politique et remaniements incohérents. Il suffisait que Fox fasse une déclaration pour que tel ou tel de ses conseillers ou de ses ministres en fasse une en sens inverse. Tout semblait aller à vau-l'eau faute d'un cap bien défini. C'était le règne du petit bonheur. Ou du grand malheur, plutôt.

« C'est si grave que ça ? demanda-t-il.

– Ces gens ne savent pas ce qu'ils font. C'est une bande de crétins arrogants et ineptes qui est parvenue Dieu sait comment à mettre la main sur le pouvoir.

– Eh bien, dites-moi ! s'esclaffa Cotton. Les voilà habillés pour l'hiver !

– Le ministre de la Justice n'a jamais mis les pieds dans un tribunal. Il n'a aucune expérience du service de l'État. C'est un ex-avocat d'affaires de Wall Street qui est sorti de Yale 145e sur 152. La seule chose qui ait joué en sa faveur, c'est que le 133e de sa promotion était Warner Fox. Ils partageaient la même chambre et suivaient les mêmes cours quand ils faisaient leur droit. Il est d'une loyauté totale à l'égard de Fox. Il ne se pose jamais de question : le chef ordonne, il exécute.

– Et vous êtes toujours sur la touche ? »

Présent à la cérémonie d'investiture, Cotton avait pu constater par lui-même dès le départ l'incompétence de Fox. Mais ce dernier s'était montré conciliant, promettant d'avoir l'esprit plus ouvert à l'avenir et acceptant de maintenir Stéphanie aux commandes de la division Magellan, bien qu'il eût préalablement tenté de se débarrasser de l'une et de l'autre.

« Même nos réussites ont été accueillies avec scepticisme, déplora-t-elle en secouant la tête. Mon budget a été réduit d'un tiers, ce qui compromet mon efficacité. Mais c'est le but recherché : ils souhaitent mon départ.

– Sauf qu'ils ont peur du sénateur Danny Daniels, c'est bien ça ?

– Il représente une force avec laquelle il faut compter. Mieux vaut l'avoir comme allié que comme ennemi.

– Et comme petit ami ?

– Ce n'est pas mal non plus, dit-elle avec un sourire.

– Il vous rend heureuse ?

– Chaque jour que Dieu fait.

– Je suis ravi de l'entendre. »

Et il était sincère. Stéphanie avait longtemps vécu en solitaire, son mari étant mort depuis des lustres et son fils résidant au bout du monde, en France. Cotton ne lui avait jamais connu de relation sentimentale, jusqu'à ce que Danny apparaisse dans le paysage. Il était fermement convaincu que chacun pouvait trouver chaussure à son pied. Sa propre expérience en était la preuve. Divorcé de sa première femme depuis des années, il en était venu à considérer l'amour comme une chose du passé. Puis Cassiopée Vitt était entrée en scène, et tout avait changé.

« Comment va Cassiopée ? s'enquit Stéphanie, comme si elle avait lu dans ses pensées.

– Toujours aussi pleine de vie. Elle vient à Copenhague ce week-end.

– Ce qui fait que vous voulez en avoir terminé avant vendredi ?

– C'est à peu près ça. »

Autour d'eux, la place grouillait de badauds sortis tôt pour dîner ou achevant leur journée de visites et de shopping. Il observait les visages, tentant de détecter une éventuelle menace, mais il y avait trop de monde pour être sûr de quoi que ce soit. Ce n'était pas comme à l'intérieur de la basilique où, dans un espace plus restreint, les différences d'attitude entre les gens avaient été plus faciles à percevoir.

« Il y a une stratégie à l'œuvre, reprit Stéphanie. Le vol de relique dont vous avez été témoin dans la basilique n'était pas le premier du genre… C'était le cinquième. »

Intéressant.

« Tous ont été tenus secrets, poursuivit-elle. Entre parenthèses, je n'étais pas moi-même favorable à ce choix tactique. Il est imputable au cabinet Fox, qui, dans son immense sagesse, est intervenu pour l'imposer.

– La sécurité a-t-elle au moins été renforcée dans les autres localités où sont exposées des reliques ?

– Aucune n'a été informée. Ces messieurs je-sais-tout ont estimé que cela ne ferait qu'attirer davantage l'attention.

– Manifestement une mauvaise option, si l'on en juge par ce qui s'est produit aujourd'hui.

– Les décisions de ce genre ne font que se multiplier ces derniers temps à Washington. »

L'exaspération de Stéphanie était manifeste, chose plus qu'inhabituelle chez ce modèle de maîtrise de soi, de pragmatisme et de droiture. Honnête à l'extrême, consciencieuse au point d'en être pénible, elle ne perdait presque jamais son sang-froid. Et elle était totalement étrangère aux calculs politiques, ce qui pouvait constituer un atout aussi bien qu'un handicap.

« Qu'est-ce qui se mijote, au juste ?

– Que savez-vous des Arma Christi ? »

8

Jonty Olivier entra dans la salle à manger du château et s'assit à l'énorme table en chêne massif. La pièce, rectangulaire et tout en longueur, donnait vers l'ouest et le soleil couchant. La table était assez grande pour accueillir vingt personnes. Il aimait beaucoup les tableaux aux cadres ouvragés qui ornaient les murs – des scènes de batailles épiques mettant aux prises des guerriers armés de lances et d'épées. Les couleurs somptueuses évoquaient la puissance, la touche vigoureuse et rapide une énergie exubérante. Hélas, personne ne partagerait son dîner. Rien ne lui était plus agréable que de converser autour d'un bon repas, mais il lui fallait garder profil bas jusqu'au week-end, ce qui excluait toute convivialité.

Le chef lui avait préparé un appétissant rôti de porc accompagné de pommes de terre à peau rouge bouillies. Un plat davantage polonais que slovaque, mais ici, tout près de la frontière, les cultures se mêlaient. Ces maudits communistes avaient bien failli faire disparaître la cuisine d'Europe centrale. Quelle époque épouvantable ! Tout était rationné. Patienter des heures dans des files d'attente était devenu un mode de vie, faire des réserves, une forme d'art. Nul ne savait à quel moment les magasins seraient approvisionnés ni s'il serait permis d'acheter les produits disponibles. Les restaurants recevaient des menus types, toujours les mêmes, dont il leur était interdit de s'écarter. Les manuels de cuisine officiels fixaient le nombre et les quantités exactes d'ingrédients à employer pour un plat donné. Inutile de le préciser, la créativité était étranglée.

Dieu merci, les choses avaient changé.

Il déplia sur ses genoux une serviette en lin noire et contempla le verre de vin rouge qu'on lui avait déjà versé. Ah, les vertus de la bonne chère ! Un de ces aiguillons qui, judicieusement choisis, poussaient les gens à révéler tous leurs secrets, ou presque, à de parfaits inconnus. Mais ce genre de finesse n'était plus au goût du jour. On ne respectait plus rien. Témoins Facebook, Twitter et autres réseaux sociaux du même acabit. Des horreurs que personne n'aurait jamais osé crier à un voisin depuis le pas de sa porte se retrouvaient en ligne et accessibles pour l'éternité à des milliards d'internautes… Ce qui ne l'empêchait pas de raffoler de la Toile. On pouvait y apprendre tant de choses en si peu de temps, le tout avec un minimum d'efforts et sans laisser de traces.

Il s'absorba dans la dégustation de son plat, cuit à la perfection. Il avait déjà communiqué au personnel ses choix pour le buffet de jeudi : un assortiment recherché de mets salés et sucrés de nature à satisfaire ses hôtes, qui viendraient de tous les coins du monde. Dans le même but, il avait également dépensé une fortune pour acheter tout un éventail de spiritueux, vins et champagnes. Les plaisirs de la table contribuaient grandement à optimiser une transaction. Cela était vrai aussi de l'environnement. Ce qui expliquait, entre autres, qu'il ait jeté son dévolu sur cette forteresse ancestrale au milieu des forêts slovaques. Tout en elle exhalait un parfum de réussite.

Il termina son assiette en espérant qu'il restait du rôti en cuisine. Homme du monde, il mettait un point d'honneur à se familiariser avec tous les raffinements gastronomiques. Malheureusement, les mets qui avaient sa préférence se trouvaient être les plus caloriques et concouraient à l'expansion perpétuelle de sa rondeur. Son embonpoint lui posait des problèmes depuis quelque temps, et son tailleur se donnait un mal fou pour reprendre ses nombreux costumes. Il devait à ce régime détestable et à son aversion pour l'exercice physique d'être bien trop lourd pour sa stature. Il n'avait jamais été bel homme. Lippu, le nez camus, il avait les yeux brillants de ceux qui s'imposent par la ruse et non par le muscle. Ses cheveux, qui blanchissaient déjà, étaient coupés sans recherche et, partagés par une raie au milieu, retombaient de part et d'autre de son crâne, perpendiculairement à ses tempes. Il commençait à accuser ses cinquante-trois ans.

Sa vie n'avait pas manqué d'intérêt.

Son enfance avait baigné dans la pauvreté. Sa mère, paix à son âme, pleurait beaucoup, au point qu'il en était venu à se croire responsable de ses larmes. Elle répétait aussi sans arrêt qu'elle allait mourir ou quitter la maison, si bien qu'il se demandait tous les jours si elle serait encore là quand il rentrerait de l'école. Adulte, il avait fini par comprendre que ces jérémiades n'étaient pour elle qu'un moyen d'avoir barre sur lui, sur son frère et sur son père.

Et cela l'avait marqué. Si sa propre mère ne se souciait pas de lui, pourquoi se soucierait-il des autres ? Si elle était capable de le délaisser, n'importe qui pouvait en faire autant. En conséquence, ses relations avec ses semblables, privées ou professionnelles, étaient toutes restées superficielles du fait de sa répugnance à sympathiser et à s'engager.

Pourtant, la vie l'avait indubitablement gâté, l'avenir s'ouvrant devant lui telle une route pavée de bonnes occasions à saisir. Il se voyait comme un homme de noble allure, vertueux, cultivé, raffiné et plein de charme, même si tout cela faisait partie du rempart de mensonges dont il s'entourait. Et il en était venu à se complaire dans cette fable romanesque où il jouait le rôle de la proie devenue chasseur. Il avait depuis longtemps rejeté les définitions du bien communément admises et s'en tenait au code de conduite que lui avait enseigné son amère expérience. Un code où le « bien » consistait à se battre pour déjouer les pronostics, à lutter bec et ongles afin d'atteindre le sommet et, une fois là, à cracher au visage de ses ennemis, le tout sans solliciter l'aide ni la pitié de qui que ce soit. Il n'avait jamais été un pleurnichard et n'en serait jamais un. Son credo était simple : fais le nécessaire pour l'emporter, puis, sourire aux lèvres, lance-toi dans une nouvelle aventure. *Aucune richesse n'égale la connaissance, aucune pauvreté n'égale l'ignorance*, disait avec raison le prophète. Citation à laquelle il convenait d'ajouter le distinguo que faisait Einstein entre banale information et connaissance. Car c'était la vraie connaissance, fruit de l'expérience, qui permettait de surclasser la concurrence.

Investir dans la connaissance rapportait immanquablement des dividendes élevés.

Il aimait répéter à ses clients potentiels que le coût de la lumière était bien moindre que celui de l'obscurité. L'information était comme la monnaie qui, pour acquérir du prix, devait circuler de façon à gagner non seulement en quantité, mais aussi en valeur. Garder pour soi une information revenait à la dévaluer. Heureusement, il existait toujours sur le marché des acheteurs solvables pour tout type de renseignement, ou presque.

Il prit la clochette d'argent posée près de son verre et l'agita. Un des domestiques en livrée apparut, à qui il ordonna d'enlever son assiette vide et d'aller lui chercher une seconde part de rôti. Ensuite, assis sur son siège doré à haut dossier en attendant qu'on lui apporte sa commande, il réfléchit aux deux prochaines journées. Pratiquement tout était prêt. Mais il craignait les imprévus. Comme, par exemple, l'homme retenu au sous-sol.

Et Reinhardt.

Entendant des pas, il pensa que le serviteur revenait déjà des cuisines, mais ce fut Vic qui poussa la porte et vint à lui.

« Voulez-vous manger quelque chose, Vic ? proposa-t-il.

– Non merci, je souperai plus tard.

– Je vous en prie, asseyez-vous et dînez avec moi, insista-t-il, content d'avoir de la compagnie. Apportez du rôti de porc pour mon ami, ajouta Olivier à l'adresse du serviteur, qui venait d'entrer à son tour. Et aussi du vin. »

Il avait souvent partagé des repas fins avec son acolyte et savait bien que celui-ci ne se ferait pas prier.

« Les enjeux sont vraiment énormes cette fois-ci, Vic, reprit-il quand ce dernier se fut attablé. Cette affaire est de loin la plus importante que nous ayons jamais traitée. Tout cela est terriblement excitant, vous ne trouvez pas ? »

Il se faisait toujours un devoir d'utiliser le « nous » de préférence au « je ». Cela suggérait l'existence d'une équipe dans laquelle chacun pouvait se sentir inclus. Il renforçait ce sentiment en partageant généreusement les profits avec ses employés. C'est pourquoi tant de gens étaient ravis de travailler pour lui et lui manifestaient une grande loyauté. Il se montrait surtout très large avec Vic, à qui il confiait toutes sortes de fonctions, dont celle d'auditeur privilégié sur qui tester commodément ses nouvelles idées.

« J'ai commis une erreur en pensant que nous pourrions garder ce projet secret, dit Olivier à mi-voix. Mais je croyais vraiment que nous avions tout prévu.

– Si Reinhardt était au courant de notre présence à Bratislava, il sait aussi que nous sommes ici.

– Je suis bien d'accord, et c'est ce qui m'inquiète. Qu'attend-il pour sortir du bois ?

– Le rapport de son homme de main, j'imagine.

– Mmm… Sans doute. Donc, il ne va pas tarder à se demander ce qui est arrivé à son espion.

– Et à en envoyer d'autres aux nouvelles. »

Le domestique revint. Olivier invita Vic d'un geste à entamer son plat, mais il avait lui-même perdu l'appétit. C'était de certitudes qu'il avait faim, et ce n'était pas dans une assiette qu'il trouverait ce genre de denrée.

« Il reste deux reliques des Arma Christi, dit-il, et moins de vingt-quatre heures avant le dernier délai pour répondre aux invitations. Les Américains, surtout, ne se sont pas manifestés. Et s'ils refusaient de participer ? J'ai pris un risque en entrant personnellement en contact avec eux et en leur envoyant une invitation spéciale. C'était peut-être une bêtise. »

Il se demanda si Washington était derrière les agissements de Reinhardt. Mais comment cela serait-il possible ? Une fuite ? Pas inimaginable. Un proverbe arabe sur lequel il était tombé dans une de ses lectures lui vint à l'esprit. *Celui qui ne sait pas, mais ne sait pas qu'il ne sait pas, est un imbécile. Évite-le.* Sage précaution. *Celui qui ne sait pas, mais sait qu'il ne sait pas, est un apprenti. Instruis-le.* Tout à fait judicieux. *Celui qui sait, mais ne sait pas qu'il sait, est endormi. Réveille-le.* C'est dans ce cas de figure qu'il se situait lui-même en ce moment. Et enfin : *celui qui sait et sait qu'il sait est un maître. Apprends de lui.*

L'évidence même.

« Quand partez-vous pour le Nord, Vic ? s'enquit-il.

– Tout à l'heure. »

À l'origine, il était prévu que Vic agisse seul ce soir. Mais Olivier décida de modifier le plan.

« Je vous accompagne », déclara-t-il.

9

C'est Hélène, la mère de Constantin le Grand, qui fut à l'origine de la quête des Saintes Reliques. Son fils lui attribua le titre prestigieux d'Augusta Imperatrix, qui lui donnait librement accès au trésor impérial, afin qu'elle puisse préserver les objets précieux liés à la nouvelle foi chrétienne.

Pour remplir sa mission, cette première archéologue de la chrétienté se rendit en Palestine en 326, alors qu'elle était âgée de quatre-vingts ans. À Jérusalem, elle fit détruire un temple érigé sur l'emplacement du tombeau du Christ, près du Calvaire, dans le but de bâtir là une église. Selon la légende, les restes de trois croix différentes furent découverts pendant les travaux. L'une d'elles était-elle celle sur laquelle le Sauveur avait subi son supplice ? Personne ne le savait. Pour s'en assurer, l'impératrice commanda que l'on allât quérir une femme à l'article de la mort. Quand celle-ci toucha les deux premières croix, rien ne se produisit. Mais quand elle toucha la troisième, elle guérit sur-le-champ. Hélène déclara alors qu'il s'agissait là de la Vraie Croix et ordonna la construction à cet endroit de l'église du Saint-Sépulcre.

C'est ainsi que débuta le culte des reliques.

Dès le commencement, avec la Résurrection, la foi chrétienne fut liée au miraculeux. Les reliques devinrent un élément de ce culte, comblant le vide laissé par les idoles païennes désormais proscrites. Si leur usage était déjà répandu avant l'an 1000, un nouvel afflux d'objets saints déferla sur l'Europe à l'occasion des croisades. On en compta des milliers, et de toutes sortes – dents, membres, ossements divers, sang, jusqu'à des corps entiers. Pour une église, en posséder un revenait à s'assurer une source constante de profits grâce aux pèlerinages. Il n'y a donc rien de surprenant à ce que nombre de fausses reliques soient apparues, la facilité conduisant à en créer soi-même plutôt que d'aller en chercher au bout du monde.

La Réforme protestante apporta des changements dans ce domaine, car les réformateurs avaient les reliques en horreur. Calvin disait que, si l'on reconstituait la Vraie Croix à partir de tous ses fragments, elle remplirait un navire de haut bord, alors que, comme l'attestaient les Évangiles, un homme seul avait été capable de la porter. Après l'entrée en scène de Luther, en 1517, les reliques perdirent de leur importance, mais sept d'entre elles accédèrent à un statut particulier : la Vraie Croix, la Couronne d'épines, la Colonne de la Flagellation, l'Éponge, la Lance, les Clous et le Saint Sang.

Les Arma Christi. Les armes du Christ. Les instruments de la Passion.

Selon saint Paul, ceux-ci constituaient pour quiconque renonçait aux armes proprement dites une formidable protection contre la tentation.

Cotton écoutait les explications de Stéphanie.

« Les Arma Christi existent toujours, dit-elle, bien que l'on continue de débattre pour savoir lesquelles de ces reliques sont authentiques et lesquelles sont des faux. Le Vatican a résolu le problème en dressant sa propre liste officielle. »

On voyait des fragments de la Vraie Croix un peu partout. Le plus grand, et le plus remarquable, se trouvait au monastère espagnol de Santo Toribio de Liébana, en Cantabrie. Les épines de la Couronne, elles aussi, semblaient omniprésentes, chaque détenteur affirmant l'authenticité de la sienne. La couronne de la chapelle Saint-Antoine de Pittsburgh, en Pennsylvanie, avait toutefois obtenu une certification. Un morceau de la Colonne de la Flagellation, censé avoir été rapporté par Hélène elle-même, était conservé à Rome dans la basilique Sainte-Praxède. La Sainte Éponge était passée de la Palestine à Constantinople pour finir en France, à Notre-Dame.

La question de savoir si le Christ avait été crucifié avec trois clous ou avec quatre avait longtemps fait l'objet de controverses. D'après la légende, Hélène en avait découvert quatre en Palestine. Elle en avait jeté un à la mer pour apaiser une tempête, un autre avait été inséré dans le casque de bataille de Constantin, un troisième intégré à la tête d'une statue et le dernier fondu, puis transformé en mors pour le cheval de l'empereur. Il n'en restait pas moins que des douzaines de prétendus Saints Clous étaient éparpillés aux quatre coins de l'Europe. Le Vatican avait mis un terme aux querelles en décrétant authentique celui qui était exposé dans la cathédrale de Bamberg, en Allemagne.

« La sixième relique, le Saint Sang, se trouve ici, à Bruges – ou du moins s'y trouvait –, depuis neuf siècles. La septième est la Sainte Lance.

– Et il y a des gens qui volent ces reliques ? demanda Cotton.

– Oui. Cinq ont disparu au cours des trois derniers mois. Seules deux sont encore à leur place : le Clou et la Lance… »

Comme l'avait écrit Ian Fleming : « Une fois, c'est un hasard. Deux fois, une coïncidence. Trois fois, une action ennemie. »

« Mais il est l'heure d'y aller, maintenant », conclut Stéphanie.

Ils quittèrent la grande place et se dirigèrent vers la basilique du Saint-Sang. De là, Stéphanie l'entraîna dans une ruelle baptisée Blinde Ezelstraat – rue de l'Âne aveugle – qui débouchait sur une petite place où l'on apercevait les arcades en ciment d'une halle ouverte.

Le marché aux poissons.

Pendant des siècles, Cotton l'avait lu, c'était sur la place principale de la ville que s'étaient installés les mareyeurs. Or, les produits de la mer étant dans l'ancien temps une denrée rare et chère réservée aux riches, les gens du peuple s'étaient plaints des mauvaises odeurs, si bien qu'au début du XIXe siècle les poissonniers avaient dû se transporter sous cette halle, à l'écart de la multitude. Le bâtiment, quoique encore en usage, n'abritait aucune activité commerciale ce soir. Un panonceau indiquait que le marché se tenait seulement quelques matinées par semaine, de 8 heures à midi. Profitant des étals vides, des touristes s'étaient agglutinés sous les arcades. Des enfants jouaient sur les pavés au-delà.

« Nous allons quelque part en particulier ? » demanda Cotton à son ex-patronne.

Stéphanie s'arrêta près de l'édifice. Il l'imita.

« Il se passe quelque chose de grave en Pologne, dit-elle d'une voix où perçait l'inquiétude. Le gouvernement Fox veut à tout prix réinstaller des euromissiles là-bas. »

Il secoua la tête, incrédule.

En 2007, les États-Unis avaient engagé des pourparlers en vue du déploiement d'un bouclier antimissile en territoire polonais. Le dispositif consistait en dix silos de lancement d'intercepteurs couplés à un système radar de détection situé, lui, en République tchèque. L'idée était de mettre en place une protection contre des missiles venus d'Iran, mais la Russie avait vigoureusement protesté, interprétant l'initiative comme un défi à son égard. En représailles, pour contrer ce projet qui se présentait comme défensif, le président russe avait menacé d'installer à Kaliningrad des batteries de missiles offensifs à courte portée. L'Europe avait elle aussi exprimé les plus grandes réserves. La France, l'Allemagne et l'Italie s'étaient toutes trois opposées au scénario, le jugeant plus provocateur que stratégique. Le tollé s'était prolongé jusqu'à ce que l'administration Obama finisse par retirer la proposition.

« Ils veulent vraiment rouvrir ce sac d'embrouilles ?

– C'est bien leur intention. Le but est de signaler à Moscou qu'il y a un nouveau shérif en ville et que tout va changer. De montrer au monde que Fox est quelqu'un qu'il ne faut pas sous-estimer.

– De l'art de se fourrer dans un guêpier ! Si je me souviens bien, cette histoire de missiles a soulevé une véritable bronca. Tout le monde trouvait l'idée mauvaise.

– Fox déteste l'Union européenne et l'OTAN. Depuis quelques mois, il passe son temps à contrarier tous nos alliés, ou presque. Il se fout pas mal de ce que peuvent souhaiter les Européens ou les Russes. »

Ils s'étaient remis en marche et se trouvaient maintenant à l'arrière du vieil hôtel de ville, dont le toit pointu, les pinacles, les tourelles et les flèches faisaient naître des jeux d'ombre et de lumière compliqués. Sur leur chemin s'alignaient des bars et des cafés qui se préparaient pour une nouvelle soirée de travail. Un bon nombre des tables disposées à même la chaussée pavée étaient déjà occupées par des dîneurs. Il n'était pas loin de 20 heures, et Cotton avait un peu faim lui aussi.

« Cette fois, la solution passe par le président polonais, poursuivit Stéphanie. C'est lui et lui seul qui prendra la décision d'accepter ou non le déploiement de nos missiles.

– Et il est pour ?

– Cela dépend… »

Étrange réponse.

« Mais quel rapport entre l'installation de missiles en Pologne et les Arma Christi ? demanda Cotton, frustré.

– Un rapport direct. Il y a une raison à tous ces vols. Une raison plutôt bizarre, mais une raison quand même.

– Et quand comptez-vous m'en dire plus ?

– Tout de suite. Suivez-moi. »

10

Cotton suivit Stéphanie. Ils passèrent sans s'arrêter devant d'autres terrasses de café avec fauteuils en osier et auvents multicolores. Enfin, elle se dirigea vers une des maisons recouvertes de lierre qui bordaient un canal. Sur une enseigne en fer suspendue à la façade, il lut : LA QUINCAILLERIE. Drôle de nom pour un restaurant.

À l'intérieur, tout respirait la vieille Europe : poutres noircies par la fumée, tables en marbre, serveurs habillés de tabliers noirs empesés. Les murs de brique nue s'ornaient de gravures et de souvenirs accumulés au fil des générations. Les fenêtres, ouvertes sur le soir, donnaient sur le canal qui avait été le théâtre de ses exploits dans l'après-midi. Sur la rive d'en face s'élevaient d'autres maisons de brique converties en restaurants avec terrasse.

Un homme était assis à l'une des tables côté fenêtres. Il se leva à leur approche. Taille moyenne, brun, visage étroit et banal, rasé de près, teint cireux, coiffure convenable, costume sombre et cravate.

« Cotton, je vous présente Tom Bunch, dit Stéphanie. Il travaille à la Maison-Blanche… »

Ils échangèrent des poignées de main et s'assirent.

« Tom est assistant adjoint du président et conseiller adjoint à la sécurité nationale. »

L'insistance sur le mot « adjoint », répété deux fois et sûrement pas par hasard, n'échappa pas à Cotton, qui savait ce que pensait Stéphanie de cette dénomination. À la division Magellan, en effet, la bureaucratie se réduisait à sa plus simple expression. La patronne était seule aux commandes. Pas d'adjoints, pas de seconds, toutes les décisions émanaient d'une source unique.

« Tom est la cause de ma présence en Belgique, continua Stéphanie. Le ministère de la Justice a été sollicité pour assister la Maison-Blanche dans cette affaire, et le ministre a délégué la tâche à la division Magellan, avec la consigne d'en référer à Tom personnellement. »

Le président lui-même avait donc souhaité voir la mission confiée à la division. Restait à savoir pourquoi. Une question que Stéphanie n'avait pas pu ne pas se poser elle aussi, connaissant l'aversion de Fox pour elle-même et pour la structure qu'elle avait créée.

Un serveur vint leur présenter les menus et leur demanda ce qu'ils désiraient boire. Bunch commanda un vin français assez cher et Stéphanie de l'eau gazeuse. Cotton, lui, opta pour de l'eau plate. Il n'avait jamais eu de goût pour les liquides additionnés de dioxyde de carbone. Pas plus d'ailleurs que pour l'alcool, le café, le tabac ni tout ce qui pouvait sortir d'une pharmacie.

Il regarda Bunch étudier la carte et se dit : « Après tout, pourquoi pas ? » Il avait faim et les mets proposés semblaient roboratifs. Pas de haute cuisine, Dieu merci. La blanquette de veau retint son attention. Il vit aussi que la dame blanche figurait parmi les desserts. Le garçon revint avec les boissons, et Bunch le pria de leur laisser quelques minutes pour choisir leurs plats.

« Vous m'avez l'air un peu fripé, remarqua le conseiller adjoint, s'adressant à Cotton. Stéphanie m'a raconté que vous aviez piqué une tête dans le canal.

– C'était inclus dans le forfait excursion que j'avais pris, répondit Cotton, essayant de traiter la chose à la blague. “Une plongée dans l'univers des canaux”, disait la brochure. »

Mais Bunch ne parut pas goûter la plaisanterie.

« J'ignore tout de vous, dit-il. Mais Stéphanie m'assure que vous êtes l'homme de la situation. Vous savez qui est Jonty Olivier, je suppose ? ajouta-t-il d'un ton suffisant, comme si tout le monde se devait de connaître le type en question.

– Si vous pouviez éclairer ma lanterne..., suggéra Cotton avec un effort de retenue que Stéphanie parut saluer d'un sourire en coin.

– Je suis un peu surpris que vous n'ayez jamais entendu parler de lui. »

Encore cette arrogance ! Le bonhomme ne perdait décidément pas de temps pour vous taper sur les nerfs.

« Jonty Olivier est une sorte de courtier, intervint Stéphanie.

– Quelle spécialité ? Livres ? Objets d'art ? Immobilier ?

– Vous n'êtes vraiment plus dans la course, commenta Bunch avec un gloussement. Depuis combien de temps êtes-vous à la retraite ?

– Et vous ? Depuis combien de temps êtes-vous conseiller *adjoint* à la sécurité nationale ? Janvier ? Six bons mois, quand même ! Que faisiez-vous avant ?

– Ce n'est pas le sujet. Ce qui importe, c'est que je travaille pour la Maison-Blanche, maintenant, et que c'est moi qui commande. »

Cotton sortit son téléphone de sa poche. Un smartphone étanche, ce qui lui avait permis de survivre à la trempette. Il ouvrit un moteur de recherche et tapa TOM BUNCH, MAISON-BLANCHE. Plusieurs références s'affichèrent. Il choisit Wikipédia, curieux d'apprendre ce que les masses pensaient du monsieur. Il cliqua sur le lien, faisant, sans surprise, apparaître une page très courte.

Bunch est l'auteur de nombreux articles favorables à Warner Fox rédigés sous le pseudonyme *E Pluribus Unum*[1] pendant la

1. « L'unité fruit de la pluralité » : la devise des États-Unis. *(NdT)*

campagne présidentielle. S'il s'est montré critique vis-à-vis de la gauche comme de la droite, il ne l'a jamais été à l'égard des soutiens conservateurs de Fox. Il a présenté l'élection comme une bataille pour sauver l'Amérique, la qualifiant même dans un de ses articles d'« élection du vol 93 », en référence à l'avion détourné le 11 septembre 2001 qui s'écrasa après que ses passagers se furent rebellés contre les pirates de l'air. « Prenez d'assaut le cockpit, sinon vous mourrez, écrivait-il dans ce papier, avant de poursuivre : Il se peut que vous mouriez de toute façon si vous ou le dirigeant de votre parti ne savez pas piloter. Il n'existe aucune certitude, sauf une : si vous ne tentez pas le coup, c'est la mort assurée. » Le sens véritable du propos demeure obscur. Avant d'être appelé à la Maison-Blanche, Bunch était employé par Burdi Macro, la société chargée de gérer la fortune personnelle de Rich Burdi, dont le soutien financier à la campagne de Fox fut considérable.

« Que faites-vous ? demanda Bunch.

– Je lis votre biographie. »

L'assistant adjoint se tourna vers Stéphanie.

« Nous perdons notre temps, déclara-t-il. Il ne fait pas l'affaire.

– C'est également ce que je pensais de vous, dit Cotton. Et maintenant je sais pourquoi. »

Sa mémoire absolue aidant, il se rappela certains articles de presse concernant les idées de Fox sur le Conseil de sécurité nationale. Hypertrophié. Trop complexe. Peu maniable. Méritant un bon dégraissage. Fox préconisait la révision à la baisse, en nombre et en format, des réunions et des tâches administratives assurées par cette entité. Ce que les critiques avaient interprété comme une volonté de sa part de s'octroyer la maîtrise totale de la politique étrangère en ne sollicitant qu'un minimum d'avis extérieurs, voire aucun. Plusieurs sénateurs avaient dénoncé publiquement l'amateurisme de la Maison-Blanche, son autisme et son inconstance. Le processus de décision était lent, quand il existait, et aboutissait généralement à des catastrophes. Le but des conseillers semblait être avant tout de faire plaisir au patron, et non de définir et mettre en œuvre une doctrine claire en matière de sécurité nationale. L'explication d'un tel fiasco ? L'accession à des postes d'autorité de lèche-bottes incompétents. Comme celui qui était assis de l'autre côté de la table.

« Êtes-vous conscient de ce que vous faites ? reprit Cotton.

– J'ai l'oreille du président des États-Unis et je suis ici suivant ses instructions personnelles. C'est tout ce que vous avez à savoir. »

Cotton était très tenté de se lever et de planter là ce fantoche. Tant pis pour les cent cinquante mille dollars. Qu'est-ce qui l'empêchait de retourner à son hôtel, de s'offrir une douche et une bonne nuit de sommeil, avant de se rendre à la foire aux livres le lendemain, comme prévu ? Cette histoire ne le concernait pas et il avait déjà fait plus que sa part. En outre, plus il avançait en âge, moins il supportait les imbéciles et les médiocres, et moins il avait envie de prendre de gants avec eux. Mais trois bonnes raisons l'incitaient à ne pas décoller les fesses de sa chaise. Il y avait en premier lieu la contrariété qu'il lisait dans les yeux de Stéphanie. D'autre part, il avait faim, et la perspective d'une délicieuse blanquette suivie d'une dame blanche était alléchante. Et, pour finir, il venait de faire une découverte qui piquait sa curiosité…

Mais d'abord :

« Parlez-moi de ce Jonty Olivier, dit-il à Stéphanie, ignorant Bunch pour revenir au cœur du sujet.

– Il est de nationalité britannique, mais détient aussi un passeport helvétique, car sa mère était suisse. Il est sorti de l'ombre il y a seulement une quinzaine d'années en se faisant connaître comme "négociant" en renseignements. D'après mes sources, la CIA et la NSA ont utilisé plusieurs fois ses services. Il s'est révélé fiable et raisonnable. Il n'est affilié à aucun parti politique, est dénué de tout scrupule moral et ne défend aucune cause personnelle. C'est juste un marchand qui achète et revend des choses. Un commerçant qui gagne de l'argent. Ses clients peuvent être des particuliers, des sociétés, des gouvernements… Il n'est pas regardant. Les rapports le décrivent comme ayant, je cite, *des goûts patriciens et un discours utilitaire.* »

La formule fit sourire Cotton.

« Et où réside-t-il, ce gentilhomme pragmatique ?

– Il se déplace en permanence, répondit Bunch. Il est du genre à louer des appartements et à descendre dans des hôtels de luxe plutôt qu'à s'acheter des maisons voyantes. Il se montre généralement discret et mène ses transactions sur Internet, par virements bancaires et par le truchement d'intermédiaires. »

La façon dont le guignol dressait le portrait de l'aigrefin rappela à Cotton les récits de guerre faits par les gens qui n'ont jamais mis les pieds sur un champ de bataille.

« Il s'arrange aussi pour ne pas enfreindre la loi, continua Bunch. Il est à la limite de l'escroquerie, mais ne la franchit jamais. Olivier a récemment pris contact avec la Maison-Blanche. Le président et lui se connaissaient déjà avant l'élection.

– Ils sont amis ? s'enquit Cotton, intéressé.

– Ils ont fait des affaires ensemble dans le passé. Olivier s'est entretenu de ce qui nous occupe avec le président en personne.

– Était-ce bien avisé ? demanda Stéphanie, manifestement surprise. Toute cette histoire se résume à une monumentale manœuvre d'extorsion ! »

Cotton aurait bien aimé en avoir le fin mot, de cette « histoire » !

« Le président sait ce qu'est un *deal*, répliqua Bunch d'un ton agacé. Négocier était son fort quand il était dans le commerce. Il préfère le contact direct, le diagnostic direct.

– C'est bien ce que je pensais, vous êtes complètement inconscient, dit Cotton.

– Je n'apprécie pas votre insubordination !

– Aux dernières nouvelles, je ne travaille pas pour vous, observa Cotton avec un haussement d'épaules.

– Et je doute que ça arrive un jour. »

Mais le moment était venu pour Cotton de s'intéresser de plus près à la découverte piquante qui l'avait retenu de prendre ses cliques et ses claques.

Ils étaient attablés près d'une fenêtre ouverte devant laquelle un carillon éolien faisait entendre le tintement mélancolique de ses cinq tubes. Des vedettes touristiques – dont l'une manquait à l'appel ce soir – passaient de temps à autre sur le canal en contrebas. Des cygnes nageaient çà et là sur l'eau calme et brune, élégants, malgré leur caractère irascible, avec leur long cou, leur corps massif et leurs larges palmes.

Le regard de Cotton se posa de nouveau sur la silhouette féminine familière dont il avait noté la présence quelques minutes plus tôt.

Mince, déliée, racée, respirant l'assurance et la décontraction, la dame avait la grâce d'un cygne. Ses cheveux blond cendré tombaient en désordre sur ses épaules. Sa bouche charnue était un peu grande, une petite imperfection qui, de l'avis de Cotton, ne faisait qu'ajouter à son charme. Ses yeux bleus, il le savait, étaient ceux d'un carnassier. Elle évoquait aussi pour lui l'image d'une forteresse : souvent assaillie, jamais conquise.

Ivona Novak.

Assise seule à une table en terrasse, de l'autre côté du canal, elle le fixait.

« Je vous demande un instant », dit-il à Bunch.

Et il se leva.

11

En sortant du restaurant, Cotton prit à droite, franchit le canal par une des passerelles et gagna le boulevard extérieur, embouteillé dans les deux sens. Là, il suivit le trottoir pavé jusqu'à une rue ramenant vers la vieille ville et les maisons riveraines du canal, qui faisaient face à La Quincaillerie.

L'une de celles-ci, ancien siège d'une guilde, abritait une taverne sobrement baptisée Le Quai. Un établissement très fréquenté et spécialisé dans le poisson, à en juger par les odeurs. Des clients étaient installés dehors comme à l'intérieur. Il entra, passa devant l'accueil et ressortit sur la terrasse. La table qu'il avait repérée depuis la fenêtre de La Quincaillerie avait été abandonnée par son occupante. Il s'apprêtait à repartir quand il aperçut, coincé sous une soucoupe, un morceau de papier sur lequel était griffonné son nom. Il le prit et lut :

Très heureuse de te revoir, Cotton.

Il sourit en reconnaissant l'écriture féminine, puis leva les yeux vers la fenêtre ouverte de La Quincaillerie. Stéphanie le regardait. Seules les mains de Tom Bunch étaient visibles. Elles s'agitaient. Leur propriétaire devait être en train de pérorer, oublieux de tout ce qui ne concernait pas sa personne. Cotton plaignait sincèrement son ex-patronne, obligée de coopérer avec des nullités. Danny Daniels, qui, lui, savait faire son boulot, avait été pour elle le partenaire idéal à la Maison-Blanche. Lui et la division Magellan avaient accompli de grandes choses ensemble. Mais il fallait dire que Daniels n'était pas du genre à tirer la couverture à lui. Seuls les résultats comptaient à ses yeux.

Cotton quitta la terrasse pour retourner à La Quincaillerie, où il reprit sa place à table.

« Bon, où en étions-nous ? demanda-t-il à Bunch. Vous nous disiez que Jonty Olivier avait pris contact avec la Maison-Blanche, c'est bien ça ?

– Où étiez-vous ? répliqua l'autre, l'air perplexe.

– Aux toilettes. »

L'andouille parut se satisfaire de cette réponse. Stéphanie, en revanche, aurait manifestement aimé en savoir plus, mais il lui adressa un regard qui signifiait « plus tard ».

« C'est exact, dit Bunch. Olivier s'est mis en rapport avec nous pour la première fois il y a deux mois. En envoyant un message personnel. »

Il sortit son téléphone, tapa quelque chose sur le clavier, puis tendit l'appareil à Cotton. Sur l'écran était affichée la photo d'un carton d'invitation tout en arabesques :

Vous êtes convié
À une vente aux enchères de renseignements
Concernant le président de la République de Pologne
Janusz Czajkowski.
Si intéressé, envoyez réponse à l'adresse suivante
missilesoupas@de.com

« Celui qui a envoyé ce truc a apparemment quelque chose à vendre, commenta Cotton avant de se tourner vers Stéphanie. Ça a quelque chose à voir avec le bouclier antimissile en Europe ?

– Oui, acquiesça-t-elle. Le message est arrivé un mois après que la Maison-Blanche a annoncé son intention de relancer le projet. À ce moment-là, la moitié de l'Europe, la

Chine et la Russie avaient déjà poussé les hauts cris. Olivier a dû voir là une occasion de mettre à l'encan une information préjudiciable de nature à peser dans la décision. Comme je le disais, tout ça ressemble à un monumental chantage envers le président polonais.

– Olivier a accusé réception personnellement quand la Maison-Blanche a envoyé sa réponse à l'adresse e-mail indiquée, signala Bunch.

– Lui ou quelqu'un se faisant passer pour lui », rectifia Stéphanie.

Cotton comprit l'allusion : l'accusé de réception n'avait pas été traité avec les garde-fous appropriés.

« Non, non, insista Bunch, c'était bien Olivier. Le président et lui se sont entretenus par téléphone. Cette information, il nous la faut.

– De quel genre d'information s'agit-il ? demanda Cotton.

– Du genre embarrassant susceptible de ruiner une carrière politique. James Czajkowski (il prononçait Chakoski et non Tchaïkovski, comme il se devait) s'apprête à se présenter pour un second mandat. Il faut qu'il gagne cette élection, puis qu'il fasse exactement ce que nous voulons. Ou alors qu'il soit contraint à la démission tout de suite, étant donné que l'homme qui deviendrait président par intérim a de bonnes relations avec nous et serait beaucoup plus accommodant. »

Mais c'est qu'on avait potassé ses dossiers ! Bravo, M. Bunch ! N'empêche qu'on aurait quand même pu attendre d'un « assistant adjoint au président et conseiller adjoint à la sécurité nationale » qu'il n'écorche pas le nom d'un dignitaire étranger, se dit Cotton *in petto*.

« Et que souhaiteriez-vous que le président polonais fasse, au juste ? s'enquit-il.

– Cette information est classifiée.

– Cotton possède toutes les habilitations officielles, remarqua Stéphanie, clairement exaspérée.

– Comment est-ce possible, alors qu'il ne travaille même pas pour l'administration ? Il faut des références pour obtenir ce genre d'habilitation.

– Des références ? répéta Cotton. Comme d'avoir fayoté en postant des articles pourris sur Internet, ou d'avoir joué les conseillers financiers adjoints pour un richard plein aux as ? »

L'expression de Bunch vira à l'aigre.

« Je représente le président des États-Unis et je n'ai pas de comptes à vous rendre. Cette entrevue n'était sans doute pas une bonne idée, rétorqua le bonhomme en se levant.

– Comment ? Vous ne dînez pas avec nous ? Vous ne réglez même pas l'addition ? »

Bunch souleva d'un geste désinvolte la manchette de sa veste et consulta ostensiblement sa montre.

« La réponse est non aux deux questions. Stéphanie, vous chercherez quelqu'un d'autre.

– Non. »

Clair. Net. Emphatique. Pas négociable.

« Je vous demande pardon ? dit Bunch.

– Non, en trois lettres. Ce n'est pourtant pas difficile à comprendre. J'ai engagé Cotton. C'est lui qui fera le travail.

– Voulez-vous que j'appelle la Maison-Blanche ?

– Si vous y tenez. Mais vous perdez un temps précieux, et Cotton est le meilleur. C'est une chance pour nous qu'il se soit trouvé là aujourd'hui.

– Je ne vois pas les choses de cette manière.

– À vrai dire, vous ne voyez rien du tout, intervint Cotton. Je vous signale que vous avez une admiratrice. Elle s'appelle Ivona Novak. Elle appartient à l'Agencja Wywiadu. L'AW. »

Bunch lui adressa un regard vide. Il n'avait à l'évidence pas la moindre idée de ce dont il était question.

« Il s'agit du service polonais de la sécurité extérieure, précisa Cotton.

– Et elle est ici ?

– Elle *était* ici, oui. Elle est partie, maintenant. C'est pour la rejoindre que je suis sorti, tout à l'heure, indiqua Cotton en pointant son doigt vers la fenêtre.

– Elle a quitté sa table avant que vous ayez le temps d'y arriver, ajouta Stéphanie. Mais pas avant de m'avoir adressé un petit salut. On peut dire qu'elle a du style.

– Parce que vous connaissez cette femme, vous aussi ? demanda Bunch.

– C'est mon métier de connaître des gens comme elle. Ainsi que l'a expliqué Cotton, Ivona Novak fait partie de l'AW, et c'est un excellent agent. Elle est apparue dans le sillage de Solidarność et s'est mise au service de la nouvelle République de Pologne. Sa présence ici est un message.

– Je vous écoute », dit Bunch en se rasseyant.

Cotton réprima un sourire. De toute façon, quel autre choix avait ce plaisantin que d'« écouter », vu qu'il ne comprenait strictement rien à ce qui se passait ?

« Le président Czajkowski est sûrement au courant de cette vente, reprit Stéphanie. Il se peut même qu'il ait été invité à y participer. Quel meilleur moyen, en effet, de faire monter les prix que de convier la personne visée elle-même à enchérir ? Il a donc mis sur l'affaire l'élément le plus efficace de ses services. La présence d'Ivona à Bruges au moment où le Saint Sang disparaît ne peut pas être une coïncidence.

– Est-ce elle qui l'a volé ? demanda Bunch.

– Plus qu'improbable », répondit Cotton.

Si cela avait été le cas, elle ne serait pas restée traîner dans les parages ! Cet imbécile était-il à ce point incapable d'additionner deux et deux ?

« Évidemment non, dit Stéphanie. Mais elle complique notre problème. »

12

Czajkowski était assis dans son bureau personnel. Il s'y était enfermé dès son retour au palais présidentiel, deux heures plus tôt. Sa femme passait la soirée à l'opéra. Dieu merci, elle adorait les arts et, contrairement à lui, consacrait une bonne partie de son temps à leur promotion. Leur mariage avait, hélas, été un échec. Ils le reconnaissaient tous les deux. Toutefois, étant attachés à leur rôle de président et de Première dame, ils étaient parvenus à un arrangement : chacun sa sphère privée, ses centres d'intérêt, sa vie sentimentale, mais dans la discrétion, de sorte à ne jamais constituer une gêne pour l'autre ni compromettre leur statut. Il savait qu'elle avait déjà trouvé quelqu'un et il en était heureux pour elle. Lui aussi entretenait une relation privilégiée, mais c'était la politique, non l'amour, qui le faisait vibrer au quotidien.

Et c'était une bonne chose.

La Pologne semblait possédée par le démon de la politique. Outre les deux grandes formations, le PO et le PiS, il existait une infinité de groupements de taille moyenne ou moindre, voire insignifiante. Une quarantaine au dernier inventaire, couvrant un large spectre de convictions. Catholiques, conservateurs, libéraux, communistes, socialistes, corporatistes, nationalistes, sociaux-démocrates, féministes, activistes du « droit à la vie », il y avait de tout. À chaque credo son organisation.

Sa préférée ? Une survivance du passé : le Polska Partia Przyjaciół Piwa, ou Parti polonais des amis de la bière. À l'origine, son objectif était de lutter contre l'alcoolisme en encourageant la consommation de bière dans des pubs à l'anglaise au détriment de la vodka. Il avait été créé en 1990, juste après la chute du communisme, et, conséquence surprenante du désenchantement de l'électorat, ses candidats avaient recueilli 3 % des suffrages aux législatives et remporté seize sièges au Parlement. Son programme proposant de rendre la bière de qualité accessible à tous en était venu à symboliser la liberté d'association et d'expression, la tolérance intellectuelle et l'amélioration du niveau de vie. Les plaisanteries qui circulaient, sur le thème : « Avec le PPPP à la barre, ce ne sera pas mieux, mais au moins on se marrera », avaient aussi contribué à sa popularité. Mais, comme il fallait s'y attendre, le parti n'avait pas tardé à se diviser en factions et à sombrer dans le néant.

À l'image de la Pologne elle-même et de ses métamorphoses successives. Grandeur et décadence…

Le pays avait toujours été cerné par des puissances impériales – Suédois au nord, Russes à l'est, Prussiens à l'ouest, Ottomans au sud. L'absence d'obstacles naturels à l'est comme à l'ouest avait permis à des flots continus d'envahisseurs de le submerger siècle après siècle.

Les plaines ouvertes qui constituaient la majorité du territoire faisaient de celui-ci un champ de bataille idéal, ce qui avait facilité la tâche des oppresseurs désireux de maintenir la Pologne sous leur joug.

Un État avait tout de même fini par émerger à l'intérieur de frontières reconnues, mais pour être effacé de la carte politique en 1795, lors de son partage entre la Russie, la Prusse et l'Autriche. C'était la première nation européenne à subir ce sort. Une clause de l'accord secret entre les trois puissances soulignait la nécessité d'abolir *tout ce qui pourrait rappeler l'existence d'un royaume de Pologne.* Et elles s'étaient employées à cette tâche, les Prussiens fondant les joyaux de la couronne, les Autrichiens transformant les palais en casernes et les Russes faisant main basse sur tout ce qu'ils pouvaient trouver. Après quoi ils avaient proclamé d'une seule voix que la Pologne n'avait jamais été qu'un repaire de barbares en mal d'expiation.

Au XXe siècle, les Polonais avaient eu une deuxième chance de constituer un État indépendant, mais les Allemands les en avaient privés, puis les Soviétiques avaient achevé le travail en s'installant durablement dans le pays après en avoir chassé les nazis. Dès 1948, les communistes contrôlaient totalement la Pologne. Pis encore, les Alliés avaient réaménagé les frontières lors de la conférence de Potsdam et cédé à l'Union soviétique des contrées polonaises de longue date en échange de nouveaux ajouts, ce qui avait eu pour effet de décaler l'ensemble du territoire de deux cents kilomètres vers l'ouest, le rendant très différent de ce qu'il avait été avant la guerre. Le premier président de l'époque, un inconditionnel de Staline, avait instauré de sévères mesures répressives pour intimider la population. Les travailleurs, censés jouer un rôle prépondérant dans la conduite des affaires, n'avaient en réalité pas voix au chapitre. Le niveau de vie se dégradait année après année. La part la plus importante du budget national était dévolue aux militaires. Le charbon ainsi que d'autres produits de base étaient expédiés gracieusement en Union soviétique. Les premières graines de rébellion, semées en 1956, avaient mis un quart de siècle à germer, et une décennie supplémentaire à fleurir. Le joug communiste n'avait été jeté à bas qu'en 1989, et la république rétablie. Mais ce passage radical d'un régime de parti unique à une démocratie libérale et pluraliste avait encouragé le foisonnement d'idées nouvelles. Aucune formation n'avait jamais été en mesure d'assumer seule le contrôle de l'État. Le gouvernement de la Pologne reposait sur des compromis sans cesse contestés.

Ce qui expliquait la place centrale qu'occupait la politique dans les pensées de Janusz Czajkowski.

Exercer le pouvoir, se disait-il souvent, revenait à maintenir dix ballons sous l'eau en même temps. Il y en avait toujours un qui vous échappait et remontait à la surface. Et quand on parvenait à le reprendre, c'en était un autre qui se libérait. Une tâche presque impossible, mais il fallait bien s'y coller si l'on voulait que le pays soit gouverné. La coalition hétéroclite de huit partis qu'il dirigeait actuellement – une alliance fébrile entre faucons, colombes et militants divers – était pour le moins fragile. Et c'était dans ce contexte que le nouveau président américain avait résolu d'imposer une fois de plus à la Pologne son maudit bouclier antimissile ! Czajkowski occupait le poste de sous-secrétaire d'État aux Affaires étrangères, il y avait des années de cela, quand cette idée avait été proposée avant d'être rejetée par tout le monde, y compris les Américains eux-mêmes.

Et, pour corser le tout, voilà que les morts ressuscitaient.

De plus d'une façon.

Il avait vraiment cru le passé enterré. Toutes ces histoires auraient dû disparaître en même temps que les communistes. L'Institut de la mémoire nationale et sa Commission pour la poursuite des crimes contre la nation polonaise avaient consacré des années à enquêter sur les périodes nazie et communiste. Il était présent quand le Parlement avait ordonné l'ouverture complète des archives et, au cours des vingt dernières années, la commission avait collecté des millions de documents, interrogé des milliers de témoins et reconnu cent cinquante personnes coupables de crimes contre la paix et l'humanité.

Ce qu'il jugeait très positif.

D'autant qu'il n'avait été concerné par aucune de ces investigations.

Jusqu'à présent.

Il continua de ruminer ses pensées, mais cela lui laissait un goût amer. Une sensation détestable qu'il n'avait pas éprouvée depuis longtemps. Quelques coups frappés discrètement à la porte le tirèrent de ses méditations.

Son secrétaire particulier entra pour lui annoncer que le chef du BOR désirait lui parler.

Ah ! Peut-être enfin des réponses !

Michał Zima pénétra dans la pièce.

« J'ai de mauvaises nouvelles, dit-il dès qu'ils furent seuls. Le fils a été retrouvé mort. Il s'est pendu.

– Mais comment est-ce possible ? s'exclama Czajkowski, abasourdi.

– Rien n'indiquait qu'il ait eu des tendances suicidaires. Après l'avoir interrogé, je l'ai fait placer en détention provisoire dans une cellule. Il s'est étranglé avec un drap noué à un barreau. »

Czajkowski passa une main sur ses yeux fatigués. Nom d'un chien ! Il aurait dû éprouver de la pitié pour le fils comme pour la mère, mais ce dernier était quand même responsable de ce qui était arrivé.

« J'imagine qu'il n'a pas supporté son sentiment de culpabilité après la mort de sa mère, poursuivit Zima. Il a paru bouleversé quand il l'a apprise et a demandé à rester seul un moment. Rien ne laissait présager son geste. Mon intention était de le libérer sous peu.

– Le libérer ? Pourquoi ?

– Il n'avait enfreint aucune loi. Nous outrepassions nos droits en l'interpellant pour interrogatoire, mais j'ai estimé justifié de le faire à cause de la... situation.

– Quelle situation ?

– Il semble logique de penser que les éléments monnayés par ce garçon, quels qu'ils soient, représentent une menace directe pour la présidence.

– Ou pour la nation.

– Si c'était le cas, on m'aurait fourni des éclaircissements. J'ai le sentiment qu'il s'agit de quelque chose de plus personnel. »

Exact. Mais Czajkowski n'était pas prêt à se confier pour autant.

Les dossiers dénichés dans la maison avaient été transportés au palais et se trouvaient à présent empilés à même le parquet du bureau. Il avait pu constater en les parcourant rapidement qu'aucun d'eux ne l'impliquait, et il en avait déduit que les documents le mettant en cause étaient déjà dans la nature. Entre les mains d'un dénommé Jonty Olivier.

Mais si Zima subodorait quelque chose, il ne disposait d'aucun élément concret pour étayer ses supputations.

« Le fils vous a-t-il fourni des précisions sur ce qu'il a vendu ?

– Je n'avais pas encore abordé ce point avec lui. Je comptais le faire après vous avoir vu à Józefa. Malheureusement, il était déjà mort. »

Un événement fortuit, cela ne faisait aucun doute. Cependant, un décès en garde à vue avait toujours quelque chose de révoltant qui ramenait aux années 1970 et 1980.

Quelle époque !

Des troubles sociaux d'ampleur nationale avaient conduit à la formation du syndicat Solidarność, qui s'était transformé en une puissante force politique autonome. En 1981, afin d'enrayer le phénomène, la loi martiale avait été instaurée, mais deux années d'oppression avaient échoué à apaiser les tensions grandissantes. En 1989, le gouvernement avait été contraint d'organiser les premières élections parlementaires partiellement libres et démocratiques depuis la fin de la Seconde Guerre mondiale. Un scrutin impossible à contrôler ou à manipuler.

Quelques mois plus tard, l'Union soviétique s'effondrait et Lech Wałęsa, le dirigeant de Solidarność, remportait la présidentielle.

Après cela, les régimes communistes d'Europe de l'Est avaient implosé les uns à la suite des autres, mettant un terme à la guerre froide.

Pendant toute l'ère soviétique, le Służba Bezpieczeństwa, en première ligne dans le combat de l'État autoritaire pour se maintenir au pouvoir, avait fait régner la terreur. Czajkowski possédait les données chiffrées. À la fin, le SB employait vingt-cinq mille agents et disposait de quelque quatre-vingt-cinq mille informateurs. Infiltré dans tous les domaines de la vie des gens, il s'acharnait à étouffer la contestation. Les prisons comme celle de Mokotów proliféraient. Le mécontentement avait toujours grondé plus fort en Pologne que n'importe où ailleurs dans le bloc de l'Est, car le pays n'avait pas de tradition socialiste. En vérité, le concept marxiste résumé par la formule *de chacun selon ses capacités, à chacun selon ses besoins* était incompatible avec le principe d'indépendance auquel étaient farouchement attachés les Polonais.

Tout cela appartenait au passé, désormais.

Mais un minuscule fragment de ce passé venait de ressusciter.

Et Czajkowski se sentait très mal.

« Je veux que vous localisiez ce Jonty Olivier, dit-il.

– Nous nous y employons.

– Je veux également un dossier sur lui. Tout ce que vous savez. Et vite.

– Bien entendu, acquiesça Zima.

– Vous pouvez disposer. »

L'un des privilèges liés à sa fonction était de pouvoir mettre un terme à une conversation quand il le désirait. Zima sortit. La soirée avait été tout sauf gratifiante. Mais il avait mené suffisamment de batailles politiques pour savoir qu'on pouvait parfois les perdre.

Son meilleur atout se trouvait à Bruges.

Il prit son téléphone et composa un numéro.

Ivona Novak ne tarda pas à répondre.

« S'il te plaît, annonce-moi de bonnes nouvelles », lui dit-il.

13

Cotton se laissa aller contre le dossier de sa chaise et réfléchit à la situation inconfortable dans laquelle se trouvait Stéphanie, coincée entre de dangereux professionnels et de non moins redoutables crétins.

Pas loin de vingt ans plus tôt, Stéphanie l'avait arraché à la marine, lui donnant une chance de s'élever au-dessus de son statut d'avocat. Il avait accepté le défi et s'était montré plus que capable dans son rôle d'officier du renseignement. Ce qui lui avait valu d'être détaché à la division Magellan, au ministère de la Justice – un changement d'orientation majeur dans sa carrière. C'était Stéphanie elle-même qui avait créé cette section spéciale pour résoudre les affaires particulièrement sensibles relevant de la compétence de la Justice. Douze agents qu'elle commandait personnellement. Il avait été l'un d'eux pendant douze ans, jusqu'au jour où une balle lui avait traversé l'épaule, à Mexico. Il avait réussi à abattre les tireurs, mais le carnage occasionné avait fait sept morts et neuf blessés. L'un des morts était un jeune diplomate en poste à l'ambassade du Danemark, Cai Thorvaldsen. Dix semaines après le massacre, un homme au dos voûté avait sonné chez lui, à Atlanta. Henrik Thorvaldsen. Cotton l'avait fait entrer sans prendre la peine de lui demander comment il avait eu son adresse.

« Je voulais faire la connaissance de l'homme qui a abattu l'assassin de mon fils, avait déclaré Thorvaldsen comme ils s'installaient dans le salon.

– Pourquoi ?
– Pour vous remercier.
– Vous auriez pu appeler.
– J'ai appris que vous aviez failli être tué... »

Cotton s'était contenté de hausser les épaules.

« Et aussi que vous démissionnez de l'administration, renoncez à votre commandement et prenez votre retraite de l'armée.

– Vous en savez long.

– La connaissance est le plus grand des luxes.

– Je vous remercie pour la pommade et je suis sincèrement désolé pour votre fils, avait répondu Cotton, pas du tout impressionné. Mais j'ai un trou dans l'épaule qui me fait souffrir et je manque de patience. Alors, si vous voulez bien me laisser, maintenant que vous m'avez dit ce que vous étiez venu me dire... »

Sans faire mine de se lever, Thorvaldsen avait parcouru du regard le salon et les pièces contiguës, visibles à travers une grande ouverture en arc. Tous les murs étaient couverts de livres, la maison elle-même ne semblait être là que pour servir de décor aux étagères.

« Moi aussi, j'aime les livres, avait-il commenté. J'en ai fait collection toute ma vie.

– Qu'est-ce que vous voulez, au juste ?

– Avez-vous songé à votre avenir ?

– Je pensais ouvrir une librairie spécialisée dans l'ancien. J'ai de quoi vendre, avait répondu Cotton en désignant les murs d'un geste circulaire.

– Excellente idée. J'en ai justement une à céder, si vous êtes preneur. »

Cotton avait décidé d'entrer dans le jeu. Mais quelque chose dans le regard du vieil homme lui disait qu'il ne s'agissait pas d'une plaisanterie. Après avoir fouillé de ses mains aux veines saillantes dans les poches de sa veste, Thorvaldsen en avait extrait une carte de visite qu'il avait posée sur le canapé.

« Mon numéro personnel. Si vous êtes intéressé, passez-moi un coup de fil. »

Cotton avait appelé le numéro, parachevé dans la foulée sa procédure de divorce, quitté son emploi, vendu sa maison et déménagé de la Géorgie au Danemark.

Et pas une seule fois il n'avait regretté sa décision.

Dans la basilique du Saint-Sang, des images de cette journée à Mexico avaient soudain afflué dans sa tête. Des gens en danger. Lui, présent sur les lieux, en mesure d'intervenir, de faire quelque chose.

Et il ne s'était pas défilé.

Mais il avait commis des erreurs à Mexico. Des fautes qu'il s'efforçait de ne pas répéter. Comme de sous-estimer l'adversaire, par exemple.

« Monsieur Bunch, dit-il, une agente hautement qualifiée des services secrets polonais s'est donné la peine de nous signaler sa présence. Elle avait une raison d'agir de la sorte. Et cette raison est manifestement à chercher du côté de son pays. »

Le restaurant, qui se remplissait de clients, devenait bruyant. Discuter d'un sujet à ce point sensible dans un endroit aussi fréquenté n'était pas sans risque, mais Bunch, inconscient de ce qui se passait autour de lui, dégustait son vin hors de prix.

« Ne ferions-nous pas mieux de sortir ? » demanda Cotton à Stéphanie.

Elle répondit d'un geste qui signifiait : « Croyez-vous vraiment que j'aie mon mot à dire ? »

« Nous pouvons très bien parler ici », déclara Bunch.

Cotton adressa à son tour à sa chef un haussement d'épaules qui aurait pu se traduire par : « Après tout, pourquoi pas ? Au point d'amateurisme où on en est… »

« Cotton, dit Stéphanie, après que nous avons répondu à l'invitation à prendre part aux enchères, un complément d'information est, paraît-il, arrivé par e-mail stipulant que, pour être admis à concourir, nous devions nous présenter avec un objet désigné. Pas d'objet, pas de participation. »

Il comprenait mieux, maintenant.

« Une des Arma Christi, c'est ça ?

– Exactement. La nôtre est la Sainte Lance, la Lance de saint Maurice, qui se trouve à Cracovie. »

Ce qui expliquait de manière plus convaincante l'apparition d'Ivona Novak.

« Des sept reliques, continua Stéphanie, cinq ont déjà été volées. Par qui ? Nous n'en avons pas la moindre idée. Mais, chacun devant apporter la sienne le jour de la vente, nous en saurons plus à ce moment-là. Il reste deux reliques : la Sainte Lance, notre ticket d'entrée, et le Clou, exposé à la cathédrale de Bamberg, en Allemagne. Nous devons nous approprier la lance d'ici à demain minuit. Ce qui nous laisse un peu plus de vingt-sept heures. Si nous ne l'avons pas, nous ne pourrons pas entrer.

– Pourquoi ne pas attendre, localiser l'endroit et effectuer une descente au moment de la vente ? suggéra Cotton.

– Ce n'est pas si simple, répondit Bunch avec un sourire suffisant et sur le ton du pédagogue exaspéré d'avoir à expliquer l'évidence à un cancre. Le lieu ne nous a pas été précisé. Il ne le sera que quand nous aurons la relique.

– Comment ? Vous êtes en train de me dire que vous êtes incapable de trouver l'endroit ? Alors que vous disposez du plus vaste réseau de renseignement au monde ?

– L'idée, reprit Stéphanie, est de mettre en concurrence les intérêts des divers invités. Certains veulent avoir le renseignement ; d'autres veulent le détruire. L'emporter dans ces conditions risque donc de ne pas être facile. D'autre part, il est probable que ce Jonty Olivier aura pris les précautions nécessaires en prévision d'une éventuelle attaque préventive. Il doit bien se douter qu'il y a un risque de bagarre.

– Et vous ne savez même pas ce que vous achetez, ajouta Cotton.

– Faux ! s'exclama Bunch. L'invitation était accompagnée d'un échantillon.

– Que comptiez-vous faire avant d'apprendre que j'étais là ? demanda Cotton à Stéphanie.

– J'avais un autre collaborateur en vue. C'est pour m'occuper de cette histoire que j'étais à Bruxelles.

– Et moi aussi, dit Bunch. Étant donné que je serai présent à la vente avec la relique et que je participerai aux enchères. »

Une mauvaise idée à tous égards.

« Ordre de la Maison-Blanche et du ministre de la Justice… », précisa Stéphanie.

En clair : inutile d'espérer revenir en arrière. Mais Cotton ne put pas s'empêcher de remarquer :

« On peut dire que vous êtes gâtée point de vue problèmes. »

Bunch prit la mouche.

« Vous pensez peut-être tous les deux que je n'ai rien à faire là-dedans, mais ce n'est pas à vous d'en décider. Le président estime que j'ai toute ma place, au contraire. Alors, si nous pouvions mettre sur pied un plan réalisable…

– Ah, parce que je "fais l'affaire", maintenant ? railla Cotton.

– Mais bien sûr, Malone. Stéphanie a raison, je n'ai pas le choix. Le temps presse. »

À qui ce minable essayait-il de faire gober ses bobards ?

« Et comme ça, si j'échoue, vous lui mettez tout sur le dos, vu que c'est elle qui m'a choisi.

– Quelque chose dans ce goût-là, en effet, admit Bunch avec un grand sourire.

– Nous avons déjà déblayé le terrain, Cotton, dit Stéphanie. Nous savons où est la Lance et comment nous en emparer.

– Je l'ai vue une fois, il y a des années. Elle est exposée dans le musée de la cathédrale, au château du Wawel.

– Pas en ce moment, et c'est une chance pour nous. Dans son message, Olivier spécifiait que la relique devait être dérobée comme préalable à la communication de toute information complémentaire. Le vol en soi constitue un gage de bonne foi, j'imagine. À l'évidence, nous ne pouvons pas nous faire prêter la Lance par le musée ni demander aux Polonais de coopérer avec nous. Pourquoi le feraient-ils ? Fox est bien la dernière personne qu'ils souhaiteraient voir en possession d'un renseignement préjudiciable à Czajkowski. Le fait qu'Ivona soit ici prouve qu'ils sont entrés dans la danse. Ils font partie de ceux qui ne veulent pas de cette vente, et je suis persuadée qu'Ivona a pour mission d'empêcher qu'elle se tienne.

– À moins que la Pologne elle aussi n'ait été invitée.

– C'est possible, mais quelque chose me dit que non.

– Pensez-vous que Czajkowski connaisse le prix que doit payer l'Amérique pour être admise à participer ?

– J'en doute. Et cela explique aussi la présence d'Ivona. Le Saint Sang ayant disparu, elle concentre son attention sur la Lance et le Clou de Bamberg. Et elle attend que nous prenions une initiative.

– Pour ce qu'elle en sait, c'est nous qui détenons le Saint Sang, intervint Bunch, tenant pour la première fois un propos sensé.

– Il n'a pas tort.

– Peut-être, admit Stéphanie. Mais vous devrez vous en assurer. »

Le chantage était sans aucun doute politique. Et le dossier aux enchères assez accablant pour aiguiser les appétits. Mais Cotton avait appris à ne jamais miser avant de savoir ce qui était en jeu.

« Avez-vous l'intention de me dire de quelle nature est cette révélation concernant Czajkowski ? Vous nous avez parlé d'un échantillon que vous avez… »

Bunch l'arrêta d'un geste.

« Combien de fois devrai-je vous répéter que l'information est classifiée et que vous n'avez pas besoin d'en savoir plus ? Tout ce que nous vous demandons, c'est de vous approprier cette lance. »

À cela, une seule réponse possible.

«Je passe mon tour », dit Cotton en se levant.

14

Jonty Olivier sortit de la voiture.

Vic DiGenti et lui avaient quitté le château après dîner et pris la route du Nord et de la Pologne. Une fois la frontière franchie, ils s'étaient dirigés vers Cracovie, mais, à quelques kilomètres de la ville, ils avaient bifurqué vers l'est et gagné Wieliczka. La langue polonaise lui donnait du fil à retordre, avec ses lettres apparemment familières qui correspondaient à plusieurs sons différents. Témoin ce Wieliczka qui se prononçait Viélitchka.

Les mines de sel avaient toujours exercé une fascination sur lui. Au XIIIe siècle, selon la légende, le duc de Cracovie, Bolesław, qui cherchait femme, avait demandé la main de Cunégonde, la fille du roi de Hongrie. Pragmatique, Cunégonde avait exigé de son père une dot susceptible de contribuer à la prospérité de sa nouvelle patrie. Celui-ci lui avait donc donné une mine de sel. Laquelle était toutefois située en Hongrie, loin de la Pologne. Par manière de remerciement, elle avait jeté son anneau de fiançailles dans le puits d'extraction. Des années plus tard, résidant désormais en Pologne, elle avait visité Wieliczka juste après la découverte à cet endroit d'un gisement de sel. Là, un mineur lui avait fait cadeau d'un cristal qui contenait quelque chose de brillant. L'enveloppe une fois brisée, la duchesse avait reconnu sa bague, venue toute seule de Hongrie en se déplaçant sous terre.

Une fable qui expliquait à la fois le choix de sainte Cunégonde comme patronne des mineurs de sel polonais et l'exploitation continue de sel gemme à Wieliczka pendant sept cents ans.

Et dans quel lieu !

Neuf niveaux, le premier à soixante mètres de profondeur, le dernier à plus de trois cents. Un labyrinthe de deux cent cinquante kilomètres de galeries conduisant à plus de deux mille chambres souterraines excavées par quarante générations de mineurs. La mise au jour de la ressource était à porter au crédit des paysans locaux, qui étaient tombés par hasard sur des dépôts sodiques et avaient commencé à creuser. Auparavant, le sel était importé ou provenait de la mer. Cette découverte d'une substance de remplacement moins chère et plus abondante avait été une aubaine. Ce n'était pas pour rien qu'on parlait d'or gris.

Fruit de l'interaction d'une base et d'un acide – plus spécifiquement celle du sodium et du chlore –, le sel, ou chlorure de sodium, constituait un aliment essentiel à la vie. Il était aussi le seul minéral assimilable par les humains.

Une chance. Car, le corps n'en fabriquant pas, il devait provenir d'une source extérieure. Un adulte en perdait deux cent cinquante grammes par jour, qui devaient impérativement être remplacés. Sans sodium, aucune des fonctions essentielles du corps humain n'était possible : pas de circulation de l'oxygène dans le sang, pas d'influx nerveux, pas de contractions musculaires, y compris cardiaques. Pas de digestion non plus. Ce besoin permanent d'apports nouveaux en sel pour compenser les quantités éliminées conférait à cet élément sa valeur impérissable. Il avait de tout temps été l'un des produits de première nécessité les plus recherchés, et sa capacité à se reconstituer par évaporation même après avoir été dissous dans l'eau le rendait unique.

Son obtention et sa commercialisation, longtemps prérogatives de la couronne, avaient largement contribué à la richesse des rois de Pologne et à l'emploi local. Au Moyen

Âge, sept à huit mille tonnes étaient extraites annuellement du sol que Jonty Olivier avait sous les pieds, et cela avait continué jusqu'à une période avancée du XXe siècle.

Il était bientôt 20 heures et la mine fermait. Elle accueillait chaque année deux millions de touristes en groupes accompagnés, le dernier départ quotidien s'effectuant à 19 h 30, comme l'indiquait un panneau accroché au mur. Des visites sur rendez-vous étaient également possibles en dehors des heures d'ouverture, et c'était certainement un arrangement de ce genre que Vic avait combiné avec leur contact.

Il pénétra à la suite de son associé dans l'élégant édifice art nouveau qui abritait le puits Regis, le plus ancien, foré au XIVe siècle. Jadis, la descente dans les abysses s'effectuait à l'aide de cordes. Des ascenseurs remplissaient maintenant cette fonction : ceux du puits Regis, réservés au parcours spécial, et deux ensembles de monte-charge dans un secteur distinct, destinés l'un aux hordes quotidiennes de touristes, l'autre aux équipes affectées à l'entretien et à la sécurité des galeries. À l'intérieur du bâtiment, quelques personnes tout juste revenues de leur excursion au fond discutaient avec animation en finissant d'ôter leur casque et leur combinaison vert olive.

Un homme attendait à l'écart. Lui aussi portait une combinaison, mais beige, et une étiquette cousue sur sa poitrine indiquait son nom : KONRAD. Olivier savait que plusieurs centaines de guides, tous qualifiés et expérimentés, avaient pour tâche d'accompagner les groupes. La plupart travaillaient seulement à temps partiel. Konrad était une sorte d'hybride. Il comptait en effet parmi les quelques mineurs encore employés à plein temps sur le site, mais était chargé d'organiser les visites individuelles. Par chance, Konrad était aussi très endetté en raison de deux divorces et de dépenses inconsidérées. Quelques milliers d'euros avaient suffi à s'assurer sa loyauté inconditionnelle.

La présence de cet élément étranger à proximité immédiate du cœur de l'affaire n'enchantait pas Jonty Olivier, mais la situation était pour le moins inhabituelle. Dans son métier, le sens du *timing* était fondamental. Une information importante tel jour pouvait se révéler sans valeur le lendemain. Le tout était de battre le fer tant qu'il était chaud. C'est ce qui l'avait poussé à se montrer d'une générosité exagérée envers cet être corruptible. Vic avait surveillé Konrad de près par précaution et n'avait rien constaté d'alarmant. En revanche, l'apparition de l'espion et la mention du nom de Reinhardt avaient suscité chez Olivier un accès d'angoisse.

« J'ignorais que vous viendriez aussi, lui dit Konrad.

– C'est un problème ?

– Je n'avais prévu qu'une seule personne pour cette descente, mais je peux modifier ça. Donnez-moi une minute », répondit Konrad avant de s'éloigner.

Olivier s'approcha d'un grand panneau où figuraient un plan des galeries et des précisions sur l'exploration qu'il s'apprêtait à effectuer.

Le visiteur, vêtu et outillé comme un professionnel, n'aura pas l'impression de faire du tourisme en descendant dans les ténèbres par le puits Regis, le plus ancien encore en activité à Wieliczka. Le parcours, situé loin du trajet touristique fréquenté, lui permettra de découvrir de l'intérieur le métier de mineur. Il sera mis en situation de mesurer lui-même les concentrations de méthane, de broyer et convoyer le sel, d'ouvrir des voies et d'identifier des chambres inconnues. Il fera l'expérience directe de ce que signifie vivre et travailler sous terre au quotidien et sera initié aux traditions et aux rituels secrets des mineurs.

Belle promesse d'aventure !

Chaque visiteur recevra une combinaison, une lampe et un casque. Prévoir des vêtements chauds, la température dans les galeries variant entre 14 °C et 16 °C, ainsi que des chaussures confortables et imperméables.

Exactement la tenue qu'il avait endossée.

Il avait fait du chemin, depuis ses débuts.

Il avait commencé par écouler au marché noir des surplus américains volés sur les bases militaires réparties aux quatre coins de l'Europe. Il vendait tout et n'importe quoi. Le stock d'acheteurs était apparemment inépuisable. Il avait gagné beaucoup d'argent tout en parvenant à éviter la prison. Puis il avait franchi une étape supplémentaire en se risquant sur le terrain des ressources humaines. Était-on à la recherche d'un cambrioleur expérimenté, d'un expert en armes à feu ou d'un pirate informatique performant ? Il savait trouver la bonne recrue au meilleur prix. Aussi incroyable que cela paraisse, personne avant lui n'avait eu l'idée de proposer un tel service. Tout le monde pensait que les criminels s'associaient sur un coup de tête, ou parce qu'ils se connaissaient déjà. Rien de plus faux. L'impossibilité de passer des annonces, la vigilance de la police et la malhonnêteté ambiante rendaient en réalité très compliquée la tâche de dénicher un complice fiable. D'autant qu'on pouvait difficilement demander des références. Il avait apporté une solution à ce problème et bien arrondi sa pelote par la même occasion. Il ne s'était fixé qu'une règle : ne jamais travailler pour des assassins, des terroristes ou des kidnappeurs. Pendant près d'une décennie, il avait été le principal fournisseur de main-d'œuvre de la pègre.

Puis il s'était lancé dans une autre branche : le renseignement. Encore un service peu exploité.

Malheureusement, il n'existait pas de diplôme universitaire dans ce domaine, pas plus que de formations parrainées par des syndicats ni d'héritage culturel dans lequel puiser. Il fallait apprendre sur le tas. Et c'est ce qu'il avait fait, commettant quelques erreurs par-ci par-là, mais ne les répétant jamais. Il avait acquis une solide réputation et comptait, de l'avis général, parmi la demi-douzaine de spécialistes au monde capables de fournir des informations sûres. Et il était à présent sur le point de remporter son plus beau succès. À condition de conserver pendant encore deux jours le contrôle de tous les paramètres.

Cette affaire représentait pour lui le tournant décisif qui intervenait nécessairement dans toute vie humaine.

« Ça y est, annonça Konrad en reparaissant. J'ai déposé des tenues pour vous dans le vestiaire. Enfilez les combinaisons et rejoignez-moi à l'ascenseur, là-bas, avec votre casque, votre lampe et votre absorbeur de CO_2. »

15

Cotton sortit du restaurant.

Stéphanie n'avait pas tenté de le faire changer d'avis. Elle avait même semblé comprendre son choix de laisser tomber. Cent cinquante mille dollars était une contrepartie bien insuffisante pour qu'il accepte de travailler avec un type comme Tom Bunch. Il était désolé pour elle, mais c'était une grande fille. Elle se débrouillerait. En attendant, il souhaitait bien du plaisir à l'autre collaborateur qu'elle avait en vue pour cornaquer ce guignol !

Il se demanda pourquoi elle s'obstinait à rester à son poste plutôt que de prendre sa retraite et de changer d'activité. Elle pouvait se faire une fortune dans le privé. Mais il connaissait la réponse. La division Magellan était toute sa vie. Stéphanie faisait partie de ces soldats loyaux que chacun rêvait d'avoir à ses côtés dans la bataille, et Cotton aurait fait n'importe quoi pour elle dans des circonstances normales. Mais sa tolérance aux couillonnades était depuis longtemps tombée à zéro, et il ne se voyait tout simplement pas jouer les nounous pour un Tom Bunch.

Le crépuscule assombrissait cette tiède soirée de juin. Les rues grouillaient de promeneurs, de marchands ambulants et de cyclistes filant à toute allure. L'après-midi avait été pour le moins instructif. Cotton avait pu constater que l'action lui manquait. Ce qui ne lui manquait pas du tout, en revanche, était d'avoir affaire à des peigne-cul comme ce « conseiller adjoint ». Une engeance dont il avait eu plus que sa part.

Il n'empêche qu'il s'en voulait d'avoir laissé Stéphanie en plan. Et le fait qu'elle n'ait pas essayé de le retenir, il le savait bien, le plaçait en position de débiteur vis-à-vis d'elle.

Mais peu importait : ce n'était pas la première fois qu'il lui était redevable.

Il refaisait en sens inverse le chemin qu'il avait parcouru avec Stéphanie, passant par la halle aux poissons, l'hôtel de ville et la basilique. Tout était calme aux alentours de l'église. Sur le parvis, devant les portes fermées pour la nuit, quelques touristes armés d'appareils photo déambulaient encore çà et là. Aucun policier en vue ni rien pouvant suggérer qu'un événement inhabituel s'était produit un peu plus tôt à cet endroit. Il enfila une rue animée bordée de boutiques où les commerçants tentaient d'attirer leurs derniers clients. Celle-ci le mena jusqu'à la grande place du marché, qu'il devait traverser pour rejoindre son hôtel.

Il lui tardait d'appeler Cassiopée. Ils se parlaient au moins une fois par jour. Elle lui manquait. Il s'étonnait lui-même d'éprouver un tel sentiment, mais il avait fini par s'en réjouir. Dieu merci, ils n'étaient pas du genre crampon, et chacun respectait la liberté de l'autre. Ils chérissaient leur indépendance tout en se chérissant mutuellement. Il était allé jusqu'à songer au mariage, mais il s'agissait là d'une marche bien haute à franchir, et l'un comme l'autre avaient toujours une bonne raison d'éviter le sujet. Leur relation reposait sur un mélange de besoin, de sollicitude et de timidité. Il était divorcé depuis des années, et son ex-femme habitait en Géorgie avec leur fils Gary. Ils avaient fini par trouver un *modus vivendi*. Enfin. Mais ça n'avait pas été sans mal.

Et il n'avait pas envie de revivre la même épreuve.

Il était temps qu'il se concentre de nouveau sur ce qui l'avait amené à Bruges. Le budget dont il disposait pour l'acquisition des trois livres serait sans doute amplement suffisant. Il comptait sur une marge de 25 % à la revente. Un profit honorable pour quelques heures de travail. Si tout allait bien, il pourrait faire ses achats le matin et regagner Copenhague dans l'après-midi. Il était venu par le train pour pouvoir plus facilement moduler son retour, mais il voulait absolument être chez lui avant vendredi afin d'accueillir Cassiopée, qui arriverait ce soir-là pour passer quelques jours avec lui au Danemark.

Cette perspective l'enchantait.

Une foule s'était rassemblée autour des statues de Jan Breydel et de Pieter de Coninck. Deux révolutionnaires flamands, le premier boucher de profession, le second tisserand, qui avaient mené un soulèvement populaire contre les Français au XIVe siècle. Il doutait que les badauds présents soient conscients de l'importance historique des deux personnages. Le pourtour de la place, prise dans un tourbillon de vie trépidante, était majoritairement occupé par des bars et des restaurants. Comme il allait s'engager dans la petite rue conduisant à son hôtel après avoir contourné les statues, il remarqua une femme dont il reconnut aussitôt les longues jambes, la silhouette élégante et les cheveux blonds. En jean, bottes et chemisier de soie, elle s'éloignait d'un alignement de mâts pavoisés en direction d'une des autres rues qui partaient de l'esplanade.

Ivona Novak.

Elle s'était montrée intentionnellement à lui quand il était au restaurant. Mais la présence de Bunch et de Stéphanie avait dû éveiller sa méfiance. Normal. Malheureusement, il n'avait pas eu l'occasion de lui parler. Peut-être tenait-il là une deuxième chance de le faire. Pendant qu'il la regardait se fondre dans la foule, quelque chose attira son attention. Deux visages familiers. Ceux de deux des trois malfrats de la basilique. Qui suivaient Ivona.

Ne t'en mêle pas ! Va-t'en !

Ouais, cause toujours…

Il se dirigea vers elle.

Quand il atteignit l'entrée de la rue qu'elle avait prise, il l'aperçut à cinquante mètres devant lui, les deux bonshommes dans son sillage. Il y avait des immeubles des deux côtés et suffisamment d'affluence pour filer quelqu'un sans se faire repérer, mais Ivona ne pouvait pas ignorer qu'elle avait de la compagnie, car les types ne faisaient guère mystère de leur présence.

Elle tourna et disparut dans un des bâtiments. Les deux membres de la triplette infernale en firent autant.

Le manège semblait louche. Cotton poursuivit néanmoins son chemin et parvint à un porche surmonté d'un fronton marquant le début d'une allée d'une quinzaine de mètres qui passait sous une maison à pignons. Personne en vue. Il s'engagea dans la ruelle, qui le conduisit à un dégagement flanqué de bâtisses anciennes. Suspendues aux façades de pierre, des lanternes en fer forgé jetaient une lumière blafarde. Du côté opposé de la cour, une autre venelle couverte. À sa droite et à sa gauche, trois portes, toutes fermées. Où étaient Ivona et ses deux suiveurs ? Un déclic lui fit tourner la tête. Les deux types se tenaient derrière lui, l'un d'eux pointant un automatique.

« Par là ! » ordonna ce dernier, désignant de sa main armée l'une des portes closes.

Pas le choix. Cotton regarda dans la direction indiquée. La porte s'ouvrit et Ivona apparut. Comme elle passait près de lui en marchant vers la ruelle, elle lui caressa la joue.

« Désolée, Cotton, dit-elle. Il fallait que je le fasse. »

16

Janusz Czajkowski se rendit compte qu'il ne pouvait pas se contenter d'une posture de spectateur. Sa carrière entière était en jeu. Peut-être même l'avenir du pays. Un dénommé Jonty Olivier avait entrepris de le perdre. Il s'était toujours plus ou moins attendu à faire l'objet de menaces de la part de divers partis politiques, de parlementaires hostiles, de leaders de l'opposition, voire des médias – pas tous bienveillants –, mais jamais il n'avait imaginé que le danger viendrait d'un étranger.

Il y avait longtemps que cette fameuse journée à la prison Mokotów ne lui était pas revenue en mémoire. Il s'était souvent demandé ce qu'était devenu le professeur de mathématiques torturé devant lui. La dernière image qu'il gardait en tête était celle du malheureux forcé de faire à quatre pattes le chemin de la salle d'interrogatoire à sa cellule. Quelle humiliation. Lui-même était si jeune, à l'époque. Si terrifié. Le major Dilecki, du SB, l'avait amené là pour lui communiquer un message : faites ce qu'on vous ordonne si vous ne voulez pas subir le même sort.

Le nombre de personnes arrêtées et suppliciées était incalculable. Outre les bastonnades et les brûlures, les méthodes d'« interrogatoire » en vogue étaient multiples : arrachage des ongles, compression des tempes à l'aide de serre-joints, poignets menottés assez serré pour faire éclater la peau et couler le sang, prisonniers placés à l'isolement, contraints de monter et descendre des escaliers en courant ou de demeurer au garde-à-vous pendant des heures, privation de sommeil ou de nourriture, seaux d'eau froide déversés dans les cachots... Toutes les techniques imaginables pour briser quelqu'un, mises en œuvre indistinctement, de façon rigoureuse et préméditée, sans le moindre remords. On ranimait ceux qui perdaient connaissance en leur injectant de l'adrénaline. Avant certaines séances, qui pouvaient durer des heures, on administrait aux captifs des piqûres de stimulants pour qu'ils restent bien éveillés. Les tortionnaires suivaient à la lettre les instructions des officiers de la sécurité, tel Dilecki.

Une honte absolue. Et pour quels résultats ?

L'homme courageux qu'il avait vu se traîner sur le sol ce jour-là avait eu raison de chanter *Ce que par la force l'ennemi nous a pris, par l'épée nous le reconquerrons.* Car c'était exactement ce qui s'était produit. Les communistes avaient fini par être chassés, et la Pologne par revenir à son peuple.

Mais à quel prix !

Du temps de l'état d'urgence, bon nombre de Polonais avaient passé des années derrière les barreaux, avant que tout le monde soit amnistié. Jusqu'à aujourd'hui, Czajkowski n'avait eu aucune idée de ce qu'était devenu Dilecki, mais celui-ci avait apparemment continué de s'intéresser à lui, dissimulant des documents qui auraient dû être détruits depuis longtemps.

Qui sait ? Peut-être serez-vous un jour quelqu'un.

Le salopard !

La prison de Mokotów existait toujours. Mais elle servait à présent de centre de détention provisoire, et personne n'y subissait plus de mauvais traitements. Une grande plaque en l'honneur des victimes ornait désormais sa façade. Les monstruosités inimaginables qui s'étaient déroulées dans l'enceinte de ces murs de béton avaient fait l'objet de romans et de mémoires. Nul ne savait combien de personnes avaient péri en ce lieu, et peu de responsables avaient payé pour les atrocités commises. Car la justice de l'époque, à l'instar des feuilles nouvelles, se laissait ballotter au gré des vents. Et voilà que tout ce passé revenait le hanter des décennies plus tard.

Comment en était-on arrivé là ?

Citoyen respecté maintenant âgé de cinquante-six ans, il était parvenu à occuper la plus haute fonction élective du pays. Sa mère avait voulu qu'il s'oriente vers la prêtrise, l'Église représentant alors la meilleure offre pour qui souhaitait bénéficier d'une bonne formation. Dans les écoles, en effet, les enfants apprenaient seulement à se soumettre à l'État et à devenir des ouvriers obéissants au service de la collectivité. Il n'était jamais question des individus. Résultat, les gens étaient incapables de prendre en main leur propre vie. Malgré tout, il avait réussi à décrocher un diplôme universitaire et, à l'époque de la loi martiale, avait assuré la direction d'une section de l'Association indépendante des étudiants, la branche jeunesse de Solidarność. C'est cela, ainsi que ses activités à la tête d'une maison d'édition clandestine, qui avait attiré l'attention du SB. Il était le parfait dissident, en ce temps-là. Mais qui ne l'était pas ? Le pays changeait. Le monde changeait. Et il voulait prendre part à ces changements.

Par la suite, il avait occupé toutes sortes de fonctions dans la sphère politique. Élu pour la première fois au Parlement à l'âge de trente ans, il avait effectué quatre mandats avant d'intégrer l'exécutif en tant que secrétaire adjoint aux Affaires étrangères, puis vice-ministre de la Défense. Après cela, il avait été secrétaire général de deux partis et était retourné à l'Assemblée, où il avait été élevé au rang de vice-président de la Diète. Il était issu d'une famille irréprochable et respectée. Son grand-père avait combattu avec courage dans la guerre soviéto-polonaise, son père avait fait de même pendant la Seconde Guerre mondiale.

L'Église catholique avait une grande importance pour lui. Il conservait un souvenir précis du soir de mai 1981 où était tombée la nouvelle : Jean-Paul II avait été victime d'un attentat, et le fils bien-aimé entre tous de la nation luttait contre la mort. Au lieu de se rendre, comme il l'avait prévu, à un meeting de Solidarność, Czajkowski était entré dans une église où un prêtre célébrait la messe devant des centaines de personnes priant agenouillées. Un tableau sombre représentant la Crucifixion était accroché au-dessus de l'autel. Il se rappelait avoir pensé que les Polonais devaient une fois de plus faire face à une calamité. La vie de *leur* pape était en péril, leur économie en ruine, les chars russes à la frontière. Le pays semblait à l'agonie. Pourtant, il se sentait étrangement apaisé par cette image d'homme crucifié qu'il voyait là. Car elle symbolisait non seulement les tourments de la nation polonaise, mais aussi la promesse de sa rédemption. *La Pologne est le Christ des nations*, avait-il lu quelque part. Quoi de plus juste ?

Et voilà que les instruments de la Passion allaient peut-être jouer un rôle dans sa propre déconfiture ! Quelle ironie ! Il avait l'impression d'être lui-même sur le point d'être crucifié.

Ils étaient tous si jeunes, dans ces années-là. Le chef de la plus importante section de Solidarność à Varsovie n'avait que vingt-cinq ans, celui du syndicat des chantiers navals de Gdańsk vingt et un ans. La plupart des hauts responsables de la fédération étaient tout juste ou à peine trentenaires. Lech Wałęsa, le mentor, faisait figure de vieillard avec ses trente-sept ans. Le combat contre le communisme était mené par la jeunesse. Or, si celle-ci a pour apanages la fougue et l'énergie, son inexpérience l'expose à des erreurs de jugement. Personne ne se faisait une idée claire des événements ni de la façon dont tout cela finirait. Solidarność semblait dans bien des cas tout aussi perdu que la masse des citoyens. Les médias, contrôlés par le régime, attribuaient au syndicat la responsabilité de tous les maux, y compris la pénurie alimentaire. À force d'entendre cela, certains commençaient à y croire.

Un slogan repris partout affirmait : *Le gouvernement s'occupe des lois, le Parti de la politique, Solidarność du peuple.* Czajkowski s'était souvent demandé si c'était vrai.

Mais, si les esprits capables d'exprimer clairement ce que souhaitait la nation étaient peu nombreux, les gens savaient tous ce qu'ils ne voulaient pas : un pouvoir central lointain, arbitraire et répressif.

Après des décennies de gabegie et de corruption, les communistes avaient finalement été rattrapés par la réalité. La bourgeoisie rouge, qui avait longtemps prospéré aux dépens de tous, avait emprunté et dépensé sans discernement jusqu'au moment où il était resté tout juste assez d'argent dans les caisses pour payer les intérêts d'une dette extérieure qui se chiffrait en milliards. En conséquence, l'économie s'était effondrée, entraînant la disparition des biens de consommation courants et la raréfaction des produits alimentaires. Ce qui avait conduit à la mobilisation de dix millions de jeunes gens en colère qui avaient fait mordre la poussière au gouvernement.

Il avait lui-même pris part à cette révolution. Et il était maintenant chef de l'État. Mais pour combien de temps ?

Socialiste ? Antisocialiste ? Cette question lancinante des années 1980 avait cessé de se poser dans la décennie suivante et n'avait plus aucune importance à présent. La Pologne était libre.

Mais l'était-elle vraiment ?

Une douleur lui vrillait la poitrine, comme si son cœur était emprisonné dans des barbelés. Pas un infarctus. Non. Simplement le passé qui se rappelait à son bon souvenir. Il devait régler le problème.

Y mettre un terme.

Et il ne reculerait devant rien pour atteindre cet objectif.

17

Cotton fut conduit à l'intérieur du bâtiment, puis, par un escalier, jusqu'à un appartement au premier étage, garni de ces meubles anonymes qu'achètent les logeurs grippe-sou se défiant de leurs locataires. Une forte odeur de moisi suggérait que l'endroit était inhabité. Un personnage qu'il connaissait bien l'attendait sur le seuil d'une des pièces et l'invita à entrer d'un geste désinvolte de sa grosse patte.

« Monsieur Malone ! Ravi de vous revoir. »

Un sentiment que Cotton ne partageait pas.

« Cela fait combien de temps ? demanda-t-il. Trois ans ? Vous vous appelez toujours Ivan ? Ou cela change-t-il au gré des missions ?

– Ivan est mon nom. »

Les dernières fois qu'il avait échangé avec ce démon, c'était à Copenhague, à l'ombre de la Tour ronde, puis à Amsterdam, dans une situation critique. Mais l'anglais approximatif du bonhomme, mâtiné d'un fort accent russe, n'avait pas changé. Pas plus que son allure de Cosaque – courtaud, torse bombé, cheveux noirs grisonnants. Son visage de saurien rougeaud et grêlé que dominait un nez imposant était, comme à l'époque, ombré d'une barbe de la veille. Peu soucieux de mode vestimentaire, il portait un costume mal coupé qui formait une bosse au niveau de sa taille.

« Ce sont vos gars qui ont volé le Saint Sang ? demanda Cotton en désignant par-dessus son épaule les deux sbires qui se tenaient derrière lui.

– Comment va Cassiopée ? »

La même façon d'ignorer les questions que lors de leur première rencontre.

« Comme je disais il y a trois ans, une sacrée bonne femme ! Si moi plus jeune, avec quarante kilos de moins…, ajouta-t-il en se tapotant le ventre. Mais je rêve. »

Il marqua une pause avant de reprendre.

« J'espère, comme autre fois, que vous conscient problème présent.

– Si ce n'était pas le cas, je serais déjà parti.

– Vous dire exactement mêmes mots dernière fois, répondit Ivan avec un petit rire. Aujourd'hui encore, comme à l'époque, vous pouvoir facilement maîtriser moi. Je toujours gros, pas en forme. Stupide, aussi. Comme tous les Russes, pas vrai ? »

Cotton avait l'impression de revivre la scène de Copenhague trois ans plus tôt. Même ton sarcastique. Même menace voilée en présence de deux hommes de main qui semblaient, eux, athlétiques et en pleine forme.

« J'espère vous aussi malin qu'avant malgré les années d'inactivité. Vous bien débrouiller, dernière fois. »

Une allusion à la mission impliquant la Chine dans laquelle la Russie avait été pour Cotton un allié réticent.

« J'ai l'impression d'être plus occupé à la retraite que quand je travaillais pour le gouvernement.

– Et c'est mauvaise chose ?

– Ça dépend… Comment connaissez-vous Ivona Novak ?

– Nous collaborons quelquefois. Elle est bon appât. »

Indéniablement, puisque Cotton avait lui-même mordu à l'hameçon alors qu'il flairait un danger.

« Pourquoi suis-je mêlé à cette histoire ?

– C'est votre faute, répondit Ivan en pointant son doigt sur lui. Vous poursuivre mes hommes, aujourd'hui. Pourtant, c'est pas votre affaire… Si ? »

Cotton s'expliquait mieux la curiosité du Russe, à présent. Un ex-agent américain surgissait comme par hasard dans la basilique au moment opportun, prenait les voleurs en chasse et finissait son après-midi en grande conversation avec Stéphanie Nelle et M. le conseiller adjoint à la sécurité nationale. Que pouvait en déduire Ivan, sinon que deux et deux faisaient quatre ?

Mais à quoi bon le détromper ? Autant en profiter pour entrer dans son jeu.

« Vous avez reçu une invitation pour la vente aux enchères ? demanda-t-il.

– Moi ? Non. Les gens de Kremlin, si. Ils ont envoyé réponse. Nous avons reçu ordre voler le Saint Sang. Et vous, qu'est-ce que devez voler ?

– La…

– Attendez ! dit Ivan avant de se tourner vers ses deux nervis. Sortez ! »

Ils obéirent et refermèrent la porte derrière eux. Leur niveau d'habilitation n'était apparemment pas suffisant pour qu'ils aient le « droit d'en connaître ».

« Je vous écoute, maintenant.

– Notre consigne est de voler le Saint Clou de Bamberg. »

Un mensonge, mais on pouvait espérer qu'Ivan n'avait aucun moyen de savoir que c'en était un. Restait à vérifier si l'information circulait dans les deux sens :

« Mais dites-moi ce qui est mis aux enchères.

– On ne vous a pas donné échantillon ?

– Je me demandais ce que contenait le vôtre.

– Le président polonais a beaucoup secrets, répondit le Russe en riant. Des choses que même Kremlin avait pas connaissance. Des secrets moches. Mauvais pour lui. Malheureusement, beaucoup de nos archives sont disparu.

Perestroïka, glasnost, cambriolages... Il nous reste pas grand-chose après ça.

– Quel genre de secrets... moches ?

– Le genre qu'il veut garder secrets pour toujours.

– Si moches que ça ? »

Ivan se pinça la racine du nez entre le pouce et l'index, comme pour se décongestionner les sinus.

« Beaucoup moches. »

Cotton comprit. Ceux qui entreraient en possession de l'information pourraient forcer le président polonais à faire ce qu'ils voulaient quant à l'implantation d'un bouclier antimissile en Pologne. La Russie y était sans conteste défavorable, les États-Unis, favorables. Qu'en était-il des cinq candidats potentiels restants ?

« Vous savez qui d'autre a été invité ?

– Vous, je sais. Les autres, mystère.

– Vous vous êtes donné beaucoup de mal pour me faire venir ici.

– Je veux que vous communiquez message aux gens de chez vous. Un message clair.

– Ne pouvez-vous pas demander à Ivona de faire la commission ? Moi, je suis en retraite et je n'ai rien à voir là-dedans.

– Vous très drôle. Pour une fois, Ivona et moi dans même camp. Nous voulons même chose.

– Qu'on n'implante pas de missiles en Pologne ?

– Bien sûr. Cela semble raisonnable, non ? »

Cotton en convenait, mais sa patience avait atteint ses limites.

« Écoutez, je viens de vous répéter que je n'avais rien à voir là-dedans. C'est vrai, j'étais dans la basilique et j'ai fourré mon nez dans ce qui ne me regardait pas. Mettons que c'est mon côté Zorro, si vous voulez. Mais la Maison-Blanche vient d'essayer de m'embaucher, et j'ai refusé. Cette affaire ne m'intéresse pas.

– Pourtant, vous êtes là. »

Pas faux.

« Bon, d'accord. Quel est le message à transmettre ?

– Que Moscou est pas content. Kremlin opposera installation de missiles en Pologne. Par tous moyens. Pas de missiles. Jamais. »

Le ton avait changé. La désinvolture n'était plus de mise. La mimique crispée du Russe attestait qu'il ne plaisantait pas.

« Nous prêts à tout pour empêcher déploiement. Gagner enchères ? Pourquoi pas ? Tuer ? Pourquoi pas ? Vous avertir Maison-Blanche que nous pas reculer. C'est pas Russie qui a commencé. C'est votre président. Mais nous aurons dernier mot. J'ai carte blanche pour ça. »

Dans d'autres circonstances, Cotton aurait simplement secoué la tête et planté là le Russe. L'administration américaine n'avait pas besoin de lui pour traiter cette affaire. Et qui avait envie de jouer les petits télégraphistes ? Sauf que Stéphanie Nelle était en première ligne, sur ce coup-là, et que Bunch était, de son propre aveu, prêt à la sacrifier.

« Nous savons pas où enchères ont lieu, poursuivit Ivan. Mais quand nous saurons, nous agir. Vous prévenir Stéphanie Nelle que Ivan bluffe pas.

– Bon, je m'en vais, maintenant », dit Cotton, qui en avait plus qu'assez de ces sommations.

Ivan haussa les épaules, puis son visage rébarbatif se fendit d'un large sourire. Il glissa la main sous sa veste, sortit un pistolet et tira.

18

Jonty Olivier avançait à la suite de Vic et de Konrad dans le noir d'un tunnel au sol tapissé de planches et aux parois renforcées d'épais madriers sur toute leur surface. L'utilisation immodérée du bois s'expliquait par son abondance, sa capacité à plier sous la pression et le fait qu'il ne rouillait pas.

À un moment de la lente descente en ascenseur dans le puits, qui durait quarante secondes, il avait soudain senti ses oreilles se déboucher avec un léger claquement. Ils se trouvaient maintenant à cent trente mètres sous terre, sur un des parcours les plus profonds de la mine, loin en dessous des zones fréquentées par les touristes, aux niveaux I et II. L'endroit constituait une véritable petite ville, avec ses trois kilomètres de tunnels et ses chambres creusées dans le sel abritant salles de conférence, restaurants, bars, chapelles, boutiques, et même un sanatorium spécialisé dans les allergies chroniques. Bien que désaffecté en tant que site d'extraction, ce lieu restait très vivant. Jonty avait eu l'occasion de visiter ces espaces publics, mais ici, dans ces sombres solitudes où le sel gris vert évoquait plutôt un granit brut très ancien, le dédale de galeries était semé de pièges.

Konrad s'arrêta, se tourna vers Olivier et DiGenti, et tira de sa poche un papier qu'il déplia.

« C'est le plan du niveau où nous sommes », dit-il.

Les faisceaux de leurs trois lampes de casque éclairèrent conjointement l'écheveau de tunnels et de chambres représenté sur la feuille. Les tracés tortueux se croisaient comme des spaghettis. Il aurait été impossible de s'y retrouver dans un tel embrouillamini si la majorité des chambres n'avaient été identifiées.

Olivier remarqua que cinq noms étaient flanqués d'un X rouge. L'index de Konrad dessina sur le relevé un parcours qui passait par les cinq X. *Barany. Sroki. Szczegielec. Gołębie. Jeleń.* Les moutons. Les pies. Les chardonnerets. Les pigeons. Les cerfs.

« Les galeries et les chambres sont désignées par des noms d'animaux, d'oiseaux, de visiteurs célèbres, de villes, de provinces, de diverses personnalités, expliqua Konrad. Il y a même une chambre qui porte celui d'un dragon. La plupart des écriteaux indicateurs ont été posés il y a plusieurs siècles, en même temps qu'étaient creusés les souterrains auxquels ils correspondent. »

Un travail de titan. Le sel était extrait bloc après bloc en partant du haut jusqu'à ce que le filon évidé forme une cavité. Puis les mineurs passaient à la veine suivante en forant un long tunnel droit, une dérivation, non seulement pour relier les chambres entre elles et faciliter l'exploitation, mais aussi pour améliorer la ventilation. Il en était résulté un dédale s'étendant sur des kilomètres dans lequel seuls les écriteaux permettaient de ne pas se perdre.

« Nous sommes devant la chambre Barany, continua Konrad. C'est la première à déboucher dans la galerie que nous suivons. Vic m'a dit qu'il vous fallait un itinéraire simple et clair pour arriver au bout. Vous en avez un sur cette feuille. »

Olivier, qui s'était abstenu jusqu'ici d'évoquer un point devenu essentiel depuis l'entrée en scène de Reinhardt, demanda :

« Quelqu'un d'autre que Vic vous a-t-il interrogé à ce sujet ?

– Non, personne, assura Konrad en secouant la tête.

– Savez-vous si quelqu'un est descendu ici ces jours derniers ?

– Des membres du personnel, sûrement. Mais on ne peut accéder à ce niveau que si l'on possède un bip qui commande l'ascenseur. Nous sommes une cinquantaine à en avoir un, et chaque étage est inspecté quotidiennement. Maintenant, il est peu probable que quelqu'un soit allé se promener à l'endroit où nous nous rendons, si c'est ce que vous voulez savoir. C'est un coin plutôt isolé et inaccessible. Personne n'a de raisons de traîner par là. »

Ils continuaient de progresser dans la galerie aux parois doublées de bastaings, le sel sec craquant sous leurs pas comme de la neige tassée. Pulsé par le système de ventilation, un courant d'air frais, mais pas désagréable, atténuait l'impression d'être enterré vivant.

Ce qui allait permettre à Olivier de faire fortune était enfermé dans le sac à dos que portait DiGenti. Il avait décidé plusieurs semaines auparavant de placer son trésor en lieu sûr, bien à l'abri des regards. Charge à celui qui remporterait les enchères de se débrouiller pour le récupérer. Les sept participants en avaient les moyens, ainsi que les ressources nécessaires pour le retrouver et le tuer s'ils ne parvenaient pas à mettre la main sur ce qu'ils avaient payé.

Mais il n'avait nullement l'intention d'escroquer qui que ce soit. Bien au contraire. Fidèle à sa réputation de fiabilité, il projetait au besoin de proposer au vainqueur l'aide de Vic pour le conduire jusqu'au trophée. Ce n'était pas tout à fait « satisfait ou remboursé », mais pas loin.

Ils pénétrèrent bientôt dans une autre chambre, immense celle-ci, qui mesurait au moins vingt mètres de hauteur et davantage encore en longueur et en largeur.

Les capacités humaines de travail avaient quelque chose de fascinant.

À une époque, plus d'un tiers du trésor royal polonais provenait de la production de sel. En sept cents ans, vingt-sept millions de tonnes d'or gris avaient été extraites, chaque bloc découpé à l'aide de pioches, de haches et de coins. Jusqu'au XIVe siècle, les mineurs étaient des prisonniers de guerre réduits en esclavage. Puis des hommes libres les avaient remplacés.

La brutalité n'avait pas cours dans cette branche de l'industrie. Les travailleurs du sel, bien que vivant au fond pendant des semaines d'affilée, menaient une vie beaucoup plus normale que leurs homologues des mines de charbon ou autres. Ils faisaient des journées de huit heures, étaient correctement payés et percevaient une prime généreuse sous forme de sel.

Dans la hiérarchie des métiers, ceux qui creusaient – les abatteurs – occupaient à juste titre la première place. Les prospecteurs cherchaient les filons. Les hercheurs transportaient les blocs jusqu'aux puits pour qu'ils puissent être montés à la surface. Les « pénitents », chargés de la tâche la plus périlleuse, devaient surveiller les émanations de méthane qui s'accumulaient sous les plafonds. Vêtus d'habits détrempés, ils promenaient des torches fixées au bout de longues perches pour brûler le gaz avant que la concentration devienne explosive. Un autre ennemi était l'eau qui dégoulinait d'en haut, entraînant des éboulements ou formant des stalactites et des concrétions aux allures de chou-fleur, comme celles qui reflétaient à présent la lumière de leurs lampes de casque.

« Cette chambre s'appelle Sroki, commenta Konrad. C'est l'une des plus grandes de ce niveau. Mais elle n'est pas en très bon état, comme vous pouvez le voir. Il y a des infiltrations d'eau partout. Il va falloir la restaurer. »

De l'autre côté de la cavité, d'énormes billes de bois superposées constituaient un massif qui étayait la voûte pour l'empêcher de s'effondrer sous la gigantesque pression exercée par la roche. Les troncs, entiers et imposants, ne présentaient aucune trace de sciage. Ils avaient dû être abattus dans les forêts voisines et entassés là il y avait longtemps, comme l'attestaient des marques de cognée manifestement anciennes. Mais ils semblaient encore verts, preuve que le bois se conservait très bien dans cet environnement. À vrai dire, il pouvait s'y conserver éternellement s'il ne brûlait pas. Les grumes avaient été peintes en blanc pour être non seulement plus visibles, mais aussi ignifugées. Le feu avait toujours été la grande menace. Pendant des siècles, les mineurs s'étaient éclairés avec des lampes constituées de récipients ouverts en terre cuite et fonctionnant avec de la graisse ou de l'huile – des substances qui s'embrasaient facilement, mais dont la combustion produisait, outre des flammes et de la chaleur, du monoxyde de carbone, très toxique. La mine avait connu de nombreux incendies au fil du temps. Certains, meurtriers, avaient duré des mois, la seule façon de les éteindre étant de condamner la zone affectée et d'attendre qu'ils s'épuisent par eux-mêmes. Olivier remarqua d'ailleurs que le dispositif de soutènement était en partie calciné.

Konrad les conduisit dans un autre souterrain. Des deux côtés, des diverticules plongés dans l'ombre s'ouvraient de loin en loin, certains signalés par un écriteau, la plupart non. Un panneau blanc portant en lettres noires le nom SZCZYGIELEC – les chardonnerets – apparut bientôt sur la droite.

« Ce passage figurait sur votre dessin, dit Olivier.

– C'est exact, confirma Konrad. À partir d'ici, le tunnel se rétrécit de plus en plus. C'est un coin où personne ne va. Son existence n'est mentionnée que dans les archives et sur les anciens plans.

– Soyez sans crainte, Vic, ça va aller. Je n'ai jamais été claustrophobe », assura Olivier en réponse à une question muette de son associé, visiblement inquiet pour lui.

Ils se remirent en route dans le noir. Olivier avait l'impression de descendre dans un abîme. Sans éclairage, ils auraient été incapables de distinguer le bout de leur nez. Comme annoncé, la galerie devint très étroite. Ils passèrent devant une chambre baptisée GOŁĘBIE et parvinrent enfin à une autre qu'un écriteau désignait comme JELEŃ.

Deux noms qu'il avait vus sur la carte.

Quelques mètres plus loin, le plafond s'était effondré, ne laissant libre qu'un boyau d'un diamètre tout juste suffisant pour franchir l'éboulis de sel en rampant. Au-delà s'ouvrait un espace noir d'encre.

DiGenti fit un signe de tête.

Olivier se tourna vers leur guide.

« Je veux que vous nous attendiez ici, dit-il. Nous devons être seuls pour faire ce que nous avons à faire… »

Konrad eut le bon goût de ne pas discuter et acquiesça en silence.

« Il nous faudrait aussi votre plan. »

Konrad le lui tendit.

Aucune raison de s'attarder plus longtemps. Le travail ne se ferait pas tout seul.

« Passez devant », ordonna-t-il à DiGenti.

19

Cotton rectifia aussitôt son erreur.
Pas un pistolet. Un Taser.

Les deux électrodes reliées à leurs filins fendirent l'air et leurs dards se plantèrent au niveau de sa poitrine, libérant la décharge. Il eut l'impression que son cerveau explosait. Une douleur fulgurante le parcourut tout entier, l'onde électrique faisant frémir chaque nerf sur son passage. Ses muscles se tétanisèrent, et il tomba sur le sol, agité de convulsions. Comme une crampe à la jambe amplifiée mille fois. L'arme continua de cliqueter pendant que le courant à haute tension le traversait de la tête aux pieds. Un sentiment écrasant d'impuissance et de vulnérabilité le submergeait. Il conservait la maîtrise totale de son esprit, mais pas celle de son corps.

Le cliquetis cessa.

L'expérience n'avait pas duré plus de cinq secondes, mais elles avaient été les plus longues de sa vie. Bien que lucide et conscient de ce qui l'entourait, il n'aspirait qu'à une chose.

Que la douleur s'arrête.

Ce qui finit par se produire.

Comme Cotton s'efforçait de reprendre sa respiration, encore incapable de bouger, Ivan se pencha sur lui et décrocha les électrodes.

« Passez message, Malone », souffla-t-il.

Puis il sortit.

Cotton se redressa lentement sur son séant, la tête lourde, l'esprit engourdi.

Misère ! Le salopard ne l'avait pas raté.

Il entra dans le petit hall de son hôtel, une jolie maison bourgeoise du XVIIIe siècle convertie en un élégant établissement de standing situé à deux pas de la grande place du marché. Le trajet à pied lui avait remis le cerveau à l'endroit. Il fallait qu'il appelle Stéphanie et lui transmette le message. Pas parce qu'Ivan lui en avait donné l'ordre, mais pour qu'elle puisse évaluer la nouvelle donne. Il passerait le coup de fil depuis sa chambre, où il ne serait pas dérangé. Il avait faim. Malheureusement, en dépit de son charme et de son confort, son hôtel ne proposait pas de service de restauration. Il allait devoir ressortir pour manger un morceau, ce qui ne poserait pas de problème étant donné l'abondance de cafés dans les environs.

Il prit sa clé à la réception puis, s'aidant de la rampe, gravit jusqu'au deuxième étage les escaliers en bois dépourvus de paliers. Il déverrouilla sa porte, entra et jeta sa clé sur la commode. Sa chambre était en fait une mini-suite avec un coin nuit. La porte moulurée qui séparait ce dernier du séjour était entrouverte. Le plafonnier du salon était éteint, mais la lumière extérieure qui pénétrait par les fenêtres était amplement suffisante pour qu'il y voie clair.

Un bruit lui parvint de l'autre pièce.

Un grincement. Puis un deuxième. Il y avait quelqu'un.

Il s'approcha de la porte en restant hors du cadre. N'étant pas idiot au point de foncer dans le noir, il glissa son bras autour du chambranle et actionna l'interrupteur mural. Les deux lampes de chevet s'allumèrent, diffusant dans la chambre leur rayonnement ambré. Sur le lit était allongée Ivona Novak, le dos calé contre un oreiller.

Pendant les années où il vivait séparé de sa femme et émargeait encore à la division Magellan, Ivona avait été une tentation à laquelle il avait cédé plus d'une fois. Leurs rencontres, bien que non dénuées de passion, s'étaient plutôt apparentées à un rapprochement entre deux âmes errantes et solitaires en quête de réconfort mutuel.

Mais ces temps-là étaient révolus. Ils appartenaient à l'ère pré-Cassiopée. Tout était différent à présent.

« Ivan m'a demandé un service et je le lui ai rendu, dit Ivona. Il m'a promis de ne pas te faire de mal. A-t-il respecté sa parole ? »

Cotton alla s'asseoir près d'elle sur le lit. Il remarqua qu'elle était pieds nus et que les ongles de ses orteils étaient enduits d'un vernis rouge sang.

« Il m'a tiré dessus avec un Taser.

– Je peux te faire oublier ça, si tu veux, déclara-t-elle en lui touchant le bras. Ma manière de te présenter mes excuses… »

Un silence gêné s'installa, et il chercha les mots pour le rompre avant que la proposition ne se transforme en passage à l'acte. Des années plus tôt, alors que, jeune encore, il exerçait comme avocat dans la marine, il avait commis l'erreur de tromper sa femme. Pourquoi ? Avec le recul, il n'en avait pas la moindre idée. Une bêtise, une vaine tentative pour se persuader qu'il avait trouvé un nouvel amour parce qu'il s'octroyait quelques brefs moments de plaisir avec une autre sans se soucier des conséquences. Ce faisant, il avait blessé Pam bien plus profondément qu'il ne l'avait cru possible, et elle lui avait rendu la monnaie de sa pièce en lui donnant un enfant dont il avait appris plus tard qu'il n'était pas de lui. Il leur avait fallu plus de dix ans pour enterrer la hache de guerre. Mais ils s'entendaient bien, maintenant. Gary, leur fils, à qui ils n'avaient rien caché, s'était fait à l'idée que, s'il n'était pas biologiquement un Malone, il en était un par tous les autres aspects importants de sa personnalité.

Surtout, Cotton lui-même avait fini par y voir clair dans ses sentiments : aujourd'hui, Cassiopée comptait énormément pour lui. Elle riait des blagues qu'il racontait, appréciait son discernement, compatissait à ses peines et partageait ses passions. Et cela fonctionnait dans les deux sens. Il avait trouvé en elle une amie véritable, et cela lui procurait un bien-être épanouissant, une impression d'appartenance, de communion de destin. En un mot comme en cent, il aimait Cassiopée, et Cassiopée l'aimait. Comment en étaient-ils arrivés là ? Mystère. Mais si l'amour était explicable, il perdrait tout pouvoir. Il savait seulement ce qu'il éprouvait.

« Désolé, Ivona, je ne suis pas disponible. »

Elle lui jeta un regard perplexe.

« Cotton Malone aurait-il trouvé l'âme sœur ?

– Ça a l'air de te surprendre.

– Je ne t'avais jamais perçu comme un homme d'intérieur. »

Elle était adorable avec son visage délicat tout en rondeurs, son menton pointu, son petit nez retroussé, ses pommettes hautes et sa bouche expressive qui la rendaient plus jolie que vraiment belle. Pas une once de graisse n'alourdissait sa plastique irréprochable. Ses yeux, d'un bleu-vert changeant au gré de ses humeurs, semblaient un miroir de sa vie intérieure. Elle paraissait incarner la quintessence de la douceur féminine.

Paraissait seulement, car, il ne l'ignorait pas, elle pouvait être très dangereuse.

« Moi aussi, j'ai trouvé quelqu'un, déclara-t-elle.

– Ça ne t'empêche pas d'être allongée sur mon lit.

– Tout habillée. Je suis là pour affaires, ajouta-t-elle avec un sourire qui creusa des fossettes aux coins de ses lèvres.

– Qu'est-ce que tu veux au juste, Ivona ?

– Que les États-Unis s'abstiennent de prendre part aux enchères. Ils doivent se retirer. Sans eux, l'information que détient Jonty Olivier perd énormément de sa valeur. »

Elle connaissait donc l'organisateur de la vente. Intéressant.

« Si je comprends bien, dit-il, Olivier a besoin de mettre en concurrence les riches et les moins riches pour faire monter les prix. Et les plus riches étant les Américains… La Pologne a-t-elle reçu une invitation ?

– Non. D'où mon alliance avec Ivan. Il nous fallait l'aide d'un tiers qui partage nos vues sur cette question.

– Celle des missiles dont vous ne voulez pas ? »

Elle acquiesça.

« Qu'a fait votre président de si répréhensible ?

– Tom Bunch ne t'a rien dit ? demanda-t-elle, l'air dérouté.

– Pas un mot », assura-t-il en toute franchise.

Elle sourit de nouveau, dévoilant ses dents de nacre.

« C'est dur d'être sur la touche ?

– Pas du tout. Ce qui est dur, c'est quand on te demande d'entrer dans le match en aveugle.

– Et tu y es, dans le match ? »

Il connaissait la règle. Ne rien communiquer aux spectateurs, qui n'étaient pas sur le terrain et n'avaient pas à être mis au courant de quoi que ce soit. Mais qu'en était-il des joueurs eux-mêmes ? Ce n'était pas la même chose, et il était parfois judicieux de s'affranchir un peu des conventions pour espérer gagner des points.

« Je n'ai pas encore décidé.

– D'après Ivan, tu ne t'es pas montré très réceptif.

– Mais c'est que vous êtes comme les deux doigts de la main, lui et toi ! fit-il, goguenard.

– Votre président a ressuscité cette histoire de bouclier, qui était morte et enterrée. Les Russes ne veulent pas voir ces missiles en Pologne. Et ils n'ont pas non plus envie de dépenser des millions pour déployer les leurs dans toute l'Asie centrale par mesure de rétorsion. La Pologne, pas plus que l'Europe, ne veut de ces armes. Tout ça n'est qu'une escalade inutile orchestrée par Warner Fox pour montrer au monde qu'il a des muscles. »

Une analyse que Cotton partageait complètement.

« Bunch a la ferme intention de participer à ces enchères, indiqua-t-il.

– Mais il lui faut pour ça se procurer une relique. Laquelle ?

– Le Clou de Bamberg, mentit-il pour rester cohérent avec ce qu'il avait dit à Ivan.

– Ce ne sera pas bien difficile. Il est exposé dans une chapelle latérale.

– Que sais-tu des autres reliques ? »

Elle changea de position sur le lit.

« Il y a dix jours, une équipe est entrée par effraction dans le monastère de Santo Toribio de Liébana, en Espagne, et a emporté la Vraie Croix qui se trouvait là. J'ai pu déterminer que ces gens-là venaient d'Iran. Deux jours plus tard, c'est la chapelle Saint-Antoine, en Pennsylvanie, qui a été cambriolée par une autre bande. Là, c'est la Couronne d'épines qui a été prise. Le fragment de la Colonne de la Flagellation a été dérobé à Rome la semaine dernière, et la Sainte Éponge à Notre-Dame de Paris pas plus tard qu'avant-hier. À part les Iraniens, je n'ai pu identifier aucun des voleurs. Les Russes se sont emparés du Saint Sang cet après-midi. Il ne reste que le Clou et la Lance. »

Elle pencha la tête et s'inclina en avant, approchant dangereusement ses lèvres pulpeuses de celles de Cotton. Il l'arrêta de son doigt levé. À une certaine époque, il aurait succombé, laissant son désir prendre le pas sur son entendement et donnant libre cours à ses émotions sous la pression du stress et du péril.

Mais c'en était fini de ces errements.

« Il est temps que tu t'en ailles », dit-il en se remettant debout.

Le regard d'Ivona, constamment aux aguets, témoignait d'une existence vouée aux combats dans l'ombre. Elle avait toujours été un paquet de nerfs. Son attitude du moment était typique de sa façon de faire. Elle jouait sur tous les tableaux en faisant usage des armes dont elle disposait. Mais une réelle tension avait surgi entre eux, il le sentait, comme s'ils avaient perdu toute confiance l'un dans l'autre.

Ils étaient indiscutablement engagés dans un duel à coups de faux-semblants savamment dosés.

« Elle a de la chance, ton amie, dit-elle.

– C'est plutôt moi qui en ai. »

Elle se leva à son tour. Tandis qu'elle enfilait ses chaussures, il put constater que son corps n'avait rien perdu de sa grâce remarquable. Il la suivit dans le salon, où il s'accouda à la commode pendant qu'elle se dirigeait vers la porte. Elle s'arrêta en chemin pour se tourner vers lui.

« Ne dédaigne pas l'avertissement d'Ivan, dit-elle. Reste en dehors de tout ça. Ça pourrait devenir dangereux.

– Ce qui n'est pas pour te déplaire, je crois.

– C'est vrai », admit-elle avec un sourire.

Puis elle sortit.

20

Mercredi 5 juin

Cracovie, Pologne
11 h 50

Cotton contemplait le Rynek Główny. Avec ses quatre hectares de superficie, l'immense place du marché de Cracovie revendiquait le titre de plus vaste esplanade d'Europe. Les maisons qui la cernaient, d'allure néoclassique et vivement colorées, abritaient tout ce qu'on pouvait imaginer en matière de boutiques et de restaurants.

Dans le goût de Bruges, mais en bien plus grand.

Il avait appelé Stéphanie après le départ d'Ivona pour l'informer qu'il avait changé d'avis et désirait se charger de la mission. C'était peut-être une folie de sa part, mais il ne pouvait pas la laisser seule sur ce coup après ce qu'il avait appris. Il avait donc fait sa valise, quitté discrètement l'hôtel par une porte de derrière et sauté dans une voiture qui l'attendait sur le boulevard. Celle-ci l'avait transporté au Luxembourg, où il avait passé la nuit dans un cinq-étoiles aux frais de la division Magellan. Très tôt le lendemain matin, il avait pris l'avion pour Francfort avec une correspondance de dernière minute pour Bratislava, en Slovaquie.

De là, au volant d'une voiture qui avait été garée à son intention sur le parking de l'aéroport, clés cachées à l'intérieur, il avait gagné Cracovie, à trois cents kilomètres au nord, après avoir franchi librement la frontière polonaise. Un itinéraire volontairement compliqué afin d'échapper à la vigilance d'Ivona et des services polonais.

Cracovie, nichée au cœur de la large vallée de la Vistule, avait été pendant des siècles la riche et prospère capitale de la Pologne. La ville ayant été relativement préservée des bombardements massifs pendant la Seconde Guerre mondiale, l'ancien et le nouveau continuaient de s'y mêler harmonieusement dans une atmosphère presque mystique. Les deux tours de la basilique Sainte-Marie se dressaient dans le ciel clair de la fin de matinée. Curieusement, l'une était bien moins haute que sa voisine et d'un style différent. Une anomalie que l'histoire de la ville aurait sûrement pu expliquer.

Stéphanie l'avait appelé alors qu'il traversait la Slovaquie pour l'informer que le Clou de la cathédrale de Bamberg avait été volé dans la nuit. Il ne restait donc plus que la Sainte Lance. Son ex-patronne avait aussi donné dans le travail à l'ancienne en lui fournissant une liasse de documents papier glissés dans une enveloppe en kraft qu'il avait trouvée dans la voiture. Une pratique depuis longtemps tombée en désuétude, tout passant désormais par l'électronique. Il s'était arrêté en chemin pour prendre connaissance du contenu de l'enveloppe, qui lui avait appris ce qu'il avait besoin de savoir.

Le premier écrit faisant allusion à une lance était l'Évangile selon saint Jean. Les Romains avaient eu l'intention de briser les jambes de Jésus pour hâter son décès sur la croix – une méthode qu'ils appelaient *crurifragium*. Mais, au moment où ils s'apprêtaient à le faire, ils s'étaient aperçus que Jésus était déjà mort. Pour s'assurer qu'il l'était vraiment, un centurion nommé Longin lui avait percé le flanc d'un coup de sa pique.

Et aussitôt il sortit du sang et de l'eau, écrivait Jean.

Raison pour laquelle on mouillait le vin dans la messe catholique : le sang, représenté par le vin, renvoyant à l'humain, l'eau au divin.

Le problème venait du nombre de lances qui se revendiquaient comme étant l'originale ayant appartenu à Longin. Il y en avait une dans la basilique Saint-Pierre, mais son authenticité avait toujours été suspecte, et son fer, détaché de la hampe, se trouvait à Paris. Une autre pouvait être admirée en Arménie, apportée là, disait-on, par l'apôtre Thadée. Antioche avait la sienne, découverte après qu'un moine avait eu une vision indiquant qu'elle était enterrée dans une église locale. Celle qui suscitait le plus d'intérêt était à Vienne, dans le Hofburg. Pendant des siècles, elle avait été l'un des emblèmes utilisés lors du couronnement des souverains du Saint Empire romain germanique. Quand ce dernier avait été démantelé, au début du XIXe siècle, les Habsbourg l'avaient incorporée à leur trésor. Une légende affirmait que quiconque possédait cette lance tenait entre ses mains le destin du monde. D'où son surnom de Lance du Destin. Charlemagne, Barberousse, Napoléon et Hitler l'avaient convoitée. Des millions de visiteurs venaient la voir chaque année à Vienne, mais des analyses effectuées en 2003 avaient révélé qu'elle datait du VIIe siècle, et non de l'époque du Christ – malgré la présence dans la lame d'une cheville métallique décorée de minuscules croix en laiton, réputée avoir servi à la Crucifixion et dont la longueur et la forme étaient compatibles avec celles d'un clou romain du Ier siècle.

La cinquième prétendante était exhibée à Cracovie, où elle était arrivée aux environs de l'an mille, cadeau de l'empereur Otton III au duc de Pologne Boleslas Ier le Vaillant. Elle passait pour une copie de l'originale, qu'avait possédée Charlemagne, et avait fini par être désignée sous le nom de Lance de saint Maurice. Quand les Suédois avaient envahi la Pologne, en 1655, ils avaient volé le trésor, mais dédaigné la Lance. Par la suite, les Prussiens et les Autrichiens avaient tout pillé à leur tour, mais sans prendre la Lance. En 1795, les Allemands avaient emporté les insignes royaux et fondu tout ce qui était en or, mais eux aussi avaient négligé la Lance. Cette simple arme en fer semblait sans valeur aux yeux des conquérants. Pour les Polonais, en revanche, elle symbolisait l'âme et l'indépendance du pays. Hitler s'en était saisi en 1940 et l'avait fait transporter à Vienne pour la comparer à la Lance du Destin.

Puis une chose curieuse s'était produite. La Lance de saint Maurice avait été brusquement restituée à la Pologne en 1944. Ce qui avait surpris tout le monde, car les nazis ne rendaient jamais rien.

Une hypothèse voulait que les experts viennois, ayant compris qu'il s'agissait de la vraie Lance, l'eussent renvoyée pour que Hitler garde la fausse et ne puisse se prévaloir de « tenir le destin du monde entre ses mains ». Une autre avançait que les deux lances avaient été interverties et la contrefaite laissée en Autriche, là encore pour que Hitler ne puisse pas alléguer les pouvoirs mystiques attachés à l'objet. Les deux théories semblaient corroborées par le fait que Hitler avait échoué dans sa quête et que la Pologne avait survécu. Quoi qu'il en soit, personne n'avait de certitude. Donc, dans l'esprit d'Ivona, la cible pouvait très bien être la lance du Hofburg, et non celle du château du Wawel. Bien sûr, Cotton ignorait si les informations dont disposait la jeune femme à propos des enchères étaient aussi fiables que celles de Stéphanie, mais il devait partir du principe qu'elles l'étaient.

Les instructions qu'il avait trouvées dans l'enveloppe lui enjoignaient d'aller sur la grand-place de Cracovie et d'entrer dans la Halle aux draps. Important espace commercial à l'époque médiévale, ce superbe édifice, mêlant les styles gothique, Renaissance et baroque, trônait au milieu du Rynek Główny depuis le XIVe siècle. Ses arcades extérieures hébergeaient des cafés. L'intérieur, d'inspiration gothique, consistait en une travée centrale de plus de cent mètres de long, ouverte aux deux extrémités et bordée d'échoppes en bois où l'on vendait des souvenirs. L'endroit fourmillait de monde. Il devait se poster devant le stand portant le numéro 135 ; là, quelqu'un l'aborderait pour lui demander le chemin de l'Académie de Cracovie. Il répondrait qu'il fallait normalement s'y rendre en tram ou en bus, mais qu'il serait sans doute plus rapide de faire le trajet à pied. Un échange de mots de passe. Encore une méthode à l'ancienne qu'il n'avait pas pratiquée depuis belle lurette.

Alors qu'il s'approchait de la halle, il entendit une mélodie exécutée à la trompette. Le *hejnał*. Une de ces traditions héritées d'époques lointaines, en l'occurrence celle des invasions mongoles du XIIIe siècle. Un guetteur avait un jour donné l'alarme depuis le clocher de Sainte-Marie en jouant sur son buccin la sonnerie commandant la fermeture des portes de la ville. Une flèche l'avait atteint à la gorge, l'empêchant d'exécuter le morceau jusqu'au bout, mais les habitants, réveillés, avaient pu repousser les assaillants. Depuis lors, au sommet de la tour de Sainte-Marie, le même air de cinq notes brutalement interrompu retentissait à l'heure précise quatre fois de suite, une pour chacun des points cardinaux.

Une fois dans la halle, Cotton constata que les stands étaient tous clairement numérotés. La personne qu'il allait rencontrer devait en toute logique être celle qui avait effectué le travail préparatoire au vol de la Lance. Probablement l'agent qui avait mis la voiture à sa disposition et y avait déposé l'enveloppe en kraft. Il serait sans doute informé par celui-ci de détails complémentaires, d'autant plus utiles qu'il avait manqué le début de l'affaire.

Il avançait tranquillement en regardant les articles exposés et les gens qui les achetaient. Vêtu d'un pantalon de toile et d'une chemise aux manches relevées, il se fondait tout à fait dans le paysage.

Arrivé à la hauteur du stand 135, il ralentit encore l'allure et contempla les angelots sculptés à la main et peints de couleurs vives proposés à la vente. Trois hommes l'entourèrent aussitôt, le privant de toute possibilité de s'échapper, à moins d'employer la force. Eux aussi étaient en tenue décontractée, simples badauds un instant plus tôt. Un quatrième individu s'approcha.

« Veuillez nous suivre, je vous prie, monsieur Malone », dit-il.

Ils formaient un îlot au milieu du flot pressé des passants. Cotton sentit surgir en lui la poussée d'adrénaline coutumière dans ce genre de circonstance. Il s'estimait capable d'affronter les quatre types, mais une question s'imposait.

« Et vous êtes ?

– Agencja Wywiadu. Nous comptons sur votre courtoisie envers des collègues pour ne pas faire de difficultés. »

L'agence polonaise pour la sécurité extérieure. Des cadors. Les copains d'Ivona.

Le « collègue » conclut sa requête par un sourire, ce qui intrigua Cotton.

« Où m'emmenez-vous ? demanda-t-il.

– Voir quelqu'un qui aimerait vous parler. »

Pour ce qui était d'échapper aux radars, il repasserait ! Apparemment, les services polonais étaient au courant de ses moindres faits et gestes. La patience semblait la meilleure option.

« D'accord, acquiesça Cotton. C'est si gentiment demandé. »

21

Jonty Olivier, émerveillé, parcourut du regard l'immense salle de réception du château et la superbe charpente qui la coiffait. Des vestiges de fresques médiévales se devinaient sur les murs de pierre grise. Des fenêtres à remplages rythmaient la perspective et, percée à la hauteur de chacun des deux pignons, une ouverture éclairait les poutres du comble. La salle était encadrée sur trois côtés par une galerie en surplomb que protégeait une épaisse balustrade ajourée à travers laquelle on apercevait les abords du premier étage. Sept petites tables en bois étaient disposées sur le sol en granito, chacune flanquée de deux chaises. Le règlement qui avait été communiqué à toutes les parties autorisait chacune à être représentée par deux personnes. L'animosité ayant toutes les chances d'être forte entre les participants, les tables avaient été suffisamment espacées. Dans un souci de pondération, l'écriteau d'identification posé sur chacune d'elles ne portait pas un numéro, comme dans la plupart des ventes de ce type, mais le drapeau du pays invité.

Russie, Chine, Allemagne, France, Corée du Nord, Iran, États-Unis.

Le règlement interdisait également toute communication avec l'extérieur, et avertissait que tous les signaux de transmission et de réception seraient provisoirement bloqués. DiGenti avait déjà installé un puissant brouilleur qui fonctionnerait toute la journée de jeudi, jusqu'à l'adjudication finale. Le programme débuterait à 11 heures par une solide collation accompagnée de boissons pour se terminer à 13 heures, tout le monde devant être parti avant 13 h 30. Bien entendu, il s'éclipserait lui-même dès qu'il aurait eu confirmation du paiement. Il avait prévu un itinéraire de secours par des passages discrets conduisant à un endroit où pourrait l'attendre une voiture qui l'emmènerait rapidement loin des lieux.

Au centre de la pièce, un fauteuil Louis XIII faisait face aux chaises vides. Sa place. C'est de là qu'il mènerait personnellement les enchères. DiGenti suivrait le processus d'en haut, dans la galerie, et, avant que le vainqueur ne soit désigné, il irait vérifier la réalité du versement dans une chambre de l'étage au moyen de l'unique lien subsistant avec l'extérieur : un ordinateur avec connexion directe à Internet auquel il serait le seul à avoir accès.

Une lourde table en chêne était installée près de la porte d'entrée à double battant. C'était là que chaque participant déposerait le lendemain sa part des Arma Christi. Pendant le cocktail, un expert dont il avait loué les services pour un prix exorbitant étudierait chaque objet. Il existait, d'après ce qu'Olivier avait appris, des marqueurs permettant de s'assurer de leur authenticité, et le spécialiste en question avait passé les deux derniers mois à mettre au point une méthode d'analyse expresse. Il devait se prémunir contre l'éventualité qu'un des participants lui donne une copie à la place de la relique originale, car il avait l'intention de les revendre toutes les sept au marché noir. Il avait déjà dressé une liste d'acheteurs potentiels. En tout, elles pouvaient lui rapporter jusqu'à vingt millions d'euros. Quelqu'un avait à l'évidence fait en sorte que les vols ne soient pas rendus publics. Rien n'avait transpiré dans les médias. Les reportages sur l'événement de Bruges faisaient seulement état d'un incendie dans la basilique, qui avait provoqué un mouvement de panique et nécessité une évacuation. Pas un mot sur la disparition du Saint Sang ; uniquement l'annonce que sa vénération serait interrompue pendant deux semaines, le temps des travaux de réfection. Des récits analogues avaient été diffusés dans les quatre autres villes concernées par les cambriolages, qui avaient toutes suspendu l'accès du public à leur relique.

Vic DiGenti entra dans la salle et s'approcha.

« J'ai l'impression que tout est en place, lui dit Olivier en désignant d'un large geste les splendeurs qui l'entouraient.

– La synchronisation des arrivées est réglée », déclara son collaborateur.

Afin que le lieu de la vente reste secret, chaque duo de participants devait être conduit à un endroit différent dans un rayon de deux cents kilomètres autour du château. Sept équipes de deux personnes avaient été recrutées pour servir de chauffeurs. Grâce aux relations qu'il avait conservées de son ancien métier, Olivier n'avait eu aucun mal à trouver et à engager quatorze auxiliaires très capables et dignes de confiance. Sa plus grande crainte était qu'un des pays invités n'organise une attaque anticipée.

Un risque réel, à n'en pas douter.

Il serait en effet avantageux pour certains d'entre eux de l'abattre afin d'empêcher la vente, mais d'autres n'y avaient au contraire aucun intérêt. L'idée était de jouer de ces divergences de manière à dérouter tout le monde. Les sept avaient de toute façon été avisés que l'objet de leur convoitise ne se trouvait pas sur le site. L'équipe gagnante serait informée de l'endroit où elle pourrait prendre possession de ce qu'elle avait acheté, ce renseignement ne lui étant communiqué qu'après confirmation du paiement. Il tenait à ce que tout se déroule sans le moindre accroc et désirait surtout demeurer en vie pour profiter de son butin sans risquer des représailles.

Le retard de l'Allemagne posait un problème. Mais les hésitations des États-Unis l'inquiétaient bien plus. Il restait à ceux-ci moins de douze heures pour répondre à l'invitation. Il y avait des semaines de cela, il avait lui-même appelé le président Fox, qui l'avait assuré de la participation de l'Amérique. *Que représentent quelques millions de dollars ? Ce n'est pas cher payé pour mettre les Russes à genoux. Et puis ce n'est pas mon pognon !* Un bon mot qui les avait bien fait rire, tous les deux. Fox avait toujours été un businessman et n'avait pas son pareil pour dépenser l'argent des autres. Ils avaient fait affaire ensemble à deux ou trois occasions, quand Fox avait eu besoin de renseignements confidentiels pour l'emporter dans des négociations commerciales serrées. Et maintenant, devenu président des États-Unis, il souhaitait imposer l'installation de missiles en Pologne. Une aubaine. Olivier avait donc pris le risque de sortir du bois et d'entrer directement en contact avec lui pour lui révéler une petite partie de ce qu'il avait en sa possession. Fox, aux anges, avait proposé cinquante millions d'euros pour préempter la vente, mais, sachant que les enchères lui rapporteraient davantage, Olivier avait décliné l'offre. Fox avait-il finalement changé d'avis et décidé de ne pas concourir ?

« Le Clou a été dérobé hier soir, annonça Vic. Mais, bizarrement, les Allemands ne se sont toujours pas manifestés. »

Bizarre, en effet.

« Ils ont encore le temps, assura Olivier. Je suis certain qu'ils nous feront bientôt signe.

– Toutes les dispositions ont été prises pour que les cinq invités déjà en chemin passent la nuit aux endroits qui leur ont été assignés. Je m'occuperai des deux autres quand ils signaleront leur présence. Ils seront tous conduits ici demain matin, simultanément. Tout le monde devrait être là pour 11 h 30.

– Satanés Américains ! » marmonna Olivier.

DiGenti s'abstint de tout commentaire, conscient que l'écart de langage de son patron n'en nécessitait aucun. Olivier faisait de gros efforts pour ne pas se départir de son flegme et de ses bonnes manières, mais il se sentait transporté par une énergie débordante. Habituellement, il arrivait à se contenir en ayant recours à d'innocents dérivatifs, comme la lecture. Et il se targuait de savoir gérer ses émotions, même sous la plus forte pression. Mais, cette fois-ci, c'était différent. Très différent.

« Notre hôte du sous-sol se tient-il tranquille ? s'enquit Olivier.

– L'espion ? J'ai dû le bâillonner.

– Vous avez bien fait. Il ne serait pas bon que le personnel s'aperçoive de sa présence.

– Tous les employés ont été avisés que l'accès aux caves leur est interdit. Par chance, ils ne sont pas du genre à poser des questions.

– Étant donné ce que je les paie, ils peuvent être discrets. Nous allons devoir être très vigilants, Vic.

– Nous y veillerons. J'ai fait installer des caméras de vidéosurveillance dehors, braquées sur l'entrée. Et les chauffeurs chargés de convoyer les invités s'assureront qu'aucun d'eux n'a d'arme, d'appareil électronique quelconque ni de balise GPS sur lui.

– Des précautions qui ne nous avanceront pas à grand-chose si les voitures sont suivies du ciel par une de ces saletés de drones.

– Aucun des participants n'a le droit de déployer un drone de haute altitude dans l'espace aérien slovaque. Pas même les Américains. Ça ne signifie pas qu'ils n'essaieront pas de le faire, mais les montagnes et la configuration du terrain devraient jouer en notre faveur. De plus, nous avons disposé quelques surprises le long des trajets pour parer à cette éventualité. »

Une nouvelle réconfortante.

Le portable d'Olivier se mit à sonner.

« Très bien. Allez continuer votre travail », dit-il en faisant signe à DiGenti de sortir.

Il prit l'appel.

« Bien le bonjour, Jonty », fit une voix.

Oh non !

Reinhardt.

22

Cotton, intrigué, regarda le monastère des Camaldules, qui dressait devant lui ses flèches et son toit de cuivre verdi. Bâti sur la Srebrna Góra, la Montagne d'argent, au milieu des arbres et des vignobles dominant la Vistule quelques kilomètres à l'ouest de Cracovie, l'édifice solitaire abritait des moines depuis près de cinq cents ans.

Mais qu'avait-il lui-même à faire là, flanqué de son escorte d'agents polonais ?

Après s'être garés au bas de la colline, ils avaient gravi à pied une sente abrupte de plusieurs centaines de mètres bordée d'un mur de chaque côté. Le chemin aboutissait à un porche voûté encadré par deux hautes tours à la couverture vert-de-grisée. Cotton était arrivé à la conclusion que, puisque sa présence ne semblait plus être un secret pour personne, il n'aurait rien eu à gagner en se rebiffant. Autant voir où menait cette piste. Il avait donc suivi docilement ses chaperons, curieux d'apprendre qui voulait lui parler. À en juger par l'isolement de l'endroit, l'entretien était prévu pour se dérouler dans la discrétion.

L'un de ses accompagnateurs s'avança jusqu'au portail pour tirer un anneau de fer attaché à une chaîne. Le lourd vantail de bois s'ouvrit au bout d'un instant, et un homme apparut dans l'encadrement. Vêtu d'une robe blanche à capuche, il arborait une longue barbe broussailleuse. Il les jaugea du regard, puis leur fit signe d'entrer. Pas un mot ne fut échangé.

Ils franchirent la conciergerie et ressortirent dans une cour plantée de gazon, mais dépourvue d'arbres et d'ornements. Une allée cimentée menait aux portes d'une vaste église surmontée de tours d'au moins soixante mètres de haut et dont les murs de calcaire immaculé resplendissaient dans le soleil de midi. Un autre ermite en robe blanche attendait sur le seuil. Les deux hommes qui avaient conduit Cotton jusque-là lui firent comprendre par gestes qu'il devait continuer seul.

Il pénétra dans le sanctuaire, et le moine se retira après avoir refermé la porte derrière lui. L'intérieur consistait en une large nef voûtée en berceau et bordée des deux côtés de chapelles baroques remarquables. Le style, somptueux, était typique des lieux de culte catholiques. Le maître-autel, au fond, était spectaculaire. Le soleil se déversait à travers les fenêtres en fins rais de lumière vive chargés de poussière. L'endroit était désert, si l'on exceptait un homme agenouillé sur le prie-Dieu le plus proche de l'autel. Cette silhouette ténébreuse sur fond de lueur de cierge et de silence oppressant faisait sans doute partie d'une mise en scène destinée à impressionner. L'inconnu se signa, puis se leva et vint vers Cotton d'un pas tranquille en suivant la travée centrale. La cinquantaine, un aplat de cheveux bruns coiffé en arrière et dégageant un large front, un menton volontaire, rasé de frais, il était grand et portait beau dans son costume gris-bleu de bonne coupe.

« Monsieur Malone, je suis Janusz Czajkowski, dit-il en tendant une main que Cotton serra. J'ai jugé préférable que nous nous parlions directement, poursuivit le président polonais dans un anglais parfait. Et cet endroit nous garantit de pouvoir le faire en toute confidentialité, un avantage qu'offrent bien peu de lieux en ce monde. Mais, avant d'aller plus loin, vous ne parlez pas polonais, si ?

– Non. C'est une des nombreuses langues que je ne maîtrise pas, contrairement à l'italien, au danois, à l'espagnol, au latin et à l'allemand.

– Je me suis laissé dire que vous jouissiez d'une mémoire parfaite.

– Parfaite, pas vraiment. Disons plutôt que je garde un souvenir très précis des détails. On parle dans ce cas de mémoire absolue, ou eidétique, pour utiliser le terme savant. Êtes-vous proche des moines ?

– Je me plais à le croire, répondit Czajkowski, s'en tenant à l'anglais. Ce sont des gens extraordinaires. Ils vivent selon un code de conduite très sévère qu'ils s'imposent, fondé sur les injonctions *ora et labora*, et *memento mori*.

– "Prie et travaille. N'oublie pas que tu vas mourir", traduisit Cotton du latin. Tellement plein de bon sens. Et déprimant.

– Cela fonctionne pour eux. Ils ne se parlent que trois fois par semaine et n'ont de contacts avec le monde extérieur que cinq jours par an.

– Sauf quand le chef de l'État vient leur rendre visite.

– Il est vrai que ce titre ouvre des portes, admit Czajkowski en souriant. Le prieur et moi sommes aussi de vieux amis.

– Ce qui ne gâte rien.

– La vie est très simple, ici. Entre la prière et le travail, ils consomment des repas végétariens qu'ils prennent dans leur petite cellule nue avec pour seule compagnie le crâne de leur prédécesseur. Étonnant, non ? Et pourtant vrai, je le sais de source sûre… »

Ces digressions ayant manifestement un but, Cotton laissa son interlocuteur mener la danse sans l'interrompre.

« Nous ne nous connaissons pas, monsieur Malone, mais on m'a fait de vous le portrait d'un homme raisonnable. Aussi vous demanderai-je de transmettre un message aux gens de Washington. »

Et c'était reparti pour le rôle de petit télégraphiste ! La formulation était néanmoins intéressante : « les gens de Washington » plutôt que « le président » ou « la Maison-Blanche ».

« Quand j'étais enfant, continua Czajkowski, ma mère a reçu un jour un coup de téléphone. L'appel n'a duré que quelques secondes, mais, après avoir raccroché, elle nous a ordonné, à mon frère et à moi, de mettre nos manteaux. Pendant que nous nous habillions, elle a rassemblé quelques longueurs de cordelette et des sacs en toile. Puis nous sommes allés en ville tous les trois. Elle nous a conduits dans un magasin où nous nous sommes retrouvés devant une montagne de rouleaux de papier hygiénique empilés à même le sol. Jamais nous n'en avions vu une telle quantité. Ma mère en a pris autant qu'elle pouvait. Elle les enfilait sur les cordelettes, qu'elle nous nouait ensuite autour du cou. Elle faisait aussi vite que possible, avant que d'autres clients n'arrivent et ne prennent tout. On appelait ça “aller à la chasse”. Pas “faire les courses”, “aller à la chasse”. Parce qu'on ne savait jamais exactement ce qu'on rapporterait chez soi. Le papier hygiénique était une rareté, monsieur Malone. Un produit précieux. Quand il y en avait, il fallait en amasser un maximum. Nous avions un bidet dans notre salle de bains, et, quand nous avions la chance que l'eau ne soit pas coupée, nous pouvions nous nettoyer de cette façon. Mais sans eau… Je vous laisse imaginer. Telle était l'existence au temps du communisme, où tout était rationné, jusqu'au papier toilette. Telle était la Pologne avant 1990… »

Czajkowski fit une pause. La tristesse que suscitaient ces souvenirs se lisait dans ses yeux.

« Les pénuries étaient un mode de vie, reprit-il. Parfois, elles étaient réelles. Les produits manquaient, simplement. Mais, le plus souvent, elles étaient orchestrées par le gouvernement pour contrôler la population. On ne pouvait rien acheter sans carte de rationnement. Et on n'obtenait ces cartes qu'après s'être enregistré auprès de l'administration. Par la suite, pour monter les gens contre le mouvement, les autorités ont accusé les grévistes de Solidarność d'être responsables des défauts d'approvisionnement. Mais tout le monde savait depuis longtemps à quoi s'en tenir. »

Une horreur, certainement, et Cotton ne pouvait que compatir. Cependant…

« Pourquoi suis-je ici ?

– C'est une question que l'on peut se poser, en effet, monsieur Malone. Pourquoi donc êtes-vous ici, à Cracovie ?

– Vous connaissez la réponse.

– Je la connais, oui. Vous êtes venu pour vous procurer le moyen d'être admis à participer à une vente aux enchères où vous comptez acheter des informations compromettantes pour moi. »

Présentée ainsi, la réalité semblait bien sordide, mais ce n'en était pas moins la réalité. Pourtant, tout ne se résumait pas à ces apparences peu flatteuses.

« En fait, je suis surtout là pour aider quelqu'un, déclara Cotton.

– Qui ?

– Quelqu'un que j'aime bien et qui se trouve dans une situation délicate.

– Elle a de la chance de vous avoir.

– Ai-je précisé qu'il s'agissait d'une femme ?

– Non.

– Dans ce cas, vous êtes bien renseigné.

– Je m'efforce de l'être. Et qu'en est-il de moi, monsieur Malone ? Vais-je faire les frais de votre solidarité envers votre amie ?

– J'imagine que oui », répondit Cotton à contrecœur.

Czajkowski fit quelques pas dans la nef, puis revint.

« Je vous ai raconté cette histoire à propos du papier hygiénique pour vous faire comprendre que mes parents étaient loyaux envers l'État. Pas par conviction ni par esprit de corps, mais par crainte. Ils avaient pris conscience d'une chose essentielle pour survivre dans la Pologne de leur temps. Une chose qui se résumait à un axiome tout simple : la loi est ce que l'État dit qu'elle est. Pas celle qui est écrite dans les codes et que les gens connaissent. Non. Ce que l'État dit qu'elle est. Point final. Pas de discussion. Pas d'appel possible. Bien des amis de la famille qui n'avaient pas compris cette vérité ont disparu à jamais dans la nuit. Raflés. Cela se produisait tout le temps… Mais j'ai survécu. Et me voilà président, à présent.

– Vous ne m'avez toujours pas dit pourquoi je suis ici, remarqua Cotton malgré toute la sympathie que lui inspirait le récit de ces horreurs.

– Cela me paraissait évident : je ne veux pas que vous alliez au bout de votre mission.

– Qui me semble déjà très compromise. Mais permettez-moi une question : comment avez-vous su où me trouver ?

– Ça, ce n'est pas compliqué, fit une voix derrière Cotton, qui se retourna vers l'autel et vit un homme s'engager dans la travée. C'est moi qui l'ai informé. »

Tom Bunch !

23

Olivier avait été déstabilisé par cet appel reçu de la personne qu'il avait espéré éviter entre toutes. N'ayant pas le choix, il avait quitté le château avec DiGenti pour prendre la route de Košice, la deuxième ville de Slovaquie.

La cité était une perle, avec sa rue principale bordée de palais et de pittoresques maisons bourgeoises, sans parler de sa place pavée, dominée par la cathédrale Sainte-Élisabeth, qui comptait parmi les plus belles du pays.

Le correspondant de Jonty Olivier ayant exigé qu'ils se rencontrent en personne dans un hôtel proche de la place, il pénétra dans l'établissement indiqué puis, laissant DiGenti de garde dans le hall pour prévenir toute mauvaise surprise, se dirigea vers le restaurant, une petite pièce aveugle et mal éclairée. L'homme qu'il cherchait était assis seul à une table.

Augustus « Eli » Reinhardt V.

Quel nom ! Digne d'un archiduc. Il habitait – qui l'eût cru ? – au Liechtenstein, une minuscule principauté coincée entre la Suisse et l'Autriche, au cœur de l'Europe centrale. L'endroit, qui jouissait d'une solide réputation de paradis fiscal auprès des nababs comme Reinhardt, possédait l'un des PIB par habitant les plus élevés du continent.

Le rival de Jonty Olivier, un sexagénaire à la moustache impeccablement taillée, avait de sa personne un soin maniaque et ne faisait pas son âge. Outre un pantalon au pli irréprochable, il portait un blazer sorti tout droit du pressing sur une chemise blanche empesée au col ouvert. Olivier, qui avait un odorat exercé, distingua les fragrances mêlées d'un tabac aromatisé et d'une eau de toilette de luxe. Il reconnut le capuchon caractéristique d'un stylo Montblanc qui dépassait de la poche de poitrine : une édition Écrivains Edgar Allan Poe 1998. Corps en résine marbrée bleu nuit, bague et agrafe dorées à l'or fin, plume en or dix-huit carats, s'il ne se trompait pas. Une pièce de collection qui valait plusieurs milliers de dollars. Et le bonhomme se promenait avec ça sur lui comme s'il s'agissait d'un Bic à trois sous.

Reinhardt se leva à son approche. Ils se jaugèrent longuement l'un l'autre sans cacher leur curiosité avant d'échanger une poignée de main hésitante. Ils ne s'étaient rencontrés que cinq ou six fois au cours des dix dernières années, et aucune de leurs entrevues n'avait été particulièrement agréable.

« C'est tellement aimable à vous d'être venu, Jonty, dit Reinhardt d'une voix suave. Et dans un délai si bref, en plus.

– Avais-je le choix ?

– Allons donc ! Ne regardons pas les choses sous cet angle, cher ami. Il ne s'agit pas de coercition. Asseyez-vous, je vous en prie. Désirez-vous boire quelque chose ?

– Venez-en au fait, Eli, répondit Olivier en refusant d'un geste la proposition.

– Eh bien, c'est simple : je veux ma part », déclara Reinhardt quand ils eurent pris place autour de la table.

Les mots mêmes qu'Olivier avait redouté d'entendre.

Le monde ne comptait pas plus d'une demi-douzaine de courtiers en renseignements dignes de ce nom, Reinhardt et lui-même inclus. Si l'on établissait un classement, il estimait être le meilleur, Eli venant en deuxième position, loin derrière, même si ce dernier ne partageait sûrement pas cette opinion. Quoi qu'il en soit, l'homme qu'il avait en face de lui connaissait le métier et disposait à l'évidence d'excellentes informations sur ce qui se préparait.

« Votre part de quoi ? » demanda Olivier, décidant malgré tout de biaiser.

Reinhardt se pencha vers le sol et se redressa, une mallette en cuir à la main. Après l'avoir ouverte, il en sortit un gros clou en fer battu long de quelques centimètres.

« J'ai fait dérober ceci dans la chapelle du Saint Clou de la cathédrale de Bamberg hier soir. La monstrance qui s'y trouve est désormais vide. Comment peut-on faire preuve d'une telle négligence à l'égard d'une relique ! Elle était exposée là, sans protection, à la portée de n'importe quelle main. La chapelle est maintenant fermée pour... restauration, dit-il, ruinant les espoirs d'Olivier, qui avait voulu croire à un bluff. Vous escomptiez que les Allemands voleraient ce clou et répondraient à votre invitation. Cela n'arrivera pas. Ils ont choisi de ne pas participer à votre vente et m'ont obligeamment permis de le faire à leur place.

– Pourquoi agiraient-ils de la sorte ?

– Parce que je leur ai fourni une information dont ils avaient terriblement besoin. En échange, ils m'ont communiqué des renseignements à propos de votre scénario.

– Ils ne veulent pas concourir ?

– Ils ont des préoccupations plus urgentes, en ce moment, répondit Reinhardt en replaçant le Clou dans sa mallette. Aussi ont-ils été plus que disposés à me céder leur billet d'entrée.

– Les procurations ne sont pas autorisées.

– Il ne s'agit pas d'une procuration. Je les remplace.

– Ce projet est le mien, Eli, pas le vôtre. Laissez tomber.

– C'*était* le vôtre. C'est le *nôtre*, à présent. »

Jonty Olivier n'en croyait pas ses oreilles.

Le plan qu'il avait échafaudé reposait sur les motivations de ceux qui seraient appelés à enchérir. Il avait sélectionné les sept candidats avec le plus grand soin, dans l'intention de jouer de leurs rivalités mutuelles. Le choix des

États-Unis et de la Russie avait été évident. Ils constituaient les deux faces opposées d'une même médaille. L'Iran, cible potentielle des missiles, se rangerait du côté des Russes. Il avait inclus la Chine et la Corée du Nord, qui cherchaient toutes deux un moyen de pression à la fois sur les Russes et sur les Américains. Quant à l'Allemagne et à la France, elles s'étaient prononcées contre tout déploiement d'engins balistiques en Europe par le passé et se trouvaient à l'heure actuelle en conflit ouvert avec les États-Unis sur le plan politique, le nouveau président américain ayant tout fait pour se les mettre à dos. Les relations entre les trois pays étaient devenues glaciales, et une guerre commerciale menaçait. Olivier s'était dit que l'un ou l'autre des deux États européens verrait peut-être un intérêt à s'offrir une monnaie d'échange en vue de tractations futures avec les Américains. Un mobile certes moins incitatif que ceux des puissances directement concernées, mais tout de même de nature à faire monter les enchères.

« Et en quoi mon projet est-il devenu le *nôtre* ?

– Nous allons y venir. Mais, d'abord, j'ai envoyé un de mes hommes pour vous surveiller. Il s'appelle Art Munoz. Il a disparu. Ne serait-il pas entre vos mains, par hasard ?

– En effet.

– Vous êtes de vieux renards, vous et Vic DiGenti, dit Reinhardt en agitant son index. J'avais averti Munoz de se tenir sur ses gardes. J'étais certain que vous l'aviez intercepté. C'est pourquoi j'ai décidé de venir moi-même.

– Écoutez, Eli, je vous le demande en tant que collègue, ne vous mêlez pas de ce projet. C'est à moi qu'il appartient, et à moi seul. »

Ce n'était pas la première fois que Reinhardt s'immisçait dans ses affaires, lui soufflant des clients potentiels en cassant les prix. Il avait même fait capoter par trois fois au moins des marchés que Jonty Olivier avait pourtant déjà conclus. Étant donné la nature clandestine de leur métier, on pouvait s'attendre à un certain degré d'agressivité de la part de la concurrence, mais il fallait toujours que Reinhardt pousse les choses à l'extrême. Olivier avait accueilli les ingérences précédentes avec philosophie, car le gâteau était assez gros pour tout le monde, mais là, c'était différent.

« Je dois admettre que j'ai été jaloux la première fois que j'ai eu vent de votre idée d'enchères, dit Reinhardt. Ce n'est pas rien, ce que vous êtes parvenu à orchestrer. Audacieux. Génial. Des profits virtuellement énormes. Mais cela manque d'envergure, Jonty.

– Comment cela ? »

Reinhardt se renversa contre le dossier de sa chaise.

« Mes amis allemands m'ont signalé une chose dont vous n'avez apparemment pas connaissance...

– Mais encore ?

– Avez-vous jamais entendu parler de la *Spiżarnia* – le garde-manger, en polonais ?

– Je n'ai pas la moindre idée de ce que c'est.

– Dans ce cas, ce mercredi est un grand jour pour vous, Jonty. C'est Noël en plein mois de juin... »

Un large sourire fendit le visage d'Augustus « Eli » Reinhardt V, qui poursuivit :

« Je suis venu les bras chargés de cadeaux, mon ami. De cadeaux qui vont nous rendre tous les deux très riches. »

24

Cotton se retint de laisser exploser sa colère en voyant Tom Bunch approcher d'un pas décidé au milieu de la nef, comme un monarque marchant à son sacre.

« Vous m'avez mouchardé ? demanda-t-il.

– Il a bien fallu », répondit l'insupportable avorton avec un haussement d'épaules.

Ce crétin ne perdait rien pour attendre, mais Cotton devait d'abord s'expliquer avec le président polonais.

« J'ai eu une conversation avec le président Fox il y a peu, dit celui-ci. Je lui ai fait part de mon opposition au déploiement de missiles sur notre sol. Je lui ai fait savoir que je n'accepterais jamais une telle mesure et je l'ai prié poliment de ne rien nous imposer. Savez-vous quelle a été sa réponse ? » Cotton s'attendait au pire. « Il m'a assuré qu'il comprenait tout à fait mes réserves et n'exercerait aucune pression sur moi. »

De quoi tomber des nues quand on se souvenait du discours qu'avait tenu Bunch à Bruges !

« Le président Fox m'a également révélé que vous étiez en route pour Cracovie et m'a indiqué votre point de rendez-vous.

– Un renseignement que je lui avais moi-même communiqué, intervint Bunch.

– C'est ce qui explique que nos hommes se soient trouvés devant le stand 135 de la Halle aux draps, reprit

Czajkowski. J'ai dit au président Fox que nous nous chargions de vous stopper. Il n'a soulevé aucune objection, et son émissaire personnel nous a été d'un grand secours. »

Bunch pointa son doigt sur Cotton.

« Nous avons informé la Pologne que vous travailliez en indépendant pour un service du ministère de la Justice qui n'a aucune compétence pour intervenir ici. Ce service, la division Magellan, a plongé les États-Unis dans l'embarras en s'ingérant sans permission dans une sombre histoire de mise aux enchères de renseignements. La Maison-Blanche ignorait tout de ces manigances jusqu'à aujourd'hui. Dès que nous avons appris ce qui se passait, nous nous sommes employés à y mettre le holà. »

Cotton inspira plusieurs fois à fond pour ne pas perdre son sang-froid face à un tel mensonge.

« Et la vente aux enchères ? demanda-t-il d'un ton neutre.

– L'Amérique n'y participera pas. Nous désapprouvons ce genre de procédé. Bien sûr, les gens qui vous ont envoyé pensent le contraire. Mais nous ne tarderons pas à nous occuper de leur sort. »

L'atmosphère respirait l'équivoque et la suspicion. C'était un jeu de dupes où chacun mentait à l'autre. Cotton se tourna vers Czajkowski.

« Et vous vous contentez de ces engagements ?

– Tout à fait. Le président Fox a été catégorique et s'est excusé sincèrement. Il m'a affirmé qu'il retirerait sa proposition concernant les missiles sous quarante-huit heures, le temps de convaincre ses militaires, qui souhaitent implanter ces armes ici. J'ai compris son problème et j'ai accepté ce report. »

Sous quarante-huit heures ? C'est-à-dire après que la vente aurait eu lieu. Un délai suffisant pour endormir le chef de l'État polonais.

« Où est Stéphanie ? demanda Cotton à Bunch.

– En route pour les États-Unis. Elle sera licenciée demain pour vous avoir envoyé ici sans autorisation. Nous avons donné au président Czajkowski l'assurance que cette personne sera définitivement exclue de la communauté américaine du renseignement, tous services confondus. »

De l'art de faire d'une pierre deux coups. Les occupants de la Maison-Blanche trompaient un chef d'État étranger tout en sacrifiant Stéphanie pour prouver leur bonne foi. Une manière pour Fox d'atteindre le but qu'il avait manqué le jour de son investiture : se débarrasser de Stéphanie et de la division Magellan.

« Cela n'empêchera pas ces enchères de se tenir, remarqua Cotton.

– C'est exact, admit Czajkowski. Mais il revient à la Pologne de régler elle-même ce problème, qui ne regarde qu'elle. Quoi qu'il en soit, la valeur des renseignements proposés à la vente se trouvera grandement diminuée du fait du retrait américain, et je suis reconnaissant à M. Bunch et au président Fox d'avoir permis l'obtention de ce résultat. »

Bien que ne sachant rien ou presque de Czajkowski, Cotton doutait qu'un homme capable de remporter une élection à la magistrature suprême dans un pays comme la turbulente Pologne puisse être le jobard qu'imaginaient Bunch et Fox. Surtout quand cet homme avait à son service quelqu'un d'aussi futé qu'Ivona Novak. Il lui paraissait de plus en plus évident que Czajkowski faisait semblant de jouer le jeu en se félicitant du revirement américain. En revanche, tout dans la gestuelle et l'expression de Tom Bunch reflétait sa certitude d'avoir berné les Polonais.

« Et maintenant, il se passe quoi ? demanda Cotton.

– Pour ce qui vous concerne, vous retournez au Danemark, et je vous escorterai moi-même, répondit Bunch. Nous espérons seulement que nos amis polonais voudront bien oublier ce regrettable incident et que nos relations futures n'en pâtiront pas.

– J'ai assuré le président Fox de notre pardon. J'ai apprécié son honnêteté et sa retenue dans cette délicate question de vente aux enchères, ainsi que sa décision de ne pas exercer de pression sur mon pays à propos des missiles.

– Il faut avouer que c'est un type formidable, commenta Cotton, sarcastique. Un vrai pote. »

Bunch fronça les sourcils.

« Je vous prie de m'excuser, monsieur le président. Ce garçon ne sait pas se tenir à sa place et ignore ce qu'est le respect. Si vous le permettez, nous allons vous laisser, maintenant, en vous exprimant la reconnaissance sincère des États-Unis pour votre compréhension. »

Czajkowski regarda Tom Bunch et Cotton Malone sortir par la grande porte de la nef, qu'un frère en robe blanche vint refermer de l'extérieur.

« Alors ? Qu'en penses-tu ? demanda-t-il, haussant la voix.

– Que ce Bunch est un fieffé menteur, répondit Ivona en sortant du confessionnal, d'où elle avait suivi toute la conversation à l'abri des regards.

– À l'image du président américain, ajouta Czajkowski. Il ne vaut pas mieux que nos satanés communistes.

– Ils se servent de Cotton comme d'un pion, et ça ne va pas lui plaire. Il n'est pas du genre à se laisser manœuvrer.

– Tu le connais bien, Malone ? »

Elle sourit de toutes ses dents blanches comme des perles.

« Serais-tu jaloux ?

– Ai-je des raisons de l'être ?

– C'est de l'histoire ancienne. Avant que je te connaisse. »

Il s'approcha d'elle, l'enlaça et déposa un baiser sur ses lèvres.

« Je suis peut-être un tout petit peu jaloux, tu as raison.

– Je ne te connaissais pas sous ce jour-là. Ça me plaît bien.

– J'ai vraiment besoin de ton aide dans cette histoire, tu sais ? murmura-t-il. Tu es la seule à qui je puisse me fier.

– À vrai dire, tu n'as personne d'autre que moi. »

C'était la pure vérité. Sa femme serait bien la dernière personne qu'il entraînerait dans sa mésaventure, et il était hors de question qu'il implique Michał Zima et le BOR au-delà de ce qu'il avait déjà exigé d'eux. Cela conduirait à mettre un trop grand nombre d'intervenants dans le secret d'une affaire susceptible de dérailler à tout moment.

Ivona et lui entretenaient une relation intime depuis plus d'un an, et celle-ci ne faisait que s'approfondir avec le temps. Il ne se lassait pas de ses traits d'esprit, de sa rapidité de compréhension et de l'affection sincère qu'elle lui témoignait. C'était une jeune femme intelligente et dynamique qui le stimulait de toutes les manières possibles. Bien qu'il ne s'estimât pas en droit d'exiger quoi que ce soit d'elle, puisqu'il était encore marié, elle lui avait fait don d'elle-même en toute connaissance de cause. Elle passait pour le meilleur agent de l'AW. Et si sa compétence et sa discrétion étaient irréprochables, sa loyauté envers lui ne l'était pas moins. Pour un peu, il aurait juré qu'elle était amoureuse de lui.

« Que vont-ils faire, maintenant ? demanda-t-il sans cesser de la serrer dans ses bras.

– Bunch imagine que tu es rassuré. Que la promesse du président des États-Unis en personne a suffi à apaiser tes craintes. En conséquence, il ordonnera à Cotton de voler la relique ce soir. »

Il n'en restait qu'une, et la présence de Malone à Cracovie permettait de conclure en toute logique que le ticket d'entrée des Américains à la vente était la Lance de saint Maurice.

« Les Russes savent que les enchères auront lieu demain et leurs représentants sont en chemin, continua Ivona. Mais, la destination finale étant secrète, les organisateurs ont planifié pour eux un itinéraire indirect *via* Bratislava, où ils doivent passer la nuit avant d'être conduits ailleurs dans la matinée. Si les Américains veulent participer, il va falloir que Cotton se dépêche. »

Czajkowski avait compris dès le départ que son choix était limité. La Constitution polonaise ne prévoyait pas de successeur élu pour remplacer immédiatement le président en cas de décès ou de démission. Dans ces circonstances, le président de la Diète exerçait les fonctions de chef de l'État pendant soixante jours, jusqu'à la tenue d'un nouveau scrutin présidentiel. Or l'actuel détenteur du « perchoir » était un homme faible et incompétent, un de ces leaders que la Pologne engendrait trop souvent et qui cherchaient à affermir leur pouvoir en faisant systématiquement appel à l'aide extérieure. Cela n'avait jamais rien donné de bon par le passé, et il en irait de même cette fois-ci. S'il était contraint de jeter l'éponge, son successeur à titre provisoire ferait sans tergiverser ce qu'exigerait Fox. Et, ce qui est fait étant difficile à défaire, le prochain élu risquait de poursuivre une politique trop accommodante vis-à-vis de Washington. Donc, le problème devait être réglé ici et maintenant.

Sauf que son passé faisait obstacle.

« Comment peux-tu être sûre que Malone va voler la Lance ? demanda-t-il.

– À cause de Stéphanie Nelle. Il est d'une loyauté totale envers elle et fera tout ce qu'il faut pour la protéger. Il est comme ça. Il ne mentait pas en disant qu'il était là pour aider une amie.

– Tu en parles comme si tu avais de l'admiration pour lui.

– J'en ai. Les hommes de sa trempe ne courent pas les rues.

– Dois-je me sentir insulté ?

– Pas du tout ! s'exclama-t-elle. Tu es le premier sur la liste des oiseaux rares. Les Polonais ont de la chance de t'avoir comme président. Nous avons besoin que tu restes à ton poste… quoi qu'il en coûte, ajouta-t-elle avec une assurance qui le fit sourire.

– Que comptes-tu faire ?

– Nos alliés russes, qui étaient si causants, à Bruges, quand il s'agissait d'obtenir mon aide pour mener Cotton jusqu'à eux, ne m'ont pas fait beaucoup de confidences depuis. Ils ne veulent visiblement pas de nous dans les parages de cette vente.

– Il est pourtant indispensable que nous soyons là.

– Oui, et Cotton sera notre sésame. J'irai l'attendre ce soir au Wawel. »

25

Jonty Olivier ne parvenait pas à décider si Eli parlait sérieusement ou s'il le menait en bateau. Certes, son rival disposait de moyens comparables aux siens pour obtenir des renseignements, et il avait aussi le cran d'explorer les recoins sombres où d'autres hésiteraient à mettre le nez – sa présence en Slovaquie le prouvait assez. Mais sa proposition n'était-elle pas simplement un de ses numéros d'enfumage ?

« De quoi parlez-vous, Eli ? Quel genre de "cadeau" avez-vous à m'offrir ?

– La *Spiżarnia.* Ce sont mes amis allemands qui m'en ont révélé l'existence. Elle est la concrétisation d'une mesure préventive prise par Moscou dans les années 1990, quand le régime des soviets s'est effondré et que la république polonaise a ressuscité.

– Une mesure préventive contre quoi ?

– Contre l'hypocrisie, d'après ce qu'on m'a expliqué. »

Curieuse réponse. Mais Reinhardt s'amusait visiblement beaucoup.

« Jonty, vous possédez des informations compromettantes sur un homme, le président polonais. Des informations en lien avec son passé de jeune militant de Solidarność. Il y a là matière à chantage, évidemment. Mais imaginez que vous soyez en possession de rapports similaires sur d'autres personnes, dont beaucoup, comme Czajkowski, ont accédé à des postes à responsabilité dans l'administration ou l'industrie. Quelle somme les Américains seraient-ils prêts à débourser pour acquérir ce genre de données ? Ou les Russes ? Et combien paieraient les gens incriminés pour que leurs antécédents douteux restent secrets ? Eh bien, le "garde-manger" nous offre une chance d'avoir des réponses à toutes ces questions.

– Qu'est-ce au juste que ce "garde-manger" ? demanda Olivier, piqué par la curiosité.

– Pas si vite ! Je suis venu pour négocier un accord avec vous. Et un accord équitable, contrairement à ce que vous pourriez penser. »

Malgré ses doutes sur ce dernier point, Olivier était tout ouïe.

« Vous disposez de matériel que vous voulez mettre à l'encan, poursuivit Reinhardt. Allez-y, faites ce que vous avez prévu et gardez le produit intégral de votre vente. Ensuite, vous mettez aux enchères ce dont moi je dispose, et les recettes de cette seconde opération me reviennent. Une formule "deux en un", en quelque sorte. Tout ce que je demande, c'est que vos acheteurs aient aussi la possibilité d'enchérir sur les informations que je détiens, moi.

– Et c'est moi qui mène les deux ventes ?

– Tout à fait. Inutile d'introduire de la confusion. Je suis sûr que vous avez sélectionné vos invités en fonction de leurs motivations et de leur solvabilité. Rien que des États, j'imagine. Maintenant, vous avez un article supplémentaire à leur proposer. Par chance, nos clients bénéficient de ressources illimitées. »

Malgré lui, Olivier devait bien admettre que l'offre semblait raisonnable. Mais…

« Qu'avez-vous de si précieux dans votre besace ?

– Écoutez, Jonty, je vais être franc avec vous. Je pourrais réduire votre travail à néant. Le succès de votre projet reposant sur le secret, j'ai dans l'idée que vous n'avez pas convié les Polonais. Moi aussi, je m'en serais abstenu à votre place. Alors, je me demandais ce qui se passerait s'ils recevaient un coup de téléphone... »

Olivier ne laissa rien paraître, mais la menace avait fait mouche.

« Bon, d'accord, Eli, je saisis le message. Vous avez les moyens de tout mettre par terre, et cela vous place en position de force. Alors, je vous écoute.

– Une chose encore. Pour le cas où il vous viendrait à l'esprit de me séquestrer en compagnie d'Art Munoz, sachez que, faute d'un appel de ma part toutes les trois heures, mes associés prendront contact avec Varsovie. »

Eli ne bluffait certainement pas. Olivier aurait lui-même pris cette sage précaution si les rôles avaient été inversés.

« Bien, marché conclu, dit-il. Parlez-moi de ce fameux cadeau. »

Reinhardt afficha un sourire victorieux.

« À la fin du régime communiste, sans doute vers 1991, le Służba Bezpieczeństwa a caché une énorme quantité de documents. Parmi les milliers d'informateurs qu'il avait recrutés au fil du temps, beaucoup avaient gravi les échelons dans le syndicat Solidarność et les nouveaux partis politiques de l'époque. Certains s'étaient portés volontaires pour devenir espions, d'autres faisaient ça pour de l'argent, d'autres encore collaboraient sous la contrainte ou parce qu'on les faisait chanter. Bon nombre d'entre eux ignoraient même qu'ils figuraient sur la liste des informateurs – les renseignements dont ils étaient détenteurs parvenaient au SB par l'intermédiaire d'un ami, d'un collègue ou d'un parent qui travaillait avec ce service et avait trahi leur confiance. Par sécurité, peut-être en vue d'une utilisation future, le SB a mis à l'abri des fichiers concernant ces "indics" dans un endroit qu'on appelle la *Spiżarnia.* »

Olivier mobilisa ses souvenirs. Depuis longtemps, la Pologne était confrontée aux séquelles laissées par les régimes nazi, puis communiste. L'Institut de la mémoire nationale et sa Commission de poursuite des crimes contre la nation polonaise, créés plusieurs décennies auparavant, avaient peu à peu amassé de gigantesques quantités d'archives, collectées pour l'essentiel dans les années immédiatement consécutives à l'effondrement du système communiste pour servir de pièces à conviction dans des procès. Jamais pourtant aucun stock de grande ampleur n'avait été découvert. La plupart des fichiers arrivaient au compte-gouttes à mesure qu'ils étaient retrouvés dans les vieux entrepôts et les bureaux de l'administration, ou chez des particuliers. Olivier lui-même était parvenu à s'approprier une liasse de cent quarante-sept pages concernant un jeune militant de Solidarność nommé Janusz Czajkowski. Celle-ci provenait du domicile d'un ex-major du SB qui avait conservé dans sa maison une mine de documents datant de sa carrière dans l'armée. L'homme était décédé depuis longtemps, mais son fils s'était récemment mis en quête d'un éventuel acheteur. Par l'intermédiaire d'un collègue et ami qui avait eu vent de la démarche, Olivier avait pu obtenir le lot pour cinq cent mille złotys. Sa première idée avait été de garder le dossier sous le coude tout en cherchant des moyens de le valoriser au maximum. Et c'est à ce moment-là que les États-Unis avaient annoncé leur intention de relancer leur projet d'un bouclier antimissile basé en Pologne.

Une divine surprise. Grâce au revirement américain, sa récente acquisition, relativement banale, revêtait une importance capitale. Il n'aurait pu rêver mieux.

Et, pour couronner le tout, voici qu'un partenaire lui tombait dessus sans crier gare et changeait encore la donne.

« Qu'y a-t-il dans ce “garde-manger” ? s'enquit-il.

– Les Allemands pensent qu'il contient les fichiers de milliers d'informateurs des services de sécurité. Sans doute des rapports, des lettres, des déclarations sous serment… Toutes sortes d'informations conservées bien à l'abri.

– Quelqu'un l'a-t-il déjà vu, ce dépôt ?

– Non. Les Allemands ne l'ont jamais cherché, et ils avaient pratiquement oublié son existence jusqu'au moment où ils ont reçu votre proposition. Par chance, j'étais en pleine négociation avec eux au sujet d'une transaction beaucoup plus importante de leur point de vue. Nous avons donc modifié les termes de notre accord en y incluant leur invitation à vos enchères et cette cache oubliée, qui sont désormais miennes. »

D'innombrables questions se bousculaient dans l'esprit de Jonty Olivier, dont une de tout premier plan.

« C'était très généreux de leur part, non ?

– Ce que je leur ai fourni vaut bien plus, vous pouvez me croire. »

Une confession qui voulait tout dire.

« Êtes-vous sûr que ce "garde-manger" est une réalité ? »

Reinhardt se pencha en avant.

– C'est bien le problème, Jonty, je n'en ai aucune certitude. Mes amis à Berlin ne me l'ont pas caché : rien de tout cela n'est avéré.

– Vous avez conclu un marché sur quelque chose qui n'existe peut-être même pas ?

– Votre vente aux enchères, elle, est bien réelle, répondit Reinhardt avec un sourire. Mon calcul était que, dans le pire des cas, je pourrais au moins vous faire payer la garantie que je n'empêcherais pas son déroulement... »

Olivier était coincé, et il détestait ça.

« Mais vous avez raison, ajouta Eli, nous devons avant tout nous assurer que la *Spiżarnia* n'est pas un mirage.

– Que suggérez-vous ?

– Que nous allions voir ça de plus près. »

Nous ! Le pronom révulsait Olivier. Ce projet était le sien, tout de même ! Mais quelle liberté de manœuvre avait-il ? Reinhardt pouvait indubitablement jouer les trouble-fête. Et pourquoi se gênerait-il ? Il n'avait rien à perdre. Olivier se résigna donc à faire ce à quoi il excellait : marchander.

« Je veux une part de ce que rapportera votre volet de l'affaire.

– Combien ? demanda Reinhardt, l'air amusé.

– 20 %.

– C'est beaucoup.

– Organiser la vente a occasionné des frais auxquels il serait juste que vous contribuiez. J'ai dépensé beaucoup d'argent pour assurer la confidentialité et la sécurité. Ce qui soulève d'ailleurs une question : comment m'avez-vous retrouvé ?

– Après que les Allemands m'ont montré votre invitation, j'ai envoyé des hommes à votre recherche. Je connais vos lieux de prédilection, comme vous connaissez sans doute les miens. Quand Munoz a disparu, j'en ai conclu qu'il vous avait débusqué.

– Et comment avez-vous su où me joindre ?

– Ça n'a pas été bien compliqué. Comme vous, j'ai des amis pleins de ressources. Vous avez laissé un numéro à l'agence qui gère le château de Sturney pour qu'elle puisse vous appeler en cas de besoin. Et étant donné que Sturney est la seule forteresse isolée que l'on puisse louer sur le territoire slovaque… »

Olivier maudit intérieurement sa propre négligence. S'il s'était rendu coupable d'une faute à ce point grossière, dont Eli avait pu profiter, combien d'autres erreurs avait-il commises ? Certains des acheteurs potentiels étaient-ils eux aussi sur ses traces ? Le site de la vente était-il menacé ? Dieu merci, les précautions qui avaient été prises la veille devraient le prémunir contre ces risques. Puis une pensée cauchemardesque lui vint.

« Vous m'avez suivi hier soir, c'est ça ?

– En effet, acquiesça Reinhardt. Et quand je vous ai vu prendre la route de Cracovie, puis de Wieliczka, j'ai eu des sueurs froides. Car c'est là-bas, dans la mine de sel, que se trouve le "garde-manger". »

26

Cotton s'abstint de tout commentaire et ravala sa colère jusqu'au moment où Bunch et lui quittèrent seuls le site du monastère à bord d'une voiture que conduisait lui-même le « conseiller adjoint à la sécurité nationale ».

« Voilà qui vous donnera un peu de temps, dit enfin Bunch. Le président a assuré en personne à Czajkowski que nous nous retirions de la vente. Que le Polonais ait été avisé directement devrait suffire à le faire se tenir tranquille.

– Fox a donc menti effrontément à un chef d'État ? »

Bunch balaya l'accusation d'un geste.

« Il l'a seulement induit en erreur, et je n'ai fait que renforcer le stratagème.

– Vous formez vraiment une belle paire de bras cassés, tous les deux, commenta Cotton en secouant la tête.

– Je vous rappelle que c'est du président des États-Unis que vous êtes en train de parler.

– Oui, c'est bien ce qui m'inquiète. »

Ils roulaient en direction de Cracovie sur une route à deux voies longeant la Vistule.

« Vous devriez avoir le champ libre pour vous occuper de la Lance, maintenant, dit Bunch sans relever.

– Tom... Vous permettez que je vous appelle Tom ? demanda Cotton, avant d'enchaîner sans attendre la réponse : J'ai pour règle de ne rien dire que je pourrais regretter plus tard. Surtout quand je m'adresse à des gens qui travaillent pour la Maison-Blanche. Mais pour vous je vais faire une exception : allez vous faire f… »

Bunch montra du doigt son téléphone posé sur la console centrale entre leurs sièges. Surpris, Cotton, qui avait déjà remarqué l'appareil sans y prêter attention, le prit et s'aperçut qu'il était en communication, haut-parleur activé.

« Monsieur le président, dit Bunch, Malone sait que vous êtes au bout du fil. »

Cotton resta un instant bouche bée. Une telle loufoquerie dépassait l'entendement.

« Je ne suis pas mécontent d'apprendre ce que vous pensez réellement de moi, déclara Fox.

– Vu ce qu'a été notre première rencontre, mon opinion ne devrait pas vous surprendre. Vous êtes passé à deux doigts d'être atomisé, mais ça ne vous a pas servi de leçon.

– Détrompez-vous, l'expérience m'a appris au moins une chose : que j'ai intérêt à faire régler mes problèmes par mes propres équipes plutôt que par des rebuts de l'ère de Daniels.

– Votre personnel est incompétent.

– Comme moi ?

– Vous, vous tenez la tête du peloton. »

Bunch arborait un petit sourire satisfait, manifestement ravi par l'irrespect que Cotton témoignait à son chef.

« Dans d'autres circonstances, Cotton – je peux vous appeler comme ça, j'imagine ? –, j'ordonnerais simplement à Tom de vous virer, de raccrocher et de poursuivre sa route. Nous pouvons recruter quelqu'un d'autre. Mais vous êtes sur place, prêt, et le temps nous est compté. Nous n'avons que jusqu'à minuit pour nous emparer de cette lance.

– Si je la vole, ce sera pour vous l'enfoncer…

– Cotton, contentez-vous de dérober cette relique. Ensuite, Tom et vous irez participer à ces enchères et achèterez l'information que Jonty Olivier met en vente. »

Ces deux salopards ne manquaient pas d'aplomb, on ne pouvait pas leur retirer ça.

« J'ai été élu président, reprit Fox, parce que j'ai eu les couilles de m'exposer et de demander aux citoyens de voter pour moi. Je vois grand. Le problème, avec la plupart des gens, c'est qu'ils ne voient pas grand. Cela leur fait peur. Alors, ils se raccrochent à des types comme moi qui, eux, voient grand. Gagner ne me fait pas peur. J'aime ça. Et je fais ce qu'il faut pour gagner.

– Je me contrefous de ce que vous pouvez raconter. Et je n'ai rien à gagner dans cette histoire.

– À part les cent cinquante mille dollars que Stéphanie Nelle vous a promis.

– Je peux vivre sans.

– Je n'en doute pas, dit Fox en ricanant. Mais je veux installer ces missiles en Pologne, et si vous refusez de m'aider, je mettrai à exécution ce dont j'ai parlé au président Czajkowski. Je ferai démanteler la division Magellan. Stéphanie Nelle sera saquée, et il sera fait défense à tous les services de renseignement américains de l'employer à l'avenir. Elle deviendra *persona non grata.* Et si elle a besoin de références pour postuler dans le privé, mon administration n'en fournira pas, ou en fournira de mauvaises. Pour poursuivre sa carrière, elle n'aura d'autre choix que de travailler pour un de mes ennemis. »

Cotton détestait les brutes. Et Fox n'était pas autre chose. Le meilleur comportement à adopter face aux personnages de ce genre était de les prendre bille en tête, car, au fond, ils étaient sans courage. Malheureusement, pour l'heure, il n'avait aucun atout à faire valoir.

En revanche, s'il avait la Lance…

Ils entraient dans les faubourgs de Cracovie en venant de l'ouest et, face à eux, de l'autre côté de la rivière, se dressait le château du Wawel. Ses murailles fauves surmontées de tours et de dômes culminaient à plus de trente mètres au-dessus de l'eau, aussi massives qu'élancées. L'édifice, résidence des monarques polonais pendant un millénaire, n'abritait plus que leurs tombes. C'était à la fois un musée qui servait d'écrin à toutes sortes d'objets précieux et une œuvre d'art en lui-même.

Et c'était dans ce symbole de la nation polonaise que l'attendait la Lance de saint Maurice. Sa monnaie d'échange.

« Vous avez entendu, Malone ? demanda Fox.

– Vous êtes vraiment un minable.

– Comme si je me souciais de votre opinion. Si j'avais besoin d'une conscience, je m'en achèterais une. Pour le moment, ce dont j'ai besoin, c'est voir ces missiles installés en Pologne. Et montrer aux Russes que l'époque où les États-Unis se couchaient devant eux est révolue.

– Je pense que Danny Daniels ne serait pas forcément d'accord avec cette lecture de ses huit années de mandat.

– C'est bien possible, mais ce n'est pas ce qui m'empêchera de faire ce qu'il faut pour arriver à mes fins.

– En vous en prenant à Stéphanie, vous vous en prendrez aussi à Daniels.

– Je doute que le sénateur en second du Tennessee puisse faire grand-chose pour me nuire. »

Cotton s'abstint de répondre. Argumenter avec un imbécile incapable d'estimer la force de ses adversaires ne menait à rien.

« Volez-moi cette lance, Malone, et remportez les enchères, c'est tout ce que je vous demande, reprit Fox.

– Et si je la vole, qu'arrive-t-il à Stéphanie ?

– Rien du tout.

– Votre parole n'est pas des plus crédibles, vous le savez bien.

– Vous n'avez rien d'autre. C'est à prendre ou à laisser. »

Dans toute autre conjoncture, Cotton aurait choisi de « laisser », mais deux éléments le poussaient à accepter. D'abord, il voulait éviter à Stéphanie les calamités dont Fox l'accablerait avec délectation. Et puis il y avait Janusz

Czajkowski. Le président polonais n'était pas tombé de la dernière pluie, même s'il faisait en sorte que d'autres soient persuadés du contraire. En effet, qui aurait pu gober que, après avoir annoncé leur décision de déployer des missiles, les Américains fassent aussitôt machine arrière pour la simple raison que le projet déplaisait aux Polonais ? Un tel revirement aurait pu se produire au bout de plusieurs années, comme cela s'était parfois vu dans le passé, pour que tout le monde puisse sauver la face. Mais pas du jour au lendemain. Jamais de la vie. Non, Czajkowski n'était pas dupe, et, s'il faisait mine de se prêter au jeu, c'était parce qu'il avait une idée derrière la tête. Une idée que Cotton croyait deviner, ce qui n'était manifestement pas le cas du débile qui tenait le volant ni de celui qui parlait au téléphone.

Une pensée qui le fit presque sourire.

« Vous êtes-vous assuré le concours d'un service de renseignement américain pour cette opération ? demanda-t-il à Fox.

– Seulement celui de la grande Stéphanie Nelle et de sa fabuleuse division Magellan.

– Et à part ça ?

– Personne d'autre. Il s'agit d'une initiative de la Maison-Blanche. Gardée secrète. »

Comme Cotton l'avait imaginé. Parfait. Il n'y avait plus qu'à conclure.

« D'accord, je m'occupe de la Lance », dit-il.

Bunch le déposa à proximité de la Halle aux draps et repartit après lui avoir donné un téléphone portable en prévision de leurs contacts ultérieurs. Cotton regagna son propre véhicule, d'où il appela Stéphanie pour lui faire part des derniers développements.

« Je ferais mieux de démissionner, dit-elle. Je ne peux pas travailler pour ces gens-là.

– Écoutez, il m'en coûte de vous dire ça, étant donné que je ne cours pas les mêmes risques que vous, mais si nous laissons tomber, l'Amérique pourrait se retrouver dans une sacrée panade. Les Russes mettent le paquet sur cette affaire, comme les Polonais, et ils ne plaisantent pas. Tout ça pourrait tourner au vinaigre.

– Moi aussi, j'ai un mauvais pressentiment depuis le début. Je ne peux pas vous dire à quel point j'ai été soulagée quand j'ai appris que vous étiez à Bruges. »

Connaissant le caractère peu expansif de son ex-patronne et son goût très modéré pour les cajoleries, Cotton apprécia cet aveu à sa juste valeur.

« Je vais commencer par mettre la main sur cette lance. Je verrai ensuite ce que je peux faire pour vous et pour le pays.

– Je suis à l'ambassade, à Varsovie, mais je m'apprête à partir pour le consulat de Cracovie. J'y serai dans quelques heures. »

Comme il s'en doutait, elle n'était pas rentrée en Amérique et n'en avait sans doute même pas reçu l'ordre.

« Bien. De mon côté, je vais faire un peu de reconnaissance de terrain et intervenir cette nuit. Pour ça, les informations que vous m'avez transmises m'ont d'ores et déjà été très utiles.

– Et vous pensez que les Polonais seront là pour vous attendre ? demanda-t-elle, faisant allusion à l'hypothèse qu'il avait émise au début de leur conversation.

– Ça ne fait pas le moindre doute dans mon esprit.

– Dans ce cas, pourquoi y aller ?

– Parce que eux aussi ont intérêt à ce que je mette la main sur cette relique. »

27

De retour au château, Jonty Olivier était encore sous le choc de son entrevue avec Reinhardt. Il n'arrivait toujours pas à décider si ce dernier était sérieux ou s'il jouait la comédie pour s'introduire dans une affaire qui n'était pas la sienne. Avant d'acquérir le dossier sur Janusz Czajkowski qu'on lui proposait d'acheter, il s'était plongé dans des recherches approfondies pour s'assurer de la réalité des faits censés y être consignés.

C'est à cette occasion qu'il était tombé sur l'histoire de Lech Wałęsa.

Électricien et militant syndical aux chantiers navals de Gdańsk, aussi mal payé et exploité que ses collègues, Wałęsa était un des cofondateurs de Solidarność. Les photos de ce moustachu porté en triomphe par des ouvriers avaient constitué une source d'inspiration pour les mouvements anticommunistes dans tout le bloc de l'Est. Bien qu'il eût été arrêté et emprisonné à de nombreuses reprises, il avait mené la charge victorieuse ayant entraîné la chute du régime des soviets et s'était vu décerner le prix Nobel de la paix – qu'il n'était d'ailleurs pas allé chercher à Stockholm, par crainte de ne pas être autorisé à rentrer dans son pays. Il avait été le premier président de la République restaurée. Mais, sa popularité déclinant, il avait été battu aux élections de 1995, à l'issue de son mandat.

Car des soupçons de collaboration pesaient depuis longtemps sur lui.

Deux cent soixante-dix-neuf pages d'archives sur ses turpitudes supposées avaient fini par faire surface, trouvées chez un ancien ministre de l'Intérieur communiste et que sa veuve tentait de vendre. Les similitudes avec le cas Czajkowski avaient de quoi faire peur. Seule différence : le dossier de Wałęsa avait été rendu public, et l'Institut de la mémoire nationale l'avait donné à étudier en détail à des spécialistes qui avaient conclu à son authenticité. Le portrait qui ressortait de ces documents était celui d'un Wałęsa qui, avant de faire trembler le régime sur ses bases dans les années 1980 en organisant grèves et manifestations, avait apparemment émargé comme informateur au budget de la police secrète au cours de la décennie précédente. L'intéressé avait crié à la mystification, accusant l'administration d'alors d'avoir fabriqué des faux pour le discréditer. Une allégation vraisemblable, connaissant les parties concernées, et qui lui avait valu d'être innocenté par un tribunal.

Mais cela n'avait pas mis fin aux questionnements pour autant.

Les interrogations sur sa duplicité avaient ressurgi avec l'arrivée au pouvoir du parti conservateur Droit et justice, dirigé par un ancien militant anticommuniste, mais adversaire de Wałęsa. Pour finir, ce dernier avait admis s'être engagé par écrit à jouer le rôle d'indicateur pour le compte du SB, mais nié avoir jamais tenu sa promesse. Et ce malgré la présence dans le dossier d'une bonne trentaine de rapports reconnus authentiques et signés « Bolek » – son nom de code pour le SB – ainsi que de reçus également paraphés de sa main concernant des sommes versées par ce service.

Un désastre pour son image de légende, dont il ne s'était jamais remis.

Voyant cela, Olivier avait espéré que cet exemple suffirait à dissuader Czajkowski de braver le destin et le rendrait malléable face aux exigences de quiconque détiendrait des informations compromettantes pour lui.

« Relâchez l'homme qui est au sous-sol », ordonna-t-il à Vic.

Pendant le voyage du retour, Olivier avait informé son comparse de ce qui s'était passé à l'intérieur du restaurant.

« Il faut que nous repartions pour Wieliczka, précisa Olivier. Avec Eli. Pouvez-vous arranger ça ? » DiGenti acquiesça. « Faites vite, s'il vous plaît, je veux que le problème soit réglé dans les heures à venir. »

Il avait topé avec Reinhardt sous réserve que le fameux « garde-manger » soit toujours là et son contenu commercialisable. Si c'était le cas, il organiserait des enchères conjointes, comme prévu. Sinon, il verserait à son concurrent vingt millions d'euros pour prix de son silence – une somme que l'écoulement des Arma Christi devrait suffire à couvrir. Et il garderait pour lui l'intégralité des bénéfices de sa propre vente. Il n'avait pas accepté ce marché de bonne grâce, mais, étant donné l'énormité des gains escomptés sur l'affaire Czajkowski, il était prêt à débourser ce qu'il fallait pour maintenir Reinhardt à distance. Bien sûr, si la *Spiżarnia* existait et se révélait exploitable, les profits s'accroîtraient de plusieurs millions. Pour chacun.

Dès lors, que risquait-il à aller jeter un coup d'œil dans la mine ?

Czajkowski était installé dans la suite royale Wawel du Sheraton Grand Kraków. L'hôtel, une construction moderne en béton et acier, se trouvait à deux pas de la Vistule et du château du Wawel, qui s'élevait dans toute sa gloire devant les fenêtres est du salon. Il avait décidé de passer la nuit là pour être proche des événements qui se préparaient, le prétexte officiel de son déplacement étant une entrevue avec des élus locaux, dont bon nombre réclamaient à cor et à cri depuis un moment qu'il leur consacre un peu de son temps. Il était parvenu non sans mal à contenir sa colère contre son homologue américain Fox et son affidé, Tom Bunch, qui prenaient la Pologne pour une nation de seconde zone et son dirigeant pour un imbécile.

Leur attitude n'était malheureusement pas une première. Des rois, reines, empereurs et Premiers ministres avaient agi exactement comme eux dans les siècles passés. Mais ils n'arriveraient pas à leurs fins cette fois-ci. Ivona y veillerait.

Quel bonheur d'avoir une telle femme à son côté !

Il devait toutefois se montrer prudent. La Pologne demeurait profondément catholique, et, bien que légal, le divorce était mal vu par l'Église, même si elle tolérait la séparation de corps. Quoi qu'il en soit, ni divorce ni séparation ne seraient acceptables pour le président qu'il était, et un adultère ouvertement assumé signerait sa mort politique.

Le seul motif reconnu de divorce était la *dissolution complète et irrémédiable de la vie conjugale*, avec rupture des liens physiques, spirituels et économiques. Une définition qui s'appliquait en vérité parfaitement à son propre mariage.

Dieu merci, il n'y avait pas d'enfants pour pâtir de la situation. Sa femme lui ayant signifié dès le départ son refus catégorique d'être mère, il ne pouvait d'ailleurs pas se plaindre d'être sans descendance. Mais il aurait été aussi menteur que le président américain s'il avait prétendu se réjouir de cet état de choses. Faute de progéniture, il était devenu le père de la nation, à laquelle il s'était entièrement consacré. Le sort de près de quarante millions de Polonais dépendait de son aptitude à prendre les bonnes décisions, et il n'avait pas l'intention de laisser tomber ses concitoyens.

Son portable sonna, et il vit avec plaisir le nom d'Ivona s'afficher sur l'écran.

« Où es-tu ? demanda-t-il.

– Je m'occupe des derniers préparatifs. »

Au monastère des Camaldules, elle lui avait expliqué son plan et comment elle comptait y intégrer Malone. Il avait compris qu'il y avait eu quelque chose entre elle et l'Américain, et, l'espace d'un moment, il avait été jaloux. Un sentiment qu'il n'avait pas éprouvé depuis longtemps et qui lui avait donné l'impression agréable de revivre. Bien sûr, il n'avait aucun droit de prendre ombrage des aventures qu'elle avait pu avoir avant de le connaître et qui ne le regardaient en rien, mais malgré tout… Il aimait Ivona, et il était de plus en plus persuadé qu'elle le lui rendait bien. Elle ne devinerait jamais à quel point il lui était reconnaissant de se donner tant de peine pour l'aider.

À moins qu'elle ne l'ait déjà deviné.

« Merci de faire tout ça, dit-il.

– Tout le plaisir est pour moi, monsieur le président. »

Il adorait qu'elle l'appelle ainsi.

« Mais il va falloir songer à me remercier de façon plus appropriée, reprit-elle. En personne.

– Une requête que je serai plus qu'heureux de satisfaire, assura-t-il avec un petit rire.

– Avant ça, je dois m'occuper d'un vieil adversaire. C'est quelqu'un de brillant. Très brillant, même. Ce qui m'oblige à la plus grande minutie.

– Nous n'avons qu'une seule chance.

– C'est vrai. Et je n'ai pas l'intention de la manquer. »

28

Cotton leva les yeux vers la forteresse du Wawel. Il se tenait sur un trottoir au milieu des passants, face à l'aile est du château, dont les murs de pierre blonde hauts d'une bonne trentaine de mètres supportaient un toit très pentu. L'extérieur présentait un ensemble de galeries, de colonnades et de balcons agencé avec une précision chorégraphique. Cette Acropole polonaise, selon l'expression consacrée, dominait toute la ville et avait jadis été le siège du pouvoir tant séculier qu'ecclésiastique. Il repéra la loggia du dernier étage, par laquelle, d'après ses informations, on pouvait accéder à l'endroit où était actuellement entreposée la Lance de saint Maurice.

En temps normal, celle-ci était exposée dans le musée Jean-Paul II de la cathédrale, situé à l'entrée principale du château. Victime de son succès, ce musée, qui renfermait l'une des collections de tableaux et d'objets d'art les plus inestimables de Pologne et attirait des centaines de milliers de visiteurs par an, était fermé depuis quelques mois pour d'importants travaux de rénovation, et ses trésors avaient été mis en dépôt sur plusieurs sites différents. La Lance, pour sa part, avait trouvé refuge, avec quelques autres pièces de valeur, dans la salle dont Cotton était en train d'observer les fenêtres.

Il serait bientôt 17 heures. L'agent qui avait reconnu le terrain à la demande de Stéphanie avait recueilli quantité de renseignements précieux. Le château baissait le rideau dans vingt minutes. L'ancien bâtiment de la boulangerie et de l'hôtel-Dieu, qui donnait sur la cour, abritait à présent l'administration. De là, une porte réservée au personnel permettait d'accéder directement à l'intérieur du château. Bien que verrouillée, elle n'était pas infranchissable. Des gardiens faisaient des rondes à intervalles réguliers et il y avait des caméras, mais, d'après le rapport dressé par l'« honorable correspondant » de Stéphanie, il était possible d'échapper à la surveillance en prenant certaines précautions.

Un plan du premier étage, sans doute photocopié dans un guide, lui avait également été fourni. La porte mitoyenne des bureaux du rez-de-chaussée y apparaissait entourée d'un cercle, de même que la pièce où était remisée la Lance, proche de la loggia située en haut de la tour dite Danoise. Pour parcourir la distance entre la porte et cette pièce, il fallait traverser douze salles en enfilade le long de l'aile nord avant de tourner dans la partie est de l'édifice. Cela multipliait les risques d'être découvert, mais le compte rendu précisait qu'il était possible de progresser hors du champ des trois caméras qui se trouvaient là en rasant les cloisons intérieures.

Cotton passa de l'autre côté de la rue et gravit la colline du Wawel, suivant une allée encadrée par des murs de brique qui le mena à une impressionnante porte de style Renaissance. Des gens le frôlaient dans une rumeur de voix confuse, la plupart quittant le site, qui s'apprêtait à fermer.

Contournant le flot des touristes qui sortaient, il pénétra dans l'enceinte du château. Sur sa droite se dressait le musée de la cathédrale, son entrée barrée par une corde et un écriteau avisant le public que le bâtiment était temporairement interdit d'accès. Quelques rares visiteurs franchissaient encore dans les deux sens les portes doublées de fer de la cathédrale, qui se trouvait sur sa gauche. Afin de préserver son incognito, il avait acheté en ville une casquette de base-ball qu'il portait bien enfoncée sur le front. Le rapport signalant la présence massive de caméras extérieures, il devait en effet partir du principe que les services polonais surveillaient la zone, ce qui l'obligeait aussi à se déplacer rapidement.

Il obliqua vers la gauche, en direction de l'administration. L'espace entre les constructions qui constituaient le saint des saints du château était occupé par une pelouse parfaitement entretenue. Les bâtiments eux-mêmes étaient hérissés de tours qui étaient autant d'excellents postes d'observation. Chacune avait un nom : tour Danoise, tour Sigismond, tour des Voleurs, tour de la Cloche, tour des Sénateurs, tour du Pied de la poule. Sur sa droite, des touristes étudiaient un plan sous verre de la forteresse. Il prit un instant pour y jeter lui aussi un coup d'œil, s'imprégnant de la topographie des lieux tout en épiant à la dérobée la porte des locaux administratifs. Après quoi, se fondant dans un groupe qui passait, il s'approcha discrètement de celle-ci, s'assura qu'elle n'était pas encore fermée à clé pour la nuit, puis se glissa à l'intérieur. L'auteur du rapport avait joint à ses explications un croquis figurant les bureaux et les couloirs, et indiquant l'endroit précis que Cotton devait gagner.

Exercer sur le terrain impliquait d'avoir recours sans états d'âme à des pratiques dont le commun des mortels hésitait à se rendre coupable. Comme de s'introduire sans autorisation, par effraction ou non, dans une propriété privée. Il avait pris l'habitude de commettre ce genre de transgression, souvent indispensable à l'accomplissement d'une mission. Mais, employées par un retraité comme lui, ces méthodes répréhensibles étaient plus difficilement acceptables, il devait s'en souvenir.

Passant sans s'arrêter devant un escalier qui montait à l'étage, il alla jusqu'au bout d'un corridor blanchi à la chaux, prit à droite et enfila un couloir dallé au milieu duquel courait un chemin de moquette. De part et d'autre, à intervalles réguliers, des portes closes desservant des bureaux. Pas de caméras dans cet espace de travail où il n'y avait rien à subtiliser. Suivant le croquis gravé dans sa mémoire, il parvint à un vestibule d'où partait un large escalier de pierre à quarts tournants.

Au sommet de la première volée de marches se trouvait la petite porte en bois encadrée d'un chambranle de pierre permettant d'accéder au château. Il monta jusque-là et constata que ladite porte était dotée de deux systèmes de fermeture. Le premier était une banale serrure à goupilles facile à crocheter, le second un morceau de fil de fer tressé passé dans deux anneaux, l'un fixé au battant, l'autre au piédroit, et dont les extrémités torsadées ensemble étaient scellées. Une façon simple et efficace de savoir si la porte avait été ouverte.

Et maintenant, le plus compliqué : il devait se rendre invisible pendant quelques heures.

Il redescendit au rez-de-chaussée. Les informations dont il disposait étaient plutôt évasives sur le chapitre des cachettes. Même s'il n'avait croisé personne, il semblait évident qu'il y avait encore du monde dans les bureaux. Les employés ne tarderaient pas à partir, mais les gardiens resteraient, et il ne pouvait pas se contenter de traîner dans les couloirs. Le vestibule au pied de l'escalier était nu, à l'exception d'un imposant chiffonnier en bois de rose. Il alla l'ouvrir. Vide. Et assez grand pour le loger. Pourquoi pas ? Il avait connu bien pire en matière de planque.

Il parvint à se glisser dans le meuble à force de contorsions et trouva une position pas trop inconfortable, genoux ramenés sur la poitrine, dos appuyé à un des panneaux. Il tiendrait ainsi quelques heures sans problème. Il referma les portes sur lui en espérant que personne ne viendrait inspecter l'intérieur.

Quand il sortit son téléphone pour le mettre en mode silencieux, il vit que Cassiopée lui avait envoyé un SMS.

Où es-tu ?

S'il lui avouait la vérité – en Pologne, caché dans une armoire en attendant de pouvoir voler une antiquité qui a plus de mille ans –, elle n'allait pas aimer.

Il décida de ne pas répondre.

29

19 h 50

Jonty Olivier était de retour dans la mine de sel de Wieliczka. Vic avait réservé une nouvelle visite spéciale, pour trois personnes cette fois. Reinhardt avait fourni quelques-unes des informations dont il disposait, et leur guide avait apporté un autre plan des galeries qui devait leur permettre de trouver l'endroit qu'ils cherchaient.

« C'est un vieux croquis, dit Konrad. Il date de l'époque communiste. »

Ils se trouvaient cent mètres sous terre, dans la magnifique chapelle Sainte-Cunégonde. Vingt mille tonnes de sel avaient été excavées pour la créer. Avec ses trente mètres de longueur, quinze de largeur, vingt de hauteur, et les cinq cents mètres carrés ou presque qu'occupait son plancher de sel poli, c'était l'une des plus vastes églises souterraines du monde. Elle avait été aménagée à la fin du XIXe siècle dans un esprit de dévotion fervente, et sa décoration, comme les œuvres qu'elle contenait, était somptueuse.

En ces temps où les mineurs passaient des semaines d'affilée sous terre, troquant la lumière du soleil pour celle des lampes et des bougies, la religion jouait un grand rôle dans leur vie. Ils chantaient des hymnes en descendant au fond et se saluaient révérencieusement d'un *Dieu te bénisse.*

Pour occuper leurs loisirs, certains d'entre eux se faisaient artistes, façonnant un peu partout des statues géantes et des scènes en relief. Quarante chapelles souterraines s'étaient ainsi constituées au fil du temps, et des messes catholiques étaient régulièrement célébrées dans bon nombre d'entre elles depuis le XVIIe siècle. Sainte-Cunégonde, la plus belle, élégamment ornée de cinq énormes lustres en cristaux de sel, de sculptures et de bas-reliefs d'un réalisme époustouflant inspirés des Évangiles et légués par des générations de mineurs en hommage à leur foi chrétienne, tenait davantage de la cathédrale que de la chapelle.

Olivier se pencha sur le plan.

Pendant la guerre, les nazis avaient voulu transformer la mine en usine souterraine employant des esclaves, mais l'avance des troupes soviétiques avait mis fin à ce projet. Après le conflit, le site était passé sous le contrôle des communistes, et cette situation avait perduré jusqu'en 1990. Puis la nouvelle République de Pologne avait retrouvé ses droits, et c'était toujours elle qui assurait la gestion des lieux.

« Je travaille ici depuis des années, reprit Konrad. Comme mes collègues, j'ai entendu toutes sortes d'histoires sur la période où les communistes étaient aux commandes. On extrayait encore du sel à l'époque. Et j'ai ouï dire que la mine servait aussi de centre de stockage. Il existe une chambre gigantesque au niveau IX. Elle se trouve dans une zone interdite, mais je l'ai vue. »

Reinhardt sembla redoubler d'attention.

« Les parois sont couvertes d'étagères en bois, continua le guide. Mais les montants en fer sont rongés par la corrosion. Je ne comprends pas pourquoi ils ont utilisé un métal qui ne résiste pas au sel… La chambre en question est située là, ajouta-t-il en pointant un endroit sur le plan.

– À quelle profondeur ? s'enquit Reinhardt.

– Plus de trois cents mètres. »

Une réponse qui parut nettement contrarier Reinhardt.

« Vous êtes claustrophobe ? demanda Olivier.

– J'ai horreur des cachots.

– Dans ce cas, je ne vous en voudrai pas si vous nous attendez ici.

– Vous êtes bien aimable de vous préoccuper de mon confort, mais je viens avec vous. Je prendrai sur moi.

– Que cherchons-nous, au juste ? » intervint Konrad.

Olivier était curieux de l'apprendre, lui aussi. Et Vic ne l'était pas moins, visiblement, même s'il gardait le silence.

« Une chambre qu'on appelle Varsovie, répondit Reinhardt.

– Il y en a bien une, confirma Konrad, l'air surpris, mais c'est la grande salle de bal, pas très loin d'ici, où se tiennent les banquets, les réceptions et les conférences. Ce n'est sûrement pas celle-là qui vous intéresse.

– Celle dont je parle serait plutôt du genre qui échappe aux regards.

– Certaines chambres du niveau inférieur portent des noms de villes ou de régions européennes et polonaises, comme Modène, Weimar, Florence ou Toscane, mais aucune n'est baptisée Varsovie. »

Comme lors de leur précédente venue, ils s'étaient tous équipés de la combinaison et du casque avec lampe frontale des candidats au « parcours minier ». Après avoir pris l'ascenseur du puits Regis jusqu'au niveau II, ils avaient suivi à pied sur cinq cents mètres une galerie qui les avait menés à la zone touristique. Olivier, qui se demandait pourquoi ils n'étaient pas descendus directement au niveau IX, posa la question à Konrad.

« Parce que le plan que vous voyez là représente le niveau X », répondit celui-ci.

Olivier regarda Vic, qui semblait aussi étonné que lui.

« J'ignorais qu'il y avait encore plus profond que le IX, dit-il.

– Le niveau X a été ouvert dans les années 1950 et s'est développé au cours de la décennie suivante. Il a été fermé vers 1975.

– Donc à l'époque où la mine était administrée par les communistes.

– En effet. On ne peut y accéder qu'à partir du niveau IX, par un escalier en bois délabré. On n'y emmène jamais de groupes. L'ascenseur qui arrive au point le plus proche de cet escalier n'est pas très loin d'ici.

– Votre croquis est-il fiable ? demanda DiGenti.

– Ça, je l'ignore. D'après les quelques mineurs qui sont allés voir, les galeries sont assez bien dégagées, mais les infiltrations d'eau sont importantes. Il faut dire que les derniers travaux d'entretien datent de plusieurs dizaines d'années… »

En clair, l'endroit était dangereux.

« De toute façon, nous n'avons pas le choix, affirma Olivier. Il faut que nous allions jeter un coup d'œil.

– La bonne nouvelle, c'est que les tunnels ne sont pas nombreux. Beaucoup de petits diverticules, mais seulement trois grandes galeries. Comme vous pouvez le constater, aucun nom n'est indiqué sur le plan. Mais c'est peut-être différent en bas.

– Vous voulez vraiment que nous descendions, Eli ? demanda Olivier. C'est prendre beaucoup de risques pour ce qui pourrait n'être qu'une fable, me semble-t-il.

– Nous n'en aurons jamais le cœur net si nous n'allons pas voir par nous-mêmes. »

Olivier observa un instant le temple extraordinaire où ils se trouvaient. La chaire, à une extrémité, représentait la colline du Wawel avec ses fortifications et son dragon. À l'autre bout trônait une statue de sel de Jean-Paul II. Un écriteau rédigé en plusieurs langues rappelait que le sanctuaire demeurait un lieu de culte actif, des messes y étant dites tous les dimanches. Un peu partout, des touristes admiratifs levaient les yeux sur ces merveilles.

Il tourna son regard vers Vic, un modèle de bon sens et de patience auquel il avait pris l'habitude de se fier. Vic n'avait pas été ravi de leur collaboration naissante avec Eli

Reinhardt. Il ne s'était pas non plus montré très chaud pour libérer leur prisonnier, qui les attendait en ce moment dans la voiture utilisée par Reinhardt pour venir en Pologne. Eli avait toujours été un concurrent pour eux, mais l'affaire qui les occupait cette fois-ci différait des précédentes par son ampleur. Des centaines de millions d'euros étaient en jeu. Ils jonglaient avec les intérêts rivaux de sept pays souverains qui, pour la plupart, se souciaient bien peu, voire pas du tout, les uns des autres et détenaient les moyens de semer la pagaille s'ils le souhaitaient. Et un nouvel élément venait d'entrer en ligne de compte : le « garde-manger ». Si son existence était avérée, le potentiel de gains était colossal ; dans le cas contraire, leur expédition souterraine constituait une énorme perte de temps et un risque inconsidéré.

Mais après tout… Ce n'était pas en se montrant timoré qu'Olivier était devenu l'un des courtiers en renseignements les plus recherchés au monde. De plus, il ne pouvait pas être en reste à partir du moment où Eli Reinhardt se mettait lui-même en danger en insistant pour l'accompagner.

« Vous avez raison, allons-y, conclut-il. Il n'y a pas trente-six façons de vérifier si nous avons du concret. »

30

Cotton regarda sa montre : 20 h 20.

Enfermé dans le chiffonnier depuis près de trois heures et demie, il était parvenu à se reposer un peu tout en restant attentif à d'éventuels mouvements autour de sa cachette. Jusqu'ici, il n'avait rien entendu. Tout était tranquille. Il pouvait attendre une heure plus avancée, voire le petit matin, pour agir, mais, si son intuition ne le trompait pas, le moment qu'il choisirait n'avait guère d'importance.

Les notes prises par son informateur précisaient que le service de nettoyage intervenait trois nuits par semaine, toujours les mêmes, et cette nuit-ci n'était pas une des trois. Il n'avait donc pas à craindre de tomber sur un agent d'entretien.

Ivona était-elle à l'affût ? Probablement. Et si c'était le cas, que voulait-elle ? Qu'il s'empare de la Lance ? Sans doute. Sinon, pourquoi les Polonais auraient-ils décidé de jouer le jeu de Fox et de Bunch ? L'explication la plus vraisemblable de ce choix ? Leur alliance de circonstance avec les Russes était pour le moins fragile. Certes, Varsovie et Moscou avaient en commun leur volonté de refuser l'installation des missiles. Mais les Polonais souhaitaient la destruction des documents proposés aux enchères, alors que le but des Russes était de s'en saisir pour les garder. Comme une poire pour la soif. Au cas où. Cotton comprit que les Polonais ne pouvaient pas décemment lui donner la Lance, ce qui aurait pourtant facilité les choses. La relique était un trésor national. Un tel geste soulèverait de nombreuses questions épineuses. Toutes les autres Arma Christi avaient été dérobées, mais, selon les versions officielles reprises par les médias, chacune d'elles avait dû être mise à l'abri à la suite d'un incident survenu à l'endroit où elle était exposée, et il n'était jamais fait mention de vols. La même stratégie devait être adoptée dans le cas de la Lance.

Le moment était venu de passer à l'action.

Il poussa la porte du meuble et sortit. Les fenêtres du vestibule s'étaient obscurcies. La nuit tombait. Seules quelques lampes étaient allumées à l'intérieur, éclairant l'escalier qui montait vers les étages. Prévoyante, Stéphanie lui avait fourni deux rossignols, qu'il avait trouvés dans l'enveloppe en papier kraft. Il s'était longtemps promené avec ce genre de matériel dans son portefeuille, mais ce n'était plus le cas. Après tout, il était maintenant libraire de son état, une profession dans laquelle la pratique du cambriolage n'avait aucune part.

Il s'assura que les couloirs étaient déserts. Comme il allait s'engager dans l'escalier, il remarqua qu'un grand plan-relief du château occupait un côté du vestibule. Il prit un moment pour examiner la disposition des parties extérieures, à commencer par la façade est, derrière laquelle se trouvait la pièce qui abritait la Lance. Il reconnut, au-dessus des contreforts de la muraille, la loggia au toit soutenu par une colonnade qu'il avait repérée avant de pénétrer dans le château. Une fenêtre solitairc, adjacente à la loggia, donnait vraisemblablement dans la salle où il devait se rendre.

Il monta jusqu'au premier palier et s'approcha de la porte close. « 122 », lut-il sur un écusson de métal fixé au chambranle. Vu la quantité de portes, la seule façon de les distinguer était probablement de les numéroter. Pour commencer, il tordit alternativement dans un sens et dans l'autre le fil de fer torsadé qui faisait office de scellés jusqu'à ce qu'il se rompe. Puis il introduisit un de ses crochets dans la serrure pour libérer les goupilles, poussa le vantail en tournant la poignée, entra et referma derrière lui.

Il se trouvait au bout d'une salle à demi plongée dans l'ombre, remplie de vitrines contenant de beaux tapis persans aux décors brodés d'arbres en fleur, de lions, d'ours, de gazelles, de faisans ou encore d'animaux fabuleux tels des licornes. En face de lui, une ouverture donnait accès à la prochaine salle, qu'il gagna rapidement. Celle-ci renfermait des épées, des selles et des étendards, tous ottomans, sans doute pris aux Turcs à l'occasion des nombreuses guerres qui les avaient opposés aux Polonais. Il tourna à gauche en se conformant au plan, que sa mémoire absolue lui permettait de visualiser comme s'il l'avait devant les yeux. Après avoir traversé encore trois grandes pièces et une cage d'escalier, il pénétra dans la salle dite des Sénateurs, aux murs tendus de tapisseries figuratives illustrant des thèmes bibliques.

La première à être équipée d'une caméra.

Celle-ci était accrochée dans le coin qui se trouvait à sa droite et couvrait en diagonale le parquet en damier. Difficile de savoir de quelle taille était la lentille, mais le compte rendu recommandait de se déplacer en longeant au plus près le mur sud, la vraie difficulté surgissant à la fin, au moment de passer dans la pièce suivante.

Il se lança et avança rapidement, en crabe, le dos collé à la cloison. Trois mètres avant l'embrasure, il prit sa respiration, bondit en contournant le jambage et se retrouva de l'autre côté du mur, qui faisait maintenant écran entre lui et la caméra. S'il existait un endroit où il risquait d'être repéré, c'était le seuil qu'il venait de franchir.

Il hésita, aux aguets.

Des pas se rapprochaient quelque part devant lui. Un claquement régulier de semelles en cuir sur un sol dallé. Avisant une chaise à haut dossier, il se cacha derrière, mais la personne qui marchait s'arrêta bien avant d'arriver jusqu'à lui. Il entendit une porte s'ouvrir, puis se refermer, et le bruit de pas reprit en s'éloignant.

Sans doute un gardien qui faisait sa ronde.

Il resta immobile un moment avant de continuer sa progression, qui le mena successivement dans les salles de l'Aigle, des Oiseaux et de la Bataille d'Orcha, décorées de blasons et d'épées entrecroisées, sous des plafonds à caissons et à rosettes dorées noircis par le temps. Les murs recouverts de cuir, les tableaux historiques, les portraits, les frises, les motifs floraux, les poêles en céramique, les sculptures et autres meubles « Haute époque » qui ornaient certaines de ces salles, tout semblait surnaturel dans la lueur ambrée des veilleuses.

Dans le mur est de la salle d'Orcha, il reconnut la double porte surmontée d'un fronton que décrivait le rapport. Comme annoncé, elle n'était pas verrouillée. Elle lui permit d'accéder à une antichambre située au sommet de la tour Danoise. Ici, les caissons du plafond étaient dorés et les murs peints en faux fini. Il vit quelques chaises marquetées, un bureau, un coffre et un grand miroir en cuivre, ainsi que deux dessertes recouvertes d'une étoffe de laine verte. La pièce, dont une porte ouvrait sur la loggia, avait dû être un petit cabinet de travail. L'endroit idéal pour le repos d'un roi désireux de prendre un peu l'air. Outre ceux qui étaient accrochés aux murs, des tableaux étaient rangés à même le sol, posés de chant par groupes de cinq ou six. Des vases, des pendules, des statuettes et des bustes étaient rassemblés sur trois tables en chêne massif. La pièce servait manifestement d'espace de stockage. Il trouva sur sa droite la porte menant au petit local qui était sa destination finale.

Fermée à clé ! La tuile ! Il jura entre ses dents. Et, pour couronner le tout, la serrure n'était pas de celles qui se crochetaient. Un modèle ancien qu'on ne pouvait circonvenir qu'à l'aide d'un passe-partout. Le battant, d'un seul bloc, ouvrait vers l'intérieur, et les gonds étaient de l'autre côté. Impossible d'en venir à bout par la force.

Décidément, Ivona ne lui facilitait pas la tâche. Mais il n'était quand même pas arrivé jusqu'ici pour renoncer.

Il se remémora le plan-relief, alla pousser la porte de la loggia et sortit dans la nuit. Cracovie s'étendait à ses pieds, au-delà de l'enceinte du château. Des gens circulaient sur les trottoirs, des voitures passaient dans les rues. Sur sa longueur, côté colonnade, la terrasse était ouverte sur le vide, mais elle était close aux deux extrémités. Jugeant l'obscurité suffisante pour le dissimuler à la vue pendant quelques minutes, il enjamba la balustrade et testa prudemment du pied la solidité de l'étroit entablement que formait le bord extérieur de la plate-forme. Satisfait, il s'y appuya franchement tout en se tenant au garde-corps, puis, veillant à ne pas perdre l'équilibre, il se pencha pour jeter un coup d'œil au-delà du mur qui fermait le bout de la loggia.

La fenêtre qu'il avait identifiée sur la maquette se trouvait bien là.

Il regarda en bas. Vingt-cinq mètres environ le séparaient du sol. Une chute d'une telle hauteur risquait de le tuer. Il n'imaginait pas une seconde Cassiopée à sa place. Elle était aussi sujette au vertige que lui à la claustrophobie.

Les pieds bien fermes sur l'entablement, les doigts cherchant à tâtons des prises dans la pierre de la balustrade, il tourna le coin du balcon. Profitant d'une corniche et des aspérités de la muraille, il parvint à progresser ainsi jusqu'à la fenêtre et s'arrêta. Deux vantaux, seize petits carreaux, s'ouvrant vers l'intérieur. Pas très encourageant. Il pesa sur le châssis et eut l'impression qu'il bougeait légèrement sous la pression. Un bras replié sur le rebord de l'embrasure, les pieds calés dans une anfractuosité, il poussa plus fort avec la paume de sa main libre dans l'espoir que la croisée céderait.

En vain.

Il apercevait l'espagnolette à travers les vitres. Il ne pouvait pas rester suspendu là plus longtemps, sous peine d'être vu de la rue par un passant. Par chance, ce côté-ci du château n'était pas éclairé de l'extérieur ; seules les pittoresques façades nord et ouest, face à la rivière, bénéficiaient d'une illumination.

Il donna un coup sec sur un des carreaux avec son poing fermé, qu'il retira vivement. Le verre se fendit. Deux autres impacts le firent voler en éclats. Après avoir prudemment glissé sa main dans le trou pour actionner la poignée, il ouvrit les battants d'une poussée et se hissa à l'intérieur.

La pièce où il se trouvait était encombrée de caisses en bois étiquetées en anglais et en polonais : CIBOIRE DORÉ ET AIGUIÈRE, OSTENSOIR, CROSSE D'ADAM, MANTEAU DU SACRE. Des objets précieux provenant du trésor de la cathédrale, entreposés là pour être à l'abri. Exactement ce qui était décrit dans le rapport. Les vignettes en anglais le firent sourire. Ivona savait qu'il ne comprenait pas le polonais et avait anticipé, comme toujours. Sur une table étaient empilées des boîtes plus petites, elles aussi marquées avec des autocollants : ACCESSOIRES FUNÉRAIRES DE L'ÉVÊQUE SAINT MAUR, COFFRET SICILIEN DE STYLE SARRASIN, CALOTTE ET CEINTURE DE JEAN-PAUL II.

Et enfin, le gros lot.

LANCE DE SAINT MAURICE.

Il souleva le coffret en pin, qui mesurait environ soixante centimètres de long sur quinze de large. Le couvercle était vissé. Impossible de vérifier le contenu. Mais l'objet pesait lourd, ce qui était bon signe. Et, surtout, il se trouvait exactement à l'emplacement indiqué dans le compte rendu.

Le coffret sous le bras, il quitta les lieux en passant par la porte verrouillée qu'il n'avait pas pu franchir à l'aller, mais qu'il put ouvrir de l'intérieur. En retraversant la salle de la Bataille d'Orcha, il remarqua l'impressionnante frise représentant la victoire polonaise sur les Moscovites et les grands portraits de personnalités qui ornaient les murs. La suite du parcours qui le ramènerait à son point de départ se trouvait sur sa droite. Sur sa gauche, une enfilade d'embrasures offrait une vue dégagée sur la soixantaine de mètres que comptait l'aile est, le long de laquelle se succédaient plusieurs salles. Au milieu de cet alignement, à mi-chemin de l'endroit où il se tenait, une ombre avançait vers lui. Un gardien ?

Au moment où la silhouette passait d'une salle à une autre, la lumière d'une veilleuse éclaira son visage.

Ivona.

Armée d'un pistolet.

Braqué sur lui.

31

Olivier n'aimait pas du tout l'aspect de l'escalier qui s'enfonçait dans les ténèbres. Guidés par Konrad, ils avaient marché jusqu'à un ascenseur réservé au personnel, à l'écart des principaux parcours touristiques du niveau II, et l'avaient emprunté pour descendre au niveau IX. Ils étaient sortis de la cabine dans une zone éloignée de près d'un kilomètre de celle qu'ils avaient visitée la fois précédente, mais d'une configuration très semblable, puis ils avaient cheminé dans un dédale de galeries pour atteindre le diverticule d'où partait le fameux escalier.

« J'ai l'impression qu'il va s'écrouler sous notre poids, remarqua-t-il.

– Si vous évitez le milieu des marches, ça devrait aller, dit Konrad. Je passe le premier. »

Il commença à descendre. Lent et circonspect, il se tenait du côté où des renforts permettaient à la structure de supporter une plus grande charge. Reinhardt le suivit. Puis Olivier. DiGenti venait en dernier. Les degrés de bois, dont les marques de sciage se voyaient encore aux extrémités, étaient usés jusqu'à la corde et branlaient sous les pieds, bon nombre des clous qui les fixaient ayant été dissous par la rouille. Les faisceaux de leurs lampes de casque, leur seul éclairage, oscillaient devant eux par saccades au gré de leurs mouvements prudents.

L'escalier n'en finissait pas. Enchaînant un tournant à angle droit après l'autre, il leur fallut plusieurs minutes avant de retrouver la terre ferme. Le niveau X était en piteux état. Le sol de la galerie qui s'amorçait devant eux était jonché de blocs, les parois et le plafond couverts de stalactites, les boisages nappés de sel précipité.

«Je vous avais prévenus que c'était dangereux, rappela Konrad. Si ça peut vous rassurer, nous n'avons pas eu d'effondrement depuis des dizaines d'années. Le sel est un matériau très résistant à la pression. »

Une piètre consolation – la situation étant d'autant plus angoissante que personne, à la surface, ne savait qu'ils étaient là.

« Cette galerie fait environ cinq cents mètres, reprit le guide après avoir de nouveau étudié le plan. Il y a plusieurs diverticules. Nous allons devoir les explorer un par un pour voir s'il existe une chambre Varsovie. »

DiGenti se baissa pour examiner quelque chose sur le sol.

« Des rails ? » demanda-t-il.

Olivier avait lui aussi remarqué les barres métalliques incrustées dans le plancher de sel et presque entièrement décomposées par la corrosion. Il avait vu les mêmes aux niveaux supérieurs, mais bien mieux conservées.

« Oui, confirma Konrad. On les utilisait pour évacuer les déblais. Il y en a partout dans la mine.

– Mais on pouvait aussi s'en servir pour apporter des choses, je suppose, remarqua Reinhardt.

– Pourquoi pas ? Le niveau X est unique en son genre. Il n'a pas été ouvert il y a des siècles, comme les autres. Il n'a que cinquante ou soixante ans. »

Et il n'était pas très bien étayé, nota Olivier, dont le regard fut attiré par une autre curiosité. Dans ce secteur, la couleur dominante n'était pas le gris-vert qui prévalait ailleurs. La roche, ici, était plus transparente, cristalline, avec des reflets jaunes. Il se pencha et en ramassa un fragment, qu'il scruta à la lumière de sa lampe de casque.

« Les mineurs appellent ça *szpak* – l'étourneau, comme l'oiseau, commenta Konrad. C'est un sel fibreux très commun à ce niveau, mais rare plus haut. Les mineurs étaient surpris par l'odeur de soufre qui s'en dégageait quand ils l'attaquaient à la pioche. Ils s'imaginaient être tout près de l'enfer. »

Olivier fit tourner le caillou entre ses doigts, et les cristaux scintillèrent dans le rayon de sa lampe.

« Gardez-le, dit Konrad. C'est ce que je fais quand j'en trouve un. »

Olivier sourit et empocha la pierre.

Ils se mirent en marche, contournant les débris, et s'enfoncèrent de plus en plus profondément dans le tunnel. Celui-ci, quoique plus étroit et moins haut que ceux du niveau IX, était, Dieu merci, aussi bien ventilé.

Konrad s'arrêta, et ils l'imitèrent. Sa lampe était braquée sur un écriteau blanc semblable à ceux des niveaux supérieurs. Ce dernier n'était pas fixé à la paroi, mais appuyé contre elle au départ d'un diverticule.

TARNÓW.

Une ville du sud-est de la Pologne.

« Il faut explorer les galeries secondaires, dit Konrad. Il y en a une ici et une autre un peu plus loin. Séparons-nous. Deux d'entre nous prennent celle-ci, les deux autres la prochaine. Il suffit d'avancer tout droit, sans bifurquer, et nous verrons bien s'il y a une chambre Varsovie dans l'une d'elles. »

Konrad et Reinhardt se dirigèrent vers le diverticule suivant. Olivier et DiGenti s'engagèrent dans Tarnów. Au bout de vingt mètres, le passage débouchait dans une cavité d'une dizaine de mètres carrés renforcée d'un côté par des étançons en bois moisis.

« Voilà un endroit qui a pu servir à entreposer des caisses ou ce genre de chose, dit Olivier.

– En tout cas, il n'y a plus rien », constata DiGenti.

Ils rebroussèrent chemin et retrouvèrent Konrad et Reinhardt, qui n'avaient rien trouvé non plus. Ils continuèrent donc à suivre la galerie principale, laissant derrière eux deux autres diverticules portant des noms de villes polonaises : Kielce et Radom.

« J'ai l'impression qu'il n'y a que des chambres vides, ici, commenta Olivier, morose.

– Mais qui ont sûrement été bien remplies à un moment ou à un autre, rectifia Reinhardt, balayant son pessimisme.

– Quand Vic m'a appelé en vue de votre visite, je me suis un peu renseigné, intervint Konrad. La plupart des gens qui travaillent ici maintenant sont arrivés bien après la fin du communisme, mais il est possible que certains mineurs retraités aient connaissance de ce niveau X. J'ai ouï dire qu'on stockait des choses au fond dans les années 1960 et 1970. »

Le simple fait que Konrad ait interrogé ses collègues alarma Olivier. Il était déjà ennuyeux qu'ils aient dû avoir recours aux services du guide, ils ne pouvaient pas se permettre d'éveiller la curiosité d'autres tiers. Heureusement, l'affaire touchait à son terme.

« À partir de maintenant, plus un mot à qui que ce soit, ordonna-t-il.

– Bien sûr, répondit Konrad. Je comprends. Vic a été clair à ce sujet. Mais ne vous inquiétez pas, j'ai été prudent. Je n'ai pas posé mes questions à la légère. »

Ils poursuivirent leur chemin et passèrent devant un diverticule baptisé Łódź. Seuls quelques-uns des embranchements suivants étaient signalés par des pancartes. Un peu plus loin, ils tombèrent sur deux autres panneaux : BYDGOSZCZ et GDAŃSK.

Puis le tunnel vint buter contre une paroi non excavée.

« Nous allons devoir explorer toutes les petites galeries que nous venons de passer, déclara Konrad.

– Pas nécessairement, dit Olivier, qui avait réfléchi au problème. Tarnów se trouve bien dans le sud de la Pologne, à l'est de Cracovie, je ne me trompe pas ?

– C'est exact, confirma Konrad.

– Je sais que Gdańsk est dans le nord, sur la Baltique. Rappelez-moi où se situent Kielce, Radom et Łódź.

– Entre Tarnów et Varsovie, en partant du sud vers le nord. Je connais toutes ces villes pour les avoir visitées.

– Et Bydgoszcz est au nord de Varsovie, c'est bien ça ?

– Tout à fait. À environ deux cents kilomètres. Comme Gdańsk. »

Les communistes, on ne pouvait pas leur retirer ça, étaient des esprits pratiques, adeptes du « pourquoi faire compliqué quand on peut faire simple ? ».

« Les noms des villes nous montrent le chemin, affirma Olivier, qui fit demi-tour et retourna à la bifurcation marquée BYDGOSZCZ, avant de reprendre : Bydgoszcz est au nord de Varsovie, m'avez-vous dit. Quelle est la ville la plus proche de Varsovie en direction du sud ?

– Łódź.

– Qui est à trente mètres derrière nous. Ce que nous cherchons se trouve logiquement entre les deux. »

Il remonta la galerie sur une vingtaine de mètres jusqu'à un embranchement anonyme, puis fit signe à Vic, qui continua d'avancer et s'arrêta à l'entrée du diverticule suivant.

« Łódź ? cria Olivier à son associé.

– C'est bien ça.

– Donc, ce passage-ci doit s'appeler Varsovie. »

Sans plus attendre, Olivier s'engagea dans le tunnel, qui, au bout de quelques mètres, se révéla partiellement obstrué par un effondrement analogue à celui qu'ils avaient rencontré la veille. Un obstacle, mais pas insurmontable. Il s'accroupit et insinua son corps replet dans l'étroit orifice encore libre. Les autres l'imitèrent. Une fois l'affaissement franchi, ils découvrirent dans les faisceaux de leurs lampes une cavité aussi vide que la chambre Tarnów, que Vic et lui avaient vue un moment plus tôt.

Un cul-de-sac ?

Mais Konrad, l'air perplexe, promenait le rayon de sa frontale sur la paroi qui leur faisait face.

« Qu'est-ce que c'est ? » demanda Olivier.

32

D'un bond sur sa gauche, Cotton s'écarta de la ligne de mire d'Ivona, puis courut fermer la lourde porte qui donnait accès à l'aile est et poussa le verrou. Cela devrait retarder suffisamment la jeune femme pour qu'il puisse s'échapper par le chemin qu'il avait pris pour venir. Mais il avait remarqué que toutes les salles du secteur donnaient sur une cour intérieure entourée au niveau du dernier étage d'une galerie couverte à colonnades. De plus, une porte, sur sa gauche, ainsi que deux fenêtres à meneaux ouvraient sur cette galerie. Il ne faudrait donc pas longtemps à Ivona pour revoir son plan et attaquer de ce côté-là.

Au moins, l'instinct de Cotton ne l'avait pas trompé : Czajkowski avait joué la comédie à Tom Bunch, et les Polonais savaient qu'il viendrait voler la Lance. Restait à paraître crédible.

Au pas de course, il refit en sens inverse le trajet aller, traversant toute la partie nord du château en passant par la salle des Sénateurs et les deux salles d'exposition. Comme il entrait dans la dernière pour rejoindre la petite porte dont il avait crocheté la serrure, des échos de voix le stoppèrent net dans son élan. Dissimulé derrière une vitrine, il glissa un regard au-delà et vit deux gardiens en train d'examiner les scellés brisés par ses soins. Impossible de sortir par là sans risquer l'effusion de sang. Il n'y avait plus qu'à faire demi-tour et chercher une autre issue. En évitant Ivona.

Avec un peu de chance, toutes les portes de communication entre la galerie supérieure et l'intérieur du château étaient fermées à clé, et il pourrait la prendre de vitesse en profitant du temps qu'elle perdrait à résoudre ce problème.

Il parcourut de nouveau l'aile nord au pas de charge.

Les salles étaient des deux côtés percées de fenêtres, toutes à meneaux et dotées de vitres en verre dépoli empêchant de voir au-dehors. À travers les carreaux, il distingua néanmoins une ombre floue qui le suivait.

Ivona ? En train de le traquer de l'extérieur ? Qui d'autre ?

Ils finiraient fatalement par se retrouver face à face, sans doute à l'extrémité de l'aile, à un endroit où elle chercherait à entrer et lui à sortir. Le sachant coincé, elle attendait son heure et le laissait prendre l'initiative. La lourde boîte qu'il portait le ralentissait quelque peu.

Il pénétra de nouveau dans la salle de la Bataille d'Orcha. Après avoir envisagé rapidement les possibilités qui s'offraient à lui, il retint la seule qui lui parût sensée. Dans toutes les salles qu'il venait de traverser, de solides cordes en nylon soutenues par des potelets métalliques interdisaient au public de s'approcher des meubles. Il revint en arrière et en détacha trois longueurs, soit trente bons mètres, qu'il noua bout à bout.

Un bruit de verre brisé troubla le silence. Ivona avait dû perdre patience.

Il transporta la corde et la boîte dans la petite pièce qui prolongeait la salle d'Orcha et s'y enferma en tirant le verrou. De là, il sortit dans la loggia. Après avoir posé la caisse en bois sur le sol, il attacha une extrémité de sa corde à une des colonnes en pierre, lança le reste par-dessus la balustrade et s'assura que l'extrémité touchait le gazon en dessous. Il ramena ensuite le brin, le noua autour de la boîte, puis fit descendre celle-ci jusqu'au sol.

Un bruit derrière lui l'alerta. Ivona ou les gardiens tentaient de pénétrer de force dans le cabinet de travail, mais le verrou de fer tenait bon. Comme il disposait la corde en S autour de son torse, il entendit des détonations étouffées. On essayait de venir à bout de la fermeture à coups de pistolet. La porte n'étant là que pour préserver la tranquillité du lieu, et non sa sécurité, le battant n'était pas très épais, et le bois ne résisterait pas longtemps. Il devait dégager. Et vite.

Il enjamba la rambarde et commença à descendre en rappel, libérant par à-coups la corde qu'il avait enroulée autour de lui, les pieds bien en appui contre la pierre. Il s'était placé de façon à pouvoir suivre un des contreforts, la muraille elle-même étant parsemée d'obstacles. Il avait aussi pris soin de laisser suffisamment de mou pour ne pas risquer de faire bringuebaler la caisse, toujours attachée.

Arrivé sans grande difficulté assez près du gazon, il leva la tête et vit Ivona, accompagnée de deux gardiens, en train de l'observer. Puis elle sortit son arme, posa la bouche du canon contre la corde… et pressa la détente.

Le soutien en nylon de Cotton se rompit et, au terme d'une chute de cinq mètres, il se reçut debout sur une pelouse d'une souplesse toute relative, mettant à mal sa carcasse de presque quinquagénaire. Quand il regarda de nouveau la loggia au-dessus de lui, Ivona le visait avec son pistolet. Elle tira à deux reprises, les projectiles piquetant l'herbe à côté de lui. Ignorant ses jambes endolories, il ramassa vivement la boîte et se rua vers les arcades qui s'ouvraient sur sa gauche pour ne plus être sous le feu. Une fois à l'abri, il se libéra de la corde, en dégagea son butin et, pressé de quitter les lieux, se mit à courir sous le couvert des arches en direction d'un passage menant à la cour gazonnée, de l'autre côté du château, par laquelle il était entré dans les locaux administratifs.

Personne en vue.

Les gardiens n'étaient sûrement pas dans le secret. Pour eux, le branle-bas n'avait rien de fictif. Il convenait donc de les éviter.

Des projecteurs commençaient à s'allumer au sommet des bâtiments et dissipaient l'obscurité qui l'avait jusque-là plus ou moins protégé. Il tourna à droite et sprinta vers l'entrée principale, passant devant la cathédrale et le musée. Au-delà de la porte monumentale, il s'engouffra dans l'allée bordée de murs en brique qui descendait vers la rue. Des réverbères l'éclairaient de loin en loin. En arrivant au bas de la pente, il s'aperçut que le portail de bois était maintenant clos. Comme les murs qui encadraient l'allée, les vantaux étaient trop hauts pour qu'il puisse les escalader, et il n'avait aucun moyen de savoir quel type de serrure les équipait.

Il devait trouver une solution de rechange. D'urgence.

Hors de question pour lui de retourner dans le château, où les gardiens étaient sans doute sur le pied de guerre. Sur sa gauche partait un chemin de ronde grossièrement pavé couronnant l'enceinte et bordé d'un parapet qui dominait de trente mètres la rivière en contrebas. Un dispositif conçu pour protéger les déplacements d'hommes ou de pièces d'artillerie au sommet des remparts. Il s'y engagea sans hésiter, se fiant au plan-relief qu'il avait vu dans les locaux administratifs et parfaitement mémorisé.

Il existait un autre moyen de rejoindre l'extérieur. En passant par un endroit très apprécié des visiteurs.

La grotte du Dragon.

Il connaissait la légende. Le roi Krakus vivait dans un château sur la colline du Wawel. Un village s'étendait au pied de la butte, au bord de la rivière. Le bourg aurait pu être riche et prospère, n'eût été la présence d'un redoutable dragon cracheur de feu qui avait élu domicile dans une grotte sous le château. Le monstre n'aimait rien tant que se promener dans la campagne en dévorant troupeaux et passants. Il appréciait particulièrement la chair des vierges, en quoi il ne différait pas de ses congénères. L'une après l'autre, la bête les mangea toutes, jusqu'au moment où il ne resta plus que la fille du roi. Celui-ci déclara alors qu'il donnerait la moitié de son royaume et la main de sa fille à tout garçon assez héroïque et courageux pour occire la créature. Les chevaliers se succédèrent pour tenter l'aventure, et tous furent croqués. Pour terminer, un pauvre apprenti savetier voulut essayer, lui aussi. Pas un guerrier, un simple petit jeune homme qui ne possédait ni armure ni épée.

Mais qui avait un cerveau.

Il remplit de soufre un mouton mort qu'il recousit et déposa à l'entrée de la caverne. Le dragon goba tout rond la dépouille farcie au poison et fut bientôt pris d'épouvantables maux de ventre. Il se traîna alors jusqu'à la Vistule pour boire. Et il avala une telle quantité d'eau qu'il finit par exploser.

De profundis pour le dragon.

En passant devant la cathédrale, Cotton avait remarqué les ossements suspendus par des chaînes au-dessus de la porte. On avait cru pendant des siècles qu'il s'agissait des restes du dragon. Ils avaient en réalité appartenu à un mammouth, un rhinocéros et une baleine. Mais la grotte sous le château, elle, n'était pas un mythe, et, dans la pénombre, il aperçut bientôt la tour en brique qui permettait d'y accéder par l'escalier en colimaçon qu'elle renfermait. L'entrée était défendue par une grille ouvrante en fer heureusement munie, comme il le constata en s'approchant, d'une serrure moderne.

D'un coup d'œil alentour, il s'assura qu'il était seul.

Il se trouvait maintenant à l'extrême ouest du château. La rivière coulait à sa droite, tout en bas, de l'autre côté du parapet. D'où il était, il entendait la rumeur de la foule qui profitait de la soirée estivale en se promenant sur la berge. Il y avait beaucoup de monde. Tout à fait ce qu'il lui fallait. Il posa la boîte le temps de crocheter la serrure, puis la reprit et franchit la grille, qu'il verrouilla de nouveau derrière lui.

Il descendit les marches qui se succédaient en spirale serrée et qui le menèrent à une caverne creusée dans le calcaire. Plus loin devant lui, l'obscurité était totale, l'attraction étant fermée pour la nuit. Distinguant un tableau électrique fixé à un mur, il actionna le disjoncteur à la lueur de son téléphone portable. Les parois rocheuses se nimbèrent de lumière noire, faisant apparaître l'antre du Dragon dans tous ses détails fantomatiques. Il se hâta de passer dans la salle suivante, plus étroite, dont le plafond, plus haut que celui de la précédente, s'élevait à une dizaine de mètres.

Un bruit de voix lui parvint d'au-dessus.

Les caméras de surveillance extérieures avaient dû révéler sa présence. Il poursuivit sa route et se retrouva dans une troisième salle. Ici, la voûte de pierre était soutenue par des piliers en brique et décorée de saillies rocheuses et d'anfractuosités, l'ambiance ainsi créée s'efforçant d'évoquer l'animal fabuleux jadis hôte des lieux. La grotte, au carrefour de la superstition et du folklore, attirait un nombre impressionnant de visiteurs chaque année.

Il vit la sortie.

Une ouverture en arc brisé, fermée, comme celle du haut, par une grille de fer verrouillée. À l'extérieur, dans la rue en face de la rivière, trônait une statue du dragon entourée de badauds. Il n'eut aucun mal à forcer la serrure, neuve elle aussi, et il émergea au pied de la colline et du château, qui se dressait majestueusement tout là-haut. Il n'eut plus qu'à se fondre dans la foule, son coffret sous le bras. Dans le ciel clair, il reconnut, parmi un fourmillement de constellations, l'amas compliqué des Pléiades.

Il continua d'avancer, résistant à l'envie de lever les yeux vers le mur d'enceinte, d'où Ivona était sûrement en train de l'épier.

Mission accomplie.

33

Olivier rejoignit Konrad, qui continuait d'observer le mur de sel haut de cinq mètres.

« Qu'y a-t-il ?

– C'est bizarre… »

Olivier se mit lui aussi à examiner l'ouvrage, constitué de blocs cimentés les uns aux autres.

« Les mineurs montaient ce genre de cloisons pour condamner les galeries désaffectées, expliqua le guide. Une mesure de sécurité contre les incendies. »

Olivier effleura la surface gris-vert, rugueuse au toucher.

« Ils taillaient les moellons eux-mêmes, poursuivit Konrad. Les joints étaient constitués de sel mouillé, un très bon liant. Plus ils sont épais, plus la construction est récente. Les murs les plus anciens étaient très peu jointoyés, voire pas du tout, mais ils étaient solides. Certains ont quatre cents ans et sont encore debout. Celui-ci est différent.

– En quoi ? demanda Reinhardt, qui, comme Vic, s'était approché.

– Les blocs sont trop réguliers et les joints sont étroits. Pour construire leurs murs, les mineurs prenaient ce qui leur tombait sous la main : déchets, bois d'œuvre, crottin de cheval, même. Et quand ils taillaient des parpaings dans le sel, il n'y en avait jamais deux semblables. Ils travaillaient vite, sans se soucier de l'esthétique. Ils voulaient surtout être efficaces. Donc, leurs joints étaient sinueux, d'épaisseur variable. Comme personne d'autre qu'eux ne les verrait, l'apparence importait peu. »

Olivier comprenait maintenant ce qui avait attiré l'attention de Konrad. Les blocs étaient remarquablement identiques, leurs bords tout à fait rectilignes pour la plupart. Bien que de largeur inégale, les joints se croisaient à angle droit pour former un réseau bien net.

« La finesse des joints semble montrer que le mur est vieux, mais les blocs sont trop parfaits pour être anciens, c'est ça ? demanda Olivier.

– Exactement.

– De quoi parlez-vous ? s'enquit Reinhardt.

– Vic, dit Konrad en tâtant la paroi, pourriez-vous retourner dans la galerie principale et rapporter quelques-uns des morceaux de ferraille qui y traînent ? »

D'un hochement de tête adressé à son associé, Olivier signifia son approbation, puis se tourna vers Konrad pendant que Vic s'éloignait.

« Vous pensez qu'il y a quelque chose de l'autre côté ?

– C'est parfois le cas dans les cavités murées. Les gens qui ont fait ça n'étaient visiblement pas pressés. Ils ont découpé les blocs en veillant à ce qu'ils soient le plus uniformes possible. Si nous sommes dans la chambre Varsovie, celle que vous cherchiez, il est probable qu'elle se prolonge au-delà du mur. »

DiGenti revint, chargé de plusieurs barres de fer rouillées. Konrad en prit une et s'attaqua à l'un des joints qui scellaient les parpaings à la paroi rocheuse.

« Ce n'est pas du mortier, commenta-t-il. Ce sont des débris d'effondrement. Il y a un vide derrière, ça ne fait aucun doute. »

Il continua de gratter le joint en se servant du bout aplati de la barre comme d'un burin. La poussière de sel volait, et un sillon finit par se creuser. Utilisant alors son outil comme un levier, il l'introduisit dans la rainure, l'enfonça le plus possible et pesa dessus pour déloger le parpaing.

Puis il s'arrêta.

« Que se passe-t-il ? demanda Olivier.

– Ça a bougé. »

Était-ce un problème ? Le signal d'un danger ?

La chambre était largement illuminée par les faisceaux mouvants des lampes frontales, mais Konrad braqua le rayon de la sienne sur le pied du mur et le déplaça progressivement vers le haut, révélant une fissure d'un mètre de longueur. Il approfondit la fente avec son pic improvisé tandis que DiGenti déblayait les débris. Le contour grossier d'une embrasure apparut bientôt.

« Peut-on passer de l'autre côté ? demanda Reinhardt.

– Nous allons voir », répondit le guide.

Les deux hommes dégagèrent un orifice avec soin en extrayant les blocs un à un sous l'œil attentif d'Olivier, qui les avait priés de faire en sorte que le mur puisse être remonté au besoin. Ils ne touchèrent pas aux deux premières rangées de parpaings, assez basses pour être enjambées. Au-delà s'ouvrait un court passage clos à son extrémité par une porte en bois dont ils s'approchèrent tous ensemble.

Pas de serrure. Un simple anneau de corde en guise de poignée. Apparemment, la cloison en blocs de sel avait été estimée suffisante pour protéger les lieux.

DiGenti poussa le battant, qui pivotait sur des chevilles en bois, révélant une deuxième chambre. Celle-ci contenait cinq rangées de rayonnages en bois disposées comme celles d'un entrepôt. Aucun clou. Uniquement des chevilles. Les étagères étaient remplies de bacs en plastique noir fermés hermétiquement avec du chatterton, noir lui aussi.

« Ceux qui ont appelé ça le "garde-manger" ne manquaient pas d'humour, commenta Reinhardt. C'est exactement à ça que ça ressemble. Un garde-manger bien à l'abri entre des murs de sel. Vous voyez, Jonty, il existait réellement. »

C'était indéniable.

Le sol était entièrement recouvert d'une couche de cristaux qui n'avait pas été remuée depuis longtemps. Olivier en fit la remarque à Konrad.

« Ça empêche le développement des moisissures, expliqua le guide. Les mineurs pilaient du sel et l'étalaient par terre pour absorber l'humidité. »

Pour des gens qui faisaient métier de vendre des renseignements, une cache comme celle-ci pouvait avoir une valeur inestimable. Bien sûr, la plus grande part de ce qui se trouvait là était probablement sans intérêt, mais une telle accumulation de documents recelait à coup sûr quelques perles.

Ils pénétrèrent dans la chambre.

Obéissant à un geste d'Olivier, DiGenti descendit un des bacs en plastique sur le sol, arracha le chatterton et ôta le couvercle. La boîte contenait des piles de feuilles, certaines nouées ensemble avec de la ficelle, la plupart volantes. Des centaines de pages. Toutes en excellent état grâce à l'atmosphère de la mine, idéale pour la préservation de la cellulose. Imité par Reinhardt, Olivier prit une liasse qu'il examina. Les documents étaient pour l'essentiel rédigés en polonais, une langue qu'il maîtrisait, mais beaucoup étaient en russe, donc incompréhensibles pour lui.

« Ce sont des rapports de surveillance, dit Reinhardt en brandissant les fiches qu'il tenait. Du Służba Bezpieczeństwa. »

Reinhardt ne se trompait pas. Certaines étaient des déclarations d'agents ou d'informateurs du SB. Des originaux, pour l'essentiel. D'autres étaient des duplicatas de procès-verbaux destinés à la hiérarchie. Beaucoup de noms, de dates, de lieux. Des précisions sur les endroits où s'était rendue telle ou telle personne, sur les gens qu'elle avait rencontrés, sur ce qu'ils s'étaient dit, ce qu'elle avait vu ou entendu. Si ce bac était représentatif, la cache contenait des dizaines de milliers de documents.

« Ceci pourrait ouvrir des perspectives infinies, déclara Reinhardt.

– Ou ne pas en ouvrir du tout : ces archives sont très anciennes, objecta Olivier.

– Quelqu'un d'autre se disait probablement la même chose, et voyez ce qui est arrivé… », répliqua Reinhardt, faisant clairement, et à juste titre, allusion à Czajkowski.

Reinhardt ouvrit la bouche pour poursuivre, mais Olivier l'arrêta d'un geste.

« Retournons plutôt de l'autre côté du mur pour bavarder tous les deux », suggéra-t-il.

D'un regard, il enjoignit à Vic d'occuper Konrad et de le tenir à l'écart, puis il entraîna Reinhardt hors de la chambre.

« Ne parlez pas trop fort, dit-il quand ils furent assez loin pour discuter discrètement.

– Vous ne faites pas confiance à votre guide ?

– Vous vous fieriez à lui, à ma place ?

– Bien sûr que non. Et j'apprécie votre prudence. Mais enfin, Jonty, vous avez compris comme moi que toute cette vieille paperasse cache certainement des informations que des gens en place aujourd'hui préféreraient garder secrètes. Il y a de l'or, là-dedans, je le sens. Prenez Lech Wałęsa. Malgré toutes ses dénégations, le passé qu'il voulait cacher a continué à lui coller à la peau. Il peut y avoir d'autres personnes dans la même situation. Et qui seraient prêtes à payer pour que leurs antécédents ne soient pas ébruités. »

Il était ressorti des recherches effectuées par Jonty Olivier en vue de sa vente aux enchères que le SB avait employé des dizaines de milliers d'informateurs. Connaissant la manie des communistes de tout consigner par écrit, on pouvait raisonnablement penser que ces innombrables contributions avaient laissé des traces dans les archives. De plus, si quelqu'un s'était donné autant de peine pour camoufler ce qu'ils venaient de trouver, ce n'était certainement pas pour rien. Et Reinhardt n'avait pas tort en évoquant les cas de Czajkowski et de Wałęsa. Mais il faudrait du temps pour faire le tri dans cette montagne de documents.

« J'ai une idée à vous soumettre, dit Reinhardt. Ne mettons pas ce lot en vente dès demain. Voyons d'abord ce qu'il contient et sélectionnons les dossiers qui restent négociables. Je connais au moins un acheteur qui paierait volontiers pour les récupérer en bloc. »

La Pologne, pour ne pas la nommer.

« Pour ça, continua Reinhardt, il nous faudra revenir ici nous-mêmes ou louer les services de quelqu'un qui fera l'écrémage à notre place. Il est indispensable de fouiller chacun de ces bacs.

– Cela pourrait durer des années, et on n'accède pas ici librement.

– Nous prendrons notre temps. Rien ne presse. Ces boîtes ne vont pas s'envoler. Quant à l'accès, vous avez votre guide. J'ai bien compris que vous ne lui faisiez pas confiance, mais si vous continuez à cultiver votre relation avec lui, nous pourrons examiner tout ce matériel à notre rythme. »

Le bon sens même.

« Et vous seriez prêt à me céder une part des profits sur cette opération-là ?

– Naturellement. Nous sommes partenaires. Séparément, ni vous ni moi ne pourrions venir à bout de ce travail, mais ensemble tout devient possible. J'aurai aussi besoin des services de votre guide pour descendre jusqu'ici. Bien sûr, je pourrais m'assurer la collaboration d'un de ses collègues, mais quel intérêt aurais-je à partir de zéro alors que vous avez déjà tout mis en place ? Et moins nous emploierons de gens, moins le risque de fuite sera élevé. Voilà ce que je vous propose : vous me réglez la somme dont nous sommes convenus pour prix de mon silence à propos de la vente de demain, et nous nous partageons moitié-moitié ce que nous rapportera le “garde-manger”.

– Pourquoi une telle générosité ? demanda Olivier, soudain soupçonneux.

– Quel choix avons-nous, l'un comme l'autre ? répondit Reinhardt en souriant. Nous nous tenons par la barbichette. J'ai les moyens de faire capoter votre entreprise, et vous la mienne. Alors, pourquoi ne pas nous entendre et en bénéficier tous les deux ? La ressource est largement suffisante.

– Entendu, Eli, acquiesça Olivier, qui n'aimait rien tant qu'un bon accord. Faisons comme vous dites. »

34

Janusz Czajkowski, debout à une fenêtre de la suite royale du Sheraton, regardait le château du Wawel. L'auguste édifice, illuminé dans la nuit, se dressait dans toute sa gloire au-dessus de la Vistule, à cinq cents mètres devant lui. Au pied de la colline, sur les larges promenades qui longeaient la rivière, des foules de badauds allaient et venaient, profitant de la splendide soirée de juin. Janusz se sentait fier d'être, en tant que président, le successeur naturel de tous les monarques qui avaient gouverné la Pologne du haut de cette majestueuse forteresse. Boleslas le Vaillant, Casimir le Restaurateur, Sigismond le Vieux, Auguste le Fort… Quels noms ! Que de légendes attachées à ces hommes qui avaient conquis le trône de haute lutte ou en avaient été les héritiers. Mais la transmission héréditaire avait fini par laisser place à un mode de désignation typiquement polonais : l'élection libre. Funeste erreur.

La procédure était extravagante. Les ministres, archevêques, voïvodes, châtelains et autres nobles se rassemblaient dans une vaste prairie non loin de Varsovie et formaient un cercle. Les prétendants envoyaient là des porte-parole chargés d'exposer les raisons pour lesquelles leur maître méritait d'être roi. On multipliait les promesses. Des querelles éclataient. On en venait souvent aux mains. Pour finir, on votait, et celui qui recueillait le plus grand nombre de suffrages était déclaré vainqueur.

Rares étaient les nations qui choisissaient leur souverain de cette étrange manière. La méthode reflétait le profond attachement des Polonais aux libertés individuelles et leur aversion pour le centralisme. Malheureusement, cette pratique se révéla désastreuse à terme. Par définition, être roi impliquait de gouverner de façon indépendante et d'assumer un pouvoir absolu. Or les souverains polonais étaient redevables aux vassaux qui leur avaient accordé leurs suffrages. Pis encore, ils avaient l'obligation d'honorer les engagements qu'ils avaient pris pour être élus. Et s'ils manquaient à leur parole, les nobles étaient en droit de revenir sur leur allégeance.

Les conséquences de cette absurdité étaient prévisibles.

La royauté, affaiblie, perdit toute efficacité. La plupart des impétrants n'étaient même pas polonais, la tendance s'étant imposée de couronner des étrangers sans lien avec le territoire. Ces pièces rapportées ne se souciaient guère du peuple autochtone, ce qui menait à d'incessants conflits inutiles, tant nationaux qu'internationaux. Les guerres civiles faisaient rage. Le temps qui s'écoulait entre le décès d'un monarque et l'élection de son successeur se compta bientôt en années, la vacance du pouvoir favorisant encore plus le désordre. Dans ce climat, la noblesse terrienne gagna en puissance. Les seigneurs, déterminés à préserver la ruralité du pays, œuvraient de toutes leurs forces pour empêcher le développement des villes et l'émergence d'une bourgeoisie. Des choix qui se révélèrent peu féconds.

La corruption s'institutionnalisa.

La Diète, chambre basse du Parlement, acquit un poids et une stature inédits, au détriment d'une royauté déjà bien fragile, en s'arrogeant le pouvoir de décision ultime en matière de droit, de fiscalité et de politique étrangère.

Aucun projet ne pouvait devenir loi sans l'accord des députés. Le coup de grâce fut l'instauration du *liberum veto* – « j'interdis librement » –, qui permettait à un seul membre de bloquer tout le processus législatif. Toute loi devait être votée à l'unanimité.

Encore plus incroyable, si la chambre ne parvenait pas à un arbitrage unanime sur un problème donné dans les six semaines que durait une session, toutes les délibérations sur le sujet étaient déclarées nulles et non avenues, et l'ensemble des textes dûment adoptés au cours de cette session l'étaient aussi.

Une folie. Le *liberum veto* mena la Pologne au bord de l'abîme. Le bon sens finit par prévaloir, et cette disposition fut abolie en 1791, mais il était déjà bien trop tard : la Pologne elle-même disparut en tant qu'entité politique quatre ans après.

Les choses avaient changé, et c'était heureux. Néanmoins, certaines tendances néfastes subsistaient. Le pays avait encore du mal à aller de l'avant. Et continuait à pâtir d'ingérences étrangères. Car les préjugés à l'égard de la Pologne avaient la vie dure. Comme le proclamait à juste titre un vieux proverbe : *Jak cię widzą, tak cię piszą* – « tel on te voit, tel on te croit ».

Janusz entendit s'ouvrir la porte d'entrée, devant laquelle deux hommes du BOR affectés à sa protection rapprochée montaient la garde. Il avait réservé à la dernière minute, mais l'hôtel s'était montré très accommodant. Par chance, la suite royale Wawel était disponible. Située à un étage supérieur, au bout d'un long couloir et loin des ascenseurs, elle était facile à sécuriser. Il sortit de la chambre et vit Ivona, de retour du château.

« Alors ? Comment cela s'est-il passé ? demanda-t-il.

– Aucun problème. Cotton a volé la Lance et pris la fuite.

– Personne n'a eu de soupçons ?

– Non. Je me suis chargée moi-même de l'opération. Les gardiens n'y ont vu que du feu. Ils ont cru à une simple intrusion. Je me suis contentée de l'aiguillonner un peu, et il est sorti de l'enceinte en passant par la grotte du Dragon.

– Tout à fait de circonstance », commenta Czajkowski avec un petit rire.

Il alla jusqu'au bar qui avait été approvisionné à son intention et versa deux bonnes mesures de whiskey irlandais. Ils s'étaient découvert un goût commun pour cette boisson, et il avait demandé qu'une bouteille soit mise à sa disposition dans l'espoir qu'Ivona passerait le voir à un moment ou à un autre.

« Reste à savoir si nous serons informés de l'endroit où se tiendront les enchères, ajouta-t-il en lui tendant un des deux verres après avoir bu une gorgée du sien.

– Ça ne fait aucun doute. De toute façon, Cotton y veillera. »

Comptant que Malone s'emparerait de la relique, Ivona avait implanté dans la boîte où elle était rangée une balise GPS qui, espérait-elle, les mènerait tout droit au lieu de la vente.

« Il *veillera* à ce que nous soyons informés ? Que veux-tu dire ?

– Janusz, Cotton n'est pas stupide. Crois-moi, il est conscient que nous l'avons laissé à dessein s'emparer de la Lance. Il est peut-être un peu fâché à cause de la chute qu'il a faite, mais il s'en remettra.

– Mais pourquoi a-t-il commis le vol s'il savait que nous le surveillions ?

– La Lance est le ticket d'entrée des Américains pour pouvoir prendre part aux enchères, et il veut que nous le suivions. Il avance à l'aveugle, comme un pion poussé par Tom Bunch et le président Fox. S'il a accepté la mission, c'est pour Stéphanie Nelle. Il ne peut pas y avoir d'autre raison. Bunch et Fox ont mis à profit sa loyauté envers elle pour obtenir de lui qu'il vole la Lance, et ils utiliseront le même levier pour le contraindre à accompagner Bunch à la vente. Mais il sait que les Russes ne sont pas contents. Ils le lui ont bien fait comprendre à Bruges. Il risque donc d'y avoir du grabuge, et il va avoir besoin d'aide. C'est là que nous entrons en scène.

– J'ai l'impression que tu le connais bien, ce… Cotton.

– C'est un pro. Il ne se fait aucune illusion sur la bonne foi d'Ivan, parce qu'il a déjà eu affaire à lui, et il se doute que les Russes ne nous communiquent pas tout ce qu'ils savent. À commencer par le lieu de la vente, s'ils le connaissent. C'est pour ça qu'il nous y conduira.

– Tu as un grand respect pour lui, je me trompe ?

– Encore jaloux ?

– Et si c'était le cas ?

– Je dirais que c'est un peu curieux de la part d'un homme marié. »

Il la dévisagea un instant avec circonspection, laissant la chaleur bienfaisante du whiskey se répandre en lui.

« Pourquoi es-tu avec moi ? demanda-t-il enfin, sincèrement curieux.

– Je travaille pour toi.

– Ce n'est pas une réponse, et tu le sais bien. Est-ce que tu m'aimes ? »

C'était la première fois qu'il lui posait la question.

« Oui.

– Moi aussi, je t'aime, dit Janusz, ravi.

– Parce que tu en doutais ? répliqua-t-elle avant de tremper ses lèvres dans son verre.

– Pas vraiment. Seulement, il faut bien admettre que la situation est un peu compliquée.

– On peut le dire. Mais le problème de cette vente aux enchères est tout de même autrement plus urgent que nos affaires de cœur, tu ne trouves pas ?

– Les deux m'importent tout autant. »

Il ne s'était pas senti aussi vulnérable face à une femme depuis bien longtemps. Oui, il était encore marié, et le pays désapprouverait sa liaison. De même que l'Église. Et son épouse ? Elle n'en prendrait ombrage que si la presse découvrait quelque chose. Dieu merci, ses gardes du corps se montraient compréhensifs et pleins de tact. Mais, pour l'heure, sa journée terminée, il se trouvait bien à l'abri dans un superbe hôtel en compagnie de celle qu'il aimait, au creux de la nuit complice.

Un autre proverbe lui vint à l'esprit. *Nie chwal dnia przed zachodem słońca*, « Ne bénis pas la journée avant le coucher du soleil », ou, comme disaient les Français : « Il ne faut pas vendre la peau de l'ours avant de l'avoir tué. »

Une dernière question le préoccupait.

« La presse fera-t-elle état du vol ?

– Oui. Le château va transmettre un communiqué au sujet de l'intrusion, indiquant qu'une enquête est en cours pour déterminer si quelque chose a disparu ou non. Le directeur a été informé que l'affaire touche à la sûreté nationale et que la plus grande discrétion est de mise. Il est le seul à savoir qu'il s'agit d'une opération planifiée. Je l'ai assuré que la Lance serait restituée sous deux jours.

– Si nous la perdons, ça fera du bruit.

– J'en suis bien consciente. Je la récupérerai.

– Et le lot me concernant qui va être mis en vente ?

– Ça aussi, je le rapporterai. »

Il termina son verre, le posa et la débarrassa du sien.

« Où est capté le signal GPS émis par la boîte ?

– Exclusivement sur mon téléphone.

– Et il ne se passera rien d'autre cette nuit ?

– Probablement pas. Mais je vais continuer à ouvrir l'œil, au cas où.

– Et si nous l'ouvrions ensemble, l'œil ? » suggéra-t-il en la prenant dans ses bras.

35

Cotton trouva sans peine le consulat des États-Unis, situé dans une petite rue non loin de la place centrale de Cracovie. Un message laissé sur son téléphone lui enjoignait de s'y rendre quand il serait sorti du château. La caissette contenant la Lance de saint Maurice toujours sous le bras, il avait fait sans encombre le trajet au milieu des promeneurs du soir.

Deux *marines* étaient en faction devant l'entrée principale. Au-dessus d'eux pendaient trois drapeaux américains, adressant un salut paresseux aux passants. Manifestement avertis de sa venue, les soldats ouvrirent la porte à son approche. À l'intérieur, l'un d'eux lui fit contourner le détecteur de métaux et le conduisit par un escalier raide jusqu'au premier étage, où Stéphanie et Bunch l'attendaient dans un bureau.

Il déposa la boîte sur une table.

« Bien joué », commenta Bunch avec un grand sourire.

Stéphanie n'était visiblement pas aussi enthousiaste.

Bunch réclama un tournevis, que s'empressa de lui apporter un jeune homme zélé, et s'en servit pour ôter le couvercle de la caisse. Celle-ci contenait un fer de lance émoussé long d'une cinquantaine de centimètres et large de sept ou huit, dont la couleur grise rappela à Cotton celle des navires de guerre. Un manchon en cuivre en mauvais état enveloppait la partie médiane de la lame, obstruant en partie une ouverture pratiquée à partir du tiers supérieur de cette dernière. Ce jour, il le savait, avait jadis abrité un clou, comme c'était encore le cas pour la Lance du Destin exposée à Vienne, mais il était à présent vide. Dans sa moitié inférieure, la lame s'évasait pour former deux ailes surmontées d'un entrelacs de fils métalliques et se terminait par la douille cylindrique qui avait servi à l'emmancher sur une hampe.

Bunch sortit l'objet de son emballage.

« Croyez-vous que cette lance puisse vraiment être celle qui a percé le flanc du Christ ? demanda-t-il.

– Bien sûr. Et je crois aussi que c'est un gros lapin blanc qui apporte des œufs en chocolat aux petits enfants le matin de Pâques », ne put s'empêcher de répliquer Cotton.

Bunch ne goûta pas la plaisanterie.

« Il n'y a rien de sacré pour vous, à ce que je vois.

– Je suis surtout réaliste. Un morceau de fer ne peut pas traverser deux mille ans sans rouiller.

– Pourquoi pas ? Ça n'a rien d'impossible. »

Cotton préféra laisser tomber.

Bien que comparables par leur taille et leur forme, la lance qu'il avait sous les yeux et celle de Vienne présentaient des différences notables. Dans la Lance du Destin, l'ouverture centrale était plus prononcée, et le clou censé avoir servi à la Crucifixion y était encore logé. Par ailleurs, le manchon protecteur était en or. L'exemplaire de Vienne avait fait l'objet de nombreuses analyses, toutes s'accordant pour conclure que l'arme avait été forgée, et non faite au moule, qu'elle était un peu grande par rapport à celles en usage dans les cohortes romaines et que le fer qui la constituait datait d'une époque largement postérieure à celle du Christ.

Mais à quoi bon émettre des doutes en la matière ? Tout était question de foi – un ingrédient qui lui avait toujours fait défaut.

« C'est encore là-dedans qu'elle sera le plus en sécurité », déclara Bunch en replaçant la lame dans sa boîte.

Cette fois, Cotton ne pouvait qu'être d'accord.

Bunch s'assit devant un ordinateur portable et se mit à taper un texte.

« Et voilà, dit-il après avoir frappé une dernière touche, je viens de répondre à l'invitation pour participer aux enchères. »

L'appareil émit aussitôt un *ding* annonçant l'arrivée d'un courriel. Sans doute une réponse automatique, compte tenu de sa rapidité. Bunch lut le message, puis tourna l'écran vers Stéphanie et Cotton.

Merci de votre acceptation. Veuillez envoyer une photo de votre relique à cette adresse. Que vos deux représentants se trouvent devant le bâtiment principal du musée des Tatras, à Zakopane, demain à 11 heures. Ils seront ramenés au même endroit à l'issue de la vente. Téléphones portables, armes et matériel électronique sont prohibés. Interdiction est également faite aux participants d'être accompagnés de traducteurs. Les enchères étant conduites exclusivement en anglais, les représentants doivent maîtriser cette langue. La validité des paiements sera vérifiée sur le lieu de la vente, et ceux-ci devront être confirmés préalablement à l'adjudication finale. Assurez-vous que tous les arrangements nécessaires ont été pris pour que les paiements puissent être effectués. Tout manquement au protocole énoncé ci-dessus entraînera la disqualification des contrevenants.

Cotton songea à la mise en garde d'Ivan contre la participation des États-Unis. Il n'avait pas manqué de transmettre l'avertissement à Stéphanie, qui en avait sûrement fait part à Bunch.

« Les Russes se moquent de toutes ces subtilités, dit-il. Leur intention est soit de remporter les enchères, soit d'empêcher leur déroulement, peu importe le moyen.

– Nous avons aussi réglé ce problème-là, déclara Bunch. Le président Fox a pris contact avec le Kremlin et a assuré à son interlocuteur, comme il l'avait fait avec les Polonais, que nous ne participerions pas à la vente.

– Et que se passera-t-il quand les Polonais apprendront que la Lance a été volée ?

– Aucun des autres cambriolages n'a été rendu public. Nous les avons mis sous le boisseau. »

Un tel degré de stupidité dépassait l'entendement.

« Aucun des autres cambriolages ne s'est déroulé sur le territoire polonais, remarqua Cotton. Cette lance n'est pas une simple relique catholique subtilisée dans une église. C'est un objet chargé d'histoire nationale. Qu'est-ce qui empêche le président Czajkowski de révéler sa disparition au monde entier ? À l'heure qu'il est, il a probablement compris que vous l'avez doublé… Ivona Novak était au musée : elle m'attendait, ajouta-t-il, omettant toutefois d'expliquer le pourquoi de la chose.

– Quelle importance ? Qu'est-ce que Czajkowski peut bien y faire ? Absolument rien. Et les Russes non plus. Nous sommes les États-Unis d'Amérique, nom d'un chien, et rien ne nous empêchera de participer à ces enchères ! »

Cotton regarda Stéphanie. Bien qu'elle fût impassible, il lisait dans ses pensées comme dans un livre ouvert. Les Russes et les Polonais étaient de mèche. Mais jusqu'à quel point ? Difficile à dire. Si leurs relations avec les Russes avaient été si étroites que ça, les Polonais l'auraient simplement empêché de perpétrer le vol. Or ils l'avaient laissé faire. Cela confirmait qu'ils étaient dans une certaine mesure dans le brouillard. Mais, là encore, jusqu'à quel point ? Que d'inconnues !

« Nous nous retrouverons tous les deux au musée des Tatras demain matin, reprit le clown, s'adressant à Stéphanie. Je suppose que Malone jette l'éponge, non ?

– Vous supposez mal, dit Cotton, s'attirant un regard surpris de son ex-patronne. Je vous accompagne. »

Bunch eut un petit sourire crispé.

« Voilà le genre de chose que je me plais à entendre ! s'exclama-t-il, lourdement ironique. Ça, c'est de l'esprit d'équipe ! De la loyauté envers notre bon vieux pays ! Nous apprécions votre dévouement. »

Évitant de répondre à la provocation, Cotton se contenta de tenir le discours que Bunch attendait sûrement de lui :

« Et n'oubliez pas mes cent cinquante mille dollars. Payables d'avance.

– Bien entendu. Soyez sans crainte, je me charge de faire transférer la somme sur votre compte. Après tout, un homme a bien le droit de gagner sa vie, n'est-ce pas ? Nous sommes capables de comprendre ça. »

Cotton aimait autant passer aux yeux de Fox pour un mercenaire rapace que pour un ami loyal. Ce qu'il ne voulait surtout pas, c'était que Stéphanie aille se fourrer seule dans le guêpier que serait à coup sûr cette vente aux enchères. Seule, car l'aide qu'on pouvait attendre d'un Tom Bunch équivalait à zéro.

Cotton ne se reconnaissait aucune compétence particulière, sauf dans quelques domaines, parmi lesquels la gestion de situations délicates requérant du sang-froid. Le désespoir, prétendait-on avec juste raison, poussait les gens à des actes désespérés. Le scénario qui s'annonçait semblait une parfaite illustration de cet adage.

« Vous êtes certain de vouloir y aller ? lui demanda Stéphanie.

– Absolument. »

Cotton et Stéphanie sortirent du bureau sur l'ordre de Bunch, qui désirait s'entretenir avec le président en privé au téléphone.

« S'il existe un diplôme de léchage de bottes, ce crétin a dû le décrocher avec mention, dit Cotton. Il n'a aucune idée de ce qui se prépare.

– Pas la moindre.

– Si je ne me trompe pas, la boîte où est rangée la Lance doit être équipée d'une balise GPS et suivie en permanence à la trace par les Polonais. Il va falloir vérifier.

– Vous avez raison. Nous nous occuperons de ça quand monsieur en aura terminé avec son important coup de fil.

– Ivona a bien joué le jeu en me mettant juste assez de bâtons dans les roues pour donner le change... Mais elle aurait quand même pu s'abstenir de couper cette corde. Je lui revaudrai ça, dit Cotton, ce qui fit sourire Stéphanie. Quoi qu'il en soit, tout ça signifie que les Polonais n'ont pas reçu d'invitation. Ce sont les Russes qui ont dû les mettre au courant de ce qui se tramait, d'où leur opération conjuguée à Bruges. Mais il s'agissait d'une collaboration ponctuelle. Moscou n'acceptera pas d'aller plus loin avec eux.

– À moins que les Polonais ne s'imposent par la force, ou par la ruse en se servant de nous.

– Tout à fait. Ils inventeront une belle histoire pour expliquer ce qui s'est passé ce soir. Ils ne peuvent faire autrement, par souci de cohérence avec les autres cambriolages. Et ils n'ont pas intérêt à ce que les Russes les soupçonnent de coopérer avec nous d'une façon ou d'une autre. » Stéphanie acquiesça. « Czajkowski va sans doute appeler Washington et faire une scène à propos des mensonges de Fox. C'est ce qu'on fait dans ces cas-là. Notre problème à nous, c'est que la balise GPS n'arrivera jamais jusqu'à l'endroit où se tiendront les enchères. On peut déduire du dernier courriel reçu par Bunch que nous serons fouillés par nos accompagnateurs demain, et, s'ils la découvrent, les États-Unis seront rayés de la liste des participants. En fait, il suffirait de laisser le traceur dans la boîte pour en finir rapidement avec cette histoire. Cerise sur le gâteau, Bunch serait tenu pour responsable.

– Le rêve ! Mais ça n'empêcherait pas la vente d'avoir lieu.

– À ce propos, je serais quand même curieux d'en savoir un minimum sur les informations mises aux enchères. Ça doit être du lourd. La Maison-Blanche ne vous a rien dit ?

– Pas un mot. Et ce n'est pas faute de m'être montrée curieuse, moi aussi. Il s'agit nécessairement d'un secret intime dont la divulgation serait politiquement fatale. En attendant d'en apprendre davantage, je suis d'avis de continuer et de voir comment les choses tournent. »

Un programme qui convenait tout à fait à Cotton.

« Les Russes n'accepteront jamais de perdre ces enchères, dit-il.

– C'est certain. Mais serait-ce vraiment une catastrophe s'ils les remportaient ? demanda Stéphanie, dont le regard pétillait de malice.

– J'adore votre façon de voir les choses. »

36

Olivier se mit au lit.

Il avait choisi pour son usage personnel la plus vaste chambre du château de Sturney, celle qu'avait occupée jadis le seigneur du lieu et dont le mobilier, entièrement d'époque, évoquait le passé de la Slovaquie. Il avait logé Eli Reinhardt au bout du couloir, jugeant plus avisé de tenir à l'œil ce partenaire qui venait de lui tomber du ciel.

Ils avaient laissé les documents où ils les avaient trouvés, remonté le mur de sel et effacé de leur mieux les traces de leur incursion. Konrad leur avait affirmé que, ne faisant pas partie des zones d'activité de la mine, le niveau X était rarement inspecté. Il constituait plutôt un reliquat de l'époque des soviets dont très peu de gens avaient envie de se souvenir.

Le secret avait donc toutes les chances d'être préservé.

Il avait promis à Konrad d'augmenter sa rétribution pour s'assurer de son silence et consolider sa loyauté. Il leur faudrait retourner plusieurs fois au niveau X dans les prochaines semaines pour évaluer le contenu de la cache. Malheureusement, Olivier ne serait pas d'un grand secours dans cette tâche, puisqu'il ne maîtrisait qu'imparfaitement le polonais et pas du tout le russe. Reinhardt, lui, parlait couramment les deux langues, mais il était exclu de lui laisser le champ libre, car il en profiterait sans aucun doute pour s'attribuer les dossiers les plus précieux. Non, Olivier engagerait une personne capable d'effectuer le travail à sa place, quitte à payer le prix fort pour la fidéliser. Et, afin de pérenniser les liens, Vic les accompagnerait à chaque descente : une petite dose d'intimidation ne ferait de mal ni à Reinhardt ni à la personne en question.

Reinhardt avait tenu à garder Art Munoz comme garde du corps. Le Bulgare occupait la chambre contiguë à celle de son patron. Olivier ne voyait pas l'utilité d'une telle protection rapprochée, mais il avait décidé de satisfaire les caprices de Reinhardt. L'important était que la journée à Sturney se déroule sans accroc et que la vente aille à son terme. Les vingt millions d'euros qu'il devrait verser à Reinhardt étaient finalement un prix raisonnable à payer pour avoir la paix.

Comme quoi, les ennemis de la veille pouvaient faire les amis du lendemain.

Vic DiGenti avait envoyé six équipes en différents points de rendez-vous en Pologne, en Slovaquie, en République tchèque et en Autriche, tous situés à moins de quelques heures de route. Les Allemands ne viendraient pas. Reinhardt, qui les remplaçait, avait fourni le Saint Clou de la cathédrale de Bamberg, qui serait vendu en même temps que les autres reliques. Les Américains, qui avaient constitué un sujet d'inquiétude, seraient là. Mieux valait tard que jamais : Olivier avait reçu leur courriel d'acceptation avec une photo de la Lance de saint Maurice en pièce jointe. Leur présence était indispensable. À l'occasion de leur conversation téléphonique, il y avait de cela quelques semaines, Warner Fox lui avait assuré que non seulement ils participeraient aux enchères, mais qu'ils avaient la ferme intention de les remporter. Il pouvait donc escompter qu'un bon paquet de dollars tomberait dans son escarcelle. Fox avait manifesté son enthousiasme à l'égard de l'entreprise et l'avait félicité pour son ingéniosité, comme on pouvait s'y attendre de la part d'un ex-businessman pour qui l'argent avait toujours le dernier mot.

Il s'allongea entre les quatre colonnes du baldaquin, le matelas idéalement ferme sous son dos. L'aménagement du château était une merveille. Les propriétaires n'avaient pas lésiné sur le confort. Mais, étant donné ce que lui avait coûté la semaine de location, il aurait pu exiger que toutes les pièces soient lambrissées d'or.

En temps normal, il aimait bien lire avant de s'endormir. Une habitude contractée à l'adolescence et dont il ne s'était jamais départi. Il avait une prédilection pour les classiques, mais il fallait bien avouer qu'il ne dédaignait pas les bons polars. Sans doute parce que les énigmes lui évoquaient sa propre vie, qui rappelait parfois celle d'un héros cosmopolite de roman à suspense.

Vic veillerait au grain pendant la nuit, ce qui était rassurant. Olivier n'aurait vraisemblablement pas pu fermer l'œil sans cela. Son collaborateur suivait les six équipes chargées de transporter les participants dans la matinée. C'était à dessein qu'ils avaient choisi d'organiser la vente en milieu de journée. Il serait ainsi plus simple de détecter la survenue d'éventuels problèmes, et plus facile aussi de se sauver. Il ne faisait confiance à aucun des enchérisseurs, mais le souci égoïste qu'aurait chacun de défendre ses propres intérêts devrait logiquement garantir le bon déroulement de l'opération.

Le « garde-manger » restait toutefois une préoccupation. Dépouiller les dizaines de milliers de documents qu'il renfermait prendrait du temps, et rien ne permettait d'affirmer qu'aucun d'eux eût une valeur quelconque. Leurs visites répétées à la mine risquaient à terme d'attirer l'attention, même si Konrad les avait informés qu'il existait un accès au niveau X exclusivement réservé au personnel et encore moins surveillé que l'escalier. Quoi qu'il en soit, si sa longue expérience de négociateur lui avait enseigné une chose, c'était de se retirer en se contentant d'un gain immédiat et de ne pas tenter le sort. Une affaire qui s'éternisait n'était jamais profitable. Or cette histoire de cache s'inscrivait à coup sûr dans cette catégorie.

La suggestion d'Eli n'était pas sotte. Pourquoi ne pas vendre l'ensemble aux Polonais, en bloc ? Cela rapporterait sûrement quelques millions d'euros, dont la moitié lui reviendrait, selon les termes de leur accord.

Il avait faim et caressa l'idée de se faire porter un en-cas. Une salade de fruits, peut-être. Quelque chose de léger. Il avait toujours du mal à dormir après un repas copieux.

Dans ce domaine aussi, autant ne pas tenter le sort.

Sachant que toutes les communications à destination ou en provenance du château étaient à présent bloquées, il se sentait un peu moins tendu. Ils avaient renforcé le dispositif de brouillage avant de partir pour la mine. Grâce à cette précaution, son encombrant partenaire était dans l'impossibilité d'échanger avec l'extérieur. Toutefois, la menace planant toujours que les collaborateurs d'Eli révèlent tout aux Polonais s'il ne les appelait pas toutes les trois heures, Olivier avait ordonné à Vic d'autoriser ces coups de téléphone spécifiques, mais en écoutant attentivement les conversations. Pour le reste, il comptait que la rapacité de Reinhardt l'inciterait à se tenir tranquille.

Il décida de se passer d'en-cas et de lecture.

Il avait déjà l'esprit en ébullition et préférait éviter toute stimulation supplémentaire.

Il éteignit la lumière. Mieux valait dormir tout de suite pour être au meilleur de sa forme le lendemain.

37

Jeudi 6 juin
10 h 50

Cotton avait dormi par intermittence, préoccupé par ce qui s'annonçait. Il avait pris une chambre dans un hôtel de Cracovie, mais seulement après avoir réglé quelques problèmes d'organisation essentiels. Stéphanie et lui avaient réussi à convaincre Bunch que la Lance devait être transportée dans autre chose qu'un vulgaire emballage en bois. « Malséant », avait-il plaidé. « Pas convenable », avait-elle ajouté. Ils s'étaient donc procuré un coffret décoratif de taille appropriée, peint à la main et laqué dans le style du pays, et l'avaient garni avec la mousse de polystyrène et le coussinet de velours prélevés dans la boîte d'origine. Bunch, totalement inconscient des réalités, s'était dit satisfait. Comme ils le prévoyaient, ils avaient déniché une balise GPS logée dans le fond de la caissette. Cotton l'avait ôtée avant de la glisser dans sa poche de pantalon, sans interrompre le signal qui la reliait à Ivona Novak.

Stéphanie l'avait appelé de bonne heure pour l'informer qu'un article de la *Gazeta Wyborcza* faisait état d'un cambriolage survenu pendant la nuit au château du Wawel et d'une enquête ouverte à ce sujet par la police locale, qui n'avait donné aucun détail et ignorait encore si quelque chose avait disparu. Plus que suffisant pour faire passer le message aux personnes concernées sans tambour ni trompette.

Il n'avait pas pu avaler grand-chose au petit déjeuner, se contentant de grignoter quelques toasts et de boire un jus d'orange avant de monter en voiture avec Bunch pour parcourir la centaine de kilomètres qui séparaient Cracovie de Zakopane, une ville de trente mille habitants à la frontière slovaque. Nichée dans une vallée au pied de la chaîne des Tatras, Zakopane se targuait d'être la capitale polonaise des sports d'hiver et de l'alpinisme.

Le musée des Tatras avait de quoi impressionner. Il comprenait huit sites dédiés aux divers aspects des montagnes voisines : histoire, culture, nature, ethnographie. La section principale, au centre-ville, occupait un édifice en pierre et brique typique, semblait-il, de l'architecture locale. Bunch, visiblement enthousiaste à l'idée de participer aux enchères, s'était montré plein d'entrain tout au long du trajet. C'était à n'en pas douter sa première expérience en la matière, et sa vision des choses paraissait quelque peu surréaliste.

« C'est comme dans *Mission impossible*, avait-il dit, très sérieux. Nous ne pouvons compter sur aucun soutien sur ce coup-là, et si l'un de nous deux est pris ou tué, le ministre nous désavouera. »

Comment cet abruti pouvait-il débiter de telles sornettes sans rire ? Qui avait envie d'être *désavoué* ? Ou de se faire tuer ? Parmi tous les agents que Cotton avait croisés dans sa carrière, aucun n'avait jamais manifesté de tendances suicidaires !

Ils se garèrent devant le musée, au numéro 10 de la rue Krupówki, descendirent de voiture et se plantèrent sur le trottoir, près de la grille à hauteur d'appui qui entourait le bâtiment. Cotton jeta un coup d'œil à sa montre. Ils avaient cinq minutes d'avance.

« Quand notre escorte arrivera, il vaudrait mieux que ce soit moi qui parle, dit-il. Il va falloir jouer serré, et j'ai un peu de pratique dans ce domaine.

– Je ne vois pas où est le problème, répliqua Bunch. Nous attendons simplement des gens qui doivent nous conduire à une vente aux enchères. Il n'y a pas à "jouer". Je suis votre supérieur hiérarchique. C'est moi qui parlerai. »

Exactement la réaction qu'avait espérée Cotton. Parfait. Il allait avoir besoin que quelqu'un fasse diversion, et Bunch assurerait ce rôle à merveille.

Leurs anges gardiens ne manqueraient pas de les passer tous les deux au détecteur. Il était donc dans l'obligation de se débarrasser du traceur GPS avant cela. Mais il devait aussi veiller à baliser le terrain à l'intention d'Ivona, qui surveillait sûrement les opérations à distance.

C'était une belle journée, chaude et ensoleillée. À 11 heures précises, un coupé Mercedes noir s'immobilisa devant le musée. Le conducteur et un deuxième homme occupaient les sièges avant. Jeunes l'un et l'autre, ils rappelaient par leur attitude et leur apparence les membres du trio de Bruges.

Cotton s'avança et les salua quand ils sortirent de la voiture, dont les vitres, nota-t-il avec satisfaction, étaient baissées. Ne restait plus qu'à attendre que Bunch fasse du Bunch, ce qui ne tarda pas.

« Je suis l'assistant adjoint au président des États-Unis et le conseiller adjoint à la sécurité nationale en poste à la Maison-Blanche, déclara le petit coq en passant devant Cotton.

– Où est la relique ? demanda l'un des deux types.

– Qu'est-ce qui est censé se passer, maintenant ? s'enquit Cotton.

– Ce n'est pas comme ça que ça marche. Nous, on pose les questions ; vous, vous répondez. Et on n'a pas de temps à perdre en discussions. Alors, je répète : où est la relique ?

– Là-dedans », dit Cotton en désignant la Ford de Bunch.

Il avait réussi à convaincre ce dernier de ne pas sortir le coffret du véhicule avant d'en savoir plus, arguant du fait que la Lance était leur seul ticket d'entrée s'ils voulaient participer aux enchères.

Les deux hommes se dirigeaient déjà vers la voiture, mais Bunch s'élança pour les arrêter.

« Hep, là ! Minute ! Cette relique est à nous et à personne d'autre. Si vous voulez la voir, je m'en occupe. »

Cotton mit aussitôt à profit ce moment de flottement pour extraire la balise de sa poche et la lancer dans la Mercedes par la fenêtre ouverte. Peu importait l'endroit où elle tomberait, pourvu que ce soit à l'intérieur, de préférence à l'arrière. L'appareil, qui n'était pas plus gros qu'un Tic Tac, avait toutes les chances de passer inaperçu de toute façon.

Bunch et les deux gars étaient arrivés près de la Ford.

« Écartez-vous ! ordonna l'un de ces derniers.

– Je vous interdis de vous adresser à moi sur ce ton ! répliqua Bunch.

– Écoutez, les instructions qu'on nous a données sont simples : soit vous obtempérez à nos consignes, soit on repart sans vous, mais avec la relique.

– Ça, n'y comptez pas ! Cette relique est la propriété des États-Unis d'Amérique ! »

L'autre s'esclaffa, et Cotton dut se retenir pour ne pas en faire autant.

« C'est surtout un objet volé, rappela le type. Alors, s'il vous plaît, poussez-vous et laissez-nous faire notre boulot. »

Bunch adressa à Cotton un regard interrogatif. Cotton acquiesça d'un hochement de tête, très surpris tout de même que l'expert si aguerri de la Maison-Blanche sollicite son avis sur la conduite à tenir. Bunch fit un pas de côté, et son interlocuteur prit le coffret laqué sur la banquette arrière, tandis que son collègue sortait de sa poche un détecteur de signaux à piles – un de ces petits modèles portables, simples et efficaces que l'on pouvait acheter à peu près n'importe où pour moins de deux cents dollars.

L'homme alluma l'appareil et promena l'antenne au-dessus de l'écrin. Il ouvrit ensuite le couvercle pour soumettre la Lance au même traitement.

Rien.

Puis ce fut au tour de Bunch de passer le test.

Rien.

Pour finir, les deux lascars revinrent à l'endroit où se tenait Cotton et s'assurèrent que lui non plus ne cachait sur lui aucun dispositif électronique. Bunch et lui avaient confié leurs téléphones à Stéphanie, restée à Cracovie. Cotton avait gagé que leurs accompagnateurs ne contrôleraient pas leur propre voiture, et ils ne le firent effectivement pas, convaincus par avance qu'elle était exempte de tout soupçon. Par chance, les scanners à courte portée comme celui qu'ils utilisaient présentaient un inconvénient : ils devaient être vraiment très proches de la source d'un signal pour pouvoir le détecter.

« Bien, conclut l'un des deux hommes. Maintenant, vous allez monter à l'arrière de notre voiture et rester silencieux jusqu'au bout du voyage. »

L'autre type garda la Lance, toujours dans son coffret, sans que Bunch n'émette la moindre objection.

« Le trajet sera long, reprit le premier, et des précautions supplémentaires vont être prises en cours de route. »

Ils roulèrent pendant une demi-heure à travers les Tatras après être entrés en Slovaquie. Tout le monde se taisait. Cotton avait établi qu'ils se dirigeaient plein sud, et il s'efforçait de localiser leur position. Peu familiarisé avec le nord de la Slovaquie, il avait du mal à déterminer quelle pouvait être leur destination. Ils arrivèrent bientôt à un tunnel percé sous la montagne, que la route à deux voies pouvait ainsi franchir sans faire de détour.

Quand ils pénétrèrent dans la galerie, éclairée artificiellement et dont on apercevait le bout, il évalua sa longueur à quatre ou cinq cents mètres. Des voitures venaient en face.

Ils en croisèrent une, puis deux, mais la troisième ralentit avant de faire demi-tour et de se placer derrière eux.

C'était un coupé Mercedes noir semblable au leur, qui les dépassa et fonça vers la sortie du tunnel. Ils ralentirent à leur tour et stoppèrent sur la bande d'arrêt d'urgence. Le conducteur alluma ses feux de détresse.

« Pourquoi nous arrêtons-nous ? demanda Bunch.

– À cause des avions sans pilote », répondit Cotton, qui avait compris le motif de la manœuvre.

Devant l'air perplexe de Bunch, il précisa :

« Ils craignent que nous ne les observions du ciel. Ils ont fait entrer en jeu une voiture identique à celle-ci qui entraînera un éventuel drone sur une fausse piste.

– Je vous ai interdit de parler, il me semble, dit le type assis à côté du chauffeur en se tournant vers eux.

– Alors, faites ce qu'il faut pour qu'on obéisse », répliqua Cotton, qui commençait à en avoir assez.

Il tablait sur le fait que Jonty Olivier était assez désireux de voir les États-Unis participer à son petit divertissement pour passer à peu près tout à leurs représentants, y compris des entorses au règlement. Mais si le gugusse du siège avant cherchait l'affrontement, ce n'était pas Cotton que ça dérangerait.

« On va attendre ici quelques minutes, dit le type, s'adressant à Bunch. Le temps que le leurre fasse son boulot… Tenez, prenez ça, ajouta-t-il en leur lançant deux sacs en toile noire. Vous vous les mettrez sur la tête dès qu'on redémarrera. »

Encore du travail à l'ancienne. Mais le moyen était infaillible pour empêcher quelqu'un de voir où on le menait.

Cotton s'abstint de polémiquer.

Et croisa les doigts pour qu'Ivona n'ait pas perdu leur trace.

38

Czajkowski avait décidé de passer toute la journée à Cracovie de façon à rester au plus près d'Ivona, avec qui il voulait pouvoir communiquer rapidement et sans intermédiaire. Michał Zima, le patron du BOR, n'avait pas été ravi de cette initiative, préférant savoir le chef de l'État dans l'environnement sécurisé de Varsovie. Zima, c'était bien légitime, aurait souhaité être informé de ce qui se tramait et comprendre pourquoi un agent de l'Agencja Wywiadu se trouvait si directement engagé auprès du président – une situation pour le moins inhabituelle –, mais Czajkowski avait déjoué toutes ses tentatives pour en apprendre davantage.

Sa nuit avec Ivona avait été merveilleuse. Il éprouvait de plus en plus souvent une impression de manque quand elle n'était pas là. Mais, connaissant les dangers inhérents aux émotions de ce genre, il s'interdisait d'y céder. Les élans du cœur pouvaient attendre. L'urgence du moment était la vente aux enchères, rien d'autre.

À en croire le signal transmis sur le portable d'Ivona par la balise GPS, la Lance était demeurée jusqu'à l'aube au consulat américain. Aux dernières nouvelles, la relique avait quitté la ville en direction du sud et de la frontière slovaque. Mais deux heures s'étaient écoulées depuis, et il ignorait tout des récents développements. Il pouvait seulement espérer qu'Ivona était toujours au contact. Ils avaient envisagé toutes les hypothèses, et, pour finir, il lui avait recommandé d'agir comme elle le jugeait bon.

Il ne doutait absolument pas d'elle, mais il devait malgré tout se tenir prêt à affronter les problèmes si elle échouait.

Il ne pourrait en aucune façon nier l'authenticité des documents, qui étaient tous écrits ou signés de sa main. Celui que les Russes avaient montré à Ivona était tout à fait représentatif de ceux qu'il se rappelait avoir fournis au SB. Il avait été employé comme indicateur stipendié pendant sept ans, du printemps 1982 à fin 1989. Dilecki avait été son principal officier traitant, même s'il avait occasionnellement eu affaire à d'autres.

Tous les informateurs étaient tenus de présenter des rapports à date fixe. S'ils y manquaient, ils étaient arrêtés et « questionnés ». Lui-même devait prendre contact avec le SB tous les deux mois et communiquer un renseignement quelconque. Une fois repéré par le radar du SB, on n'avait pratiquement aucune chance de s'en libérer. Soit on donnait à ces gens ce qu'ils désiraient, soit on finissait, comme le malheureux professeur de mathématiques, attaché nu sur un tabouret et battu sauvagement. Quand ce n'était pas pire.

Et il allait avoir le plus grand mal à se défendre, car, outre les documents déjà accablants par eux-mêmes, il y avait autre chose. Une chose dont seule une poignée de personnes avait connaissance. Dont Wałęsa lui-même, bien que dirigeant de Solidarność, ignorait sans doute tout.

Cela avait commencé quelques minutes après sa sortie de la prison de Mokotów, à Varsovie, le 9 août 1982, alors qu'il venait d'assister à une séance de torture clairement destinée à lui faire comprendre qu'il aurait droit au même traitement s'il refusait de coopérer…

Un coup de klaxon le ramena à la réalité.

Il s'était engagé sur la chaussée sans regarder. Dieu merci, le conducteur, vigilant, avait pu piler à temps. Czajkowski, hagard, dévisagea un instant à travers le pare-brise le chauffeur qui continuait à marteler son avertisseur, puis il lui adressa un signe de la main et finit de traverser la rue. L'image de ce professeur, de cet homme de culture digne du plus grand respect en train de ramper nu et ensanglanté sur le sol crasseux de la prison, resterait pour toujours gravée dans son esprit.

Comme le mépris que lui inspiraient Dilecki, le SB, l'administration, les communistes et, de façon générale, tout ce qui faisait obstacle à la liberté et à l'indépendance de la Pologne. Rien ni personne n'ébranlerait ses convictions, encore renforcées par ce qu'il venait de vivre. Seulement, il avait eu peur. Comme jamais. Il ne supportait pas l'idée d'être ligoté sur un tabouret, puis frappé à coups de pied et de poing. D'être torturé et avili. De ramper sur le plancher. Mais la perspective de se faire espion pour le compte des oppresseurs le révulsait tout autant.

Il avançait sur le trottoir, parmi la foule. Une réunion de la branche locale de Solidarność avait lieu deux heures plus tard. Dilecki, au courant, avait exigé de lui un compte rendu détaillé de ce qui s'y dirait.

« Votre premier test... », avait susurré ce salopard.

Czajkowski tournait le coin d'une rue, s'éloignant de la prison, quand trois hommes lui barrèrent le passage. Il les connaissait, mais leur expression n'avait rien de cordial.

« Suis-nous, ordonna l'un d'eux.

– Allez vous faire foutre », répondit-il, peu enclin à se laisser intimider par les gens de son camp après l'avoir été par des fonctionnaires du régime.

Comme il se détournait pour poursuivre sa route, le deuxième l'agrippa par le bras, et il se dégagea violemment.

« S'il te plaît, lui dit alors le troisième. Quelqu'un veut te parler. »

Il avait cru cette histoire tombée dans les oubliettes. Mais il n'en était rien. Loin de là.

Bien que seul dans sa suite du Sheraton, il était en contact permanent avec son équipe, qui gérait le quotidien à Varsovie. Les sujets de préoccupation ne manquaient pas. Une controverse avec l'Union européenne à propos de l'autonomie des pouvoirs locaux semblait se faire jour. Les travaux d'élaboration du budget national avaient commencé. Des mesures étaient en discussion en vue de réduire l'inflation, qui tendait à augmenter depuis quelques mois. Autant de problèmes qui requéraient son attention pleine et entière, ce qu'elle n'était plus depuis que son passé avait fait irruption dans le présent. Il s'était refusé le plus longtemps possible à appeler la personne dont son secrétaire particulier avait trouvé les coordonnées deux semaines plus tôt.

Mais il ne pouvait plus différer.

Il prit le portable « non traçable » que lui avait confié Ivona, composa le numéro et écouta la sonnerie résonner dans son oreille. Quand son correspondant répondit enfin, Czajkowski se fit la réflexion que sa voix n'avait guère changé en presque trente ans. Une voix qu'il avait entendue pour la première fois en ce jour fatidique, après son passage par la prison de Mokotów, au cours d'une conversation qui avait bouleversé le cours de sa vie.

« J'ai besoin de ton aide, dit-il.

– Une intéressante inversion des rôles. Il fut un temps où c'était moi qui avais besoin de la tienne. Que puis-je pour toi, monsieur le président ?

– Il faut que nous reparlions du protocole de Varsovie. »

39

Jonty Olivier s'excusa auprès de ses invités et quitta la grande salle pour retourner dans le vestibule accueillir la nouvelle équipe de participants dont l'arrivée venait d'être annoncée. Les Iraniens, les Français et les Chinois étaient déjà là, et leurs accompagnateurs avaient assuré à Vic que tout semblait en ordre.

Aucune filature détectée. Aucune anicroche.

Il avait revêtu pour la circonstance un costume neuf fait spécialement sur mesure par un tailleur parisien. La mode française pour hommes était ordinairement la chasse gardée des enseignes prestigieuses comme Balmain, Saint Laurent ou Dior, mais il préférait les nouveaux venus, tels A.P.C., AMI et Maison Kitsuné. Étant donné sa corpulence, alléger sa silhouette constituait un défi pour n'importe quel couturier, mais il aimait vraiment beaucoup les bérets, gilets et autres broches, qui conféraient à une tenue un cachet plus anglais que français en mêlant une dimension sport au style classique. Son choix vestimentaire du jour illustrait parfaitement ce principe : un complet en tweed au moucheté rustique élégamment mis en valeur par une chemise en oxford bleu pâle, un nœud papillon et des chaussures de cuir.

En hôte courtois, il jugeait important de recevoir personnellement les enchérisseurs. Tous, jusqu'à présent, s'étaient montrés sensibles à ce geste et avaient déposé en manière d'offrande leur élément des Arma Christi sur la table en chêne du hall d'entrée. La magie du lieu opérait. Les arrivants paraissaient éblouis tant par le cadre que par le déploiement de serviteurs en livrée qui présentaient sur des plateaux des assortiments d'amuse-gueule et de boissons accordés au goût de chacun selon sa nationalité.

Le spécialiste chargé de vérifier l'authenticité des reliques était présent, lui aussi, amené par DiGenti quelques heures plus tôt. Jusque-là, toutes avaient été jugées véritables, y compris le Clou de Bamberg. Aucun problème.

Olivier sortit dans le soleil éclatant du matin pour attendre le quatrième duo. En cette fin de printemps, la météo elle-même lui apportait le concours d'une journée radieuse. Un coupé Mercedes noir entra dans la cour et s'immobilisa. Les portières arrière s'ouvrirent, et deux hommes apparurent. Grands, carrés, costumes sombres, physionomies slaves. Les Russes. Et ni l'un ni l'autre ne semblait ravi d'être là.

« Messieurs, je vous souhaite la bienvenue », dit Olivier en anglais.

L'un des deux répondit par quelques mots en russe dont Olivier comprit le sens sans avoir besoin d'interprète.

« Comme annoncé, rappela-t-il en secouant son index levé, les enchères seront conduites en anglais. »

Ses invités restant impassibles, il poursuivit :

« Je suis navré d'insister sur ce point ; j'espère que vous n'y verrez aucune marque d'irrespect. Mais soyez assurés que tout a été fait pour vous être agréable. Nous avons préparé à votre intention de délicieux *pelmeni* dont la pâte est fine comme du papier à cigarette. Comme vous pouvez le voir, s'esclaffa-t-il en se tapotant le ventre, j'en ai moi-même goûté quelques-uns. Et c'est moi qui ai personnellement choisi la farce, un mélange de bœuf, d'agneau et de porc relevé de poivre, d'ail et d'oignon. Un régal, vous pouvez me croire. »

Le visage des deux Russes s'éclaira d'un sourire.

« Comment pourrions-nous résister à une telle générosité ? dit le premier dans un anglais bizarrement accentué. Cela fait si longtemps que je n'ai pas mangé de bons *pelmeni.*

– Est-ce le Saint Sang de Bruges que vous avez là ? demanda Olivier en désignant une petite boîte que tenait le second.

– C'est cela, acquiesça celui-ci en lui tendant l'objet. Notre ticket d'entrée. »

Olivier conduisit les nouveaux venus à l'intérieur du château et les mena par un large couloir jusqu'à la grande salle où, à l'instar de leurs homologues déjà sur place, ils regardèrent autour d'eux pour voir avec qui ils allaient se trouver en concurrence. Puis il s'excusa auprès d'eux et fit signe au maître d'hôtel, qui accourut aussitôt.

« Veillez à ce qu'on serve aux Russes les boissons qu'ils souhaitent, ordonna-t-il. Proposez-leur la vodka Tovaritch que nous avons. Et apportez les *pelmeni.* »

Le majordome s'éloigna à pas pressés. Olivier parcourut à son tour la salle du regard. Quatre équipes déjà présentes sur six. Les deux dernières étaient en route. Il leva les yeux vers la galerie et vit Reinhardt, qui observait la scène. Art Munoz se tenait près de lui, l'air aussi renfrogné qu'à son habitude. Olivier avait essayé de présenter ses excuses au Bulgare pour la petite séance d'électrocution œsophagienne, mais celui-ci ne s'était pas montré très réceptif, allant même jusqu'à refuser un généreux dédommagement pour le préjudice subi. L'homme n'était apparemment pas du genre à pardonner.

Reinhardt lui adressa d'en haut un signe de la main bon enfant, comme pour exprimer sa satisfaction de constater que les choses prenaient tournure. Les deux sièges prévus pour l'Allemagne avaient été ôtés : Reinhardt suivrait les événements de l'étage, où il resterait caché. Ils étaient déjà convenus de retourner à la mine deux jours plus tard afin de procéder à un premier tri rapide de ce que contenaient les bacs. Olivier était à la recherche d'un expert compétent en matière historique et assez fin pour comprendre la nécessité de travailler vite et de se taire. Il persistait à trouver séduisante l'idée de céder l'intégralité du lot aux Polonais, mais cela ferait l'objet d'une prochaine discussion.

Pour l'instant, rien d'autre ne comptait que la vente.

Vic DiGenti entra dans la salle et s'approcha.

« Les deux équipes restantes seront là dans une demi-heure, annonça-t-il.

– Tout se passe bien ?

– Jusqu'ici, oui. Mais des problèmes peuvent encore survenir. »

Olivier en convint.

Les Iraniens et les Russes seraient les plus dangereux. Leurs pays avaient beaucoup à perdre si les Américains installaient des missiles en Pologne. Et leurs gouvernements respectifs, sans scrupule ou presque, ne reculaient pas devant grand-chose. Toutefois, il les voyait plutôt utiliser l'arme financière que la violence. Peut-être même s'allieraient-ils pour faire monter les enchères à des niveaux astronomiques dans le but de forcer les Américains à aller encore plus haut.

Les scénarios paraissaient innombrables.

Il consulta sa montre.

Plus que quelques minutes à attendre.

40

Cotton, assis à l'arrière de la Mercedes avec son sac de toile noire sur la tête, se sentait ridicule. Bunch, qui n'avait pas prononcé un mot depuis vingt minutes, semblait s'accommoder de la situation. Ils avaient patienté dans le tunnel le temps que la voiture leurre entraîne au loin un éventuel drone chargé de les suivre. Une précaution un peu théâtrale, mais plutôt efficace, il fallait l'avouer. De toute évidence, l'opération avait été minutieusement préparée.

La majeure partie du parcours s'était effectuée sur une chaussée bien lisse, à vitesse constante, en direction du sud et sans aucun arrêt, l'absence de virages signifiant qu'ils étaient sur une grande voie de circulation. Ils avaient ensuite tourné vers l'ouest sur une route sinueuse qui montait dans un premier temps avant de continuer sur un terrain plat.

« Vous pouvez retirer vos capuches », annonça l'un des hommes.

Cotton arracha la sienne, et il fallut un moment à ses yeux pour s'habituer à la lumière du soleil.

Puis il vit un château.

La Mercedes franchit un porche monumental bardé de fer et protégé par une herse qui s'était levée à leur approche. Une marque gravée là par un tailleur de pierre portait l'inscription 1564.

Ils pénétrèrent dans une cour gravillonnée. Pentagonale. Des tours se découpaient sur le ciel clair, toutes couronnées de coupoles. Une espèce de château fort slovaque. Un homme grassouillet en costume de tweed attendait devant une porte ornée d'un fronton.

« C'est Jonty Olivier, là-bas », chuchota Bunch.

La Mercedes stoppa. Cotton jeta un bref coup d'œil sur le plancher, mais ne vit pas la balise. Il croisa les doigts pour que personne ne la trouve.

« Vous pouvez descendre », leur signifia le conducteur.

Cotton regarda Bunch, qui, sans la moindre hésitation, empoigna le coffret laqué et ouvrit sa portière. Pour ce qui était de se mettre d'accord sur un plan d'action, c'était raté.

« Messieurs, dit Jonty Olivier en écartant grand les bras, soyez les bienvenus. »

Bunch lui tendit une main qu'il serra.

« Vous travaillez avec le président Fox ?

– En effet, confirma Bunch. Il m'a confié personnellement cette mission. Vous vous êtes parlé, je crois ?

– Chut, répondit Olivier, un doigt sur les lèvres. C'est un secret entre nous. Tout le monde n'a pas bénéficié d'une telle exclusivité. »

Cotton essaya de jauger leur hôte. Coquet ? Il en avait tout l'air. Sûr de lui ? Indéniablement. Maître de la situation ? C'était l'impression qu'il s'efforçait de donner.

« Ceci est pour vous, dit Bunch en tendant le coffret.

– Ah ! la Lance de saint Maurice ! Comme c'est exaltant ! Mais portez-la à l'intérieur, je vous en prie. Nous lui avons réservé une place. »

Olivier les conduisit dans ce qui devait être la grande salle du château. Cotton observa les lieux. Un plafond voûté en anse de panier soutenu par de fortes colonnes noires. À une extrémité, une immense cheminée décorée aux armes d'un ancien propriétaire. En hauteur, des fenêtres au cadre de fer noir laissant entrer le soleil de la fin de matinée et quatre gros lustres électrifiés en bronze doré, le tout fournissant un éclairage amplement suffisant. Huit personnes allaient et venaient en bavardant tandis que des serveurs leur proposaient une collation et des rafraîchissements. Douze chaises groupées par deux occupaient le bout de la pièce, face à un fauteuil Louis XIII côtoyant un grand écran vidéo. Olivier les mena jusqu'à une longue table en chêne aux pieds épais comme des troncs d'arbre. Au centre de celle-ci, présenté sur un chevalet, trônait un plat en cuivre martelé à l'effigie du Christ. Quatre reliques l'entouraient : la Sainte Éponge, la Colonne de la Flagellation, la Vraie Croix et le Saint Sang. Ce dernier était la preuve que les Russes étaient là, mais Cotton ne reconnaissait aucun des participants.

Bunch posa l'écrin sur la table, l'ouvrit et en sortit la Lance. Olivier parut impressionné, ce qui était sans doute le but recherché.

« Quelle merveille ! s'exclama-t-il. Merci infiniment de l'avoir apportée.

– Comme si nous avions eu le choix, intervint Cotton.

– Non, vous avez raison, admit Olivier, de la gaieté plein ses yeux larmoyants. Mais je vous remercie tout de même. Maintenant, si vous voulez bien m'excuser, je dois accueillir d'autres invités. »

Quatre, si Cotton comptait bien. Deux pour le Saint Clou, deux pour la Couronne d'épines.

Olivier partit en se dandinant.

« Jusqu'ici, tout va bien. N'est-ce pas, Malone ? » commenta Bunch, visiblement content de lui.

Une opinion qui n'engageait que lui, mais Cotton n'avait pas l'intention d'argumenter avec cet imbécile. Il espérait seulement qu'Ivona avait pu les suivre. Si les dispositifs de sécurité ne semblaient pas nombreux, cela ne signifiait pas pour autant qu'il n'y en avait aucun. Les caméras, apparemment absentes de la salle, pouvaient être dissimulées. D'autre part, il avait vu un homme accoudé à la balustrade de la galerie, à l'étage, en train de scruter ce qui se déroulait en bas. Une bizarrerie de plus à ajouter à la liste.

Bunch attrapa une flûte de champagne sur le plateau d'un serveur qui passait et proposa d'un geste à Cotton d'en prendre une pour lui aussi. Cotton déclina et alla se verser un verre d'eau glacée à une table voisine. D'après ses déductions, ils devaient se trouver en Slovaquie, à une bonne soixantaine de kilomètres de la frontière polonaise. Les murs autour de la cour et les fenêtres trop haut perchées de la salle empêchaient de voir les environs du château. Olivier s'était assuré qu'aucun repère ne permette de localiser le site. Cela ne constituait pas un obstacle pour Ivona, mais que ferait-elle exactement ? Bonne question.

Il regarda les autres délégués en se demandant si certains d'entre eux s'étaient arrangés, comme lui, pour être suivis. Était-il le seul à jouer les balises Argos ? Bunch s'éloigna tranquillement en direction des représentants chinois. L'un des laquais prit la Sainte Lance sur la table et l'emporta, sans doute afin de la faire authentifier. Quoi qu'il en soit, les Saintes Reliques occupaient un rôle marginal dans cette vente. Elles étaient la cerise sur le gâteau. Le gâteau lui-même étant un ensemble d'informations compromettantes pour l'actuel président polonais.

« Malone ! appela Bunch. Venez un peu par ici, que je vous présente à ces messieurs. »

Le simplet semblait totalement inconscient de ce qui se passait autour de sa petite personne. Pourtant, la situation en elle-même puait le soufre.

Et le bonhomme plus âgé que les autres qui se tenait dans la galerie ?

Qui était-il ?

Et pourquoi était-il là ?

41

Czajkowski était soulagé de passer inaperçu. Vêtu comme un touriste, il n'avait aucun mal à se fondre dans la foule. La plupart des gens autour de lui étaient des étrangers. Des pèlerins, surtout, ce qui se comprenait, puisqu'il se trouvait dans la capitale spirituelle de la Pologne.

L'abbaye où il se rendait, construite au sommet d'une colline dès le XIIIe siècle, avait depuis été occupée sans interruption par les pères paulins. Elle s'était peu à peu transformée en une forteresse entourée d'épais remparts de pierre et avait résisté à de nombreux sièges, le plus célèbre entrepris par les Suédois en 1655. La ville toute proche de Częstochowa, qui avait de tout temps été un carrefour commercial sur la rivière Warta, était à présent un grand centre industriel spécialisé dans la métallurgie, les textiles et les produits chimiques.

Czajkowski avait quitté Cracovie à bord d'une voiture banalisée, accompagné de deux membres de son service de sécurité. Le trajet vers le nord avait duré un peu plus d'une heure à travers les pittoresques collines calcaires connues sous le nom de Jura polonais. Bon nombre de ces hauteurs, qui s'étendaient sur des centaines de kilomètres à droite et à gauche de la route, étaient couronnées de châteaux en ruine, formant ce qu'on appelait le chemin des nids d'aigle. Une autre destination très courue. Les touristes venaient là chaque jour par cars entiers photographier ces places fortes spectaculaires qui avaient jadis protégé la Pologne des envahisseurs.

Suivant le flot des visiteurs, il gravit les larges degrés de pierre et franchit le premier des quatre porches qui donnaient accès au monastère de Jasna Góra. Ces portes, très ornées et d'une grande beauté, avaient aussi eu une utilité pratique en ceci qu'elles posaient de multiples problèmes aux assaillants désireux de pénétrer dans les lieux. La défense du couvent était par ailleurs assurée par de fortes murailles et par des bastions à chaque angle.

Tous les jours, de l'aube au couchant, des bataillons de pèlerins empruntaient la longue avenue bordée d'arbres qui reliait l'abbaye à la ville. Il avait croisé sur la route des groupes de catholiques fervents qui priaient ou chantaient des hymnes. Beaucoup d'entre eux arboraient des badges où figuraient le nom de leur localité d'origine et un chiffre indiquant le nombre de fois où ils étaient venus à Jasna Góra. On pouvait dire que lui aussi effectuait un pèlerinage, quoique d'une autre nature, et dans un autre but.

Il passa l'ultime porte et se retrouva dans un espace clos entouré de bâtiments. Un homme l'attendait. Corpulent, le menton et le cou cachés par une épaisse barbe hirsute, il portait la robe blanche de l'ordre de Saint-Paul-Premier-Ermite. Il avait vieilli depuis leur dernière rencontre, vingt ans plus tôt. Le ventre était un peu plus proéminent, les cheveux plus clairsemés, les traits affaissés. Que ce personnage retors, coriace, habile et totalement dénué de conscience se soit fait moine donnait à réfléchir.

« Je suis vraiment content de te revoir, monsieur le président, assura-t-il.

– Moi de même, Stanis – ou devrais-je plutôt dire “père Orlik” ? »

Son vieil ami lui tendit une main, ou plutôt une grosse patte, qu'il serra. La poigne avait conservé la rudesse et la fermeté d'antan. Les deux gardes du corps, restés à proximité, faisaient de leur mieux pour se rendre invisibles dans la cohue des visiteurs qui entraient et sortaient sans arrêt de la billetterie.

« Tu n'es pas de service ? s'enquit Czajkowski, averti que les moines remplissaient la fonction de guide touristique.

– Je l'étais… jusqu'à ton coup de fil, répondit Stanis avec dans le regard le pétillement qu'il avait déjà au bon vieux temps. Mais entrons, nous serons plus tranquilles. »

Czajkowski se tourna vers ses agents de sécurité et les pria de l'attendre où ils étaient. Bien que manifestement contrariés, ils ne discutèrent pas. Il se trouvait devant une tour de cent mètres de haut, l'une des plus élevées du pays, que surmontait une croix. Dans la partie supérieure de la façade de brique blonde, une horloge indiquait 11 h 50. Il ne pouvait pas s'attarder très longtemps. Ivona serait bientôt à pied d'œuvre pour la vente aux enchères, et il fallait qu'il soit disponible quand elle l'appellerait.

Mais il devait faire ce pour quoi il était venu.

Stanisław « Stanis » Orlik avait occupé un poste à responsabilité au sein de Solidarność. À l'époque, il était bien sûr beaucoup plus jeune, comme l'étaient tous les militants. Le travail d'Orlik n'avait jamais été publiquement assumé par l'organisation. Aucun des innombrables ouvrages écrits sur le syndicat ne mentionnait son nom. Son existence même n'était connue que de très peu de gens. Mais c'était un esprit très affûté, doué d'un large éventail de talents. Czajkowski n'avait pas entendu parler de lui avant leur entrevue dans un appartement d'un quartier populeux de Varsovie où l'avaient conduit les trois hommes qui l'avaient interpellé dans la rue après sa visite imprévue à la prison de Mokotów.

« Asseyez-vous, Janusz, je vous en prie, dit Stanis.

– Comment savez-vous mon nom ?

– C'est mon métier de connaître ce genre de chose.

– Que me voulez-vous ? demanda Czajkowski en restant debout.

– Nous avons besoin de votre aide.

– Qui ça, “nous” ?

– Votre pays. Vos frères qui luttent contre l’oppression. Solidarność… Choisissez.

– Vous n’ignorez pas où j’étais il y a moins d’une heure, j’imagine.

– En effet. Et c’est précisément parce que vous êtes passé par cet endroit-là que votre aide nous serait utile. »

Czajkowski ne comprenait plus rien. D’abord, le SB essayait de le contraindre à collaborer, ce qui n’était pas envisageable, et voilà que des individus de son propre bord faisaient à leur tour pression sur lui dans le même but.

« Qu’attendez-vous de moi ? » répéta-t-il.

« Tu forces toujours la main des gens pour les amener à faire ce que tu veux ? lança Czajkowski pendant qu’ils marchaient côte à côte.

– Mes compétences dans ce domaine ne sont guère requises au sein de l’ordre auquel j’appartiens. Je me consacre désormais à des entreprises plus désintéressées. »

Une assertion à prendre avec des pincettes venant d’un homme qui avait dirigé les organes d’espionnage et de contre-espionnage de Solidarność dans la plus parfaite clandestinité. Pendant plus de dix ans, Stanis avait semé la confusion dans le SB, désorganisant les services à la moindre occasion, retournant contre eux leur propre tactique et les plongeant dans le chaos.

Ils pénétrèrent dans la basilique de l’Assomption de Notre-Dame et de l’Invention de la Sainte Croix, un énorme édifice en pierre et brique prolongé vers le nord. Sous le plafond voûté richement orné de cartouches en stuc, l’ensemble était spacieux et coloré. Partout, fresques et tableaux polychromes glorifiaient la Vierge Marie, à laquelle était dédié le sanctuaire. Des groupes de visiteurs admiratifs allaient et venaient, tous accompagnés par des guides en robe blanche.

Stanis avait quitté Solidarnośc en 1991, ses services étant devenus inutiles après l'élection de Wałęsa à la présidence. Il avait ensuite travaillé quelque temps dans l'administration, puis s'était effacé du paysage pour reparaître dix ans plus tard sous l'habit monastique.

« Qu'est-ce qui t'a fait te tourner vers l'Église ? s'enquit Czajkowski.

– J'ai répondu à l'appel du Seigneur. »

Concis, direct : du Stanis dans le texte.

« Jamais je n'aurais pu imaginer une telle chose.

– La foi est une question très intime que chacun garde pour soi. Mais elle me semblait être la seule façon de rester sain d'esprit dans l'action que nous menions. »

Il était vrai que la foi de ceux qui combattaient le communisme à l'époque était profonde. L'Église avait joué un rôle majeur dans les événements, d'autant que le pape d'alors était polonais – une circonstance considérée par beaucoup comme l'attestation divine qu'ils étaient sur la bonne voie.

« Et elle est désormais toute ma vie », ajouta Stanis.

Czajkowski n'avait pas de mal à le croire. Si Stanis avait bien une qualité, c'était d'être pragmatique et de faire à fond tout ce qu'il entreprenait. Leur première rencontre, en 1982, avait été tendue. Mais, par la suite, ils étaient devenus plus que des collègues. Peut-être même avaient-ils été amis. Jusqu'en 1991, ils avaient étroitement collaboré en coulisse à la mise en application de ce qu'ils nommaient le « protocole de Varsovie ».

Stanis s'arrêta et se tourna vers lui.

« N'est-ce pas curieux ? Nous sommes ici tous les deux, et personne ne semble savoir qui nous sommes. Pour ce qui est de moi, c'est compréhensible : j'ai toujours été anonyme. Mais toi qui le fus aussi, tu ne l'es plus. »

Czajkowski regarda les centaines de personnes qui déambulaient autour d'eux, la plupart se dirigeant vers la chapelle de l'Icône miraculeuse, but principal des pèlerins qui faisaient le voyage jusqu'à Jasna Góra.

« En effet, étant donné mes fonctions, je ne peux guère espérer passer inaperçu.

– Alors, dis-moi, qu'est-ce qui t'amène ? murmura enfin son vieil ami, le regard encore fixé sur les lointains de la basilique.

– Le passé fait son retour.

– Parce que tu le croyais parti ?

– Je l'espérais. Je me trompais.

– Comme l'a rappelé un jour un sage : "Nul ne peut changer le passé, nous n'avons prise que sur l'avenir."

– Je préfère Churchill : "Si nous entamons une querelle entre le passé et le présent, nous manquerons le train de l'avenir."

– Et celui des élections qui approchent, ajouta Stanis avec un petit rire.

– Exactement.

– Ce qui se passe est donc si grave ?

– Suffisamment pour que nous devions nous occuper de régler le problème, toi et moi.

– Rien que nous deux ?

– Non, Dieu merci je dispose d'autres ressources qui sont déjà au travail en ce moment même.

– Alors, allons rendre visite à Notre-Dame, dit Stanis en montrant la direction de la chapelle. Peut-être nous guidera-t-elle vers la sagesse. »

42

Jonty Olivier parcourut une dernière fois la grande salle du regard. Tout le monde était arrivé, et les membres des six délégations se promenaient en bavardant, verres et amuse-gueule en main. Les Iraniens et les Nord-Coréens eux-mêmes paraissaient bien plus cordiaux qu'il l'avait craint. Les allées et venues de plus en plus fréquentes des serveurs apportant victuailles et boissons attestaient la bonne humeur croissante des convives. Autre point positif : son expert s'était assuré de l'authenticité des sept reliques, à présent à l'abri dans une voiture garée à quelques pas de la cour intérieure, par où il sortirait une fois les enchères terminées. L'expert était déjà parti, ses honoraires en poche. Vic et lui-même quitteraient les lieux dès l'affaire conclue. Il reprendrait contact avec Eli le lendemain, à distance.

Reinhardt et son acolyte se comportaient de façon irréprochable. Ils avaient disparu de la galerie et s'apprêtaient à suivre la vente hors de vue, postés sur le seuil d'une chambre de l'étage. Olivier se doutait bien que tous les participants étaient nerveux, conscients qu'ils étaient appelés à enchérir les uns sur les autres et que leurs concurrents risquaient de déraper. Mais le dernier rapport de Vic indiquait que tout était calme, tant à l'intérieur qu'à l'extérieur du château.

Il regarda sa montre de gousset – une Breguet en or dix-huit carats gravée au tour à guillocher qu'il s'était offerte pour près de sept cent cinquante mille dollars à la suite d'une affaire lucrative. Il promettait de se faire un cadeau encore plus beau avec ce qu'il allait gagner aujourd'hui.

Dehors, un carillon au timbre vibrant se mit à sonner les douze coups de midi.

« Messieurs ! appela-t-il. Si vous le voulez bien, nous pouvons commencer. »

Cotton se dirigea vers l'emplacement marqué d'un drapeau américain. Les autres tables portaient elles aussi les couleurs nationales des enchérisseurs auxquels elles étaient réservées : France, Iran, Russie, Chine, Corée du Nord. Il s'interrogea sur l'absence de la Grande-Bretagne et de l'Allemagne. Ces pays avaient-ils décliné l'invitation ? Question subsidiaire : où était le Saint Clou ? Il n'avait vu sur la grande table que six des sept reliques constituant les Arma Christi. Par ailleurs, le mystère restait entier à propos de l'observateur posté sur la galerie, lequel avait disparu depuis vingt minutes.

Le fait qu'il ignorait tout des acteurs en place, de la configuration des lieux et même de leur situation géographique était pour le moins perturbant. Mais il avait connu pire. Quant à Bunch, toujours aussi insouciant, il était maintenant en grande conversation avec les Français. Conformément aux instructions du courriel interdisant l'emploi de traducteurs, tout le monde communiquait en anglais.

« C'est vraiment passionnant, déclara Bunch en le rejoignant. Nous sommes dans l'œil du cyclone.

– C'est-à-dire au plus mauvais endroit possible. Là où le calme est trompeur.

– Cessez donc d'être pessimiste ! Nous sommes là, au service de notre pays, sur le point d'acquérir des renseignements qui nous permettront de mener la vie dure aux Russes et aux Iraniens en même temps. Les occasions de ce genre se présentent rarement, Malone. Très rarement. »

Ils s'assirent. Sur la petite table, devant eux, étaient posés deux blocs-notes, des crayons, une carafe d'eau glacée, deux verres et une enveloppe en papier kraft sur laquelle était écrit NE PAS OUVRIR AVANT D'Y AVOIR ÉTÉ INVITÉ. Cotton remarqua que tous les serviteurs étaient partis et que les lourdes portes en chêne étaient fermées.

Jonty Olivier vint se camper devant l'assistance, non loin d'un grand écran de télévision soutenu par une solide structure en bois.

« Je tiens à souhaiter solennellement la bienvenue à chacun d'entre vous et à vous remercier pour votre participation, dit-il. Je devine votre impatience. Toutefois, avant de lancer les enchères, je vous propose de prendre connaissance de quelques documents. Vous avez tous reçu un échantillon en même temps que votre invitation, mais j'aimerais maintenant vous en révéler un peu plus en gage de ma bonne foi et pour vous convaincre de la valeur des informations mises en vente aujourd'hui.

– Nous apprécions votre geste, lança Bunch. Personne n'a envie d'acheter chat en poche. »

À en juger par les mimiques perplexes des présents, le sens de l'expression avait dû échapper à la plupart des non-anglophones.

« Vous avez tout à fait raison, monsieur Bunch, acquiesça Olivier. Et nous avons fait en sorte que le gagnant ne soit pas déçu par ce qu'il aura acquis, car tout ce que je vends est authentique. Et maintenant, quelques ultimes consignes avant de commencer. J'attends de chacun qu'il fasse preuve de savoir-vivre et de courtoisie. Comme vous pouvez le constater, je n'ai fait appel à aucun service de sécurité pour assurer l'ordre. Je compte sur votre respect des convenances. Sommes-nous bien d'accord ?

– Nous ne sommes pas des enfants, répondit un des Russes.

– Assurément, non, convint Olivier. Mais vous êtes tous ici en mission, animés de la même ferveur pour défendre des intérêts divergents. Cela peut conduire à des réactions… irrationnelles. Évitons d'y laisser libre cours. »

Personne d'autre n'intervint.

« Bien, dit Olivier. Je vous invite maintenant à ouvrir l'enveloppe qui se trouve devant vous et à poser sur votre table la liasse de documents agrafés qu'elle contient. »

Olivier s'approcha du grand écran qui faisait face aux douze invités. Noir pour l'instant, celui-ci s'animerait bientôt, activé par l'ordinateur portable posé sur une étagère derrière le téléviseur. Le plan était simple. Allécher les participants en dévoilant une partie supplémentaire de ce qu'il possédait, puis, une fois les appétits aiguisés, ouvrir les enchères. Tout le monde avait été averti que la vente s'effectuerait sous réserve. Autrement dit, Olivier pouvait rejeter toute offre insuffisante à ses yeux avant d'agréer celle qui lui convenait.

Car il n'avait pas l'intention de brader son trésor.

Quel serait le montant final ? Difficile à dire. Il déciderait en cours de route de ce qui était acceptable ou non.

Il résista à l'envie de jeter un coup d'œil vers la galerie, de crainte d'attirer l'attention dans cette direction. Il avait enjoint à Reinhardt de rester hors de vue, et l'aigrefin semblait se plier à cette consigne. Vic, qui savait être vigilant, l'alerterait aussitôt si un imprévu quelconque survenait. Tous les tiers avaient quitté les lieux, comme convenu, y compris les chauffeurs et les membres du personnel. Ils seraient rappelés une fois la vente conclue.

Il alluma le téléviseur et regarda l'assistance.

« Maintenant, ôtez la page blanche au sommet de la liasse, dit-il en frappant une touche sur le clavier de l'ordinateur, ce qui fit apparaître, bien nette sur l'écran, l'image en haute résolution d'un document. Et laissez-moi vous expliquer ce que vous avez devant les yeux. »

43

Czajkowski pénétra dans l'espace confiné de la chapelle gothique de l'Icône miraculeuse, voûtée d'ogives. La partie inférieure des murs était tapissée de cordouan, un cuir doré à l'or fin et orné de gaufrures. Tout au fond, entourée d'un décor baroque juste derrière l'autel en ébène incrustée d'argent, était exposée l'image que des millions de pèlerins venaient adorer des quatre coins du monde.

Notre-Dame de Jasna Góra. La Vierge noire.

Elle n'était pas bien grande. Son cadre de bois très ouvragé d'environ un mètre sur quatre-vingts centimètres était surmonté d'un dais, comme celui d'un trône. L'icône représentait Marie en buste, l'enfant Jésus sur ses genoux. Tous deux avaient la peau sombre, dans le style byzantin, et semblaient plongés dans une intense méditation. Des auréoles d'or émaillées de pierres précieuses nimbaient leurs têtes. La Vierge portait un manteau bleu parsemé de lys dorés, l'enfant une robe carmin. Il tenait un livre dans la main gauche et tendait la droite dans un geste bénissant qui symbolisait la voie du salut. Le beau visage de Marie ne pouvait qu'inspirer la plus profonde dévotion. Les Polonais appelaient ce type de représentation une *odigitria* – « celle qui guide ».

Selon la légende, celle-ci avait été peinte par saint Luc, l'évangéliste, sur une planche de la table où la Sainte Famille prenait ses repas. La vérité était bien différente. Il s'agissait d'une tempera sur toile fixée à trois panneaux de tilleul réalisée au Moyen Âge dans les Balkans, d'où un prince polonais l'avait rapportée comme butin de guerre pour en faire don au monastère. Elle avait toujours été associée à des miracles, en particulier des guérisons, et cela attirait depuis des siècles les pèlerins, qui offraient souvent des ex-voto pour remercier la mère de Dieu d'avoir intercédé auprès de Lui en leur faveur. Bon nombre de ces signes de reconnaissance ornaient à présent les murs de la chapelle. Le tableau avait dû être restauré après avoir été vandalisé par les hussites au XVe siècle, mais les lacérations parallèles sur la joue de la Vierge avaient été conservées et enduites de vermillon afin de symboliser les blessures infligées en permanence à la Pologne.

La chapelle, qu'une forte grille séparait de la nef, était pour l'heure remplie de fidèles venus chercher la consolation ou la rédemption. Beaucoup, suivant la coutume, s'avançaient vers l'icône à genoux en signe de respectueuse humilité. Même Hitler avait fait preuve de déférence envers Notre-Dame en prenant possession du monastère sans toucher à l'image, se contentant d'interdire la pratique du culte. Ce qui n'avait d'ailleurs pas empêché les Polonais de continuer à le célébrer en secret pendant toute la durée de la guerre.

Stanis se signa, et Czajkowski en fit autant. Resté très croyant, il était convaincu d'être réellement en présence de la Vierge. Il connaissait plusieurs personnes qui avaient réchappé d'affections graves après une visite à Jasna Góra. Les deux hommes se tenaient debout à l'arrière de la foule des fidèles, dans un silence absolu que seul troublait le frottement des genoux sur le sol. Non loin d'eux, une vitrine présentait une collection de cannes, béquilles et autres appareillages abandonnés par des malades repartis guéris.

Le plus probant des témoignages.

Stanis s'était mis à prier avec le plus grand recueillement. Czajkowski l'imita, adressant à la Vierge la traditionnelle supplique :

> *Je Vous salue sainte Mère de Częstochowa, pleine de grâce, de bonté et de miséricorde. Je me consacre à Vous corps et âme par mes pensées, mes paroles et mes actes. Je Vous implore de me bénir et de prier pour mon salut. Ô Mère de Dieu, je voue désormais mon existence à Vous servir, dans la joie comme dans la douleur, afin d'obtenir pour moi et mes semblables Votre bénédiction sur la terre et la vie éternelle dans les Cieux.*

Il marmonna un *amen* et espéra que cet acte de foi contribuerait à la résolution de ses problèmes, qui s'accumulaient d'heure en heure. Mais chaque minute passée dans ce sanctuaire était aussi une minute sans nouvelles d'Ivona, car l'usage des téléphones portables était interdit dans l'enceinte du monastère, y compris au président de la République. Toute communication entre eux devrait donc attendre.

Stanis termina sa prière, se signa de nouveau, puis murmura : « Suis-moi. »

Ils quittèrent la chapelle, traversèrent la somptueuse basilique et suivirent une série de passages dans les coulisses du bâtiment jusqu'à la bibliothèque. Les murs de la salle, magnifiquement décorée de lambris du plus pur baroque, étaient habillés de rayonnages, surmontés chacun d'un cartouche ornemental indiquant la nature des ouvrages qu'il contenait. Deux lourdes tables étaient disposées sur le damier de marbre du sol, leurs plateaux bien cirés couverts de marqueteries de bois aux motifs remarquables. Des manuscrits médiévaux enluminés s'alignaient par milliers sur les étagères, à l'abri dans des rangements en cuir doré. Au-dessus des lustres qui éclairaient brillamment l'ensemble, le plafond voûté était un océan de fresques éclatantes glorifiant la vie et la connaissance, au milieu desquelles était peinte une phrase réconfortante : SAPIENTIA AEDIFICAVIT SIBI DOMUM – « la sagesse s'est construit une demeure ». Une puissante odeur de vieille basane imprégnait l'atmosphère.

« Asseyons-nous », proposa Stanis.

Ils tirèrent deux chaises en bois parmi celles qui flanquaient une des tables et s'installèrent.

« Le temps est peut-être venu de débattre publiquement du protocole, dit Czajkowski. Tant d'années ont passé. Cette histoire n'a plus d'importance.

– Mais si, elle en a, contra Stanis. Nous avons prêté serment, et cela signifie quelque chose à mes yeux. Il devrait en aller de même pour toi.

– Je considère comme plus important d'être reconduit à la tête de la Pologne pour cinq ans que de respecter une promesse faite il y a vingt ans. »

Voyant la mine déconcertée de son vieil ami, il lui expliqua toute l'affaire.

« T'arrive-t-il de repenser à cette époque où nous changions le monde ? demanda Stanis après l'avoir écouté.

– Je préfère me concentrer sur l'avenir. Et cela inclut le souci de préserver la sécurité de la nation. La présence de missiles américains sur notre sol ferait de nous des cibles privilégiées pour la Russie et l'Iran. Je ne peux pas laisser faire ça. Les États-Unis veulent me forcer à choisir entre démissionner et perdre l'élection. Si mes services ne parviennent pas à stopper cette vente aux enchères, je passerai pour un traître aux yeux du pays tout entier. Seuls toi et moi savons que je n'en suis pas un.

– Mais enfin, Janusz, toute l'entreprise reposait sur le secret. C'est ce qui nous a permis de triompher. Nous ne serions arrivés à rien sans cela. »

Czajkowski comprit qu'il allait avoir du mal à le convaincre, mais il se devait d'essayer.

« Stanis, si les Américains mettent la main sur ces documents du SB, ils s'en serviront pour me contraindre à accepter leurs missiles.

– Et tu leur céderas ?

– Je me retrouverai dans une position intenable. Si je démissionne, c'est le président de la Diète qui prendra temporairement ma place, et lui autorisera sans états d'âme le déploiement de ces armes. Si je refuse, Washington fera éclater l'affaire au grand jour, et je serai taxé de déloyauté. Ce ne sont pas ces options-là qui ont ma préférence.

Stanis demeura silencieux. Jamais Czajkowski n'avait su déchiffrer ses pensées.

« Pendant la dernière guerre, les combattants de la résistance polonaise se réunissaient ici, dans cette bibliothèque, pour mettre au point leur stratégie, dit enfin le vieux sphinx. Ils s'estimaient en sécurité à l'intérieur d'un monastère et ils n'avaient pas tort. Ces femmes et ces hommes courageux causèrent d'importants dommages aux Allemands. Ils parvinrent à désorganiser leur approvisionnement, à transmettre des renseignements militaires aux cobelligérants, et sauvèrent plus de Juifs que n'importe quel gouvernement allié. Ces gens faisaient partie du fameux État polonais clandestin dont nous nous sommes faits les héritiers quand nous sommes entrés en lutte contre les Soviétiques.

– Des héros dont nous commémorons les sacrifices chaque année le 27 septembre, c'est vrai, mais les nazis et les Soviétiques ne sont plus là. Nos ennemis d'aujourd'hui sont bien différents. Ils se prétendent souvent nos amis. Le monde n'est plus le même. Alors, je te le répète, Stanis, j'ai besoin de ton aide.

– Je voudrais te montrer quelque chose. »

Stanis se leva pour aller prendre sur une étagère une des hautes boîtes en cuir dont il sortit un vieux volume.

« Ceci est le premier tome d'un ouvrage intitulé *Miraculorum Beate Virginia Monasterii Czestochoviensis*, une compilation de quatre cent quatre-vingt-dix-huit miracles attribués à la Vierge entre 1402 et 1642.

– On en dressait la liste ? s'exclama Czajkowski, stupéfait.

– Oh, oui. Les moines paulins étaient très minutieux. Ils notaient à la main la description de chaque miracle avec des détails sur les circonstances de sa survenue et les noms des témoins présents. Il subsiste deux registres manuscrits et cinq imprimés qui répertorient les miracles sur une période de quatre cents ans. Impossible de déterminer si ces récits sont sincères ou non. Tout ce que nous savons, c'est qu'ils existent.

– J'imagine que tu veux en venir quelque part.

– En effet, répondit Stanis en souriant. Moi aussi, je possède un inventaire de ce genre… concernant le protocole de Varsovie. »

44

Cotton regarda le grand écran sur lequel s'était affichée la photo d'un document manuscrit. L'écriture, appuyée, était masculine, le texte entièrement en polonais. Au bas de la page figurait une signature, un peu maculée, mais lisible.

Janusz Czajkowski.

Et une date : 9 août 1982.

« Comme vous pouvez le voir, il y a un sceau dans le coin inférieur gauche, dit Olivier. C'est celui qu'a utilisé le Służba Bezpieczeństwa à partir des années 1970 et jusqu'en 1989 pour certifier ses archives. Il existe des centaines de milliers de documents émanant du SB qui portent le même. Beaucoup se trouvent à l'Institut de la mémoire nationale. Les pièces dont nous parlons aujourd'hui proviennent d'un ex-major du SB, un dénommé Aleksy Dilecki, qui avait recruté comme informateur un jeune militant de Solidarność, Janusz Czajkowski. Vous avez une copie de la feuille présentée à l'écran dans la liasse qui se trouve devant vous. Si vous voulez bien l'examiner de plus près… »

« Vous lisez le polonais ? demanda Cotton à Bunch, qui tendait déjà la main vers le document.

– Bien sûr que non. Si ce n'est pas de l'anglais, ça ne m'intéresse pas. »

Évidemment : à question idiote, réponse idiote.

Grâce à sa mémoire absolue, un avantage qu'il tenait de sa lignée paternelle, Cotton avait un don pour les langues.

Mais le polonais ne faisait pas partie de celles qu'il avait apprises.

« Pour ceux d'entre vous qui ne comprennent pas le texte, reprit Olivier, j'ai adjoint une traduction dans vos langues respectives que vous trouverez sur le feuillet suivant. »

Plus rapide que Bunch, Cotton s'empara de la page en anglais, qu'ils lurent ensemble.

« Ce document stipule que Janusz Czajkowski accepte de servir comme informateur et de fournir au SB des renseignements fiables et utiles. Pourquoi officialiser la pratique en constituant ce genre d'archives, me demanderez-vous ? Tout simplement pour s'assurer de la parfaite loyauté de l'indicateur. À l'époque, espionner pour le compte de la sécurité d'État était peut-être le pire crime qu'un Polonais puisse commettre. Il aurait suffi au SB de divulguer ce document pour discréditer le signataire. Les informateurs avaient une peur bleue qu'on lève leur masque, car cela entraînait des réactions des deux côtés. Ils faisaient donc ce qu'on attendait d'eux, principalement pour ne pas être livrés à la vindicte publique... Vous pouvez également constater que Czajkowski se voit ici attribuer un nom de code par lequel il devra être désigné par la suite. Un vocable peu flatteur : *Baran* – le mouton. »

Cotton étudia l'écriture de la copie en polonais.

« La signature a été authentifiée, continua Olivier. Trois experts de renommée mondiale engagés par moi ont comparé le lot de documents auquel celui-ci appartient avec cent quarante-deux autres que j'ai pu me procurer, rédigés ou signés par Czajkowski entre 1987 et l'an dernier. Parmi eux, une ancienne carte d'identité, un permis de conduire, le certificat d'immatriculation d'un véhicule, des papiers datant de la période où il était député, d'autres relatifs à l'achat de terres et d'une maison, des dossiers provenant des services administratifs de deux entreprises où il a travaillé, d'autres encore concernant les cinq années passées et qui étaient conservés au sein du cabinet présidentiel, enfin des demandes de renouvellement de passeport. Les conclusions des graphologues vous seront fournies. Tous se sont accordés pour affirmer sans réserve que les documents mis en vente aujourd'hui sont effectivement de la main de Czajkowski.

– Et si vos experts se trompent ? intervint l'un des Français. S'il s'agit de faux ?

– Croyez-moi, je n'ai aucune intention de vous vendre des faux. Ni un "chat en poche", pour reprendre l'expression de M. Bunch. S'il est prouvé dans les deux semaines à venir que certaines de ces pièces sont des contrefaçons, je vous rembourserai. Une fois cette échéance passée, elles seront la propriété pleine et entière de l'acquéreur. Il me semble qu'un délai de quinze jours est largement suffisant pour en vérifier l'authenticité. Que souhaitez-vous de plus en matière de garantie ?

– Mais vous aurez déjà touché l'argent, objecta l'un des Iraniens.

– C'est vrai. Mais je suis conscient que vous tous ici avez les moyens de me retrouver en l'espace de quelques heures. Cela incite à la prudence. »

Malin, le bonhomme, songea Cotton, d'aborder ainsi de front le problème de la crédibilité tout en reconnaissant la supériorité des enchérisseurs. Tous les participants semblèrent se satisfaire de la modestie d'Olivier et des modalités qu'il proposait.

« La liasse que vous avez devant vous comprend d'autres échantillons extraits du lot mis en vente aujourd'hui, reprit Olivier. Vous aurez le loisir d'en prendre connaissance dans un instant. J'y ai ajouté un inventaire qui vous donnera un aperçu de ce que contient ce lot. »

Cotton parcourut la liste.

1 engagement manuscrit à coopérer avec le service de sécurité, daté du 9 août 1982.

37 accusés de réception concernant des transferts d'argent effectués par des agents du service de sécurité en échange d'informations entre le 12 août 1982 et le

29 juin 1989, pour un montant total de onze mille sept cents złotys.

49 rapports manuscrits établis par un collaborateur anonyme et signés du nom de code « Baran ».

18 rapports ne portant ni nom de code ni signature, mais établis par un collaborateur anonyme dont l'écriture est indiscutablement celle de Janusz Czajkowski.

26 rapports manuscrits établis par un collaborateur anonyme, préparés par Janusz Czajkowski (nom de code *Baran*) selon les directives de son officier traitant (Aleksy Dilecki).

5 rapports manuscrits comportant un total de trente-quatre pages, préparés par l'officier traitant (Aleksy Dilecki) et portant le nom de code « Baran ».

11 rapports préparés par le collaborateur anonyme, établis et signés « Baran » par l'officier traitant (Aleksy Dilecki).

Cent quarante-sept feuillets. Un peu trop nombreux pour que Czajkowski puisse en nier l'authenticité. Une authenticité que semblaient par ailleurs accréditer la confiance d'Olivier dans ses experts et sa promesse de remboursement, gagée, de surcroît, sur sa propre vie.

« Il m'a convaincu », chuchota Bunch.

Le contraire aurait été étonnant.

« Dans la société polonaise d'aujourd'hui, être catalogué comme ancien informateur communiste est tout aussi stigmatisant qu'autrefois, dit Olivier. Peut-être même plus. Mais que le président de la République lui-même puisse être affublé d'une telle étiquette est tout bonnement impensable. Regardez ce qui est arrivé à Lech Wałęsa. Des documents ont fait surface montrant que lui aussi avait peut-être été un indicateur. Alors même que leur authenticité était avérée par des graphologues, Wałęsa affirmait qu'ils avaient été créés de toutes pièces par les communistes pour le déconsidérer. La justice a fini par le déclarer innocent, mais la puanteur lui collait à la peau. Au bout du compte, il a concédé avoir signé les documents, mais uniquement dans le but de duper le SB et d'en apprendre le plus possible sur ce service… Où est la vérité ? Qui le sait ? La seule certitude, c'est que la tache est toujours là. Dans le cas qui nous occupe, les choses sont beaucoup plus claires. Czajkowski n'était qu'un Polonais parmi les millions qui adhérèrent à Solidarność dans les années 1980. Ce n'était pas un Lech Wałęsa. Il ne serait venu à l'idée de personne de fabriquer des faux pour nuire à sa réputation.

– À moins qu'il ne s'agisse de falsifications plus récentes, lança un des représentants chinois.

– Si c'est le cas, il ne sera pas compliqué de démonter la supercherie. Selon mes experts, les originaux que vous allez acheter datent des années 1980. Tout concorde pour le prouver : le papier, l'encre… L'officier traitant de Czajkowski au SB avait en sa possession de nombreux dossiers relatifs à divers informateurs. Celui de Czajkowski n'était que l'un d'eux. J'ai moi-même inspecté la cache où cet homme les conservait.

– Il vit encore, cet officier ? s'enquit un des Russes.

– Il est mort depuis longtemps. Mais ses archives ont survécu. Deux classeurs de bureau remplis de papiers. Un tiroir, surtout, était intéressant. Il contenait des documents ayant trait à des gens que le major du SB avait bien connus et qui avaient acquis une notoriété à partir des années 1990. Il les avait mis à part. L'un d'eux concernait un jeune militant de Solidarność nommé Janusz Czajkowski, qui a depuis fait son chemin. »

Olivier se tut, laissant à tous le temps de mesurer la portée de ses paroles. Bunch semblait emballé par les perspectives qu'il entrevoyait.

Cotton, lui, restait préoccupé.

Un chantage ne menait jamais à rien de bon.

45

Czajkowski dévisagea son vieil ami. Avait-il bien entendu ?

« Tu possèdes des archives du protocole ?

– J'étais conscient du fait que les historiens pourraient un jour avoir besoin de preuves. Quand aucun de nous ne serait plus là. »

Grâce soit rendue aux troubles obsessionnels compulsifs qui faisaient de Stanis un si brillant agent du renseignement ! Même si ce dernier détestait qu'on le désigne par ces termes. Il avait toujours préféré *Sowa*, le sobriquet qu'utilisait en privé Lech Wałęsa, avec un air entendu, quand il parlait de lui.

« On peut encore t'appeler le Hibou ? »

Stanis acquiesça en souriant.

« Solitaire, nocturne, œil perçant, ouïe incroyablement fine et serres acérées. Tout moi. Mais j'ai cessé de faire la chasse aux faiblesses des gens. Dieu merci, ceux à qui nous avions affaire à l'époque ne manquaient pas de défauts exploitables.

– Et où sont-elles, ces archives du protocole de Varsovie ?

– En lieu sûr.

– Écoute, au moment où nous parlons se tient une vente aux enchères où des documents cent pour cent authentiques sont proposés à la vente à des étrangers qui ne demandent qu'à s'en servir pour me faire chanter. Si on en arrive là, je n'aurai que deux options : céder à leurs menaces ou perdre tout crédit aux yeux du public. Je pourrais même être jugé pour crimes contre la paix et l'humanité par la Commission pour la poursuite des crimes contre la nation polonaise. Car ce que nous avons fait est indéniablement de cet ordre. Et je dis bien "ce que *nous* avons fait". Bon nombre des gens concernés par notre action sont encore en vie. Autant d'hommes et de femmes qui pourraient témoigner contre nous.

– Tu n'es pas le premier à faire cette démarche. Wałęsa est venu me voir avec la même requête que toi pour résoudre ses propres problèmes.

– Pourquoi aurait-il fait une chose pareille ? demanda Czajkowski, surpris.

– C'est tout simple, monsieur le président. C'est lui qui m'a chargé de gérer le protocole de Varsovie. Il a aussi été le premier à y participer. »

La surprise de Czajkowski fit place à la stupéfaction.

L'idée de base du protocole n'avait rien de compliqué : retourner les informateurs du SB pour en faire des taupes. Pas tous, bien sûr, il y en avait trop, mais un nombre suffisant pour causer des ravages – un petit contingent d'hommes et de femmes qui remettaient régulièrement leurs rapports à leurs officiers traitants, sauf que ces rapports étaient l'œuvre de Stanis. Certains de ceux-ci, anecdotiques et inoffensifs, étaient destinés à entretenir la confiance du SB à l'égard de ces indics ; d'autres, délibérément mensongers, envoyaient le service sur de fausses pistes, engendrant un gaspillage de temps et de ressources.

Puis le programme avait pris une orientation plus sombre.

L'instauration de la loi martiale avait radicalement modifié la donne. L'espoir que les choses étaient en train de changer, que Solidarność marquait des points, avait été réduit à néant par la politique répressive du gouvernement, qui avait écrasé toute contestation et obligé le mouvement pour la liberté à entrer dans la clandestinité. Arrestations et emprisonnements se chiffraient par milliers, et par centaines de milliers le nombre de personnes qui fuyaient le pays. Le SB, investi de nouveaux pouvoirs, s'ingéniait à monter les Polonais les uns contre les autres.

Il y avait des espions partout.

Et Stanis avait imaginé une façon de se débarrasser d'eux.

Il avait utilisé ses « agents doubles » pour dresser le SB contre les informateurs restés loyaux au service. Une méthode radicale pour faire le ménage chez l'ennemi. Et cela avait fonctionné. Des dénonciateurs, certains d'être protégés par l'accord qu'ils avaient passé avec les autorités, avaient commencé à disparaître du jour au lendemain sans laisser de traces. Ils étaient probablement en train de se décomposer dans des tombes anonymes quelque part, abattus par le SB, qui avait cru à leur duplicité. Les communistes n'avaient jamais toléré les traîtres.

Grâce au protocole de Varsovie, qui mettait Solidarność en partie à l'abri des regards indiscrets de l'État, le syndicat avait pu continuer à fonctionner. Le dispositif avait-il été efficace à cent pour cent ? Sûrement pas. Mais il l'avait été suffisamment pour assurer la survie du mouvement.

Et Wałęsa lui-même avait eu l'idée ?

« Qu'est-ce que tu me racontes ? demanda Czajkowski, incrédule. Wałęsa était pour quelque chose là-dedans ?

– Il a été recruté comme informateur dans les années 1970. Bien sûr, à ce moment-là, il n'était qu'un jeune électricien employé au chantier naval de Gdańsk. Obscur, mais pugnace. Il détestait les communistes et ce qu'ils avaient fait à la Pologne. Comme il voulait en savoir plus sur leur compte, il s'est laissé enrôler. Cette expérience lui a appris beaucoup de choses qu'il a pu mettre à profit quelques années plus tard, quand il a pris avec d'autres la tête de la rébellion. »

Au moment du tapage soulevé par la révélation de sa prétendue complicité avec le pouvoir, Wałęsa avait commencé par se taire, avant de soutenir qu'il n'avait jamais été un agent à la solde du SB ni espionné qui que ce soit, et qu'il était en mesure d'en apporter la preuve devant un tribunal. Il avait aussi affirmé avec force que, s'il lui était donné d'avoir une seconde vie, il la vivrait exactement comme la première.

Son attitude se comprenait mieux, à présent.

« Wałęsa s'est assis avec moi à cette même table, continua Stanis. Il voulait que je témoigne de son innocence devant ses juges. Il connaissait l'existence de mes archives concernant le protocole et m'a demandé de les rendre publiques. J'ai refusé.

– Ça lui a valu un lynchage en règle.

– C'est vrai. Mais il a survécu. Comme tu survivras, toi aussi.

– Les situations ne sont pas comparables. Wałęsa n'avait pas d'électorat à convaincre. Et la sécurité du pays n'était pas en jeu. Ces missiles feraient de nous des cibles dans le collimateur de Moscou. Ils menaceraient notre existence même. Nous ne serions plus libres de choisir notre camp entre Est et Ouest. Mes opposants me cloueront au pilori si ces documents sont rendus publics. Et les plus faibles feront ensuite des courbettes aux Américains.

– Tu ne fais guère confiance à notre système politique, on dirait.

– Aucune. Je ne crois qu'en moi.

– Tu as toujours été le plus coriace de nous tous, dit Stanis avec un sourire et une gentillesse que Czajkowski apprécia. Je l'ai compris dès notre première rencontre, et tu n'as fait que confirmer mon impression par la suite. Tu ne lâchais rien. Je suis désolé de te voir dans cette situation. Sincèrement. Mais ça ne change rien à l'affaire. »

En effet.

« Je suis parti de l'idée de Wałęsa et je l'ai amplifiée. D'une personne, je suis passé à plusieurs centaines, puis à plus d'un millier. De cette façon, nous avons pu non seulement étudier nos ennemis de près, mais aussi les induire en erreur, ce qui n'était pas bien compliqué, étant donné les imprudences que leur bêtise et leur affolement leur faisaient commettre. Alors, oui, des Polonais ont perdu la vie dans cet affrontement. Cependant je n'en éprouve aucun regret. Nous devions nous débarrasser des traîtres, et quel meilleur moyen d'y arriver qu'en amenant le régime à éliminer ses propres collaborateurs ? Mais nos actions d'alors doivent rester secrètes. Révéler quoi que ce soit maintenant ne ferait que salir ce que nous avons accompli.

– Moi non plus, je ne regrette rien, assura Czajkowski. Ces gens avaient choisi leur destin en acceptant d'espionner leurs voisins.

– Tu viens de prononcer les mots mêmes qu'a employés Wałęsa. Et à présent je vais te dire la même chose qu'à lui. J'ai juré sur la Bible, devant Dieu, d'emporter ce secret dans la tombe. J'ai constitué des archives dans l'unique but d'aider les générations futures à faire la lumière sur cette période de l'histoire, si nécessaire. Il n'existe nul besoin de faire la lumière sur ce qui est arrivé à Wałęsa, ou sur ce qui t'arrive à toi maintenant. Ce n'est pas mon problème. »

Czajkowski repoussa brutalement sa chaise et se leva.

« Pas ton problème ? s'écria-t-il, laissant libre cours à sa colère. Alors que tu nous as intégrés de force à ton projet, moi et tous les autres, sans nous laisser le moindre choix ? Combien de personnes aurais-tu pu recruter sans mon aide ? Nous coopérions tous avec toi pour nous racheter à nos propres yeux de notre faiblesse face au SB. Nous avions fini par nous convaincre que nous faisions le bien en jouant double jeu. Et c'était le cas, Stanis ! » Il hurlait presque à présent. « Notre action a contribué à la victoire. Nous avons fait tomber un régime, chassé les communistes et donné à toute l'Europe de l'Est le courage de suivre notre exemple. Nous avons changé le monde ! »

Il se tut, laissant à Stanis le temps de digérer sa diatribe. Le prélat en robe blanche restait de marbre.

« Cela n'efface pas l'engagement que nous avons tous pris, murmura enfin celui-ci.

– Je peux tout rendre public, tu sais. Y compris le rôle que tu as joué.

– Tu le peux, en effet, admit Stanis en le regardant dans les yeux. Mais cela ne lavera pas la tache dont tu es marqué.

– Et alors ? Perdu pour perdu… D'ailleurs, je te rappelle qu'il y a encore des gens vivants parmi ceux qui étaient impliqués. Eux aussi peuvent faire des révélations.

– Ils ne consentiront jamais à avouer qu'ils ont été des informateurs, et encore moins des agents doubles. Aucun d'eux n'a envie de se replonger là-dedans. Pourquoi le feraient-ils ? Et s'ils décidaient de témoigner, tout reposerait sur leur parole, puisqu'il n'y a pas de preuves. Non, tu devras faire face tout seul, Janusz. Comme Wałęsa en son temps. Sois aussi fort qu'il l'a été.

– Si je n'agis pas, non seulement je suis fichu, mais les missiles étrangers proliféreront dans toute la Pologne, et nous serons la première cible que Moscou détruira en cas d'escalade. Nous ne serons plus que les pantins des Américains, dont nous serons tributaires pour notre sécurité, notre existence même. L'histoire a montré que tout le monde se moque pas mal de ce qui peut arriver à la Pologne, mais moi je ne m'en moque pas.

– Console-toi en te disant que tu connais la vérité. Que nous avons fait le nécessaire pour transformer le monde. À vrai dire, c'est grâce à nos initiatives passées que tu occupes les fonctions qui sont les tiennes. C'était une époque héroïque, monsieur le président. Héroïque. »

Czajkowski se dirigea vers la sortie.

Il avait perdu son temps.

Comme il atteignait la porte, il se tourna vers Stanis pour lâcher avec une rage froide :

« L'héroïsme dont tu parles, tout le monde s'en fout aujourd'hui. Il n'a de valeur que dans l'esprit du pitoyable poltron qui se cache derrière les murs de ce couvent. »

Et il quitta les lieux.

46

Cotton s'expliquait mieux, à présent, l'effervescence qui régnait autour de l'affaire. Jonty Olivier avait réussi, Dieu savait comment, à se procurer cent quarante-sept documents, de la main de Czajkowski pour la plupart, d'où il ressortait que le président polonais avait été un informateur au service des communistes. Du lourd, à n'en pas douter.

« Le président Fox va adorer, chuchota Bunch. Il y a là tout ce qu'il faut pour pouvoir imposer nos missiles.

– Et vous pensez que les Polonais vont dire amen ? Qu'ils vous donneront ce que vous voulez sans résister ?

– Soyez un peu réaliste, Malone ! Que peuvent-ils faire ? Si Czajkowski veut rester président, il collaborera avec nous. C'est aussi simple que ça. »

Ah bon ?

C'était oublier un peu vite le caractère bien trempé des Polonais, qui avaient survécu coup sur coup au nazisme, puis au communisme. Maintenant qu'ils avaient recouvré leur indépendance, ils n'allaient sûrement pas se la laisser confisquer de nouveau sans combattre. Cotton était en proie à un dilemme : son devoir était de servir son pays, mais qu'en était-il quand celui-ci commettait une erreur monumentale ?

« Avez-vous des questions ? s'enquit Olivier, toujours debout devant l'auditoire.

– Repartirons-nous d'ici avec les documents aujourd'hui même ? demanda un des Français. Vous avez insisté sur le fait que le paiement doit être exécuté et vérifié immédiatement. Mais quand nous donnerez-vous ce que nous aurons acheté ?

– Les documents ne sont pas ici. Je les ai mis en sûreté dans un lieu peu accessible. Je suis certain que vous comprenez ma prudence. Personne d'autre que moi ne connaît l'emplacement de la cachette. Mais, encore une fois, vous disposez tous des ressources qui vous permettront de récupérer votre lot sans difficulté. Dès la conclusion de ces enchères, j'informerai mon assistant, Vic DiGenti, de l'endroit où se trouve le dossier, et, si vous le souhaitez, il pourra vous y conduire. J'espère que vous verrez dans ce geste une nouvelle preuve de ma bonne foi.

– Et de votre méfiance à notre égard, ajouta un des Russes.

– Pourquoi la confiance serait-elle de mise ? répliqua Olivier. Vous êtes tous ici pour des raisons différentes, opposées pour la plupart. Et il ne m'échappe pas qu'aucun de vous ne s'interdirait de recourir à la violence pour obtenir ce qu'il désire. Donc, non, je ne fais confiance à personne ici. Et je suis sûr que la réciproque est vraie. Ce n'est pas de confiance qu'il s'agit dans l'affaire qui nous intéresse, mais de pouvoir.

– Et surtout de chantage et de coercition, lança Cotton.

– Je ne le nierai pas, répondit Olivier. La pratique est détestable, j'en conviens.

– Mais profitable, railla Cotton.

– Certainement. C'est du moins ce que j'espère. »

Olivier écarta les bras en un geste d'invite, et tous le regardèrent en silence, attendant la suite.

« Et maintenant, messieurs, je vous propose de commencer. »

Assis à l'arrière de la voiture, dont ses gardes du corps occupaient les sièges avant, Czajkowski peinait à se remettre de son entrevue avec son ex-patron. Stanis avait toujours été un dur à cuire, difficile à percer à jour, et encore plus à aimer. Mais, par sa nature même, son travail exigeait qu'il garde ses distances. Seules quelques-unes de ses recrues étaient parvenues à se rapprocher de lui, et Czajkowski avait cru en faire partie. Combien de « contre-informateurs » avait-il personnellement enrôlés pour Stanis ? Cinquante ? Plutôt une centaine. Des gens qui avaient risqué leur vie. Qui étaient allés jusqu'à la sacrifier, parfois. Volontairement pour certains, involontairement pour d'autres. Et tout cela referait surface si le protocole était révélé au grand jour. Le pire comme le meilleur. Comment le public réagirait-il ? Lui-même ferait-il l'objet de poursuites ? S'était-il rendu coupable de crimes contre la paix et l'humanité en agissant comme il l'avait fait ? Qui pouvait le dire ? Ces incertitudes le perturbaient.

Son téléphone portable vibra. Il le prit et regarda l'écran : Ivona.

« J'espère que tu as de bonnes nouvelles, dit-il dès qu'il eut décroché.

– La balise a fonctionné, annonça-t-elle. La vente se tient au château de Sturney, en territoire slovaque. Pas très loin d'ici. »

Seulement quelques dizaines de kilomètres, en effet.

« Où es-tu ?

– Dans les bois, à cinq cents mètres de la propriété. J'ai vu trois voitures y entrer, toutes identiques à celle qui a amené Cotton et Bunch.

– Et d'après toi Malone savait que tu le suivrais ?

– Aucun doute là-dessus. Les gens qui ont transporté Cotton et Bunch jusqu'au château ont sûrement pris toutes leurs précautions pour ne pas être filés. Si le traceur a continué à fonctionner, c'est que Cotton a fait en sorte que ce soit le cas. J'ai pu les pister à distance. Maintenant, il faut que je trouve un moyen de pénétrer dans les lieux sans me faire repérer.

– Et que feras-tu une fois à l'intérieur ?

– J'improviserai.

– Surtout, sois prudente.

– On dirait que tu te fais du souci pour moi.

– Tu ne te trompes pas.

– Je suis ravie de l'entendre, assura-t-elle, un sourire dans la voix. Je te rappelle dès que j'ai du nouveau. »

La communication prit fin.

L'idée effleura Czajkowski d'ordonner l'arrestation du père Stanisław « Stanis » Orlik ainsi qu'une recherche systématique des preuves qu'il prétendait détenir. Et pourquoi ne pas le faire attacher nu sur un tabouret ? Il s'en voulut aussitôt d'avoir eu une telle pensée. Était-elle le fruit du désespoir ? Ou d'autre chose ? Mais quoi ? Ce genre de réaction épidermique était digne des communistes d'antan, pas d'un président dûment élu de la république de Pologne, chargé de promouvoir le mieux-être de ses concitoyens. Il était là pour prendre des décisions réfléchies, éclairées, de nature à favoriser le bien commun. Sauf qu'il avait du mal à considérer cette histoire comme autre chose qu'une affaire personnelle, puisque lui seul était visé.

« Voulez-vous qu'on vous dépose à Jean-Paul II ? » demanda un des agents de sécurité.

Ils filaient vers le sud sur la route de Cracovie, qui passait par l'aéroport. Mais il ne pouvait pas rentrer à Varsovie. Pas encore.

« Non. Reconduisez-moi à l'hôtel, je vous prie. »

47

Eli Reinhardt, debout dans l'embrasure de la porte de sa chambre, écoutait ce qui se passait en bas dans la grande salle, par-delà la balustrade de la mezzanine. Les choses sérieuses étaient apparemment sur le point de commencer.

« Tu es prêt ? » demanda-t-il à Munoz.

Son associé acquiesça et se dirigea vers le lit. Un sac en toile noire Louis Vuitton était posé sur la courtepointe tissée. Ils l'avaient avec eux en arrivant au château, la veille au soir. Olivier, très accommodant, n'avait pas ordonné qu'on les fouille. Tout à fait ce qu'Eli Reinhardt avait escompté, espérant qu'Olivier serait soucieux de ne pas le froisser après son offre alléchante, pour sceller leur « partenariat », de lui concéder la moitié des gains générés par les archives « Varsovie », sans rien exiger d'autre que le versement cash d'une somme relativement modeste afin d'autoriser la tenue de la vente aujourd'hui. Bien sûr, vingt millions d'euros pouvaient difficilement être qualifiés de « somme modeste », mais il devait se conformer un tant soit peu à sa réputation d'opportuniste s'il voulait être crédible. Résultat, il se trouvait à présent exactement à l'endroit souhaité.

Il prêta l'oreille. En bas, Olivier venait de lancer les enchères. « Cinquante millions d'euros », entendit-il. Puis soixante. Soixante-dix.

« Art, dit Reinhardt, il faut que nous nous occupions de M. DiGenti maintenant, pendant que la vente bat son plein. »

Munoz sortit du sac de voyage deux pistolets-mitrailleurs Uzi équipés de chargeurs rallongés quarante coups. Une arme de la vieille école, mais à l'efficacité éprouvée. Il les posa sur le lit avant d'extraire du bagage deux pistolets à canon court munis de silencieux. Reinhardt prit un oreiller qu'il donna à Munoz. Puis ils se glissèrent hors de la chambre en prenant soin de rester collés au mur de la galerie, à trois mètres de la balustrade, pour ne pas être vus de la salle. À l'extrémité de la mezzanine, ils s'engagèrent dans un couloir qui menait dans les entrailles de la demeure. DiGenti était terré dans une pièce de l'étage transformée en poste de commande improvisé où, pendant la durée de la vente, il gardait un œil sur les images transmises par les caméras filmant l'entrée principale et les abords du château. C'était là aussi qu'était installé le brouilleur interdisant toute communication avec l'extérieur dans les deux sens. Seul échappait au cryptage un ordinateur portable connecté directement à Internet : il servirait à vérifier la validité de l'offre finale et à transférer les fonds. Jonty Olivier s'était montré très fier de ce dispositif quand il le leur avait présenté, un peu plus tôt.

Ils s'approchèrent de la porte fermée.

Reinhardt posa une main sur la poignée et fit signe à Art de se poster sur le côté. Munoz s'exécuta, tenant son pistolet bien serré, le silencieux enfoncé dans l'oreiller. Ce qui était sur le point de se produire serait irrévocable. Irréversible. Mais Reinhardt savait dès le départ que les choses en viendraient là.

Il tourna lentement le bec-de-cane et poussa le lourd vantail. DiGenti, qui était assis devant ses écrans vidéo, bondit aussitôt de son siège, déjà prêt à dégainer l'arme qu'il portait dans un holster d'épaule. Art, sans hésiter, tira à deux reprises avec son 9 mm, envoyant au sol le petit homme sec et nerveux. Ils entrèrent, et Reinhardt referma derrière eux. Art fit de nouveau feu à travers l'oreiller, logeant une troisième balle dans la tête de DiGenti.

Ils n'avaient fait presque aucun bruit. Parfait.

Reinhardt observa les images sur les moniteurs. Chacune correspondait à une partie différente des murs d'enceinte ou de la route d'accès. On distinguait les feuilles des bouleaux et des chênes, immobiles dans le soleil de midi.

Olivier ne disposait de personne d'autre que DiGenti pour assurer sa protection à l'intérieur du château. Le personnel ainsi que les chauffeurs avaient reçu l'ordre de quitter les lieux avant le début des enchères pour que tout se déroule à l'abri des oreilles et des regards indiscrets. Une sage précaution, mais qui procurait à Reinhardt une occasion en or.

Il trouva le brouilleur et l'éteignit. Puis il envoya de son téléphone un SMS annonçant que la voie était libre.

Enfin, plein d'espoir, il alla fouiller les poches du cadavre. Olivier avait promis aux participants que DiGenti guiderait les vainqueurs jusqu'à la cachette où les attendait leur lot, ajoutant que son bras droit en ignorait encore l'emplacement.

Un mensonge, à n'en pas douter : Olivier n'aurait jamais pu tout manigancer seul. Il existait donc peut-être une note écrite indiquant ce fameux emplacement.

Il dénicha dans la poche de poitrine de DiGenti une feuille pliée sur laquelle il lut « 9 BOBOLA ». Était-ce ce qu'il cherchait ? Pas impossible. Il s'empara du papier.

« Retournons voir comment se déroule la vente, dit-il à mi-voix. Et finissons le travail. »

Cotton était épaté.

La dernière enchère, émanant des Iraniens, était de cent vingt millions d'euros. Les Français et les Chinois, qui s'étaient arrêtés à cent millions, paraissaient avoir atteint leur limite. Les Coréens du Nord, eux aussi, se taisaient depuis un moment. La bataille semblait désormais se jouer entre la Russie, l'Iran et les États-Unis, les pays les plus directement concernés.

« Cent cinquante millions ! » lança Bunch d'une voix résolue.

Mazette ! Trente millions de plus d'un seul coup !

« Cent soixante ! » contrèrent les Russes.

Olivier menait la partie avec flegme, veillant à maintenir la dynamique en évitant de trop laisser aux participants le loisir d'hésiter. Il pouvait à tout moment clore la séance, et aucun des trois concurrents encore en lice ne souhaitait une pareille conclusion. À moins d'être lui-même vainqueur, bien entendu.

« Cent soixante-quinze ! clamèrent les Iraniens.

– Deux cents millions ! ripostèrent les Russes.

– Deux cent cinquante ! » claironna Bunch.

Un quart de milliard d'euros ! Un renseignement pouvait-il avoir une telle valeur ? Si Cotton en doutait, ce n'était apparemment pas le cas de tout le monde.

« Vous savez, nous aussi avons beaucoup argent, remarqua un des Russes.

– Alors, dépensez-le ! répliqua Bunch. La proposition des États-Unis est de deux cent cinquante millions.

– Trois cents millions ! dit l'autre, bravache.

– Trois cent cinquante ! repartit Bunch.

– Quatre cents ! » intervinrent les Coréens.

L'offre déstabilisa un instant l'assemblée. Cotton se demanda où la République populaire démocratique de Corée irait chercher près d'un demi-milliard d'euros. Une somme considérable pour n'importe qui.

« Quel est le problème ? chuchota-t-il à l'oreille de Bunch, constatant que personne ne surcontrait.

– C'est en train de dégénérer.

– Vous croyez ?

– Quatre cent cinquante millions », annonça tranquillement le Russe.

Quelque chose ne collait pas. Les enchères progressaient par bonds extraordinaires. Pour les uns et les autres, il ne s'agissait manifestement pas de les faire monter peu à peu, mais d'anticiper sur les adversaires en assenant des sommes astronomiques. Cotton se mit à dévisager les participants un à un avec insistance dans l'espoir de leur communiquer ses inquiétudes.

« Cinq cents millions », dit Bunch.

Dans le silence pesant qui suivit, les Russes se levèrent.

« Nous terminé, déclara le plus grand des deux. Faites venir voiture pour nous.

– Mais... je dois d'abord procéder à l'adjudication, objecta Olivier.

– Vente terminée pour nous.

– Ces messieurs seraient-ils mauvais perdants ? » ironisa Bunch.

Le Russe le fusilla du regard, puis, se tournant vers Cotton :

« Monsieur Malone, vous avez rencontré un homme à Bruges. Il a averti vous de nos intentions... »

Cotton se rappela les dernières paroles qu'avait prononcées Ivan avant de sortir son Taser : « Nous savons pas où enchères ont lieu. Mais quand nous saurons, nous agir. Vous prévenir Stéphanie Nelle que Ivan bluffe pas. »

« Nos intentions pas changé, reprit le Russe, et l'étincelle au fond de ses yeux noirs perçants ne laissait rien présager de bon. Nous attendre dehors. »

Sur ces mots, il se dirigea vers la sortie d'un pas décidé, suivi de son collègue.

« D'autres propositions ? » demanda Olivier.

Personne ne répondit.

« Dernière chance », insista-t-il.

Silence.

« Très bien. En ce cas, je déclare les États-Unis vainqueurs.

– La vache, Malone ! s'exclama Bunch. On a réussi ! »

Réussi ? Restait à savoir quoi.

Reinhardt, sur le pas de la porte de sa chambre, n'avait pas perdu une miette de ce qui se passait en bas. Un demi-milliard d'euros ! Olivier devait être aux anges.

Tandis que les discussions reprenaient dans la grande salle maintenant que le lot avait été adjugé, les délégués russes qui venaient de quitter les lieux apparurent en haut de l'escalier. Reinhardt leur fit signe d'attendre hors de vue. Munoz et lui allèrent chercher chacun un Uzi sur le lit, puis, veillant à se déplacer discrètement et bien en retrait de la balustrade, ils rejoignirent les deux hommes au bout de la mezzanine, où ils leur remirent les armes.

Les Russes s'avancèrent alors jusqu'au garde-corps.

Et ils ouvrirent le feu.

48

Czajkowski pénétra dans le Sheraton par une entrée dérobée que l'hôtel avait réservée à son usage exclusif. Deux membres du service de sécurité de l'établissement qui montaient la garde avaient ouvert la porte métallique à son approche. Il prenait un risque considérable en s'attardant à Cracovie. Sa coalition gouvernementale menaçait ruine. Il ne se passait pratiquement pas un jour sans qu'une de ses composantes n'exprime une exigence quelconque. Son travail consistait à ménager tout le monde. Or son chef de cabinet l'avait averti que son absence soulevait déjà des questions. Il avait répondu qu'il s'employait à consolider sa position dans la voïvodie de Petite-Pologne dans la perspective de l'élection qui se profilait. Ce qui, somme toute, n'était pas totalement faux. Cela lui procurerait un répit supplémentaire de quelques heures. Un délai suffisant, puisque cette histoire serait de toute façon très bientôt terminée, quelle qu'en soit l'issue.

Il prit l'ascenseur et se dirigea vers la suite royale Wawel, les deux agents du BOR sur les talons. Une fois à l'intérieur, enfin seul, il pourrait parler avec Ivona sans témoins si elle téléphonait. Il était presque 13 heures. Que se passait-il au château de Sturney ? Savoir son avenir à la merci d'étrangers en train d'enchérir les uns sur les autres pour s'approprier le moyen de le détruire avait quelque chose de terrifiant. Chassant de son esprit ces considérations déprimantes, il pénétra dans la suite et, n'y tenant plus, appela Ivona de son portable.

« Je n'ai pas beaucoup de temps, dit-elle. Je suis dans le château.

– Que se passe-t-il ?

– Ça se gâte. Une voiture est arrivée il y a quelques minutes. Je n'ai pas vu qui elle transportait, mais j'en ai profité pour entrer à pied dans son sillage.

– As-tu pu assister à la vente ?

– Pas encore. Je m'apprêtais à m'y rendre. »

Il entendit en arrière-fond sonore un tac-tac-tac caractéristique. Puis un autre.

« Des rafales ? demanda-t-il.

– Il faut que j'y aille. »

Olivier passa en un instant des sommets d'euphorie où l'avait propulsé la perspective d'un profit fabuleux, prélude à un avenir radieux, au sentiment épouvantable que sa dernière heure était peut-être arrivée.

Des coups de feu. Dans la mezzanine. Une rafale arrosa le grand hall dans un vacarme assourdissant.

Levant les yeux, il vit les deux Russes qui venaient de sortir en train de tirer dans la salle avec des armes automatiques. Les hommes encore présents bondirent de leurs chaises en se dispersant, mais ils furent fauchés l'un après l'autre avant d'avoir pu se mettre à couvert. Les deux Chinois tressautèrent un moment sous les chocs répétés, tels des danseurs hystériques, puis s'abattirent à plat ventre sur le sol dallé. Les Français et les Iraniens subirent le même sort.

Indécis, l'estomac retourné par la panique, Olivier était comme paralysé. Courir semblait un mauvais choix. Mais il ne pouvait pas rester là. La peur lui serrait la gorge. Il haletait.

Il se laissa tomber derrière le grand écran de télévision sur son support de bois, espérant avoir trouvé un abri.

Cotton réagit avec les réflexes d'un homme aguerri de longue date à ce genre de situation. Il se leva comme mû par un ressort tout en empoignant Tom Bunch. Ils étaient au milieu de la salle, bien en vue, à quinze mètres au moins de l'angle mort le plus proche. Il entraîna Bunch vers la droite dans l'intention de se replier sous la galerie.

Mais Bunch résista et se dégagea.

« Olivier ! Il faut récupérer Olivier ! »

Deux détonations retentirent. Provenant d'une autre arme. Un pistolet. Cela fit taire momentanément les Uzi.

Cotton regarda sur sa droite et vit Ivona entrer au pas de course dans la salle tout en faisant feu en direction de la mezzanine. Mettant aussitôt à profit les précieuses secondes qu'elle lui offrait, il partit en sprintant sur sa gauche, se jeta sous un des arcs qui soutenaient la galerie et se retrouva hors d'atteinte. Le mitraillage reprit. Les deux participants nord-coréens tombèrent. Bunch, comme un idiot, s'avançait vers l'endroit, maintenant désert, où s'était tenu Olivier.

Risquant un œil hors de sa cachette, Cotton aperçut les tireurs. Les deux envoyés russes. Debout derrière la balustrade, ils pointaient leurs armes vers la salle.

« Halte ! » cria l'un d'eux.

Bunch s'immobilisa.

Cotton entendit les Russes éjecter les chargeurs vides de leurs Uzi, puis en insérer de nouveaux. Tous les autres délégués qui avaient pris part à la vente gisaient dans des mares de sang qui s'élargissaient peu à peu. Morts. Seuls

Bunch et lui étaient indemnes. Ainsi que Jonty Olivier, qu'il apercevait maintenant tapi derrière l'écran géant. Ivona était elle aussi sous la galerie, mais du côté opposé de la salle. Les tireurs étant postés juste au-dessus d'elle, elle ne pouvait pas faire grand-chose. Sans doute pour signifier que leur vigilance était intacte, l'un d'eux lâcha en direction de Cotton une brève rafale qui écorna l'un des soutiens de l'arche sous laquelle il s'était réfugié.

Il parvint à jeter un nouveau coup d'œil en se penchant rapidement au-delà d'une colonne. Cette fois, il vit l'homme assez âgé qu'il avait remarqué en arrivant. Le type avait le regard braqué sur lui. Un autre, plus jeune, était debout à son côté. Ils tenaient tous les deux un pistolet. Il s'avisa également qu'Ivona avait disparu. Elle devait être en train de gagner l'étage pour essayer de résoudre le problème.

À lui, donc, d'occuper tout ce petit monde.

« Vous pourriez nous expliquer le sens de tout ça ? lança-t-il à la cantonade.

– Tout ça très clair », fit une voix à l'accent russe qu'il reconnut aussitôt.

Se penchant derechef, il constata la présence d'un nouveau venu derrière la balustrade.

Ivan.

Qui s'était apparemment débrouillé pour trouver le chemin du château.

« Je vous avais averti, Malone. Avec clarté. Avec insistance.

– Nous n'avons pas d'ordres à recevoir de Moscou, hurla Bunch. Ni maintenant ni jamais !

– Fermez-la, Tom, ordonna Cotton, l'appelant par son prénom dans l'espoir que le message passerait mieux. Bon, d'accord, Ivan, reprit-il, soucieux de gagner du temps pour Ivona. J'ai reçu le message cinq sur cinq. Et maintenant, on fait quoi ?

– Ça dépend d'Olivier. »

Cotton se déplaça derrière son pilier de façon à mieux distinguer Olivier et Bunch. Ils étaient à présent tous les deux debout près de l'écran, la tête levée vers la galerie. Bunch ne semblait pas rassuré.

« J'aurais dû me méfier, dit Olivier. Je savais que vous étiez une canaille.

– J'avoue que je suis plutôt content de ma petite comédie, répondit le plus âgé des deux hommes armés de pistolets.

– Qu'est-ce que vous voulez, Eli ?

– J'ai tout ce qu'il me faut. »

Une repartie de mauvais augure.

« Vous avez demandé à vos gars de renchérir jusqu'à plus soif, c'est ça, Ivan ? intervint Cotton. Comme vous saviez que tout le monde allait être éliminé, pourquoi ne pas pousser à la hausse à coups de centaines de millions d'euros ?

– Américains pensent l'argent résout tout. »

Cotton accrocha le regard de Bunch et lui fit signe de garder le silence.

« Votre président a promis Kremlin que vous ne venez pas même ici, continua Ivan. Tout ça mensonges.

– C'était nécessaire, affirma Bunch. Quand on a affaire à des gens comme vous… »

Un des Uzi cracha une courte rafale.

Le corps de Bunch se contorsionna, ballotté par les impacts. Le visage figé dans un rictus de stupéfaction, il battit des bras, essayant de garder l'équilibre, puis s'effondra sans vie sur le sol.

« Ça aussi, nécessaire », commenta Ivan.

Cotton secoua la tête et jura entre ses dents.

49

Eli Reinhardt contemplait la grande salle du haut de la mezzanine.

Raisonner comme un voyou le remplissait d'un curieux mélange de crainte et d'exaltation. Il regarda le dénommé Ivan, son mécène russe. Court sur pattes, torse puissant, cheveux poivre et sel, l'homme était mal fagoté dans un costume qui godait au niveau de la taille. L'accord qu'Eli Reinhardt avait passé avec les Russes prévoyait non seulement qu'il introduise clandestinement des armes dans le château, mais aussi qu'il y conduise Ivan. Il avait honoré ces exigences la veille, en s'arrangeant pour que ce dernier puisse prendre en filature la voiture qui les amenait, Munoz et lui, à Sturney. Une fois de plus, Jonty Olivier avait été trop laxiste. Ensuite, après l'élimination de DiGenti, il avait informé Ivan par SMS que plus rien ne s'opposait à son entrée.

« Malone, mon ami ! cria Ivan. Nous devons parler. »

L'Américain resta caché derrière le pilier.

« Vous attendez que Ivona agir ? »

Pas de réponse.

« Ivona ! appela le Russe. Ivona ! »

Silence.

« Venez. Nous devons parler aussi. Vous pas censée être ici, vous le savez. »

Cotton entendit Ivan appeler Ivona.

Que faisait-elle ?

Il se pencha pour regarder au-delà du pilier. Dans le silence, cinq paires d'yeux hostiles le fixaient du haut de la galerie. Il se tourna vers Jonty Olivier, qui s'était de nouveau accroupi derrière le grand écran de télévision, près du corps de Bunch.

« Vous venez d'abattre un conseiller adjoint à la sécurité nationale des États-Unis, lança-t-il.

– Qui manquera à personne. Nous aussi, en Russie, beaucoup conseillers. Et encore plus qui veulent la place. Comme chez vous, non ?

– C'est un crime qui ne restera pas impuni.

– Votre nouveau président pas si dur, répondit Ivan en riant. Il croit être un dur, mais lui seulement un menteur. Vous êtes pas comme lui, Malone : vous nous connaissez. Sans votre conseiller, vous aurez écouté avertissement et vous pas venu. Ivan n'a rien contre vous. »

Cotton se demanda dans quel pétrin il s'était fourré. Manifestement, les Russes n'avaient pas proféré des menaces en l'air à Bruges, mais le massacre qu'ils venaient de commettre semblait un peu disproportionné, même selon leurs critères. Ils risquaient gros en s'en prenant à des gens qui avaient les moyens de se venger ! Et qui ne s'en priveraient pas.

En attendant, lui-même se retrouvait cul nu en plein vent et n'y pouvait pas grand-chose. Quel recours avait-il contre cinq types postés au-dessus de lui dans une mezzanine, dont deux armés d'Uzi et deux autres d'automatiques ? Une âcre odeur de cordite flottait dans la salle, mêlée à l'effluve métallique du sang.

« Sortez de votre cachette, Jonty, dit l'homme qu'Olivier avait appelé Eli. Si nous avions voulu vous tuer, vous seriez déjà mort.

– Qui êtes-vous ? demanda Cotton.

– Je m'appelle Augustus "Eli" Reinhardt, cinquième du nom. Je suis une connaissance de Jonty, mais je doute qu'il continue à me considérer comme tel. »

Olivier émergea lentement de derrière l'écran.

« Vous travaillez avec les Russes ? s'enquit Cotton.

– Bien sûr, répondit Ivan. Lui nous conduire direct ici. Nous au premier plan de cette affaire depuis début.

– Vous ne trouverez jamais ces documents, lâcha Olivier. Ils sont bien cachés, et je suis le seul à connaître leur emplacement.

– Ne commettez pas l'erreur de me sous-estimer une fois de plus », répliqua Reinhardt du tac au tac sur le ton assuré d'un homme qui sait des choses.

Le sixième sens de Cotton lui souffla que Reinhardt représentait peut-être le véritable danger, plus qu'Ivan lui-même. Olivier espérait sûrement que son secret garantirait sa survie. Et il n'avait sans doute pas tort. Mais il était à l'évidence très nerveux, comme le prouvaient le tremblement qui agitait ses mains et la palpitation d'une veine de sa tempe droite qui se gonflait à chaque pulsation cardiaque comme un gros ver bleu. Lui aussi essayait probablement d'évaluer la situation. Mais celle-ci n'avait ni queue ni tête.

Deux et deux, ici, ne faisaient ni quatre ni cinq, mais plutôt quelque chose comme huit ou neuf cents.

Surtout si l'on prenait en compte le joker.

Ivona.

Mais où était-elle ?

Jonty Olivier n'avait encore jamais éprouvé le bouillonnement d'émotions contradictoires qui affluaient en lui. C'était un cocktail troublant de fébrilité croissante, de terreur glaçante et de colère irrationnelle. L'horreur de la scène autour de lui était inexprimable. Jamais il n'avait imaginé une telle conclusion. La violence était rare dans sa branche. Mais cette fois le scénario sortait clairement de l'ordinaire. Par chance, la haine que lui inspirait Eli Reinhardt transcendait sa peur et lui insufflait de l'énergie.

« Où est Vic ? demanda-t-il.

– Mort, répondit Reinhardt. Vous êtes tout seul, Jonty.

– Il n'y avait aucune raison de faire ça. Absolument aucune.

– Parce que vous m'auriez tout cédé ? Comme ça ? Sur ma simple demande ?

– Cette affaire était la mienne, mais il a fallu que vous vous en mêliez. Et le "garde-manger", quel rôle jouait-il ? Une diversion ? Un moyen de m'appâter ?

– Exactement. Et ça a fonctionné. Vous vous êtes montré tellement conciliant ! Mais ce sont les affaires, Jonty, rien d'autre. Même si je dois dire que mon associé ici présent, M. Munoz, prend les choses plus à cœur. Lui a véritablement envie de vous tuer. »

Olivier n'en doutait pas : le Bulgare pointait son arme droit sur lui.

« Malheureusement pour lui, reprit Reinhardt, il ne peut pas le faire. Ça ne fait pas partie du contrat. »

Ce qui soulevait une question : qu'est-ce qui en faisait partie ?

* * *

Reinhardt était impressionné par le sang-froid dont faisait preuve Olivier dans la situation désespérée qui était la sienne. Les Russes lui avaient simplement demandé de les conduire jusqu'au lieu de la vente et de leur fournir des armes pour qu'ils puissent abattre tous les participants.

À l'exception de Jonty Olivier.

Étant donné la somme indécente qu'on lui offrait pour prix de ses services, il n'avait pas discuté cette disposition. Puis la chance lui avait souri en lui permettant de trouver sur DiGenti le papier plié qu'il avait à présent dans la poche. Était-ce la clé qui le mènerait au dossier compromettant caché par Olivier ? Il avait bien l'intention de s'en assurer dès qu'il quitterait le château.

Pour être franc, les Russes le mettaient mal à l'aise. Tous les Slaves le mettaient mal à l'aise. C'était une engeance imprévisible, aux motivations le plus souvent impossibles à cerner. Pour le reste, généralement cultivés, ils appréciaient le théâtre, l'opéra, les concerts et le ballet. Il savait depuis longtemps qu'un individu, si puissant soit-il, n'était pas grand-chose sans une famille, des amis et des accointances. Il fallait avoir des relations pour agir concrètement. Les Russes l'avaient bien compris, c'est pourquoi ils étaient toujours très entourés. Ce qui était en train de se passer en apportait la preuve : si l'on connaissait les personnes bien placées, on pouvait orchestrer à peu près n'importe quoi. S'inviter à une vente aux enchères secrète et tuer tous les participants, par exemple.

Mais les Russes n'étaient pas des gens faciles.

Il les trouvait rebutants à de nombreux égards. Tapageurs, excessivement cyniques, ils manquaient de principes et dédaignaient les traditions. Chez eux, la notion de genre signifiait encore quelque chose : hommes et femmes occupaient des rôles clairement définis. Bien que directs et sérieux, ils étaient superstitieux au point d'en devenir pénibles. Et, avec ça, fumeurs compulsifs et buveurs invétérés !

Mais pouvait-il se permettre de les juger, lui qui était quand même complice d'un massacre ? Quoi qu'il en soit, il n'avait pas du tout aimé traiter avec eux. Il ne l'avait fait que par nécessité, l'argent de Moscou n'ayant pas plus d'odeur que celui des autres.

En attendant, la question essentielle restait toujours sans réponse. Qu'allait-il se passer maintenant ?

Si Cotton s'était déjà trouvé dans des situations périlleuses, celle-ci avait sa place dans le peloton de tête. Il était coincé sous les arcades. De l'autre côté de la grande salle, à quinze mètres de lui, le danger guettait du haut de la mezzanine.

Apparemment, Olivier avait été intentionnellement épargné. Et il était parvenu à échapper aux balles perdues.

« Je veux savoir : vous êtes vraiment seule personne qui peut dire où est cachée information ? demanda Ivan à ce dernier.

– Maintenant que mon associé est mort, oui, répondit Olivier, qui semblait avoir recouvré ses esprits. Nul ne pourra y accéder sans mon aide. Tuez-moi, et vous pouvez faire une croix dessus. »

Ce qui expliquait pourquoi Olivier était encore de ce monde.

Cotton observa Reinhardt, qui réfléchissait manifestement à ce qu'il venait d'entendre. La meilleure stratégie, songea-t-il, était de dresser Reinhardt et Ivan l'un contre l'autre.

Mais il n'eut pas le loisir d'aller plus loin dans ses spéculations, car les portes de la salle s'ouvrirent soudain à la volée, livrant passage à Ivona.

50

Czajkowski contemplait le château du Wawel à travers la fenêtre de la chambre, depuis son lit. Adossé aux oreillers, il sirotait son deuxième whiskey, le même qu'il avait dégusté la veille au soir avec Ivona. La dernière chose qu'il avait entendue avant l'interruption de leur conversation téléphonique était une série de détonations. Que se passait-il ? Ivona était-elle saine et sauve ? Elle avait beau jouir d'une réputation légendaire et faire l'objet d'éloges de la part de ses supérieurs, elle n'en était pas moins exposée au danger.

Il avala une petite gorgée et laissa le feu de l'alcool dissiper son anxiété.

De l'autre côté des vitres, le château se dressait au-delà d'une rue très fréquentée, au sommet d'une pente rocailleuse où fleurissaient bars et restaurants. Le chemin qui enserrait la colline du Wawel était noir de monde, surtout à main droite, vers la sortie de la grotte du Dragon, où une énorme représentation en bronze du monstre mythique s'érigeait sur un rocher. La statue comportait sept têtes, dont une crachait du feu par un tuyau de gaz adroitement caché. L'attraction avait même été mise au goût du jour grâce à un agencement permettant de déclencher l'éruption des flammes en envoyant un SMS, ce que des centaines de touristes s'amusaient à faire chaque jour avec leur téléphone portable.

La technologie moderne… Son cauchemar. La cause de tous ses malheurs. Surtout quand elle s'illustrait sous la forme du dispositif de défense antimissile balistique Aegis.

Un « bouclier » conçu pour intercepter les missiles à courte et moyenne portée, éventuellement au-delà de l'atmosphère, avant qu'ils soient assez près pour infliger des dommages avec leurs ogives à sous-munitions. Pour l'heure, ce système était déployé pour partie sur des navires de guerre américains et pour partie à terre, au Japon et en Roumanie.

Était-il fiable ? Personne ne pouvait l'affirmer. Il l'était la plupart du temps, mais « la plupart du temps » ne signifiait pas « tout le temps ».

Les Russes ne voulaient pas entendre parler de son implantation en Pologne, arguant qu'il relancerait la course aux armements sous un prétexte fallacieux, l'Iran n'ayant jamais menacé de prendre l'Europe pour cible avec ses missiles. La dernière fois que l'idée d'installer ce dispositif avait été évoquée, la Russie avait riposté en annonçant la mise en place de missiles nucléaires à courte portée tout le long de ses frontières avec les pays de l'OTAN. On avait prédit une nouvelle guerre froide. Poutine était allé jusqu'à proclamer qu'il dénoncerait le traité sur les forces nucléaires de 1987 et que, en cas de conflit, la probabilité d'une attaque contre la Pologne était de cent pour cent.

Il n'existait aucune raison de penser qu'il en irait autrement cette fois-ci.

À l'époque, près de six Polonais sur dix s'étaient déclarés hostiles au projet. On pouvait imaginer que l'opposition serait encore plus marquée aujourd'hui. Jusqu'ici, la bronca avait été limitée, mais le débat n'avait pas commencé.

Curieusement, les réactions au sein du gouvernement polonais à l'annonce de l'annulation du programme n'avaient pas été unanimes. Certains avaient applaudi tandis que d'autres, en nombre non négligeable, exprimaient la crainte que la Pologne ne perde bientôt son statut d'interlocuteur privilégié des États-Unis, Obama ayant, selon eux, fait machine arrière pour apaiser Moscou aux dépens de Varsovie. Des parlementaires avaient même déposé une proposition de loi visant à dépenser l'équivalent en złotys de dix milliards de dollars pour mettre sur pied un système de défense antimissile purement polonais.

Du délire.

Le dirigeant d'un parti avait déploré que la décision de renoncer à l'initiative ait été prise « au mépris de la sensibilité polonaise ». Lech Wałęsa s'était montré ouvertement critique, accusant les Américains de « se préoccuper comme toujours de leurs propres intérêts en se servant de leurs partenaires ». Czajkowski avait encore en mémoire la une d'un journal qui avait titré : TRAHISON ! L'AMÉRIQUE NOUS VEND AUX RUSSES ET NOUS POIGNARDE DANS LE DOS ! Pour ne rien arranger, l'annonce du désengagement était tombée le 17 septembre 2009, une date symbolique entre toutes, puisque c'était le 17 septembre 1939 que l'Union soviétique avait envahi la Pologne.

Ironie ? Mise en garde ? Simple coïncidence ? Qui pouvait le dire ?

Depuis la déclaration du président Fox, le ministère des Affaires étrangères travaillait sur les différentes réponses possibles, cherchant des solutions propres à satisfaire les deux parties. Washington n'avait encore soumis aucune demande officielle concernant les missiles, Fox attendant sans doute d'avoir entre les mains l'arme qui lui garantirait le consentement de Varsovie. Et les Américains n'ignoraient certainement pas qu'ils disposaient d'un allié en la personne du président de la Diète, qui hériterait temporairement des rênes de l'État si lui-même était contraint à la démission. Dans cette dernière éventualité, un débat hystérique ne manquerait pas de se déclencher dans le pays et risquerait de dégénérer sans que personne ne puisse en reprendre le contrôle.

Non. Il devait désamorcer la crise en amont. Seul. Sans tarder et de façon décisive. Dieu merci, la Constitution lui donnait un pouvoir auquel nul ne pouvait passer outre.

Pourquoi Ivona n'avait-elle pas repris contact ? Il brûlait d'envie de la rappeler, mais il avait assez de jugeote pour s'en garder. Il devait lui faire confiance pour gérer la situation.

Il termina son verre. Et eut, là aussi, assez de jugeote pour ne pas s'en verser un troisième.

Entendant s'ouvrir la porte de l'entrée, il se leva et sortit de la chambre. Michał Zima se tenait dans le vestibule. Curieux. Pourquoi le chef du BOR avait-il fait le voyage de Varsovie à Cracovie ?

« Je suis venu voir si je pouvais aider, déclara celui-ci.

– À quel propos ?

– Le château de Sturney. »

Apparemment, Zima était bien informé à présent.

« Que savez-vous à ce sujet ?

– Qu'un agent de la sécurité extérieure russe, un certain Ivan, se trouve là-bas. Il a été détecté à Bruges, où il a pris contact avec un ex-agent américain nommé Cotton Malone. Ce qui m'intrigue, c'est que ce Malone était hier ici même, à Cracovie, et que quatre agents de l'AW l'ont conduit jusqu'à vous.

– Je vois que vous n'êtes pas resté inactif.

– J'ai fait mon travail. »

Czajkowski considéra son vis-à-vis sans aménité.

« En un mot comme en cent, vous avez fait exactement ce que je vous avais prié de ne pas faire.

– Je ne suis pas votre ennemi.

– Vous n'êtes pas non plus mon ami.

– Mon devoir consiste à protéger le président de ce pays. Il n'entre pas dans mes attributions d'être votre ami. Mais, si vous voulez le savoir, il se trouve que je suis admiratif de votre façon de gouverner. »

Pour une surprise, c'était une surprise. Et une bonne.

« Il se trame quelque chose qui affecte la sécurité nationale, reprit Zima. Et nos services de renseignement extérieur sont impliqués. Je suis au courant de votre liaison avec Ivona Novak. Sur ce point, le BOR a respecté vos directives. Encore une fois, je ne suis pas là pour vous juger, mais pour vous aider.

– Écoutez, Michał, j'apprécie vos préoccupations et votre offre de services, mais je ne peux pas faire appel au BOR. Il s'agit d'une affaire privée.

– À laquelle est mêlé un homme qui dirigeait, il fut un temps, l'organe du renseignement de Solidarność. »

Que Zima ait connaissance de l'entrevue de Jasna Góra n'avait rien de surprenant, puisque deux de ses agents étaient présents sur les lieux. Mais la référence au passé de Stanisław Orlik était plus étonnante.

« Ce que vous dites là est-il de notoriété publique ?

– Non, seules quelques personnes sont dans le secret. Existe-t-il un lien entre ce qui se passe aujourd'hui et les événements des années 1980 ?

– Oui, répondit Czajkowski, optant pour la transparence.

– Le major Dilecki était-il lui aussi partie prenante dans l'affaire ? Quand nous perquisitionnions chez lui, il m'a paru évident qu'il ne vous était pas inconnu. Comme il détenait des archives concernant toutes sortes de gens, on peut logiquement supposer qu'il avait aussi un dossier sur vous. Un dossier qui se promène à présent dans la nature.

– Une telle supposition n'est pas erronée, en effet.

– Et c'est au château de Sturney que ces documents ont refait surface ?

– C'est une façon de parler. Ils font l'objet d'une vente aux enchères qui se tient là-bas. »

L'espace d'un instant, une inquiétude qui ne semblait pas feinte se peignit sur les traits de l'homme froid et calculateur qu'était Zima.

« Ivona est sur place, continua Czajkowski. Elle tente d'empêcher cette vente. Mais, la dernière fois que je l'ai eue au téléphone, j'ai entendu des coups de feu à l'arrière-plan. Je ne suis pas tranquille. »

À cet instant, la porte s'ouvrit derrière Zima. Un membre de la sécurité ? Non, il aurait frappé.

Puis Czajkowski comprit en voyant entrer quelqu'un qu'il n'attendait pas.

Sa femme.

Qui n'avait pas l'air contente.

51

Cotton ne quittait pas des yeux Ivona, qui s'était accroupie près d'un pilier, à dix mètres de lui.

« Elle est là, je la vois ! s'écria Ivan. Vous pas censée être ici.

– Non, mais j'y suis », railla la jeune femme.

Le Russe partit d'un gros rire nonchalant mi-spontané, mi-forcé, qui tenait du grondement et n'avait rien de cordial.

Cotton comprit la manœuvre d'Ivona. Elle était en train de désarmer son monde en usant de sa spécialité : rouler les gens dans la farine pour semer la confusion.

« Qui êtes-vous ? s'enquit Jonty Olivier, s'adressant à elle.

– La messagère qui vous transmet les salutations du président de la république de Pologne. Vous pensiez sérieusement que nous allions vous laisser aller au bout de ces enchères ? »

Olivier resta coi.

« Et maintenant ? lança Cotton à l'intention de tous.

– Comme Olivier a expliqué, lui seul savoir où information est cachée, rappela Ivan. Il doit nous le dire.

– N'y comptez pas, répliqua l'intéressé.

– Mettez un instant les Américains de côté, suggéra Cotton. Est-ce que vous croyez, les uns et les autres, que les Chinois, les Nord-Coréens, les Français et les Iraniens vont se laisser faire sans réagir ?

– Vous coupable idéal pour eux, dit Ivan. Ancien espion. Sur lieux de drame. Réputation mauvaise… Bien sûr, vous essaierez de convaincre tous que vous êtes innocent. Si vous réussissez, nous pourrons toujours accuser Polonais : ils avaient intérêt à arrêter vente. Comme je disais, Ivona, vous pas censée être là.

– Il y a beaucoup de témoins, remarqua Cotton.

– Vous avez raison », concéda Ivan.

Sur ces mots, le gros Russe glissa la main sous sa veste, sortit un pistolet, puis se tourna vers ses deux compatriotes armés d'Uzi et leur logea à chacun une balle dans la tête.

Cotton, qui avait assisté à toutes sortes de turpitudes et de transgressions au cours de sa carrière, les exploitant même à son avantage au besoin, n'en fut pas moins effaré par ce meurtre de sang-froid. Bien sûr, on côtoyait souvent la mort dans sa profession, et il avait lui-même joué de la gâchette plus d'une fois dans le feu de l'action. Mais ce qui venait de se produire était différent. C'était comme si les pulsions prenaient le pas sur la raison. Il se garda bien pourtant de donner libre cours aux protestations qui lui brûlaient les lèvres. Après avoir jeté un coup d'œil en direction d'Ivona, il tourna de nouveau son attention vers la mezzanine.

« Plus que vous, maintenant, Malone, dit Ivan. Et vous, Ivona. »

Il oubliait l'autre caillou dans sa chaussure, Jonty Olivier, qui se tenait à quelques mètres de Cotton. Le bonhomme n'attirait guère la sympathie. Il avait tenté d'amadouer six serpents à sonnette en même temps. À quoi s'était-il attendu ? À ce qu'ils restent bien dociles et lui soient reconnaissants ? S'il s'était fait mordre, il ne pouvait s'en prendre qu'à lui-même.

Quant à Fox et à son équipe, ils avaient été bien mal inspirés en pensant pouvoir tirer les marrons du feu. Sur quelle planète vivaient-ils pour imaginer que les Russes accepteraient sans broncher le déploiement de missiles à quelques centaines de kilomètres de leur frontière ? Bunch et Fox avaient cru qu'ils arriveraient à leurs fins par le mensonge et la tromperie. Un pari peut-être gagnant dans le monde des affaires, mais pas dans la cour des grands, où l'on jouait pour de bon. Où l'on risquait de perdre non pas un contrat ou un peu d'argent, mais tout simplement la vie. Les participants aux enchères étaient rompus depuis longtemps à ce genre de sport. Warner Fox, lui, était un bleu. Un bleu arrogant, de surcroît. Auquel Tom Bunch avait obéi les yeux fermés, se souciant uniquement de faire plaisir à son maître, inconscient du danger auquel il s'exposait. Résultat, le malheureux gisait maintenant au milieu d'une mare de son propre sang, à mille lieues de chez lui, dans un château slovaque.

Cotton observait tour à tour Ivan et Ivona, s'efforçant de deviner la suite. La seule chose qui semblait certaine était que ces deux-là avaient des intérêts divergents. Ivan voulait s'approprier les informations que détenait Olivier, car elles représentaient une assurance contre les Polonais. Elles constituaient aux yeux des Russes un levier efficace pour empêcher l'installation de missiles américains en Pologne et un moyen de contrôler un chef d'État étranger. Jonty Olivier ne résisterait pas longtemps à leurs techniques d'interrogatoire. Il ne tarderait pas à leur révéler tout ce qu'il savait.

Ivona, elle, souhaitait que ces informations soient détruites afin que personne ne puisse les utiliser à l'avenir. Détruites, elles l'avaient d'ailleurs déjà été virtuellement, puisqu'elles étaient cachées à un endroit connu d'une seule personne. Olivier avait sûrement choisi un emplacement susceptible de n'être jamais trouvé. Les documents pouvaient-ils refaire surface ? Pas impossible, mais peu vraisemblable. Du moins pendant les cinq années d'un éventuel second mandat de Czajkowski. Et c'était là tout ce qui importait. Après cela, les renseignements qu'Olivier avait à vendre, quels qu'ils soient, perdraient toute valeur.

« J'ai l'impression que vous avez un problème, Ivan, dit Cotton.

– Je fais mon travail. Mais Ivona pas censée être ici. Olivier est à moi.

– De toute façon, je ne dirai rien à personne », assura ce dernier.

Ivona, toujours abritée par son pilier, braqua son pistolet sur Olivier.

« Où est la Lance de saint Maurice ? demanda-t-elle.

– Ah ! *ça*, je peux vous le dire. Elle est avec les autres reliques dans une voiture qui m'attend pour partir, juste après la cour.

– Très bien, dit-elle en abaissant son arme. C'est pour la récupérer que je suis là. »

Plausible. Il s'agissait d'un trésor national qu'elle se devait de retrouver, d'autant plus qu'elle était en partie responsable de sa disparition.

« Maintenant vous l'avez, alors, partez », dit Ivan.

Deux détonations retentirent, renvoyées en écho par les murs de la grande salle. Cotton tourna vivement la tête vers la droite. C'était Ivona qui avait tiré. Mais pas en direction de la galerie. Il revint vers la gauche. Olivier, l'air stupéfait, regardait s'élargir sur sa chemise une tache rouge que ses doigts crispés ne parvenaient pas à endiguer. Il eut un soubresaut, du sang jaillit de sa bouche, puis ses yeux se révulsèrent, et son corps replet tomba brutalement sur le sol.

« Voilà, c'est terminé, déclara Ivona. Il n'y aura pas de missiles en Pologne, et personne n'aura le dossier caché. Qu'il reste où il est. Le gouvernement polonais avait un compte à régler avec Jonty Olivier. C'est fait.

– Pas bon du tout ! s'exclama Ivan. Il y a problème.

– Faites comme s'il n'y en avait pas.

– Ça va pas être possible. Je voulais Olivier. Vivant.

– Cotton ! » appela Ivona.

D'une poussée, elle fit glisser vers lui sur le granito ciré un pistolet dont il se saisit avant de vérifier le chargeur et de chambrer une cartouche.

Prêt.

« Nous sommes deux, maintenant, Ivan, dit-il. Vous avez le choix : soit sortir sur vos deux jambes, soit les pieds devant avec du plomb dans le corps. À vous de voir. »

Silence.

Cotton risqua un œil. Sur la mezzanine, les trois hommes se dévisageaient en silence, Reinhardt attendant sûrement qu'Ivan prenne une décision.

« Je ne suis pas venu ici pour me faire tuer, déclara enfin Reinhardt sans ambages.

– Bon, nous plus rien à faire ici », reconnut Ivan.

Cotton suivit des yeux le trio qui s'écarta de la balustrade pour se diriger vers la sortie. Il n'était pas question qu'il relâche son attention avant qu'ils soient dehors, mais il s'autorisa tout de même un regard vers le coin où s'était tapie Ivona.

Elle n'était plus là.

52

Czajkowski sentit la tension monter dans la pièce quand sa femme entra. Ils s'étaient mariés vingt et un ans plus tôt, à une époque où ils étaient moins obsédés par la politique. Ils menaient depuis des vies de personnages publics et avaient, pour un temps, fonctionné comme une équipe. Mais ce n'était plus le cas. Ils constituaient à présent deux entités distinctes dont le seul point commun était l'ambition.

« Si vous voulez bien nous excuser…, dit-il à Zima, qui acquiesça et se dirigea vers la porte.

– Et faites en sorte que nous ne soyons pas dérangés », ajouta sa femme comme le chef du BOR quittait les lieux.

Une injonction qui laissait présager le pire.

« Qu'est-ce que tu fais ici, Anna ? s'enquit-il.

– C'est la question que j'allais te poser. »

Il se demanda de quelles informations elle disposait sur l'affaire. À moins qu'elle ne soit venue en glaner ?

Elle s'installa sur le canapé. Coûteux tailleur Chanel gris perle, talons plats, bijoux discrets, elle s'était habillée pour la circonstance : l'image même de la Première dame.

« J'ai appris que tu étais là depuis deux jours et que tu avais annulé tous tes rendez-vous pour te libérer, reprit-elle. J'ai aussi appris que ta petite amie avait passé la nuit ici. »

Rien de surprenant à ce qu'elle soit au courant de cela. Elle disposait, comme lui, d'une garde rapprochée, et les agents du BOR affectés à la sécurité de la famille présidentielle communiquaient sûrement entre eux.

« J'exige de savoir ce qui se passe, conclut-elle.

– Je m'occupe de l'élection qui approche. »

Elle s'esclaffa.

« Et moi, je suis la Vierge Marie. Non, s'il te plaît, Janusz, je me suis dérangée pour obtenir des réponses... Des réponses honnêtes. Il y a anguille sous roche, c'est évident.

– Qu'est-ce qui te fait croire ça ?

– Je te connais. »

En effet. Et c'était un problème. Comment leurrer quelqu'un avec qui on a passé la moitié de sa vie ? Même pas la peine d'essayer !

« Le protocole de Varsovie refait surface », avoua-t-il.

Il lui avait tout expliqué à ce sujet des années plus tôt, quand leurs relations ressemblaient encore à celles d'un vrai couple.

« Cette honte pour l'humanité qu'était Dilecki avait gardé des documents sur moi. Pourquoi ? Je n'en ai pas la moindre idée. Tout ce que je sais, c'est qu'il l'a fait, et que ce dossier est encore là.

– Et ta bien-aimée essaie de le récupérer ?

– C'est l'idée, oui.

– Quelle chance tu as de pouvoir compter sur elle dans cette passe difficile », ironisa-t-elle.

Le ton sarcastique était-il un signe de jalousie ? Un sentiment qu'ils avaient pourtant tous deux banni depuis longtemps dans le cadre de leur « arrangement ».

« Cette histoire peut avoir des répercussions internationales, dit-il. La sécurité du pays risque d'être affectée. Si un gouvernement étranger s'approprie ces informations, il sera à même de les utiliser contre moi pour me contraindre à démissionner ou, pire, à adopter la politique qu'il souhaite. Une alternative que je refuse. »

Elle le dévisagea un moment avec dans ses yeux bleu pâle une expression qu'il ne connaissait que trop bien.

« C'est grave à ce point ? demanda-t-elle enfin.

– Oui. Tu sais parfaitement ce que j'ai fait, à l'époque. Ce que nous avons tous fait.

– Je sais ce que tu as bien voulu m'en dire.

– Qu'est-ce que je dois comprendre, là ? s'exclama-t-il, choqué par sa remarque. Tu penses que j'informais les communistes pour de bon ? C'est ça ? Que je vendais mes concitoyens ? Que j'acceptais d'être payé pour aider ces salauds à nous opprimer ? C'est vraiment ce que tu crois ?

– Nous savons tous les deux ce que tu faisais, Janusz, dit-elle en lui jetant un de ces regards dont elle avait le secret. Mais combien sont morts ?

– Quarante-six, répondit-il sans hésiter, car il avait beaucoup ruminé le passé ces derniers temps.

– Pardon ?

– C'est le décompte des recrues dont je suis certain qu'elles ont été tuées. »

Elle se redressa sur le canapé.

« Ça, c'est ce qu'on peut appeler un scoop ! Tu as vécu toutes ces années en connaissant le nombre de ceux qui ont véritablement payé le prix, et tu n'en as jamais parlé ? »

Il s'agissait d'hommes et de femmes qui acceptaient de leur plein gré de dénoncer au SB contre rémunération leurs parents, amis, voisins et collègues. Les pires traîtres qui soient. Des individus que personne n'avait contraints ni forcés à se comporter de la sorte, que personne n'avait battus ni obligés à ramper sur le sol d'une prison.

Czajkowski et quelques autres comme lui n'avaient donc eu aucun scrupule à faire ce qu'ils avaient fait. À savoir, dénicher des gens que les autorités avaient *acculés* à jouer les espions, puis les transformer en agents doubles qui communiquaient au SB des renseignements fabriqués contenant la juste dose de vérité nécessaire pour leur éviter des ennuis tout en aiguillant le service sur de fausses pistes.

Une machination qui avait fonctionné à merveille.

Par la suite, ils avaient poussé plus loin la stratégie, fournissant au SB des informations erronées vraiment préjudiciables, de nature à discréditer totalement certains de ses affidés et à les rendre suspects aux yeux de leurs officiers traitants. Résultat, le SB allait parfois jusqu'à éliminer physiquement ces collaborateurs décrédibilisés.

Quarante-six, à sa connaissance, avaient subi ce sort.

« Chacun de ces judas méritait ce qui lui est arrivé, dit-il. Ils nous livraient à l'ennemi par cupidité. Je ne regrette pas d'avoir causé leur mort.

– Je doute que les électeurs polonais voient les choses de la même façon. Et c'est sans doute ce qui explique ta présence ici… Je me trompe ?

– Tu ne te trompes pas. Parmi les gens dont l'avis compte, personne ne reconnaîtra l'existence du protocole de Varsovie, et encore moins ses bienfaits. À la fin des fins, je serai étiqueté comme délateur. Comme espion à la solde des communistes. Et je porterai le chapeau pour tout le monde.

– Le père Orlik n'a pas été très coopératif ?

– C'est le moins qu'on puisse dire… Mais tu m'as l'air bien informée.

– J'ai appris il y a longtemps à toujours avoir un coup d'avance sur toi, Janusz. Et même deux, si possible. »

Il avait aimé cette femme, et il l'aimait encore d'une certaine façon. Elle le comprenait comme nulle autre, pas même Ivona. La décision qu'il avait prise de venir à Cracovie avait été tout instinctive et ne reposait sur aucun plan bien établi. Dans l'avion qui l'amenait de Varsovie, il n'avait pas arrêté de se mordiller fiévreusement la lèvre, l'esprit figé dans le passé, espérant qu'il trouverait une solution une fois sur place. Un espoir chimérique, puisqu'il restait plongé dans un profond désarroi. Mais Anna ne se sentait sûrement pas en meilleure posture que lui.

« C'est la menace la plus sérieuse que nous ayons eu à affronter jusqu'ici, affirma-t-il. Ma carrière politique pourrait bien s'arrêter là… Et la tienne aussi.

– Ce n'est pas la première fois que nous avons un défi à relever, loin de là, remarqua-t-elle avec un haussement d'épaules. Pourquoi celui-ci serait-il différent des autres ?

– Il est différent parce que les Russes et les Américains ont un intérêt dans l'affaire. Les enjeux sont énormes.

– Elle t'aime, ta chérie ? »

La question le prit au dépourvu. Jamais ils n'avaient parlé de leurs aventures extraconjugales respectives.

« Oui, répondit-il.

– C'est une bonne chose. Aussi incroyable que cela puisse te paraître, je te souhaite d'être heureux.

– C'est réciproque. Je n'ai aucune envie de te nuire. »

Elle était son amie et le resterait toujours.

« J'étais là, moi aussi, Janusz, rappela-t-elle. Je suis née dans l'horreur de la société communiste. Je connais l'état d'esprit de l'époque. Tu n'as pas besoin de me convaincre que les temps étaient durs. Que la survie de chacun dépendait de ses capacités à respecter les règles et à se faire oublier. J'ai tout ça bien présent à l'esprit. Et, comme toi, je n'ai aucune compassion pour les mouchards… En un mot, si je suis venue, c'est pour t'aider. Seulement, pour ça, il faudrait que j'aie une idée de ce que nous avons à affronter. J'ai besoin de savoir la vérité. »

Il lui relata donc tous les événements des derniers jours.

« Je comprends, dit-elle quand il eut terminé. Nous ne pouvons pas permettre à des étrangers de nous dicter la façon de gouverner le pays. Plus jamais. »

Sa séparation d'avec son mari ne l'avait pas empêchée de rester avant tout une patriote convaincue.

« Nous sommes en désaccord sur bien des plans, continua-t-elle, mais sur celui-ci nous ne faisons qu'un. Qu'attends-tu, dans cet hôtel ?

– Qu'Ivona me rappelle. La dernière fois que je lui ai parlé, j'ai entendu des coups de feu dans le téléphone.

– Tu devrais peut-être envoyer des gens dans ce château, non ? »

Une hypothèse qu'il avait envisagée, sauf qu'il avait promis à Ivona de la laisser gérer la situation sans intervenir.

« Je ne peux pas. Pas pour le moment. »

Anna sembla comprendre pourquoi.

« Mais quel inconvénient y aurait-il à placer des hommes à proximité, prêts à agir sans préavis ? »

Ça, en revanche, rien ne l'interdisait. Czajkowski alla ouvrir la porte et rappela Zima, à qui il expliqua ce qu'il voulait.

« Postez-vous à quelques kilomètres de Sturney, mais assez près pour pouvoir foncer là-bas si nécessaire, conclut-il. Combien de temps faut-il pour que vos agents soient sur zone ?

– J'en ai déjà positionné six à la frontière slovaque, répondit le responsable du BOR. J'espérais que vous donneriez cet ordre.

– Bien. Je compte sur vous », dit-il en souriant.

Zima ressortit, et Anna se leva.

« Moi aussi, j'ai une mission, annonça-t-elle.

– Et en quoi consiste-t-elle, si je peux me permettre ?

– Il est temps que j'aille faire un tour à Jasna Góra. Le père Orlik et moi devons avoir une petite conversation.

– Elle risque fort d'être à sens unique.

– Allons donc, Janusz. Tu connais mon pouvoir de persuasion. »

53

Cotton sortit de sous les arcades où il s'était abrité et contempla le carnage autour de lui. Ivona avait exécuté Jonty Olivier de sang-froid. Quel moyen plus efficace pour protéger Czajkowski et la Pologne que d'éliminer la source du problème ? À l'évidence, la jeune femme n'avait pas été instruite du lieu de la vente. Les Russes avaient gardé l'information pour eux. Pourquoi l'auraient-ils mise dans la confidence, d'ailleurs, puisqu'ils n'avaient aucun intérêt à ce qu'Olivier meure ? Ivona avait donc imaginé la comédie autour de la Lance, avec Cotton dans le rôle principal, pour endormir la méfiance d'éventuels observateurs, qu'il s'agisse d'Olivier, des Russes ou de qui que ce soit d'autre. Et elle avait ainsi pu parvenir à ses fins.

Se défiant d'Ivan et d'Eli Reinhardt, qui pouvaient être en embuscade, Cotton gagna prudemment la partie avant du château, où il trouva une chambre donnant sur la cour pavée. De là, il vit les deux hommes, accompagnés du dénommé Munoz, quitter les lieux à bord d'une berline noire. Quelques instants plus tard, ce fut Ivona qui traversa tranquillement la cour à pied, serrant contre elle le coffret contenant la Lance, et sortit par le grand portail.

Eli Reinhardt, surtout, inquiétait Cotton. Quelque chose clochait dans l'attitude du personnage, et il aurait aimé en savoir plus sur lui. Quel rôle jouait-il dans l'affaire ? Pourquoi avait-il pris le risque de participer au meurtre de représentants officiels de plusieurs pays, dont certains particulièrement inamicaux ? Pourquoi avait-il passé un accord avec les Russes ? D'autre part, Olivier ayant exprimé ses regrets d'avoir fait confiance à Reinhardt, on pouvait en déduire que ces deux-là avaient dû travailler ensemble d'une façon ou d'une autre. Celui-ci avait-il trahi celui-là ? Probable. Dernier mystère : quand Ivona avait abattu Olivier, Reinhardt avait semblé bien plus soulagé que choqué.

L'information dont Olivier était censé être l'unique détenteur avait-elle vraiment disparu avec lui ?

Ivona ne s'était apparemment pas souciée de Reinhardt. Elle était partie sans s'intéresser à lui, comme si elle était certaine d'avoir jugulé la menace.

S'était-elle trompée ?

Un silence sépulcral régnait dans le château. Cotton quitta son poste d'observation et retourna dans la grande salle. Les murs et le sol étaient couverts d'impacts de balle. Des mares de sang entouraient les cadavres. Il alla jusqu'au corps d'Olivier, dont le visage aux yeux gonflés sous les paupières closes évoquait un masque de cire. Il fouilla ses poches sans rien découvrir d'autre qu'un petit morceau de cristal jaune pâle. Bizarre. Pourquoi Olivier se promenait-il avec ça sur lui ? Ce détail avait-il une importance quelconque ? Il s'empara du caillou, puis se souvint qu'Olivier s'était enquis de son collaborateur, un certain Vic, dont Reinhardt lui avait annoncé la mort. Le cadavre étant vraisemblablement à l'étage, Cotton monta l'escalier, passa près des deux Russes tués par Ivan et entreprit d'explorer les chambres. Dans l'une d'elles, convertie en poste de commandement, un corps criblé de balles gisait sur le plancher. Il s'apprêtait à le fouiller quand il s'aperçut que la poche droite du pantalon était retournée. Comme si quelqu'un était passé avant lui. Il procéda néanmoins à l'inspection et trouva des clés de voiture, un téléphone portable et un portefeuille contenant un permis de conduire britannique au nom de Victor DiGenti. Vic. Les moniteurs vidéo, encore allumés, montraient des images des murs extérieurs avec la forêt à l'arrière-plan, et surtout du tronçon de route proche du portail principal. Sur un des écrans divisés, il vit une automobile garée à l'intérieur de l'enceinte, sans doute dans une des allées qu'il avait aperçues en arrivant, quand il était descendu de la Mercedes. Il s'agissait probablement de la voiture dont avait parlé Olivier. Celle qu'il devait utiliser pour repartir, et à bord de laquelle se trouvaient les Arma Christi.

Il remarqua un ordinateur portable branché sur une prise murale. Sûrement l'outil qui aurait servi à vérifier la validité de l'enchère finale et du transfert de fonds. Il semblait évident que Reinhardt avait commencé par abattre DiGenti pour que ses complices puissent entrer et régler leur compte à tous les autres. L'ensemble du personnel avait apparemment été prié de quitter les lieux, ce qui avait constitué un facteur de vulnérabilité accrue. Une folie de la part d'Olivier, à ajouter à la liste des risques inconsidérés qu'il avait pris par ailleurs.

Cotton se demanda si c'était Reinhardt qui avait fouillé DiGenti avant lui, et s'il avait mis la main sur quelque chose. Olivier avait prétendu être le seul à savoir où était dissimulé le lot proposé aux enchères. Il avait aussi assuré que DiGenti conduirait les gagnants à l'endroit en question. Ce dernier point était crédible : un type comme Olivier ne se chargeait pas du service après-vente. Non, il était de ceux qui payent pour ce genre de besogne. Et qui semblait tout désigné pour cette tâche, sinon l'unique personne dont il avait demandé des nouvelles à Reinhardt ?

Mais se pouvait-il que DiGenti ait déjà eu connaissance de l'emplacement de la cachette, contrairement aux allégations d'Olivier ?

Bien sûr, il ne s'agissait là que de spéculations, comme celles auxquelles se livrait Cotton quand il était avocat. Il n'empêche qu'elles paraissaient fondées.

Il ouvrit le téléphone portable de DiGenti, mais l'appareil était protégé par un mot de passe. Il le posa sur le corps et décida de poursuivre sa visite en cherchant la chambre d'Olivier, qu'il trouva un peu plus loin dans le couloir. D'allure élégante, elle contenait une table en chêne massif, un lit à baldaquin, un coffre sculpté et une armoire en bois sombre remplie de vêtements qui étaient clairement à la taille du petit homme rondouillard. Un parfum d'encaustique, de savon et de fleurs coupées embaumait l'air. Le soleil de l'après-midi baignait l'ensemble d'une teinte rougeoyante qui révélait les dépôts de poussière sur les meubles. À part quelques ustensiles de toilette et deux ou trois romans, il n'y avait rien d'autre. Quittant la pièce, Cotton redescendit au rez-de-chaussée, où il découvrit bientôt ce qui avait été la bibliothèque du château.

Les étagères étaient vides de livres. Un piano à queue occupait un angle de la salle dont les murs étaient ornés de quelques lithographies de qualité. Un tapis recouvrait le plancher. Des portes-fenêtres ouvraient sur une terrasse dallée. Il était à l'affût de tout ce qui avait pu être dérangé. Il remarqua la présence incongrue sur un guéridon d'une machine à sceller sous vide comme celles qui servaient à préserver les aliments. Rien de notable n'encombrait le bureau de style néogothique qui trônait à côté, excepté trois téléphones portables. Comprenant que ces derniers, tous verrouillés par des mots de passe, ne lui livreraient pas leurs secrets en quelques minutes, il retourna dans la grande salle.

Combien de temps faudrait-il aux gouvernements dont les émissaires avaient été tués pour apprendre ce qui s'était produit ? Pas plus de quelques heures. Comment réagiraient-ils ? Leur choix allait être délicat, compte tenu du caractère intrinsèquement illégal de l'opération.

Il s'approcha du téléviseur près duquel gisait Olivier. Il se souvint des documents que le « commissaire-priseur » avait projetés, jeta un coup d'œil derrière l'appareil et découvrit que celui-ci était relié à un PC. Il fit défiler les cinq images affichées sur la gauche du petit écran. C'était celles qu'Olivier avait montrées à l'assistance, et il n'y en avait pas d'autres.

Puis un objet attira son attention. Sous la machine, sur une étagère en bois, était posée une enveloppe en kraft identique à celles que les participants avaient trouvées sur leur table au début de la vente. Il la prit et la soupesa. Lourde. Il l'ouvrit en déchirant le rabat. Elle contenait un grand livre illustré intitulé *Miasto w Soli / La Cité de sel.*

Le texte intérieur, comme le titre sur la couverture, était rédigé en polonais et traduit en anglais. Les images en couleur sur papier glacé évoquaient la mine de sel souterraine de Wieliczka. Il feuilleta l'ouvrage, émerveillé par les photos.

La dernière page portait une mention manuscrite à l'encre bleue.

9 Bobola

Il revint en arrière pour vérifier s'il n'y avait pas d'autres notes de ce genre, mais n'en vit aucune. Un cliché, à la page 145, attira toutefois son attention. Il figurait une paroi présentant une fissure béante hérissée de formations minérales jaune pâle. Il trouva à la fin du livre la légende correspondante, rédigée par l'auteur : *Niveau IX – plafond de l'excavation supérieure couvert de gros cristaux d'halite.* Il sortit de sa poche le fragment de roche qu'Olivier avait sur lui et le compara avec ce que montrait le cliché.

Identique.

Il passa avec précaution sa langue sur la surface du minéral.

Salé.

Les éléments épars dans son cerveau se rassemblèrent pour former un motif arithmétique qui n'avait rien d'une approximation.

Cette fois, il en était persuadé, deux plus deux faisaient bien quatre.

54

Eli était ravi de ne plus avoir les Russes sur le dos. Pas un mot n'avait été échangé dans la voiture qui les ramenait en Pologne, lui, Munoz et Ivan. L'accord qu'il avait passé avec ce dernier avait été une réussite sur toute la ligne. Il avait reçu cinq millions d'euros pour s'immiscer parmi les enchérisseurs, guider les tueurs jusqu'au lieu de la vente et faciliter l'élimination des participants. Les Russes avaient souhaité les liquider tous, mais épargner Olivier. Sur ce point, le plan n'avait pas fonctionné comme prévu : les Polonais étaient intervenus, et Malone avait survécu. Par bonheur, Ivan ne lui imputait pas la responsabilité de ces complications fortuites.

Ivan venait de les déposer près de la grand-place de Cracovie, sûrement avant de rejoindre son ambassade toute proche et de regagner son pays. Eli se demanda combien de temps s'écoulerait avant la découverte du massacre de Sturney. Le personnel du château était sans doute de retour sur les lieux à l'heure qu'il était. Mais peut-être les Polonais avaient-ils tout nettoyé et fait disparaître les corps. Une hypothèse qui semblait logique, Varsovie ayant tout intérêt à ne pas attirer l'attention.

On approchait des 15 heures, et il avait faim. Mais il avait surtout besoin de s'informer.

Il savait que Jonty s'était rendu deux fois à Wieliczka au cours des dernières quarante-huit heures. La veille, en sa compagnie, pour chercher le « garde-manger », et aussi une première fois de sa propre initiative. Munoz lui avait expliqué dans quelles circonstances il avait fini par révéler, sous la torture, pour qui il travaillait. Dans un autre contexte, ce genre de faiblesse aurait contrarié Eli, mais, en l'occurrence, l'épisode était porteur d'enseignements : grâce à lui, il avait appris que Jonty était retourné à la mine *après* avoir été averti qu'un concurrent l'espionnait.

Olivier avait-il cherché ce faisant à protéger ses arrières ? C'était bien possible.

Et Vic DiGenti avait sûrement participé à cette expédition. Eli sortit de sa poche le papier qu'il avait trouvé sur le corps de ce dernier.

9 Bobola

Que signifiait ce pense-bête ? Avait-il quelque chose à voir avec l'affaire en cours ? Ou était-il sans rapport ?

Jonty avait affirmé qu'aucun document ne se trouvait au château, et il le croyait d'autant plus volontiers que, à sa place, il aurait pris la même sage précaution. Les papiers étaient cachés ailleurs. Cet « ailleurs » pouvait-il être la mine ? Pourquoi pas ? L'endroit était à l'écart et offrait d'innombrables possibilités à qui désirait dissimuler un bien précieux. L'hypothèse valait au moins la peine d'être vérifiée avant d'être rejetée.

Eli connaissait un peu Cracovie pour y être venu plusieurs fois. L'un de ses restaurants préférés, le Pod Aniołami, était situé à mi-chemin entre la place principale et le Wawel, dans une petite rue piétonne animée. On y servait des plats traditionnels polonais cuisinés sur grill au charbon de bois de hêtre, selon les recettes anciennes. Le cadre, charmant, avec ses bibelots propres au folklore local, lui rappelait certains intérieurs campagnards.

Il entraîna Munoz jusqu'à la taverne et ils s'installèrent dans la salle chichement éclairée du sous-sol, dont les voûtes et les murs de pierre brute dataient du Moyen Âge.

Personne d'autre qu'eux n'étant attablé pour déjeuner à cette heure déjà avancée de l'après-midi, ils bénéficiaient d'une certaine tranquillité.

« Je veux que vous preniez contact avec un employé de la mine de sel de Wieliczka, dit-il à son collaborateur en baissant la voix. Il s'agit d'un guide qui s'appelle Dawid Konrad. J'ai fait sa connaissance hier soir. Allez là-bas, renseignez-vous et trouvez-le. Il faut que je lui parle sans délai. »

Munoz avait déjà travaillé pour Eli, qui savait pouvoir lui faire confiance. Certes, le Bulgare s'était laissé surprendre par Olivier, et cela ne constituait pas un de ses exploits les plus glorieux, mais tout s'était bien terminé en fin de compte. Eli pouvait se flatter d'une grande faculté d'adaptation, comme le prouvait le simple fait qu'il fût encore là après avoir éliminé un concurrent et s'être assuré un accès sans entrave à des informations potentiellement très précieuses. Il ne commettrait pas la même erreur que Jonty. S'il dénichait ce Graal, il le vendrait directement aux Russes pour un bon prix et considérerait les euros ainsi gagnés comme autant de cerises sur le gâteau des cinq millions qu'il avait déjà empochés. Bien sûr, les Polonais pourraient lui en proposer davantage, mais, que les uns ou les autres l'emportent, les documents se volatiliseraient, et le déploiement de missiles n'aurait pas lieu.

Quoi qu'il en soit, ce qu'il voulait dans l'immédiat, c'était déjeuner.

Il mit encore au point quelques détails avec Munoz, puis celui-ci se leva et disparut dans l'escalier de pierre abrupt qui menait au rez-de-chaussée.

Pour la première fois depuis plusieurs jours, Eli se détendit. Il n'y avait plus personne pour se mêler de ses affaires. Tous les protagonistes étaient morts ou circonvenus. Il pêcha dans sa poche le papier portant l'inscription « 9 Bobola ».

Il fallait qu'il sache si cette note présentait un intérêt quelconque. Surtout avant de s'entretenir avec Konrad. Il avait toujours le « garde-manger », dont il était désormais le seul à pouvoir vendre le contenu, mais c'était le dossier sur Janusz Czajkowski qu'il voulait. Ce qui était arrivé à Olivier donnait un aperçu des catastrophes encourues par ceux qui se contentaient de peu. Lui-même s'estimait plus libre, plus flexible que son ex-« partenaire ». En même temps, il éprouvait un besoin confinant à la panique de se rassurer quant à la possibilité d'échapper à l'orientation qu'il venait d'imprimer à son existence. La sagesse aurait été de partir sans demander son reste, de tout laisser tomber. Il avait déjà obtenu plus qu'il ne fallait. Seulement, voilà : abandonner n'était pas dans sa nature. Il était courtier de métier. Acheter et revendre était son lot quotidien. Prendre des risques faisait partie de son ADN. Or quelque part, là, tout près, un objet de grande valeur n'attendait que lui pour être mis au jour.

Et ce n'était pas qu'une question d'argent. Il y allait aussi de sa réputation en tant que professionnel.

Alors, il se devait de continuer.

Il sortit son téléphone et tapa « Bobola » dans un moteur de recherche.

Ce qui apparut sur l'écran éveilla au plus haut point sa curiosité.

Cotton s'approcha de la BMW de couleur claire qu'il avait vue sur l'écran de vidéosurveillance dans la chambre où Vic DiGenti avait été tué. Il avait prélevé des clés sur le cadavre en espérant qu'elles correspondaient à cette voiture, et il eut la satisfaction de constater que la télécommande déverrouillait effectivement les portières.

Sur la banquette arrière étaient posées diverses boîtes qui contenaient les Arma Christi. Il y en avait six sur un total de sept, en comptant celle qu'avait emportée Ivona. Or il en avait vu six sur la table de la grande salle quand il était arrivé au château. Alors, d'où venait la septième ?

Un mystère de plus.

Mais peu importait. Il était maintenant en possession des reliques, et il ne faisait aucun doute que leurs églises d'origine seraient on ne peut plus reconnaissantes quand elles leur seraient rendues. Opérer cette restitution constituerait indéniablement une réussite pour Stéphanie. Il fallait qu'il la joigne, mais il n'avait aucun moyen de le faire pour l'instant. Il devrait attendre d'être de retour en Pologne. Dans l'immédiat, le plus urgent était de s'éloigner le plus possible du château avant que tout parte en sucette.

Il continuait à se laisser guider par son flair, et il était sûr que Stéphanie l'encouragerait dans cette voie. Même si cette histoire ne le concernait plus, il tenait à savoir si les documents mettant en cause Czajkowski étaient encore là, quelque part, susceptibles d'être découverts.

La menace était-elle toujours d'actualité ?

Le silence qui régnait alentour fut rompu par le croassement d'un corbeau. Un mauvais présage ? Il espérait que non.

S'il avait survécu, c'était grâce à l'intervention d'Ivona. Ivona qui avait souhaité clore l'affaire et apprécierait sans doute modérément de le voir poursuivre ses investigations…

Mais quelque chose lui disait que le travail n'était pas fini, loin de là.

55

Czajkowski avait hâte que la journée se termine. Il en avait rarement vécu de plus éprouvante, et Dieu sait s'il avait connu des moments difficiles. Sa conversation avec Anna lui avait remis en mémoire des événements qu'il ne voulait pas voir se reproduire.

Tout s'était passé très vite dans la nuit du 12 décembre 1981, quand la police militaire avait pris le pouvoir et instauré la loi martiale. La plupart des cadres de Solidarność avaient été rassemblés comme du bétail et s'étaient retrouvés à la merci de gardiens brutaux dans des centres de détention où régnait un froid polaire. Plus de quarante mille personnes concernées. Ni lui ni Stanis Orlik n'avaient été raflés. Orlik parce qu'il se tenait constamment dans l'ombre ; lui-même parce qu'il n'était personne.

Un traumatisme épouvantable. Mais la question de savoir si la Pologne aurait pu survivre à cet hiver-là sans la loi martiale avait fait l'objet de débats pendant des années.

On était au bord d'une famine généralisée. Le système de santé ne tenait plus qu'à un fil. L'économie s'était effondrée. L'anarchie menaçait, et ni le gouvernement ni Solidarność n'étaient en capacité de promouvoir des solutions réalistes. Avec l'exercice du pouvoir venait celui des responsabilités. Les dirigeants étaient tenus de s'entendre, de mettre de côté leurs petites divergences, d'éviter de se déchirer sur des points de détail. Malheureusement, Solidarność avait constamment des problèmes pour faire bloc. Et si le syndicat, au moins, prônait le compromis, la bourgeoisie rouge, qui aurait dû renoncer à de nombreux privilèges de classe, excluait de transiger.

Aucun accord possible.

À ce stade, seuls subsistaient du Parti communiste polonais les béni-oui-oui, les incompétents, les corrompus et les malfaisants. Par bonheur, l'armée restait à distance, les soldats polonais refusant de tirer sur des ouvriers polonais. Mais il n'en allait pas de même avec la milice, le SB et les forces spéciales, qui faisaient le sale boulot, ciblant une personne après l'autre.

Il se souvenait du sentiment d'abattement qui régnait cet hiver-là, les Polonais semblant avoir intégré l'idée qu'ils seraient toujours perdants, comme cela avait été le cas pendant des siècles.

Prisonniers de la géographie et des idéologies, ils n'avaient jamais vraiment été gouvernés de façon indépendante. La loi martiale avait pour objectif d'isoler et de neutraliser tous les groupes contestataires et de contrôler strictement l'information. Pendant des années, Solidarność, qui avait pignon sur rue, avait éclairé les citoyens. À présent, désorganisé et contraint à la clandestinité, le syndicat avait pratiquement disparu, et il n'existait plus de réseau d'information. Les lignes téléphoniques étaient coupées, la télévision n'émettait plus. Tout était soumis à autorisation. Même les machines à écrire devaient être déclarées.

Dans cette situation, il avait été facile de mettre en place le protocole de Varsovie pour intoxiquer le SB. Et encore plus facile de piéger les délateurs en retournant le service contre eux. Quitte à ce qu'ils payent leur trahison de leur vie.

Dernier îlot de résistance, deux mille hommes travaillant dans les mines de charbon de Silésie s'étaient barricadés sous terre pour protester contre l'état d'exception. Ils s'étaient enfermés là, au plus profond des galeries, dans l'humidité poisseuse de l'hiver, privés de lumière et de ventilation, quelques jours avant Noël. Pour les inciter à remonter, le pouvoir s'était lancé dans une sorte de protocole de Varsovie à sa manière, les abreuvant de fausses nouvelles qui évoquaient des parents malades ou des accouchements imminents. Des femmes imitant les compagnes des mineurs les suppliaient de se rendre. Tout était bon pour briser la détermination des réfractaires. Sauf que ceux-ci étaient des coriaces qui connaissaient la différence entre vérité et mensonge. Ils avaient toujours été tenus en haute estime. Considérés comme les aristocrates de la classe ouvrière polonaise, ils étaient demeurés à l'écart des précédents mouvements sociaux et avaient été parmi les derniers à se mettre en grève. Mais, une fois dans l'action, ils étaient du genre à aller jusqu'au bout.

Résultat : l'impasse.

Et la seule façon de sortir d'une impasse était de changer les règles.

C'était ce qu'avait permis le protocole de Varsovie en s'attaquant au cœur du système à travers le SB.

Sa limousine s'arrêta en douceur, et il s'apprêta à en descendre. Il s'était fait conduire à Wadowice, une ville de vingt mille habitants située à cinquante kilomètres au sud-ouest de Cracovie. La localité n'avait pas grand-chose de remarquable, sinon qu'elle avait vu naître, le 18 mai 1920, celui qui devait devenir saint Jean-Paul II. Un événement qui avait transformé une municipalité jusque-là somnolente en un centre de pèlerinage pourvu de tous les attributs de goût discutable communs aux destinations touristiques. Tous les lieux présentant un intérêt se concentraient autour de la place principale, baptisée fort à propos Plac Jana Pawła II. L'attraction phare était la maison des Wojtyła, une surface d'exposition de douze cents mètres carrés répartie sur quatre niveaux et retraçant la vie du grand homme. Photos et objets de famille y côtoyaient divers manuscrits, et même le pistolet qui avait servi à l'attentat contre le pape en 1981.

Le site ayant été restauré peu de temps auparavant, Janusz était venu pour se rendre compte par lui-même du travail accompli et lui conférer l'onction présidentielle. Le déplacement – un trompe-l'œil – avait été programmé la veille sous prétexte que, de passage dans la région, il voulait en profiter pour rendre à la ville une petite visite de courtoisie.

Ivona l'avait appelé deux heures plus tôt pour l'informer qu'elle était en train de rentrer de Slovaquie. Elle l'avait mis au courant de l'épisode de Sturney, et il lui avait parlé du commando du BOR qu'il avait envoyé là-bas. Ils étaient convenus que les agents en question nettoieraient le château de fond en comble et feraient disparaître les corps, ainsi que tout le matériel écrit distribué aux participants et les ordinateurs trouvés sur place. Michał Zima superviserait l'opération. Restait à espérer que seuls eux-mêmes, les Russes et Eli Reinhardt avaient connaissance des événements.

Et puis il y avait Cotton Malone.

Czajkowski doutait que les Américains fassent des difficultés. Dans le cas contraire, il les sommerait publiquement d'expliquer par quel miracle un des leurs s'en était sorti indemne. Il était vraisemblable que ni la Chine, ni l'Iran, ni la Corée du Nord n'accepteraient leurs justifications. Ni même les Français, pourtant censés être des alliés des États-Unis. Tous penseraient plutôt que Washington était au fait de ce qui s'était produit et resteraient sourds aux dénégations de la Maison-Blanche.

Il consulta sa montre : 15 h 20.

Il sortit de la voiture sous un soleil voilé par des nuages qui envahissaient le ciel à toute allure. Un groupe de politicards locaux l'attendait, et il consacra quelques minutes à serrer des mains et à bavarder avec eux, affichant un sourire aussi chaleureux qu'aristocratique. Du coin de l'œil, il aperçut Ivona, qui tenait un coffret noir sous son bras. Il lui adressa un signe discret et pénétra dans le musée, où il fut accueilli par le conservateur. Après qu'ils eurent échangé quelques propos aimables, il lui demanda s'il existait une pièce où il pourrait s'isoler un moment. L'homme l'accompagna jusqu'à son cabinet de travail et se retira. Un instant plus tard, on frappa doucement à la porte, qu'il ouvrit pour laisser entrer Ivona. Quand elle eut posé le coffret sur le bureau, il l'enlaça et la serra fort contre lui, ravi de la voir saine et sauve.

« Qu'est-ce qui me vaut ça ? demanda-t-elle.

– Ai-je besoin d'une raison ?

– Non, pas vraiment, admit-elle avec un sourire.

– Je viens d'apprendre que le château a été entièrement nettoyé, confia-t-il. Il ne reste aucune trace du carnage, à part quelques impacts de balle sur le sol. Tout ce qui a été trouvé sur les lieux a été brûlé.

– Seuls Olivier et son homme de main, DiGenti, savaient où est caché ton dossier, dit-elle. Je m'en suis assurée avant d'abattre Olivier. Il comptait utiliser l'information comme monnaie d'échange. Les Russes tenaient à l'avoir vivant.

– Il n'empêche que le risque demeure. Ce dossier est toujours dans la nature.

– Nous ne pouvions pas laisser partir Olivier.

– Nous avons bien laissé partir Malone.

– Parce qu'il n'y avait aucune raison de le tuer, plaida-t-elle. Il a été entraîné dans cette histoire à son corps défendant. Puisqu'il ignore totalement où se trouvent ces documents, il ne constitue pas une menace. Il est déjà assez déplorable que tous les autres soient morts. Olivier y compris… Je suis agent du renseignement, pas tueuse à gages, ajouta-t-elle plutôt sèchement.

– Je te comprends, affirma-t-il, conciliant. Tu as fait ce qu'il fallait, et je t'en suis reconnaissant. »

Ils avaient déjà discuté en détail du sujet. Il ne lui avait jamais demandé ni ordonné de supprimer Olivier. Mais elle avait su quel parti prendre.

« J'irai au Wawel restituer la Lance, promit-elle en désignant le coffret.

– C'est indispensable, en effet. Et nous devrons nous assurer qu'il n'y a pas de bavards de ce côté-là non plus. »

Une sonnerie interrompit la conversation. Son téléphone. Il regarda l'écran. L'appel venait de son directeur de cabinet, à Varsovie. Il décrocha, écouta son interlocuteur, puis répondit simplement : « D'accord. Faites le nécessaire. »

« Le président des États-Unis désire me parler, dit-il à Ivona, qui lui adressait un regard interrogateur. Tout de suite. »

56

Cotton se souvint d'une histoire qu'il avait entendue enfant, quand il vivait dans la ferme où son grand-père cultivait des oignons, au fin fond de la Géorgie. Un candidat au poste de shérif du comté n'avait recueilli que dix-sept voix. Le lendemain de l'élection, il s'était promené dans toute la ville avec un six-coups à la ceinture. Comme quelqu'un s'en étonnait, il avait lancé : « Vu le petit nombre d'amis que je compte ici, j'ai intérêt à protéger mes arrières. »

Cotton aurait pu en dire autant.

De retour à Cracovie, il se dirigeait vers le consulat des États-Unis, seul parmi une foule d'inconnus. Le soleil filtrait à travers des nuages morcelés couleur d'étain. Il ignorait où était Stéphanie, mais la mission diplomatique américaine venait en tête des endroits plausibles où la trouver. Il allait être 16 heures. L'activité battait son plein dans les boutiques et les cafés. Il fut arrêté devant les portes de la représentation par les deux *marines* en uniforme, qui, cette fois, n'avaient pas été prévenus de sa visite. Il leur demanda si Stéphanie Nelle était là et, au bout d'un moment, fut autorisé à entrer. Elle l'attendait à l'étage, le regard terne et les yeux rougis par la fatigue. Il lui fit un rapport complet, sans omettre la mort de Bunch.

« Où est la voiture ? s'enquit-elle.

– Garée un peu plus loin dans la rue. Avec six des plus précieuses reliques du monde chrétien à son bord... Toutes à votre disposition.

– Croyez bien que j'apprécie le cadeau. Malheureusement, je doute de pouvoir en tirer un avantage politique auprès de Fox. Il s'est mis en tête d'implanter ses missiles ici, et il n'est pas près de changer d'avis.

– On n'a pas toujours ce qu'on veut, dans la vie...

– Auriez-vous une carte dans votre manche ?

– Est-ce votre ordinateur sécurisé de la division Magellan que je vois là ? »

Elle acquiesça. Encore sous le choc de ce qu'il venait de vivre, il se sentait désorienté, perdu. Il avait besoin de temps pour reprendre ses esprits, classer les choses, mettre un peu d'ordre dans cet embrouillamini.

« Puis-je l'utiliser ? » demanda-t-il.

Elle désigna le volume sur la mine de Wieliczka qu'il avait rapporté de Sturney et gardé sur lui.

« Vous voulez vous renseigner à propos de ce bouquin ?

– J'aimerais vérifier quelque chose, oui. »

Elle lui tendit le portable. Il l'ouvrit, tapa « Bobola » dans un moteur de recherche et obtint un premier résultat.

Le 16 mai 1657, des cosaques capturèrent un jésuite polonais dans la ville de Pińsk. Le prêtre, le père André Bobola, âgé de soixante-cinq ans, tomba à genoux et leva les bras au ciel en s'exclamant : « Seigneur, que Ta volonté soit faite. » Les cosaques lui ôtèrent ses vêtements sacerdotaux, l'attachèrent à un arbre, le coiffèrent d'une couronne de brindilles, puis le flagellèrent, avant de lui arracher un œil et de lui brûler le corps avec des torches. À l'aide de son poignard, l'une des brutes lui traça une tonsure sur le crâne et la forme d'une chasuble sur le dos. Pour finir, il fut écorché vif. Tout le temps que dura son effroyable supplice, le saint homme pria pour ses tortionnaires, jusqu'au moment où ils lui coupèrent la langue et lui écrasèrent la tête. Le père André

Bobola fut béatifié le 30 octobre 1853 avant d'être canonisé par le pape Pie XI en 1938.

Il avait au moins trouvé un lien entre le nom mystérieux et la Pologne. Pour compléter sa recherche, il tapa « Bobola » suivi de « Mine de sel de Wieliczka » et obtint plusieurs réponses, dont une expliquait la relation entre les deux éléments.

L'ardente foi chrétienne des mineurs de Wieliczka est tout autant le fruit de leur éducation catholique que de la dureté de leurs conditions de travail. Contraints d'affronter des risques d'incendie, d'inondation et d'effondrement, ils se plaçaient sous la sauvegarde de saints patrons censés les préserver de ces catastrophes. Pendant des siècles, ils vouèrent un culte particulier à certains de ces bienheureux, qu'ils croyaient doués d'un grand pouvoir d'intercession. En signe de vénération, ils sculptèrent eux-mêmes dans le sel les effigies de bon nombre de ces protecteurs.

L'une de ces statues, taillée en 1874 et toujours là, comme l'attestait une photo, représentait le père André Bobola. Un peu sommaire et érodée par le temps et les infiltrations d'eau, l'œuvre trônait seule dans une niche carrée, au niveau IX. Une légende indiquait qu'elle avait jadis été peinte en blanc, rouge et noir, les couleurs utilisées pour délimiter les sites d'extraction. C'était un mineur qui l'avait façonnée pendant ses heures de loisir.

Cotton montra à Stéphanie le morceau de cristal de sel qu'il avait trouvé dans la poche de Jonty Olivier.

« Olivier avait ça sur lui quand il est mort, dit-il. Et il avait aussi ce livre, glissé dans une enveloppe. Tout concorde. À mon avis, "9 Bobola" signifie que les documents sont cachés dans la mine, au niveau IX, là où se trouve cette statue… »

Il feuilleta le volume et tomba sur un diagramme représentant les différents niveaux de la mine. Le plan, bien que peu détaillé, donnait tout de même une idée de l'immensité du complexe souterrain.

« Je pense qu'Eli Reinhardt dispose de la même information que nous, conclut-il, arrivant au terme de son raisonnement.

– Et vous croyez qu'il va chercher à s'emparer des documents ?

– À vous de me le dire. Vous le connaissez ?

– C'est un courtier en renseignements, comme Olivier, mais il ne jouit pas d'une très bonne réputation. Ils se livraient à une concurrence acharnée, tous les deux, et le dossier Czajkowski n'a pas perdu une once de sa valeur. Donc, à mon avis, oui, s'il en a la possibilité, il tentera de mettre la main dessus.

– Si ça se trouve, il est déjà à Wieliczka en train de chercher un moyen de s'introduire dans la mine… »

Cotton contempla un instant le bureau où ils s'étaient enfermés, le même que celui où ils s'étaient réunis la veille. Les rayons obliques du soleil de l'après-midi, toujours voilé, filtraient à travers les stores.

« Nous devons le devancer, dit-il, éveillant manifestement la curiosité de Stéphanie.

– Et… que faisons-nous si le dossier est là-bas ?

– Ne mettons pas la charrue avant les bœufs. »

Ni elle ni lui ne se sentaient à l'aise. Stéphanie parce qu'elle s'apprêtait à défier son employeur en se lançant dans cette nouvelle aventure ; Cotton parce qu'il allait faire du tort à Ivona. Mais l'idée que des documents compromettants puissent tomber entre les mains d'un Reinhardt était tout simplement insupportable. Car bien malin qui pourrait prédire ce qui arriverait si cela se produisait.

« Pensez-vous qu'Ivan est au courant, lui aussi ? demanda-t-elle.

– Non. Il a eu l'air vraiment furieux quand Ivona a abattu Olivier. »

Ils en étaient là de leur conversation quand le téléphone sonna sur le bureau. Stéphanie décrocha, écouta un instant, puis activa la fonction haut-parleur et reposa le combiné.

« Monsieur Malone ? Ici Warner Fox. » Cotton se pencha en avant. « Que s'est-il passé ?

– Ce que vous auriez dû prévoir : les Russes ont tué tout le monde.

– Tom aussi ?

– S'il n'est pas là, vous vous doutez bien qu'il y a une raison.

– Vous êtes en train de m'expliquer que tous les acteurs présents, y compris Olivier, sont morts, excepté vous ?

– Absolument. Et, pour vous éviter de formuler la question qui vous brûle les lèvres, je n'en ai réchappé que grâce à un coup de chance. Les Polonais étaient en cheville avec les Russes, et ces deux pays avaient une bonne longueur d'avance sur vous depuis le départ. Vos mensonges n'ont fait qu'exaspérer à la fois Varsovie et Moscou.

– J'ai agi comme je le jugeais nécessaire.

– Vous faites n'importe quoi, et beaucoup de gens sont morts par votre faute.

– Inutile de préciser que vous ne toucherez pas un cent pour votre prestation.

– Vous savez déjà où vous pouvez vous les mettre, ces cent cinquante mille dollars.

– Vous n'avez aucune considération pour l'institution que j'incarne, n'est-ce pas ?

– Détrompez-vous, j'ai le plus grand respect pour la présidence. C'est pour vous que je n'en ai aucun.

– Stéphanie, ces renseignements sur Czajkowski, avez-vous une idée de l'endroit où ils se trouvent ? » demanda Fox, ignorant le camouflet.

Elle regarda Cotton, qui répondit d'un haussement d'épaules signifiant : « La décision vous revient. »

« Aucune pour le moment, mentit-elle.

– Je suis sur le point de m'entretenir avec le président polonais, annonça Fox.

– Qui sait que vous lui avez raconté des histoires, ajouta Cotton.

– Est-il encore possible de récupérer quelque chose ?

– Peut-être un peu de dignité si vous présentez des excuses à M. Czajkowski.

– Votre impertinence est décidément sans borne, marmonna Fox.

– Tom Bunch avait-il une famille ?

– Une femme et deux enfants.

– Donnez-leur les cent cinquante mille dollars. »

Cotton était sérieux. Cet imbécile de Bunch avait été tout sauf clairvoyant, mais sa femme et ses enfants n'y étaient pour rien.

« Stéphanie, vous n'avez pas répondu à ma question, reprit Fox. Reste-t-il une chance de récupérer quelque chose ?

– Je crains bien que non. La partie est finie.

– Dans ce cas, expliquez-moi pourquoi les Russes continuent à jouer. »

Vacherie ! Fox mettait en application l'adage que tout bon avocat se devait de faire sien : ne jamais poser une question dont on ne connaît pas la réponse, à moins de n'accorder aucune importance à ladite réponse. Ce salopard bénéficiait d'une information cachée, et Stéphanie était bel et bien coincée.

« C'est que, voyez-vous, la NSA a intercepté un message d'un agent du SVR russe nommé Ivan Fyodorov, actuellement à Cracovie, dans lequel il informait le Kremlin que le dossier Czajkowski était peut-être encore accessible... »

Ni Stéphanie ni Cotton ne pipèrent mot.

« Je vais partir du principe que vous en savez plus que ce que vous êtes disposés à révéler, tous les deux, reprit Fox. Mais, à votre aise. Tout cela est sans importance, désormais.

Je vous retire l'affaire. D'autres s'en occuperont. Ils sont d'ailleurs déjà en route pour Cracovie... »

Stéphanie secoua la tête. Cotton attendit la suite sans illusion.

« Stéphanie, vous êtes relevée de vos fonctions jusqu'à plus ample informé. Je laisse au ministre de la Justice le soin de décider de votre sort.

– Comme si sa décision faisait le moindre doute, commenta-t-elle.

– En effet, elle est déjà prise. Contrairement à vous, le ministre sait ce qu'est la loyauté.

– C'est surtout un imbécile.

– Vous ne me manquerez pas, assura Fox.

– Croyez bien que c'est réciproque », répliqua Stéphanie avant de raccrocher.

57

Czajkowski laissa longuement sonner son portable avant de répondre à l'occupant de la Maison-Blanche. Une impertinence qui parut réjouir Ivona.

« Que puis-je pour vous, monsieur le président ? demanda-t-il quand il eut enfin pris la communication en mode haut-parleur.

– Vous ne sortirez pas gagnant de cette histoire.

– J'ignorais que nous étions engagés dans une compétition.

– Tom Bunch est mort. Assassiné de sang-froid.

– Je suis sincèrement navré de l'apprendre. C'est une terrible tragédie. Mais en quoi me concerne-t-elle, monsieur le président ?

– Vous ne vous en tirerez pas comme ça !

– Je vous prie de bien vouloir m'excuser, mais je ne comprends pas. À quoi faites-vous allusion ?

– À ce que vous avez fait ou laissé faire. Malone dit que tout le monde a été tué et que les Russes et vous étiez de mèche.

– Il est vrai qu'eux et nous avons un intérêt commun sur ce dossier.

– Il y aura des mesures de rétorsion. Je vais ordonner que soit supprimée jusqu'au dernier cent la contribution que nous versons à la Pologne au titre de l'aide internationale.

– Vraiment ? s'exclama Czajkowski en riant. La totalité des dix millions d'euros ? Ne vous en privez pas, je crois que nous arriverons à vivre sans. »

Les États-Unis ne s'étaient jamais montrés financièrement très généreux envers Varsovie. Certes, conscients de l'importance stratégique de la Pologne, ils étaient toujours disposés à lui accorder un soutien militaire, mais cela se payait immanquablement par des concessions et des humiliations. Étant donné la menace constante que la Russie faisait peser sur le pays, les gouvernements précédents avaient été prêts à accepter ce marché de dupes. Pas Czajkowski.

« Je parlais des cent cinquante millions de dollars de matériel de défense que nous vous fournissons. »

Czajkowski avait été averti à propos de Fox par plusieurs chefs d'État européens qui avaient pu se faire une idée du personnage pour avoir déjà eu affaire à lui. Grossier. Pédant. Arrogant. Ignorant et content de l'être. Prompt à prendre la mouche et à manier la menace, surtout face à la contestation… Le portrait n'avait rien d'exagéré.

« Puis-je vous demander pour quel motif vous désirez interrompre ces ventes d'armes ?

– Refus de coopérer avec un allié. Si nos missiles ne sont pas assez bons pour vous, il n'y a pas de raison que notre matériel conventionnel vous convienne davantage.

– La situation qui résulterait d'une telle décision serait fâcheuse, mais nous achèterons des armes ailleurs. Je suis certain que les Chinois ou les Français seraient ravis de nous avoir pour clients.

– Ce qu'ils fabriquent ne vaut pas le *Made in USA*, et vous le savez aussi bien que moi. Nos armes sont les meilleures du monde. »

Czajkowski avait également été informé par ses collègues de la croyance irrationnelle de Fox dans la supériorité américaine en tous domaines.

« Les Chinois et les Européens ne seraient sûrement pas d'accord avec cette assertion. Mais qu'importe, je ne me laisserai pas forcer la main. Ni par vous ni par qui que ce soit d'autre. Il n'y aura pas de missiles sur le territoire polonais. Aucun. Vous faites courir un risque à mon pays, et je ne le tolérerai pas.

– Ce que je ne tolérerai pas, moi, c'est d'essuyer un refus de la part d'une nation de second ordre à peine plus développée qu'un pays du tiers-monde. Si nous n'avions pas été là, vous parleriez tous allemand à l'heure qu'il est. »

Le regard de Czajkowski croisa celui d'Ivona, où il lut une exhortation muette à garder son calme et son sang-froid. Il lui adressa un hochement de tête entendu avant de répliquer :

« Pour autant que je me souvienne, monsieur le président, ce sont les Soviétiques qui nous ont libérés. Après quoi votre pays et l'Angleterre ont permis à Staline de faire main basse sur la Pologne et de la soumettre à quarante-cinq années d'oppression barbare.

– Vous êtes des ingrats, Czajkowski, vous et tous les Européens. Des ingrats, vous m'entendez ? Nous vous avons sauvé la mise. Tout ce que nous attendons de vous, c'est un peu de loyauté. Nous avons un sérieux problème, aujourd'hui. Des représentants de plusieurs États souverains ont été assassinés…

– Alors qu'ils tentaient d'acheter des renseignements avec lesquels ils comptaient exercer un chantage sur moi. Comme vous.

– Ne m'interrompez pas !

– Aux dernières nouvelles, monsieur le président, je suis moi-même le dirigeant élu d'un État souverain. Nous sommes des égaux.

– Ça, certainement pas. Tom Bunch a été descendu. C'est un affront qui ne restera pas sans réponse.

– J'étais là quand c'est arrivé, intervint Ivona.

– Qui parle ?

– Je suis la personne qui a abattu Jonty Olivier. Les autres ont été tués par les Russes. Je vous souhaite bien du plaisir pour laver cet affront-là, monsieur le président. Êtes-vous prêt à déclencher la Troisième Guerre mondiale ?

– Éliminer Olivier était une ânerie.

– Non. En revanche, essayer de faire chanter le président de la Pologne en était une belle. Nous nous sommes contentés d'y mettre bon ordre.

– J'ai envoyé des agents sur place. Ils sont en route et régleront le problème. Pour de bon.

– Soyez assuré que si ces agents enfreignent de façon quelconque les lois polonaises, ils seront arrêtés et incarcérés, dit Czajkowski, qui en avait plus qu'assez.

– Je suis certain que les Slovaques seraient ravis d'apprendre ce qui s'est passé sur leur territoire aujourd'hui. Mon prochain appel sera pour eux. »

Czajkowski nota avec intérêt que Fox ne semblait pas disposer de toutes les données. Il paraissait ignorer que le site avait été nettoyé. Ivona, qui était à l'évidence arrivée à la même conclusion, articula silencieusement le mot « Malone ». Il acquiesça. Tout cela était logique : au moment où il avait transmis son rapport à Fox, Malone ne pouvait pas être au courant de la suite des événements.

« Je vous engage à agir comme vous le jugerez bon. Après tout, qui suis-je pour argumenter avec le président des États-Unis, moi qui ne suis que le représentant d'une nation de second ordre à peine plus développée qu'un pays du tiers-monde ?

– J'installerai ces missiles chez vous d'une façon ou d'une autre. Le feu vert me sera donné soit par vous, soit par votre successeur. Car, voyez-vous, il y a quelque chose que vous ignorez. »

Ils attendirent la suite.

« Votre opération a échoué. Les Russes assurent que le dossier vous concernant est peut-être encore accessible et qu'ils vont s'arranger pour l'avoir. Sauf que je ferai tout pour les en empêcher. »

L'inquiétude de Czajkowski refit instantanément surface, mais il se garda d'en rien laisser paraître.

« Je vous souhaite bonne chance dans cette entreprise-là aussi, monsieur le président », dit-il avant de raccrocher.

Il se tourna vers Ivona.

« Tu crois que ce qu'il a raconté tient debout ?

– Olivier a répété à plusieurs reprises qu'il était le seul à connaître la cachette, et ça paraissait vraisemblable. Pourquoi aurait-il livré son secret à des tiers ? D'après lui, même DiGenti, son homme de confiance, en ignorait l'emplacement. Et, de toute façon, DiGenti est mort.

– Aurait-il pu parler avant de mourir ?

– Ça, je n'en sais rien.

– Serait-il possible que les Russes bluffent pour endormir Fox ? Ils pourraient fabriquer de faux documents. Ce ne serait pas la première fois. »

Ivona semblait réfléchir, son cerveau tournant à plein régime.

« Il faut que je passe un coup de fil », déclara-t-elle enfin.

Elle sortit son téléphone, composa un numéro, parla un instant, écouta, puis remercia son interlocuteur et mit fin à la communication.

« Cotton et Stéphanie Nelle ont quitté le consulat ensemble il y a vingt minutes, dit-elle. Nous surveillons le bâtiment en permanence. Et on dirait que la chance nous sourit. Cotton a utilisé la BMW dans laquelle j'ai trouvé la Lance et toutes les Arma Christi, à Sturney. Après m'être emparée de la Lance, j'ai posé un traceur sur la voiture en me disant qu'il serait peut-être utile de savoir ce qu'il adviendrait des autres reliques. »

Son portable sonna, et elle décrocha.

« Ils ont quitté la ville et pris la route de l'est en direction de Wieliczka, annonça-t-elle après avoir mis l'appel en attente. Il faut que j'aille voir ce qu'il en est sur place. »

Il approuva d'un signe de tête. Elle reprit la communication et ordonna à son interlocuteur de la tenir au courant, avant de se diriger vers la porte.

« Attends, dit-il. Je viens avec toi. »

58

Cotton était au volant, Stéphanie à côté de lui. Elle était dans une position intenable, et il compatissait. Bien sûr, toute cette affaire était désormais sans importance pour elle, puisqu'elle serait bientôt sans emploi. Il ne connaissait pas son âge exact, mais elle avait à coup sûr dépassé les soixante-cinq ans. Elle pourrait donc prendre sa retraite, voyager, se divertir, rendre plus souvent visite à Mark, son fils, qui vivait dans le sud de la France, bâtir quelque chose avec Danny Daniels... Mais il savait pertinemment qu'elle ne ferait rien de tout cela. Stéphanie était un officier du renseignement jusqu'au bout des ongles. Elle était veuve depuis longtemps, et sa carrière était devenue toute sa vie. Était-ce une bonne chose ? Peut-être pas. Mais c'était un fait, et elle semblait contente des choix qui avaient été les siens. Il ne comptait plus les situations qu'elle avait sauvées grâce à son sang-froid et à ses décisions courageuses, les actions qui auraient dû lui valoir la reconnaissance des États-Unis. Nom d'un chien, elle avait même été blessée par balle dans l'exercice de ses fonctions ! Et pour quelle récompense ? Une lettre de licenciement.

« La bonne nouvelle, dit-il, c'est que les agents de Fox n'ont aucune idée d'un lien possible avec la mine de sel. La mauvaise, c'est que nous sommes suivis.

– Il fallait s'y attendre, répondit Stéphanie, le regard fixé au-delà du pare-brise. Fox cherche à savoir ce que nous faisons.

– Je vais dépasser la mine et je sèmerai le type qui nous file une fois de l'autre côté de la ville. Nous ferons demi-tour ensuite... Je suis vraiment désolé de ce qui vous arrive.

– Je m'étais toujours demandé comment se terminerait ma carrière. Tout a une fin, et Dieu sait que j'ai effectué un parcours passionnant et bien plus long que nécessaire. Il était sans doute temps que je tire ma révérence et que je passe à autre chose.

– À qui voulez-vous faire croire ça ? »

Elle ne répondit pas tout de suite, mais il la vit sourire. Il jeta un coup d'œil dans le rétroviseur. La voiture qu'il avait repérée à Cracovie était toujours là, à deux véhicules de distance. Vraisemblablement quelqu'un du consulat. Peut-être l'un des *marines*, qui les surveillait sur ordre de la Maison-Blanche. Mais, dans son arrogance de novice, Fox n'avait même pas songé que deux agents du renseignement aussi expérimentés qu'eux s'attendraient à une telle manœuvre et prendraient leurs dispositions pour la déjouer.

« C'est à moi-même que je raconte des histoires, dit enfin Stéphanie. Nous le savons l'un et l'autre. Je ne suis pas prête à laisser ma place. »

Elle avait toujours vécu dans un monde de secrets où chaque apparence était trompeuse, chaque mot, chaque geste suspect. C'était le lot de tout agent du renseignement, et il était difficile de se réadapter après une pareille existence. Lui-même en avait fait l'expérience.

« Cette histoire n'est pas finie. Si nous trouvons ce fameux dossier, votre cote remontera en flèche », assura-t-il.

Il entra dans la petite ville de Wieliczka, nichée au fond d'une vallée entre deux chaînes de collines, quinze kilomètres au sud-est de Cracovie. Le bourg, plein de charme avec ses ruelles anciennes, se fondait joliment parmi les frondaisons de ses parcs verdoyants. Il comprenait plusieurs églises remarquables, un marché et un monastère, mais il était surtout connu pour la mine creusée dans son sous-sol. Cotton dépassa l'accès au site, traversa l'agglomération et continua vers le sud-est sur une deux-voies.

La circulation se fit moins dense. Leur suiveur était toujours derrière eux, à cinq cents mètres, mais plus aucune voiture ne les séparait de lui. Il était temps de mettre un terme à ce jeu du chat et de la souris.

Sur une portion de route rectiligne et sans déclivité, Cotton leva le pied. Comme l'autre auto se rapprochait, il se déporta à gauche tout en freinant, obligeant celle-ci à venir à sa hauteur sur la droite et à rouler de front avec lui.

Le conducteur brandit un pistolet. Cotton baissa la tête, aussitôt imité par Stéphanie.

« Ce n'est pas un *marine*, dit-elle.

– C'est sûr », acquiesça-t-il avant de donner un coup de volant à droite et de percuter son poursuivant par le flanc, l'empêchant momentanément de faire feu.

Il écrasa sa pédale de frein et la BMW pila en dérapant. L'autre continua son chemin avant d'exécuter un demi-tour pour revenir sur eux.

Cotton enfonça alors l'accélérateur tout en braquant brutalement vers la gauche. Il y eut un hurlement de moteur, puis la gomme accrocha l'asphalte et la voiture fit volte-face. Il redressa et mit pleins gaz. Les précieuses reliques se rappelèrent à son souvenir en s'entrechoquant sur la banquette arrière.

« On se croirait sur le grand huit, commenta Stéphanie. Contente de voir que vous n'avez pas perdu la main.

– Et ce n'est qu'un début, répondit-il avec un sourire. Préparez-vous à tirer. »

Il désigna sur la console centrale le pistolet qu'Ivona lui avait donné à Sturney. Elle le prit.

Ils retournaient maintenant vers Wieliczka. Profitant d'un trou dans la circulation qui venait en sens inverse, leur poursuivant déboîta en franchissant la ligne continue et tenta de les rattraper, déclenchant un concert de klaxons, avant de se rabattre vivement juste derrière eux.

Cotton fonçait à cent vingt kilomètres à l'heure. Ils n'étaient plus très loin de l'entrée de la ville, où la route deviendrait rue, mais cela ne semblait pas impressionner celui qui les filait.

À moins qu'il ne fût complètement inconscient.

Le chauffard se rapprocha et heurta le pare-chocs arrière de la BMW. Cotton freina, provoquant une nouvelle collision. Mais, cette fois, il était prêt. Répétant la manœuvre exécutée quelques instants plus tôt, il changea de voie et força l'inconnu à rouler à sa hauteur sur la droite. Stéphanie baissa la vitre et fit feu à deux reprises, une fois dans la fenêtre du conducteur, une fois dans le pneu avant gauche.

Qui explosa.

Anticipant ce qui allait se produire, Cotton accéléra à fond. L'autre voiture fit une embardée, quitta la route et disparut parmi les arbres.

« Joli tir, commenta-t-il.

– Moi non plus, je n'ai pas tout à fait perdu la main », répondit-elle.

On pouvait le dire.

Il se gara dans un parking goudronné affecté aux visiteurs de la mine, sur un emplacement proche de la sortie. Puis ils traversèrent la rue et se dirigèrent vers le puits Daniłowicz, seul accès possible aux galeries pour les personnes non munies de coupe-file, comme l'indiquait un panneau. En surface, le complexe s'étendait sur plusieurs hectares, ses divers bâtiments intégrés dans la ville construite des siècles plus tôt pour héberger les familles des mineurs.

Ils avaient quitté le consulat en catastrophe sans prévenir personne, mais, avant de partir, Stéphanie avait donné un coup de téléphone dont elle n'avait pas reparlé à Cotton depuis.

« J'ai appelé notre ambassadeur à Varsovie, tout à l'heure, dit-elle comme ils se dirigeaient vers le puits. C'est un survivant de l'administration Daniels. Fox ne l'a pas encore remplacé. Inutile de préciser qu'il ne porte pas notre nouveau président dans son cœur. Je lui ai demandé de faire jouer ses relations pour que nous puissions entrer dans la mine sans éveiller l'attention. »

Il serait bientôt 17 heures, et il y avait encore une file d'une centaine de personnes devant les guichets. Un peu à l'écart se tenait une jeune femme blonde vêtue d'une combinaison aux allures d'uniforme réglementaire. Elle devait les attendre, car elle vint aussitôt vers eux et se présenta.

« Bonjour, je m'appelle Patrycja. On m'a informée que vous désiriez descendre au niveau IX.

– Est-ce possible ? Rapidement ? s'enquit Stéphanie.

– J'ai ordre d'accéder à toutes vos demandes. Nous pourrons démarrer dès que vous vous serez changés. Il faut une tenue spéciale. Le niveau IX ne fait pas partie des parcours touristiques ordinaires, il est réservé au "parcours minier". »

La perspective de cette expédition dans les profondeurs n'était pas faite pour réjouir Cotton, qui souffrait de claustrophobie. Manifestement consciente de ce qu'il ressentait, Stéphanie tenta de le rassurer :

« Il paraît que les galeries sont larges et bien ventilées, n'est-ce pas, mademoiselle ?

– L'espace n'est pas du tout confiné, en bas, c'est vrai », confirma leur guide.

Des paroles lénifiantes qu'il avait souvent entendues dans ce genre de circonstances et qui ne le tranquillisaient pas vraiment. Mais ce qui l'inquiétait bien davantage était l'éventuelle présence des Russes et d'Eli Reinhardt, peut-être déjà sur place. Le fou du volant qui venait de les prendre en chasse ne pouvait qu'être à la solde de l'un ou des autres.

Il jeta un coup d'œil alentour et ne décela aucun détail alarmant. Mais cela n'excluait en rien la possibilité d'ennuis imminents.

59

Eli descendit du taxi qui l'avait emmené de Cracovie à la mine de sel. Une course brève qui lui avait tout de même coûté cent euros. Mais le chauffeur était, comme lui, un entrepreneur, et il ne pouvait pas lui reprocher de pratiquer des tarifs prohibitifs alors que lui-même gagnait sa vie en tirant profit des gens.

Il se tenait devant la tour de graduation, une énorme structure évoquant un donjon, construite en mélèze et couverte de branches de prunellier sur lesquelles de la saumure coulait en permanence, jour et nuit. Le microclimat généré au sein de l'entrelacs de fagots opérait comme un inhalateur naturel, pénétrant les muqueuses respiratoires et favorisant le bon fonctionnement des poumons, des sinus, des intestins et même du cerveau. On pratiquait les bains d'eau salée dans la région depuis des centaines d'années, la surabondance de saumure concentrée produite par la mine devant être évacuée d'une façon ou d'une autre. Vers la fin du XIXe siècle, un système élévateur avait été installé pour monter ce liquide jusqu'à la surface et alimenter un centre de balnéothérapie.

Il acheta un billet et pénétra dans la tour. Une passerelle en spirale le conduisit au cœur de la construction, haute de vingt mètres. Le mécanisme à l'œuvre semblait simple. Des pompes poussaient l'eau chargée en sel jusqu'au sommet de l'ouvrage, d'où elle redescendait en se dispersant le long des branches et des brindilles, ce cheminement goutte à goutte permettant à la saumure de se concentrer de plus en plus en s'évaporant partiellement, et de libérer accessoirement un aérosol salubre qui saturait l'air ambiant.

Il prit quelques profondes inspirations qui lui firent le plus grand bien. Il se promit de mieux prendre soin de sa santé, surtout maintenant qu'il s'était enrichi de cinq millions d'euros. C'était Munoz qui l'avait appelé pour lui dire de monter dans la tour, proche de l'entrée principale de la mine. À travers des interstices dans la paroi extérieure, il apercevait la foule des visiteurs, dont la plupart regagnaient leurs voitures pour s'en aller. Il y avait peu d'amateurs pour tester les vertus curatives de la graduation en cette fin d'après-midi, ce qui l'arrangeait bien, car il ne voulait pas être dérangé.

Au détour d'un palier, il tomba sur Munoz et Konrad.

« Qu'est-ce que c'est que cette histoire ? demanda ce dernier, l'air inquiet. Et comment avez-vous eu mon adresse ?

– Le renseignement est mon métier, répondit Eli.

– Où est DiGenti ? »

Pas question de révéler quoi que ce soit.

« C'est nous qui prenons les rênes, désormais.

– M. Olivier a bien précisé que tout cela devait rester confidentiel. Il n'a jamais dit que vous aviez un rôle à y jouer.

– Si j'étais là hier soir, c'est justement parce que je joue un rôle dans l'affaire, assura-t-il avant de poursuivre, sur un ton conciliant : J'ai besoin de votre aide. Pour l'obtenir, je suis prêt à vous verser cent mille euros.

– C'est bien plus que ce que j'ai jamais reçu de DiGenti, avoua Konrad en ouvrant de grands yeux.

– Contrairement à lui, je suis d'avis qu'il faut rémunérer les gens honnêtement pour les services qu'ils rendent. Cette somme vous paraît-elle acceptable ? »

Konrad acquiesça. Eli savait depuis longtemps que chaque homme avait son prix. Le tout était de l'évaluer, et d'être en mesure de le payer. Ce qui ne posait pas de problème, en l'occurrence.

« Que voulez-vous que je fasse ? s'enquit le guide.

– Que vous nous conduisiez à la statue de saint Bobola, au niveau IX, dit Eli, qui avait découvert sur Internet le lien entre le saint et la mine.

– Je crois savoir où elle se trouve, déclara Konrad après avoir réfléchi un instant. Elle est dans une petite chapelle.

– Parfait. En combien de temps pouvez-vous nous mener jusque-là ?

– Une demi-heure. Peut-être moins. Quand toucherai-je l'argent ?

– Au retour. Bien entendu, la discrétion la plus totale est de mise. Personne ne doit savoir que nous sommes là.

– Ce n'est pas un problème. DiGenti avait la même exigence.

– Mais je vous paye plus que lui, j'attends donc davantage de votre part.

– Comme moi », fit une voix derrière lui.

Il se retourna et vit Ivan qui approchait en se dandinant lourdement, tel un cheval de trait massif, ses yeux noirs de charognard fixés sur lui. Eli aurait voulu pouvoir s'envoler séance tenante vers d'autres sphères plus accueillantes, mais on n'échappait pas à la réalité. Il devait à tout prix conserver le contrôle de la situation, même s'il sentait son assurance s'évaporer chaque seconde un peu plus.

« Konrad, allez faire ce qu'il faut pour que nous puissions entrer, ordonna-t-il. M. Munoz va vous accompagner. Art, vous reviendrez me chercher quand tout sera prêt.

– Vous ajouter une personne dans groupe », commanda Ivan alors que les deux hommes se mettaient en route.

Konrad s'arrêta et regarda Eli.

« Faites ce qu'il demande », dit celui-ci, comprenant qu'il n'avait pas le choix.

Konrad hocha la tête et s'éloigna en compagnie de Munoz. Eli se tourna vers Ivan.

« Comment avez-vous su ?

– Je professionnel depuis longtemps. J'ai don pour deviner les personnes. Et puis, je pas faire confiance à vous. Jamais. Alors j'observe vous. » Il montra ses yeux de ses deux doigts. « Vous avez trouvé quelque chose dans château. Je vu ça dans votre regard. Pourquoi je laisse Malone partir, à votre avis ? Vous savoir la chose que je vouloir savoir. Je veux dossier Czajkowski.

– Je comptais vous le vendre. »

Ivan eut un petit rire.

« Bien sûr. Mais j'ai meilleure offre. Je laisse vous vivre si vous me donnez documents. »

Exactement ce qu'Eli avait craint.

« Pourquoi n'iriez-vous pas les chercher vous-même, sans moi ? Je n'ai plus aucune raison de m'impliquer dans l'affaire.

– Je pas d'accord. Il est très important que vous être là. Nous descendre ensemble. Cotton Malone en chemin pour venir ici… »

Il ne manquait plus que ça, songea Eli.

« Un des hommes à moi a essayé arrêter lui.

– Cette affaire attire décidément beaucoup de monde.

– Ce aussi mon avis. »

Eli avait sans conteste un gros problème. Son excursion au fond de la mine risquait fort de se transformer en voyage sans retour. Mais, s'il se sauvait, le Russe avait sûrement des agents à sa disposition pour le rattraper. Non, la seule chose à faire était de régler la question en bas, où l'obscurité et l'isolement lui procureraient peut-être un avantage.

« D'accord, concéda-t-il. Descendons ensemble. »

Un sourire dédaigneux se dessina sur les lèvres d'Ivan.

« Vous recevoir beaucoup argent. Assez pour donner à moi dossier gratuit.

– Ces documents valent bien plus que cinq millions d'euros.

– Pas pour vous. Vous devez compensation à moi pour vos mensonges. »

Encore une fois, Eli était coincé.

« Écoutez, finissons-en avec cette histoire et séparons-nous bons amis.

– Vous devez être reconnaissant à moi si je ne vous tue pas, monsieur le courtier.

– Vous ignorez où les documents sont cachés, moi je le sais, tenta encore Eli.

– Vous avoir vu où ça mener Olivier. Il ne faut pas provoquer Ivan. Je vouloir seulement récupérer documents et finir avec tout ça. »

Une affirmation dont Eli ne croyait pas un mot. Les Russes mentaient comme ils respiraient. C'était congénital, chez eux. Son unique option était de descendre avec ce démon.

Ça, encore, c'était facile. Mais remonter en un seul morceau allait être une autre paire de manches.

60

Czajkowski se sentait libre dans une certaine mesure. Pour la première fois depuis cinq ans, il n'avait pas de détachement du BOR qui lui collait aux basques. Pas non plus de journalistes ni de conseillers. Il était seul avec Ivona. Il avait fallu que Michał Zima use directement de son autorité auprès des gardes du corps pour que ceux-ci acceptent de s'effacer. Le chef du BOR lui-même avait à l'évidence été quelque peu tranquillisé par la présence d'Ivona au côté du président. S'il se passait quelque chose, il serait tenu pour responsable, mais il avait assuré être prêt à assumer toutes les conséquences. L'opinion que Czajkowski se faisait de Zima était en train d'évoluer. Le patron des services de sécurité se révélait doué d'un véritable esprit d'équipe, capable d'apprécier le degré de gravité d'une situation et de ses répercussions politiques. Il avait manifestement mesuré la portée de l'affaire pour le pays tout entier.

Ivona venait d'être informée par téléphone que la voiture de Cotton Malone et Stéphanie Nelle était maintenant garée sur un parking de la mine de Wieliczka. Curieuse destination pour deux agents américains du renseignement. Difficile de croire qu'ils étaient là en touristes. Czajkowski était descendu plusieurs fois dans la mine pour assister à des concerts ou des cérémonies. L'endroit, qui avait quelque chose d'irréel, donnait au visiteur l'impression d'être au cœur d'une galerie marchande à cent mètres sous terre.

Mais les zones accessibles au public ne représentaient qu'une infime partie du gigantesque complexe. Le reste recelait-il autre chose que des dépôts de sel inexploités ?

« Que peuvent bien faire là ces Américains ? » marmonna-t-il.

Ivona était au volant de la voiture qu'elle avait utilisée toute la journée. Lui-même était assis sur le siège passager. Sans cravate ni veste de costume, il avait ouvert le col de sa chemise blanche et relevé ses manches.

« Je n'en sais rien, répondit-elle. Ce n'est pas banal.

– Ça a sûrement quelque chose à voir avec ce qu'a affirmé Fox à propos des Russes : ils pensent que le dossier peut encore être retrouvé, et Malone les aura devancés pour le récupérer.

– À moins que ce ne soit eux qui aient un coup d'avance. »

Le silence retomba dans l'habitacle. Pendant qu'ils continuaient de foncer sur la route de Wieliczka, Czajkowski s'imaginait à la fin de son second mandat, affranchi de ses obligations politiques et familiales, enfin libre de faire ce qui lui plaisait. Ce serait une grande première. Il avait passé sa vie à exercer une responsabilité après l'autre, à se hisser jusqu'au sommet. Il n'ignorait pas que la présidence était par bien des aspects plus honorifique qu'autre chose, mais il n'en possédait pas moins de réels pouvoirs dans certains domaines. Entre autres, celui de ratifier les traités avec les gouvernements étrangers.

Le problème aurait été beaucoup plus épineux si l'arbitrage final revenait aux parlementaires, pratiquement incapables de dégager des majorités quel que soit le sujet en discussion. Les choses n'avaient guère évolué depuis l'abolition du *liberum veto*, trois siècles plus tôt. Certes, l'unanimité n'était plus requise, mais obtenir une majorité simple sur un texte pouvait être tout aussi difficile.

J'interdis librement… Une déclaration chère au cœur des Polonais, maintenant comme jadis.

Dieu merci, c'était à lui seul qu'appartenait la décision concernant l'implantation de missiles sur le territoire national. De nombreux députés verraient d'un bon œil un accroissement de la présence américaine, comme cela avait déjà été le cas des années auparavant, au moment de l'abandon du premier projet. D'autres, en revanche, s'opposeraient à toute ingérence étrangère, quelle qu'elle soit. Ces derniers seraient sans doute majoritaires, mais de justesse. L'installation de ces armes états-uniennes serait perçue comme une gifle à Moscou – et ce n'était pas autre chose. Or le grand voisin de l'Est n'avait jamais goûté ce genre de provocation. Et Czajkowski doutait fort que les Européens ou les Américains soient prêts à entrer en guerre pour garantir l'indépendance de la Pologne. OTAN ou pas, la Pologne avait toujours constitué une variable d'ajustement.

Et il n'en irait jamais autrement.

« Tout repose entre nos mains, souffla-t-il. Nous ne pouvons pas permettre aux Russes de s'emparer de ces documents.

– Je ferai en sorte que ça n'arrive pas », dit Ivona.

Le téléphone de la jeune femme vibra et elle répondit. La communication ne dura que quelques secondes.

« Ils entrent dans la mine, annonça-t-elle. Il faut que nous les retardions. »

Il sortit son propre portable pour appeler Zima, à qui il donna ses instructions.

« Ralentissez-les, mais sans les arrêter. Nous avons besoin de quinze minutes. »

Sans surprise, Zima assura qu'il faisait le nécessaire.

« Que ferons-nous une fois là-bas ? demanda-t-il à Ivona quand il eut raccroché.

– Nous essaierons de les suivre au plus près sans nous faire remarquer. »

Il regarda sa main gauche et la chevalière qu'il avait au doigt depuis des décennies, façonnée par un joaillier de

Varsovie disparu il y avait bien longtemps. Elle était en étain, et non en or, le métal précieux ayant été une rareté pendant la période communiste et celle qui avait suivi, mais ce matériau moins noble avait été jugé assez digne pour servir de support à une allégorie patriotique.

Boleslas le Vaillant avait été le premier à utiliser l'aigle blanc monocéphale pour symboliser la royauté, au Xe siècle. C'était également lui qui avait appelé la région Polona, du nom d'une tribu locale qui occupait le territoire depuis un millénaire. La représentation officielle de l'emblème était précisée par la Constitution : de gueules à l'aigle d'argent armée becquée et couronnée d'or ; ailes et membres déployés, tête tournée vers sa droite.

Cela faisait trente ans que Czajkowski portait tous les jours cette bague, marque de son engagement, mais, pour la première fois depuis longtemps, il avait peur. Il ressentait la même impuissance qu'il avait éprouvée en 1982 dans la prison de Mokotów. Son angoisse ne s'était apaisée que quand il avait rencontré Stanis Orlik et pris conscience qu'il existait en fait une issue à son dilemme.

Il se trouvait à présent dans une situation analogue.

Plusieurs choix s'offraient à lui.

Mais aucun ne semblait avisé.

61

Cotton remonta la fermeture Éclair de la combinaison verte qu'il avait passée par-dessus ses vêtements. Stéphanie et lui se trouvaient dans un vestiaire rattaché à l'un des puits réservés aux mineurs. Le puits accessible au tout-venant des touristes, situé dans un bâtiment différent, continuait d'assurer la montée et la descente des visiteurs de l'après-midi. Encore plus loin, d'autres ascenseurs véhiculaient les candidats au « parcours minier ». Leur guide blonde les avait menés directement dans les locaux affectés au service en contournant les secteurs très fréquentés. Le pistolet que Cotton avait rapporté de Sturney était maintenant bien calé dans sa ceinture, sous la combinaison. Se doutant qu'il était interdit d'introduire des armes dans la mine, il s'était abstenu de signaler qu'il en portait une. Mais, après leur mésaventure sur la route, il n'était pas question qu'il s'en sépare.

« Pas très élégant, mais pratique, commenta-t-il.

– On dirait Mario et Luigi », répondit Stéphanie en coiffant son casque et sa frontale.

Il sourit. La comparaison était bien vue. Assise sur un banc, son ex-patronne enfila les brodequins fournis par la guide. Il avait déjà lacé les siens et se sentait très bien dedans.

« Quand j'y pense…, reprit-elle. Nous voilà à la tête d'un lot de reliques sacrées, caché dans le coffre d'une voiture garée sur un parking, et nous avons peut-être sous les pieds des documents on ne peut plus compromettants pour le président polonais. Jamais les gens pour qui j'ai travaillé pendant des dizaines d'années à la sauvegarde de mon pays ne m'auraient mise – ou ne se seraient mis eux-mêmes – dans une situation aussi intenable. Et pourtant, j'en suis là.

– Il faut faire avec les cartes qu'on a en main, vous le savez bien.

– Sauf que je pars sans même une paire de deux dans mon jeu.

– Si nous trouvons ce que nous cherchons, c'est une quinte flush royale que vous toucherez.

– Et qu'est-ce que j'en ferai ?

– Le sénateur Danny Daniels pourra peut-être se servir de ce dossier pour coincer Fox. À mon avis, une tentative de chantage sur la personne d'un chef d'État étranger tombe dans la catégorie des crimes et délits. Ce pourrait être un motif de destitution.

– Ça ne ferait qu'exacerber le problème. Tout le monde se plaît à réclamer la destitution de tel ou tel à cor et à cri, mais ce n'est pas une bonne manière de revenir sur une élection. Les gens ont choisi Warner Fox. Qu'il soit incompétent n'est pas le problème si les citoyens ont décidé de l'avoir pour chef.

– Je vous trouve bien fataliste, tout à coup.

– Réaliste, plutôt.

– J'imagine que vous ne seriez pas d'accord pour attendre ici pendant que je descends dans les galeries ? demanda-t-il par acquit de conscience.

– Vous avez toujours veillé sur moi, n'est-ce pas ? dit-elle en souriant.

– Je pourrais en dire autant de vous.

– Le jour où je suis venue vous chercher dans la prison du comté de Duval, je n'étais pas sûre d'avoir pris la bonne décision. Bien sûr, les rapports vous concernant étaient dithyrambiques, mais imaginez ma première impression quand j'ai appris que vous aviez tiré sur une femme...

– Une femme qui venait d'assassiner son mari et m'avait ensuite pris pour cible.

– C'est vrai. Vous vous êtes bien défendu compte tenu de la situation. Et vous vous êtes parfaitement acquitté de la mission que je vous ai confiée ensuite. J'ai alors compris que j'avais affaire à un gagnant. »

Elle finit de lacer ses chaussures avant d'ajouter :

« Pour info, je n'ai pas envie que Danny mène mes batailles à ma place.

– Vous aurez du mal à l'en dissuader.

– Je sais. Et j'apprécie cette attitude chez lui. Mais ce qui est en train de se passer est mon problème, et c'est à moi de le régler.

– Fox a toujours eu dans l'idée de se débarrasser de vous. Votre seul atout est peut-être au fond de cette mine.

– Ce qui ne me mènera pas à grand-chose. Cette affaire est pourrie depuis le début. »

La porte du vestiaire s'ouvrit, et Patrycja, leur guide, entra.

« Tout est arrangé, annonça-t-elle. Nous pourrons descendre dans quelques minutes. J'ai apporté un plan du niveau IX. »

Elle déplia une grande feuille de papier épais sur laquelle était représenté un dédale de tunnels sinueux et de chambres.

« La statue de saint Bobola n'est que l'une des centaines qui sont réparties dans toute la mine, expliqua-t-elle. Elle a été sculptée au XIXe siècle. D'après ce que je sais, elle n'est pas en très bon état. Je trouve bizarre qu'on lui accorde tant d'importance… »

Cotton comprit qu'ils allaient devoir faire preuve de doigté pour continuer à s'assurer la coopération de la jeune femme tout en lui en révélant le moins possible. Mais il n'oubliait pas non plus que leur expédition recelait des dangers potentiels, surtout si les Russes ou Eli Reinhardt décidaient de se manifester. Il espérait seulement avoir de l'avance sur eux, car il ne voulait à aucun prix faire courir des risques à leur accompagnatrice.

« Disons que c'est peut-être l'endroit où elle se trouve qui est important, rectifia-t-il. C'est pourquoi nous devons aller jeter un coup d'œil.

– La statue est ici, indiqua Patrycja en désignant l'emplacement sur le plan – une petite chambre située dans une galerie secondaire du niveau IX et desservie par plusieurs tunnels. C'est un carrefour. Les chapelles étaient souvent installées à des points de jonction comme celui-là.

– Comment Jonty Olivier a-t-il pu aller déposer des documents dans un endroit pareil ? demanda Stéphanie. J'imagine qu'on ne peut pas arriver là par hasard.

– Seuls les guides peuvent accéder à ces zones, confirma Patrycja, qui sortit une petite télécommande en plastique de sa poche de combinaison. Sans ce bip, impossible de faire descendre les ascenseurs aux niveaux inférieurs. Une cinquantaine de guides en reçoivent un chaque jour, et ils doivent le rendre à l'heure de la fermeture. »

Cotton regarda Stéphanie. Ce que venait de dire Patrycja signifiait qu'Olivier, comme eux, avait trouvé un moyen de descendre, et qu'il avait bénéficié d'une aide interne. Et si Reinhardt ou quelqu'un d'autre voulait se rendre au niveau IX, il lui faudrait procéder de la même manière, et donc perdre du temps. Avec un peu de chance, cela pourrait jouer en leur faveur.

« Nous verrons ça plus tard, dit-il à Stéphanie, comprenant qu'elle avait eu la même idée que lui.

– Vous savez sans doute qu'en 1978 ce site a été un des premiers classés au patrimoine mondial par l'Unesco…, rappela-t-elle, taquine.

– Bon, d'accord, je ferai un effort pour me tenir, cette fois », répondit-il avec un sourire.

Puis il pensa à Ivona. Était-elle au fait des derniers événements ? L'Agencja Wywiadu comptait parmi les meilleurs services de renseignement du monde. Si Warner Fox savait que les Russes n'avaient pas abandonné la partie, on pouvait parier que l'AW le savait aussi. Et ce ne serait pas les règlements ou les histoires de bip qui empêcheraient Ivona d'agir.

Il devait rester sur ses gardes.

La marche à suivre ? Très simple : entrer et ressortir. Vite. Sans bavure.

Ils ne pouvaient se permettre aucune erreur.

62

Czajkowski et Ivona avaient trouvé dans le parking la BMW utilisée par Malone, mais pas les reliques qu'Ivona avait vues sur la banquette arrière en Slovaquie. Celles-ci lui importaient peu, de toute façon. Le plus important pour Czajkowski était que la Lance appartenant au trésor national polonais ait été récupérée. Les autres Arma Christi n'étaient pas son problème. Ce qui le préoccupait surtout était l'éventualité que quelqu'un le reconnaisse, car il n'était pas déguisé en touriste, comme au monastère de Jasna Góra. Par chance, la foule qui l'entourait était en majorité composée d'étrangers qui ignoraient à quoi ressemblait le président polonais.

Quoi qu'il en soit, il se sentirait mieux une fois à l'intérieur de l'édifice vers lequel ils se dirigeaient maintenant.

Après avoir localisé la voiture de Malone, ils avaient poursuivi leur route vers le centre de la bonne ville de Wieliczka et le château Żupny, où Zima leur avait dit de se rendre. Ainsi nommé parce que le *żupnik* – l'administrateur royal de la mine – y vivait jadis, ce château datait du XIIIe siècle. Comme une grande partie de la Pologne, il avait été détruit pendant la guerre, mais, curieusement, il avait été rebâti à l'époque communiste. De style gothique, élégant, il comprenait une muraille fortifiée, une tour et plusieurs annexes abritant des expositions qui retraçaient l'histoire de Wieliczka et de l'exploitation du sel.

Mais ils n'étaient pas venus pour s'instruire ou admirer les lieux.

Après s'être garés sur un parking public, ils gravirent l'allée pavée bordée d'arbres qui menait à l'entrée du château. Devant la porte les attendait un personnage courtaud qui se présenta comme le directeur de la mine. Apparemment, Michał Zima avait des relations haut placées, et s'était adressé directement au bon Dieu plutôt qu'à ses saints, tout en faisant passer le message sur la nécessaire discrétion qu'il convenait d'observer.

« Je vous remercie pour votre aide, dit Czajkowski au maître des lieux. Nous avons besoin de savoir avec précision où se trouvent deux personnes qui sont actuellement dans la mine.

– C'est ce que m'ont expliqué vos agents de sécurité. Toutes nos installations sont sous vidéosurveillance.

– Alors, pourriez-vous nous conduire au local de contrôle, je vous prie ? » demanda Czajkowski, peu enclin à prolonger les bavardages.

Le PC sécurité, situé dans l'enceinte du château, évoquait le centre des opérations de la NASA, avec son mur d'écrans haute définition dont chacun montrait une partie distincte de la mine et de ses abords.

« Il y a trois principaux puits de descente, tous sous surveillance, expliqua le directeur, qui fit signe à l'un des techniciens avant de poursuivre : Nous avons repéré la voiture dès son arrivée. »

Sur l'un des écrans s'afficha l'image bien nette de Malone accompagné d'une femme plus âgée en train de descendre de la BMW, puis de transférer rapidement les reliques de la banquette arrière dans le coffre.

« C'est Stéphanie Nelle, commenta Ivona. La patronne de la division Magellan. »

Les deux Américains sortaient ensuite du parking à pied pour gagner le bâtiment abritant le puits Daniłowicz.

Là, ils étaient accueillis par une petite blonde vêtue d'une combinaison brun clair, et tous les trois s'éloignaient du périmètre touristique.

« J'ai appris que l'ambassadeur des États-Unis à Varsovie avait pris contact avec notre service de relations publiques, dit le directeur. Il a obtenu que Patrycja, la jeune femme que vous venez de voir, soit mise à la disposition des deux visiteurs. C'est l'une de nos guides. Elle les a conduits à l'entrée réservée au personnel, où ils se sont équipés avant de prendre l'ascenseur pour descendre, il y a environ cinq minutes. J'ai fait en sorte de les retarder le plus longtemps possible sans éveiller leur méfiance.

– À quel endroit de la mine se trouvent-ils maintenant ?

– Au niveau IX. Ce secteur n'est pas équipé de caméras, mais chacun de nos guides porte sur lui un traceur qui nous permet de le suivre… Puis-je vous demander de quoi il retourne, monsieur le président ?

– Vous pouvez, mais il s'agit d'une affaire touchant à la sûreté nationale. Les deux personnes dont nous parlons sont des agents américains du renseignement. Il est impératif qu'ils n'échappent pas à votre surveillance. Et il va falloir que nous descendions au fond, nous aussi. »

Ivona lui fit signe qu'elle voulait lui parler en privé, et ils sortirent dans le couloir.

« Tu es sûr de vouloir faire ça ? s'enquit-elle, avant de préciser, devant son air perplexe : Tu as dit *nous*, j'ai bien entendu ? Pourquoi ne me laisses-tu pas gérer ça toute seule ?

– C'est ma vie qui est en jeu.

– Tu es le président de ce pays. Agis en tant que tel, répliqua-t-elle sèchement.

– Tu m'as assuré que cette histoire était réglée, que tu t'en étais occupée. Or je constate qu'il n'en est rien, riposta-t-il sans chercher lui non plus à cacher sa contrariété.

– Nous ignorons ce qui est en train de se passer ici. Alors, oui, il faut enquêter pour en avoir le cœur net. Mais ensuite seulement, quand nous aurons connaissance des faits, nous pourrons prendre une décision. Pour l'instant, nous en sommes réduits à des conjectures. Nous tâtonnons, même. Tu réagis comme si tu étais dans l'affolement.

– Parce que je *suis* dans l'affolement ! J'ai œuvré toute ma vie pour en arriver à la place qui est la mienne. Il n'est pas question que je me laisse dépouiller sans me battre. »

C'était leur première dispute, et il était désolé qu'ils en soient arrivés là. Mais aucun des mots qu'il avait prononcés n'avait dépassé sa pensée. Il avait travaillé trop longtemps et trop dur pour se faire faucher dans son élan maintenant. Si son salut se trouvait au fond de cette mine, c'était à lui d'aller le chercher.

Le regard d'Ivona s'adoucit.

« Je suis responsable de toi, rappela-t-elle. La situation présente des risques évidents.

– À cause de Malone ? Je n'avais pas l'impression qu'il constituait un danger.

– Nous ne savons pas qui est là. Les Russes pourraient rôder dans le coin. Je ne peux pas traiter ta sécurité par-dessus la jambe. Nous devons informer le BOR.

– Ils ne pourront pas faire grand-chose.

– Raison de plus pour être prudents », dit-elle en lui touchant le bras.

Il soutint son regard, et elle comprit manifestement le message.

« Bon, d'accord, soupira-t-elle, l'air résigné. Nous y allons ensemble. »

Il la rattrapa par la manche alors qu'elle se tournait vers la porte.

« Je suis désolé de te faire des reproches. Je suis conscient que tu as agi comme tu l'estimais nécessaire. Abattre Olivier n'a pas dû être facile.

– J'ai fait ce qu'il fallait. Si j'avais pu deviner que nous nous retrouverions là où nous sommes avec ce problème non résolu sur les bras, j'aurais procédé autrement. Je croyais sincèrement en avoir fini avec tout ça.

– Je n'en doute pas. Encore une fois, excuse-moi. »

Ils rentrèrent dans la salle de contrôle.

« Nous sommes prêts, annonça-t-il au directeur. Il va nous falloir un moyen de pister votre guide, Patrycja, quand nous serons en bas.

– Nous avons des appareils portatifs pour ça. »

Ivona avait les yeux rivés sur les écrans, mais Czajkowski ne parvint pas à déterminer lequel elle regardait plus particulièrement.

« Tu as vu quelque chose ? demanda-t-il.

– Là, sur le quatrième moniteur à partir du haut, première colonne de droite. »

Il suivit ses indications et vit quatre hommes en combinaison qui marchaient vers un ascenseur. Tous portaient des casques équipés de lampes frontales.

« C'est Eli Reinhardt avec Munoz, son homme de main », dit-elle.

Il connaissait ces noms.

« Et le gros, là, c'est Ivan », ajouta-t-elle.

Ce nom-là aussi lui était familier. Donc, ce qu'avait déclaré Fox à propos des Russes était fondé.

« Quel est cet endroit ? s'enquit-il en désignant l'écran.

– Le puits Regis, pas très loin d'ici, répondit le directeur.

– Est-il possible d'accéder au niveau IX à partir de là ? demanda Ivona.

– Oui, mais ça fait une trotte.

– Qui accompagne ces hommes ? » reprit Czajkowski, montrant de nouveau l'image.

Le responsable scruta un instant l'écran.

« C'est un de nos guides. Dawid Konrad.

– Il faut que nous puissions le suivre à la trace, lui aussi », dit Ivona.

Ce qui ne devrait pas poser de problème, songea Czajkowski, vu que tout le monde allait au même endroit.

63

Eli écoutait le ronronnement de l'ascenseur qui descendait sans à-coup vers le niveau IX, trois cents mètres sous terre. Étant donné la présence d'Ivan, il n'était pas mécontent d'avoir Munoz à ses côtés. Tous deux avaient toujours sur eux les pistolets rapportés de Sturney. Une bonne chose, car il y avait gros à parier que des renforts russes attendaient à la surface, mais, même armé, il n'irait sûrement pas loin s'il s'attaquait à Ivan. D'un autre côté, il ne se faisait pas d'illusions : dès que le dossier Czajkowski serait découvert, Ivan n'aurait plus aucune raison de lui laisser la vie sauve. Au contraire, le Russe, qu'il avait vu abattre sans hésitation deux de ses propres hommes, aurait tout intérêt à le faire disparaître lui aussi. Eli avait déjà averti Munoz de se tenir prêt : à la première occasion, ils prendraient leurs jambes à leur cou, se perdraient dans la mine et se débrouilleraient pour trouver une autre sortie. Si Ivan voulait ce dossier, il le lui abandonnait volontiers. Tout ce qu'il désirait, lui, c'était que ce cauchemar prenne fin. Ce qui lui était apparu dans un premier temps comme une idée prometteuse avait viré à la catastrophe.

Il lui restait au moins les cinq millions d'euros. Et le « garde-manger », dont les Russes ignoraient sûrement l'existence, puisqu'ils n'y avaient jamais fait allusion.

La cabine s'arrêta et les portes métalliques s'ouvrirent sur un vestibule illuminé de l'autre côté duquel s'amorçait une galerie plongée dans le noir. Ils sortirent dans l'air glacial. Quand ils pénétrèrent dans le tunnel, leurs lampes n'éclairant pas plus de dix mètres devant eux, Eli fut saisi par la solitude inhospitalière du lieu.

« Le coin où vous voulez vous rendre est loin d'ici, prévint Konrad.

– Alors, nous aller maintenant, dit Ivan. Je pas marcher très vite. »

Eli s'était toujours imposé des règles inflexibles. Il avait déjà eu pour clients des Israéliens, des Américains, des Français, des Congolais, des Chinois, des Sud-Africains et bien d'autres encore. Contrairement à Olivier, qui avait fait preuve d'une aversion marquée pour le meurtre, lui-même n'avait jamais éprouvé ce genre de scrupule. Toutefois, tuer ce Russe n'irait pas sans graves conséquences.

Et Ivan ne l'ignorait pas.

Eli tentait en vain de chasser les idées angoissantes qui se bousculaient dans sa tête. Elles ralentissaient son pas, comme un surpoids inhabituel entravant la performance d'un athlète. Mais il se forçait à se concentrer sur les faisceaux des lampes et continuait d'avancer.

« Extraordinaire endroit, commenta le Russe.

– C'est le résultat du dur labeur de quarante générations de mineurs, dit Konrad. Ils creusaient et creusaient pour enrichir le roi. »

Eli savait des choses à propos de la mine de Wieliczka. Il en existait d'autres, plus grandes et plus anciennes, en Pologne et ailleurs en Europe, mais aucune ne soutenait la comparaison avec cet immense labyrinthe long de plusieurs centaines de kilomètres qui évoquait irrésistiblement celui du Minotaure. Tout ici était monumental. Il avait toujours été fasciné par les mines, et particulièrement par celles que les nazis utilisaient comme chambres fortes en Allemagne et en Autriche pendant la dernière guerre. Mais, à Wieliczka, la fortune cachée était d'une nature plus concrète.

Le sel.

Un simple minéral à la fois dur et fragile. Mais aussi un symbole, une unité permettant d'évaluer la richesse, un condiment et une matière première dont le commerce avait jadis été indispensable à l'économie de royaumes entiers, même si ce n'était plus le cas aujourd'hui.

Eli se serait bien vu dans le rôle du mythique Trésorier de la mine, cette espèce de génie protecteur que les mineurs nommaient seulement « Lui » et qui récompensait les plus travailleurs, punissait les paresseux, giflait ceux qui juraient, courait les galeries en examinant parois et plafonds et interdisait l'accès aux endroits susceptibles de présenter un danger.

Les quatre hommes continuaient de progresser dans le tunnel, Konrad en tête, suivi d'Ivan, puis d'Eli, Munoz fermant la marche. Eli tenait à avoir le Russe devant lui de façon à surveiller le moindre de ses gestes. Même si cela ne servait pas à grand-chose. Ivan ahanait, manifestement peu accoutumé à l'exercice physique. Peut-être aurait-il le bon goût de faire un infarctus ?

Ce n'était pas en se montrant timide et poltron qu'Eli s'était forgé une réputation, et il ne comptait pas commencer maintenant à faire preuve de ce genre de faiblesse. Mais les circonstances lui imposaient la ruse et la patience.

Ils parvinrent à une fourche dont la branche de droite était barrée par un panneau. WSTĘP WZBRONIONY – Entrée interdite.

Un bruit d'égouttement provenant de la galerie fermée troublait le silence. Dans le halo des lampes, au-delà d'une corde tendue en travers du chemin, Eli vit que de l'eau suintait du plafond. Une flaque de taille respectable s'était formée à la verticale de la fuite, qui devait être ancienne à en juger par les cristaux d'un blanc de neige tapissant les parois.

« Ça ne craint rien ? demanda-t-il à Konrad.

– Le phénomène est fréquent. Nous venons réparer quand il se produit.

– Et si vous ne faisiez rien ?

– L'eau finirait par tout ronger, un cristal après l'autre. Mais, tranquillisez-vous, ça prendrait dans les cent cinquante ans. Nous avons de la marge.

– Encore loin ? s'enquit Ivan.

– Quelques minutes. »

Comme Eli faisait demi-tour pour repartir, son casque heurta le mur, glissa de sa tête et rebondit avec fracas sur le sol, le faisceau de sa lampe zigzaguant dans le noir.

« Désolé », dit-il en ramassant l'objet.

Quand il se redressa, il devina la forme d'un pistolet sous la combinaison d'Ivan, qui lui faisait face. Probablement l'arme que celui-ci avait utilisée pour abattre ses deux collègues à Sturney. Eli, habitué à dicter les règles et à mener la danse, prit alors pleinement conscience qu'ici il n'était que spectateur. S'il arrivait à faire abstraction de l'obscurité oppressante et des pièges qu'elle pouvait receler, une chose au moins ne faisait aucun doute dans son esprit : rien ne pouvait être plus dangereux qu'un Russe.

64

Cotton marchait derrière Stéphanie et Patrycja dans une galerie du niveau IX. Il leur avait fallu prendre deux ascenseurs pour pénétrer dans le ventre de la mine. Un premier jusqu'au niveau III, puis un second pour aller plus bas. La guide avait fait usage chaque fois de sa télécommande, preuve que l'accès à ces profondeurs était bel et bien restreint, comme elle l'avait affirmé plus tôt. Elle avait également précisé que toutes les entrées, y compris celles des touristes, étaient comptabilisées. Le soir, leur nombre était comparé à celui des sorties afin que personne ne puisse rester au fond. Les équipes de nettoyage ne travaillant que pendant la journée et aux niveaux supérieurs, la mine était pour ainsi dire déserte pendant la nuit. L'accompagnateur de la dernière visite guidée éteignait les lumières après son passage, et l'obscurité régnait partout jusqu'au lendemain matin.

Il serait bientôt 18 heures. Encore une heure et demie avant la fermeture. Ils allaient devoir faire vite pour devancer non seulement les flots d'excursionnistes, mais aussi les Russes, les Polonais ou les autres Américains qui pourraient surgir.

Une petite brise fraîche et salée lui soufflait au visage, atténuant les effets de la claustrophobie. Ce qui l'angoissait n'était d'ailleurs pas tant d'être enfermé tout court que de l'être dans des espaces confinés.

Il devait simplement s'efforcer d'oublier les trois cents mètres de roche qui le séparaient de l'air libre. Patrycja leur expliqua que les mineurs, aujourd'hui encore, s'orientaient en suivant la direction du vent dans les galeries. Le plancher, raboteux, glissant par endroits, était jonché d'obstacles. Le silence pesait sur les épaules comme les tonnes de terre d'un éboulement. Cotton imaginait les bruits qui résonnaient ici jadis, les claquements de sabot des chevaux qui transportaient les lourds blocs de sel ou, plus tard, les grincements métalliques stridents des wagonnets, après que ceux-ci avaient remplacé les bêtes de trait.

« Vous vous y retrouvez, dans tous ces tunnels ? demanda Stéphanie à la jeune femme.

– J'accompagne régulièrement des groupes ici. Nous apprenons aux gens à broyer le sel comme les mineurs le faisaient dans le temps. »

L'endroit ne donnait pas une impression d'abandon, en effet. Des diverticules apparaissaient à intervalles réguliers, s'enfonçant dans le noir absolu.

« On doit quand même pouvoir se perdre facilement là-dedans, observa Cotton.

– Se tromper de chemin, tout au plus. On finit toujours par tomber sur un escalier ou un ascenseur pour remonter à la surface. Le site a beau être vaste, ça reste un univers limité, dit Patrycja avec une pointe de moquerie qui le fit sourire. Mais ouvrez tout de même l'œil. Qui sait, vous apercevrez peut-être la Dame blanche.

– Une Dame blanche ? Comment ça ? demanda-t-il, se doutant bien qu'il ne s'agissait pas d'un dessert au chocolat.

– C'est un fantôme censé hanter les galeries à la recherche d'un mineur qu'elle aimait. On la nomme Bieliczka. »

Bon à savoir.

Le tunnel, de deux mètres de large sur trois de haut, continuait d'être balayé par une brise régulière plutôt réconfortante. L'obscurité, bien que omniprésente et impénétrable, n'était pas angoissante. Ici, aube et couchant ne se distinguaient pas plus que midi et minuit. Les mineurs d'antan qui travaillaient des semaines d'affilée n'avaient eu que leur lanterne pour se consoler de ne jamais voir la lumière du jour.

Quelle sensation étrange ils avaient dû éprouver en entendant pour la première fois le murmure de leur respiration et les battements de leur cœur dans ce profond silence ! Un silence dont Cotton se méfiait, car il endormait la vigilance et procurait un faux sentiment de sécurité. Il se forçait à rester sur ses gardes. Le danger pouvait surgir de n'importe où. Au prochain détour de la galerie ? Derrière eux ? Difficile d'être sûr de quoi que ce soit.

Si Cassiopée le voyait, elle ne serait pas ravie.

Mais, au moins, il en aurait bientôt terminé avec cette sombre histoire et serait de retour à Copenhague avant le lendemain soir pour accueillir sa bien-aimée. Dîner sur le port, à Nyhavn. Samedi et dimanche dans les Jardins de Tivoli, dont ils adoraient tous deux les attractions. Elle resterait jusqu'au mardi ou au mercredi avant de regagner son domicile dans le sud de la France. Son projet de reconstruction d'un château médiéval avançait bien. Sans surprise, étant donné la détermination dont elle faisait preuve dans tout ce qu'elle entreprenait.

Il se mit à évoquer des images d'elle pour se divertir de l'environnement peu réjouissant où il se trouvait. Il l'imagina en train de beurrer méticuleusement une tartine par petites touches régulières jusqu'à ce que le dernier centimètre carré soit recouvert et la lame du couteau immaculée. Ou en train de verser du sel dans le creux de sa paume, puis d'en saupoudrer son plat. Elle ne mangeait jamais de glace en cornet pour ne pas avoir à se dépêcher de finir la boule avant qu'elle fonde. Elle détestait le jus de pomme, mais raffolait des pommes, surtout les vertes. Quant aux frites, elle les aimait simplement trempées dans de la moutarde forte.

Chacun ses bizarreries. Il avait bien les siennes. Et en nombre !

Il devrait lui raconter tout ce qui lui était arrivé dans la semaine, et elle serait contrariée de ne pas avoir participé à l'action. Mais elle comprendrait, comme d'habitude. C'était ainsi qu'ils fonctionnaient. Ils avaient tous les deux tendance à s'attirer des ennuis et tâchaient toujours de se tirer d'affaire seuls. Admettre avoir besoin d'aide apparaissait à chacun d'eux comme un signe de faiblesse.

Quoi qu'il en soit, il n'accordait sa confiance à personne autant qu'à Cassiopée. Elle ne lui ferait jamais défaut. Et réciproquement.

Le tunnel déboucha dans une chambre. Plusieurs formes massives sortirent de l'ombre et se précisèrent dans les faisceaux des lampes frontales. Deux statues dont les visages ouvragés étaient tellement décatis qu'ils semblaient des portraits de la désolation. Elles encadraient l'entrée d'une nef taillée dans le sel, en face d'eux.

« Saint Pierre d'Alcantara sur la gauche ; saint Casimir sur la droite, dit Patrycja. Pas en très bon état, comme vous pouvez le constater. Leurs statues ont été lessivées par l'humidité ambiante et les écoulements d'eau. Toutes les œuvres qui se trouvent à cette profondeur ont plus ou moins souffert. »

Cotton examina le reste de la chambre à la lueur de sa lampe.

« Les chapelles étaient construites à des endroits stratégiques, près des puits, là où on trouvait de nouveaux gisements de sel, pour pouvoir y célébrer des offices. Elles constituaient aussi des points de repère, des lieux de réunion. Et, quand leurs lampes s'éteignaient, les mineurs pouvaient venir les rallumer sans risque à celles qui brûlaient là en permanence. »

Stéphanie ne disait rien, mais son expression reflétait son inquiétude. Même si tout s'était bien passé jusque-là, ils étaient tout de même sous terre, armés d'un seul pistolet pour deux, et ils ignoraient s'ils avaient ou non des adversaires dans la place. Cotton croisa son regard et lui adressa une question muette : « Pourquoi n'attendez-vous pas ici que je finisse le travail ? »

Elle fit non de la tête : « Mon problème. À moi de le régler. »

« Saint Bobola est par là », dit Patrycja en montrant une sortie sur leur droite.

Comme Cotton invitait d'un geste Stéphanie à passer devant lui, un bruit se fit entendre au loin. L'écho d'un fracas, comme celui d'une pierre tombant dans un puits profond en heurtant la paroi.

Il sentit ses poils se hérisser.

65

Czajkowski, comme Ivona, avait revêtu une combinaison que lui avait fournie le directeur. Ainsi accoutré, il risquait moins d'être reconnu. Ils étaient de retour dans le central de vidéosurveillance.

« On m'informe que Malone et Mme Nelle, ainsi que le Russe que vous avez identifié et deux autres hommes, se trouvent tous actuellement au niveau IX, annonça le directeur.

– Les uns sont-ils au courant de la présence des autres ? demanda Ivona.

– Sans doute pas. Les balises que portent les guides montrent que les deux groupes sont loin l'un de l'autre, mais vont dans la même direction.

– Il faut que nous descendions », dit Czajkowski.

Ivona secoua la tête.

« Non. J'ai réfléchi à la question.

– Et que suggères-tu ?

– Il va bien falloir qu'ils ressortent à un moment ou à un autre. Laissons-les là où ils sont pour l'instant, puis, quand ils voudront remonter, arrangeons-nous pour qu'ils passent par les niveaux supérieurs, où il y a de la lumière, des caméras et des gens. Là, nous pourrons les coincer. »

L'idée semblait bonne.

« Vous est-il possible de bloquer les ascenseurs qui relient directement le fond à la surface et de laisser fonctionner uniquement ceux qui relient les niveaux IX et III ? reprit

Ivona, s'adressant au directeur, qui acquiesça. Bien. Il nous suffit donc d'aller les attendre au niveau III. Ils viendront directement à nous. »

Czajkowski brûlait d'envie de descendre au IX pour savoir ce qui s'y passait. Mais ils n'avaient rien à gagner à foncer tête baissée vers l'inconnu. D'autant qu'ils avaient l'avantage, puisque tout le monde ignorait qu'ils étaient là. La meilleure stratégie était effectivement d'attendre. Il donna son accord.

« Les visites ne vont pas tarder à se terminer, remarqua le directeur. Les gens commencent à regagner la surface, et il y a sûrement déjà moins de monde aux niveaux intermédiaires. Mais ceux qui sont encore là à cette heure-ci font la queue devant les ascenseurs pour remonter, et ces files d'attente peuvent être longues.

– Ne pouvez-vous pas écourter les visites ? Fermer plus tôt ? suggéra Czajkowski.

– Ce serait pour le moins inhabituel.

– L'affaire qui nous occupe l'est aussi… »

Le directeur hésita, puis, semblant mesurer le sérieux de la situation :

« D'accord. Je m'en charge.

– Bon, dit Ivona. Il ne vous reste plus qu'à nous indiquer un moyen de nous rendre discrètement au niveau III. »

Ils s'engagèrent dans un solide escalier de bois, construit pour durer avec de robustes madriers.

Pour atteindre les niveaux I et II, les touristes avaient le choix entre descendre à pied ou prendre l'ascenseur. Tous semblaient avoir privilégié la seconde solution, et rares étaient les courageux qui entreprenaient de remonter par leurs propres moyens. Curieusement, Czajkowski ne se sentait pas vraiment essoufflé, alors qu'il avait déjà près de quatre cents marches dans les jambes. Il espérait seulement ne pas avoir à les gravir en sens inverse. Le directeur, resté en haut pour surveiller ce qui se passait au niveau IX, avait promis de les rejoindre bientôt.

Ils arrivèrent au bas de l'escalier et posèrent les pieds sur le sol minéral. Pas de sombres boyaux humides et glacés à cet endroit, mais, au contraire, un espace bien éclairé parcouru par un flux d'air frais et sec qui maintenait une température agréable. Sans doute l'atmosphère de la mine devait-elle être le moins moite possible pour éviter la dissolution du sel, songea Czajkowski. Le directeur leur avait préconisé de se rendre à la chambre Copernic, toute proche. Ils suivirent les panneaux et passèrent à portée de vue des ascenseurs, devant lesquels des files de visiteurs attendaient pour regagner la surface.

« Ne ralentissons pas », enjoignit Ivona.

Ils enfilèrent un couloir qui les mena à une vaste salle où trônait une statue plus grande que nature du célèbre astronome. Trois des murs étaient constitués de blocs maçonnés que renforçaient des poutres ; une rangée de troncs disposés verticalement formait le quatrième, devant lequel se dressait la sculpture. Celle-ci, d'une sobriété toute moderne, représentait le savant debout, bras levés, tenant une sphère céleste entre ses paumes ouvertes. Une poignée de curieux déambulaient autour, prenant quelques ultimes photos avant de partir.

« Copernic a étudié à Cracovie et vivait à Frombork, dit Czajkowski en montrant la sculpture. Il lui a fallu un courage hors du commun pour affirmer que la Terre n'était pas le centre de l'univers. Une idée simple qui a radicalement transformé l'humanité pour toujours.

– Tu fais partie de ses admirateurs ?

– Tout à fait. Il était non seulement astronome, mais aussi docteur en droit canon. Et avec ça médecin autodidacte, polyglotte, traducteur, diplomate et économiste. Il parlait cinq langues. Il est le père de la révolution scientifique. Et, surtout, c'était un Polonais. »

Un panneau indiquait que Copernic avait visité la mine en 1493, alors qu'il était étudiant à Cracovie. Peut-être le premier touriste à avoir effectué cette excursion, suggérait le texte. L'œuvre avait été réalisée en 1973 pour célébrer le cinq centième anniversaire de la naissance du grand homme.

« Je déteste me sentir désarmé, ajouta-t-il à voix basse.

– Tu ne l'es pas, assura Ivona. Nous avons la situation bien en main. Laissons les Américains et les Russes régler leurs comptes en bas. Quels que soient ceux qui remonteront, nous les cueillerons au passage. Ils ignorent notre présence, et il n'y a qu'une issue. »

Pendant que les autres personnes quittaient les lieux, le directeur apparut et vint vers eux.

« Tout est sous contrôle, annonça-t-il. Les groupes qui se trouvaient au fond ont été évacués aux niveaux supérieurs. Le niveau IX est vide, à l'exception des individus que nous suivons à la trace. Toutes les issues sont gardées, et on ne peut y accéder qu'en passant par ici.

– J'imagine qu'il existe un endroit d'où l'on peut surveiller l'ascenseur qui nous intéresse ?

– En effet. Pas très loin d'ici, à ce niveau même. Les autres ascenseurs du secteur où nous sommes desservent les trois premiers niveaux. Nous allons continuer à faire sortir les gens et, comme vous me l'avez demandé, nous avons arrêté la vente des billets pour la journée. Tous les guides ont reçu pour instruction de veiller à ce que leurs groupes se tiennent à proximité des ascenseurs, ou dans la brasserie et la cafétéria qui les jouxtent.

Czajkowski n'était pas du genre à résoudre les problèmes en partant du bas. Les esprits avisés s'attaquaient au sommet. Or il s'était toujours piqué d'être un esprit avisé. Jamais il n'avait fait quoi que ce soit d'illégal ou de peu recommandable. Le protocole de Varsovie ? C'était la guerre. Les règles étaient différentes, alors. Mais s'il était acculé à se justifier, à révéler la vérité pour contrer l'impact des documents qui l'accablaient, combien de ses concitoyens approuveraient son action passée ?

Trop peu.

La plupart verraient en lui un espion à la solde des communistes qui avait fourni des informations sur ses amis, sa famille, ses relations. Qui avait vendu son pays. Rares seraient ceux qui croiraient à l'existence même du protocole. Et ceux qui y croiraient le regarderaient peut-être, lui, comme un assassin. Il serait perdant sur tous les tableaux. Et il ne survivrait pas à la tempête de feu qui se déclencherait. D'autres candidats avant lui avaient été brisés par des calomnies bien moins infamantes. Certains s'étaient vu reprocher leur indifférence à l'égard des anciens combattants, leur narcissisme, leur élitisme, leur intellectualisme vantard ou leur mauvaise santé. L'un avait même été cloué au pilori pour avoir trop regardé l'écran vidéo pendant un entretien. Tout était bon pour ruiner une campagne électorale. Mais il existait un péril encore plus grand. Un danger que l'histoire du pays interdisait d'ignorer : celui de la division des Polonais.

À l'image de ce qui s'était produit en France à la fin du XIXe siècle. Un épisode qu'il connaissait bien. En 1894, l'armée française avait découvert la présence d'un traître en son sein. Un espion qui livrait des renseignements aux Allemands. Une investigation avait conclu à la responsabilité vraisemblable d'un officier d'artillerie d'origine juive : le capitaine Alfred Dreyfus. Jugé, il avait été reconnu coupable et interné seul sur l'île du Diable. Trois ans après, une seconde enquête avait permis de confondre le véritable félon. Lui aussi était passé en jugement, mais, l'état-major ayant caché des pièces essentielles, il avait été acquitté. L'armée avait ensuite fabriqué des faux pour que Dreyfus soit maintenu en détention. Enfin, en 1899, Dreyfus avait été de nouveau jugé, de nouveau reconnu coupable, mais gracié et libéré.

Les éléments prouvant la machination avaient été pris en compte des années plus tard, entraînant sa réhabilitation. Cependant, l'affaire avait déchiré la France. Pour les antidreyfusards, catholiques en majorité, défenseurs acharnés de l'armée et de la nation, Dreyfus, indigne de confiance parce que juif, était nécessairement fautif. Leurs adversaires, républicains et anticléricaux, réclamaient la même justice pour tous, indépendante des considérations religieuses.

Les partis politiques avaient pris position pour un camp ou l'autre. Les familles s'étaient déchirées et l'étaient parfois restées pendant plusieurs générations. Le débat s'était poursuivi des décennies durant, et on en percevait encore les échos dans des slogans comme « La France aux Français », que les patriotes chauvins opposaient aux tenants de l'état de droit universel et d'une vision plurielle de la société.

Incroyable. Il avait suffi d'une affaire judiciaire pour transformer en adversaires irréconciliables des gens qui ne s'étaient peut-être même pas rendu compte jusque-là qu'ils pensaient différemment. Et pour révéler qu'il existait deux conceptions radicalement antagonistes de ce qu'était la France.

Or la même calamité guettait aujourd'hui la Pologne.

Porter le protocole de Varsovie à la connaissance du public ne ferait que rouvrir des plaies mal cicatrisées. Les événements qui s'étaient déroulés entre 1945 et 1990 étaient encore frais dans la mémoire de nombreux Polonais.

Le pays était déjà divisé. Les violences xénophobes se multipliaient. Une adolescente turque avait récemment été frappée en pleine rue par des agresseurs aux cris de « La Pologne aux Polonais ». Les manifestations antisémites où l'on brûlait des juifs en effigie étaient devenues monnaie courante. Les plaisanteries douteuses à propos de la Shoah n'étaient plus jugées inacceptables. Il ne se passait pas un mois sans que soient organisés des rassemblements profascistes. Les crimes attribuables aux préjugés raciaux étaient en augmentation. L'année précédente, on avait même eu droit à un défilé néonazi à l'occasion de la célébration de l'indépendance polonaise !

La population n'hésiterait pas à ajouter à ce cocktail un sujet de discorde supplémentaire.

Certains approuveraient la tactique radicale du protocole, proclamant que les traîtres avaient eu ce qu'ils méritaient, que Solidarnošč avait agi comme il se devait. D'autres, au contraire, dénonceraient l'hypocrisie du syndicat, qui ne s'était pas comporté différemment des communistes en ayant recours au mensonge et au crime.

Ce serait des controverses à n'en plus finir, des séismes politiques de nature à désunir les familles, à cliver les classes sociales et à bouleverser des alliances de longue date. Les blessures se remettraient à saigner.

Ivona se taisait, le laissant à ses pensées. Malgré le désir qu'il avait de lui parler, de lui faire part de ses préoccupations intimes, de solliciter son aide, la sagesse lui commandait de tout garder pour lui. Du moins pour le moment.

Tenir sa langue : l'une des malédictions attachées à la fonction présidentielle.

Mais ce qui était en jeu dans cette affaire dépassait de loin sa personne et sa carrière politique.

66

Cotton passa sa main sur la paroi, qui était aussi lisse que du verre par endroits, hérissée à d'autres d'aspérités assez coupantes pour entamer la peau.

« À quoi est due la couleur grise ? demanda-t-il à Patrycja.

– Aux impuretés que contient le sel. Du magnésium et du calcium. Des éléments excellents pour la santé qui lui ont de tout temps valu d'être très recherché. »

Ils cheminaient le long de la galerie en suivant des sillons creusés il y avait bien longtemps par de pesants chariots. Tout autour d'eux, des stalactites et des stalagmites affectaient les formes capricieuses que confèrent aux cristaux de sel les infiltrations d'eau. Un mur était entièrement recouvert de concrétions en forme de choux-fleurs d'un blanc éclatant.

« Y a-t-il beaucoup de gens qui descendent jusqu'ici ? s'enquit Stéphanie.

– Oh, oui. C'est un endroit très couru. Ce sont les Autrichiens qui ont mis en place les premiers itinéraires touristiques quand ils administraient la mine, au XVIIIe siècle. À l'époque, le tarif était fonction de la source d'éclairage choisie. On payait le prix minimum pour une torche, et ce qui coûtait le plus cher était les feux d'artifice.

– Vous voulez dire qu'il y avait des spectacles pyrotechniques dans les tunnels ?

– Oui, aussi fou que ça puisse paraître. Et le prix dépendait de la couleur des fusées. »

Le bruit que Cotton avait entendu plus tôt continuait de le préoccuper, mais Patrycja assura qu'il avait sans doute été produit par un groupe de visiteurs accompagnés. Ceux-ci, expliqua-t-elle, étaient nombreux à descendre au niveau IX chaque jour, mais restaient à proximité des ascenseurs, sans s'enfoncer très loin dans les galeries.

Leur cheminement les mena à une chambre plus grande que celles qu'ils avaient traversées jusque-là, et différente en ceci qu'elle contenait huit massifs de sel laissés en place pour former des piliers. En plus de celui par lequel ils étaient arrivés, deux autres tunnels y aboutissaient.

« Un carrefour ? s'enquit Stéphanie.

– Oui. Les mineurs partaient de ce genre d'endroit pour chercher de nouveaux gisements. C'est pour ça qu'il y a une chapelle, là. »

Braquant le faisceau de sa frontale, elle fit sortir de l'ombre une cavité cubique creusée dans un des murs. L'entrée, encadrée par quatre grosses poutres, était divisée verticalement par un fort poteau central. Au-dessus, tracés à la craie, on lisait les mots KAPLICZKA ŚW. FRANCISZKA.

« La petite chapelle Saint-François, traduisit Patrycja. La terminaison "-czka" est un diminutif. »

Cotton s'approcha de l'ouverture. Au-delà du châssis en bastaings, il aperçut dans le rayon de sa lampe un crucifix taillé dans la paroi et surplombant une épaisse dalle de sel soutenue par deux corbeaux en bois. Quelques pas plus loin, face à cet autel, se dressait un banc d'église en simples planches. Les murs étaient percés de niches contenant des statues de facture grossière parmi lesquelles il reconnut celle qu'il avait vue dans le livre, à Sturney.

Saint Bobola.

Stéphanie et Patrycja le rejoignirent, leurs lampes complétant l'éclairage de la sienne.

« Nous y sommes », dit-il.

Eli s'arrêta.

Konrad, Ivan devant lui et Munoz derrière en avaient fait autant.

« J'ai entendu des voix, chuchota-t-il.

– Peut-être une visite accompagnée », supposa Konrad.

Peut-être. Mais la prudence s'imposait.

« Avançons doucement et assurons-nous que ce n'est rien, suggéra Eli, avant d'ajouter à l'adresse d'Ivan : Vous avez bien dit que Malone était dans le coin ?

– Pas reçu rapport là-dessus, répondit le Russe à voix basse. Vous croire que lui est là.

– Je ne sais pas quoi penser. Mais nous ferions mieux de rester sur nos gardes. »

Ivan sourit de toutes ses dents.

« Bonne idée, camarade. Je d'accord avec vous : nous être sur nos gardes.

– C'est encore loin, Konrad ? demanda Eli.

– Encore deux tournants et nous y sommes.

– Vous montrer chemin », ordonna Ivan au guide, qui se remit en marche et s'enfonça dans les ténèbres.

Ivan ouvrit la fermeture Éclair de sa combinaison et sortit un pistolet qu'il tint caché contre sa cuisse, doigt sur la détente.

Pendant que le Russe s'éloignait à son tour, Eli regarda Munoz par-dessus son épaule. Celui-ci, qui avait également pris son arme, hocha la tête.

Prêt.

Cotton pénétra dans la chapelle. Rustique et austère, elle était constellée de taches blanches d'humidité. Des graffitis ornaient les étançons qui renforçaient le mur du fond. Mots sans suite, lettres, initiales, nombres, dates… Le sol était recouvert d'une couche de sel concassé fin comme du sable.

« Qu'est-ce que c'est que toutes ces inscriptions sur les poutres ? demanda-t-il.

– Des marques tracées par les mineurs au fil des siècles. Nous n'effaçons rien de ce qu'ils ont laissé.

– Que cherchons-nous, au juste ? s'enquit Stéphanie.

– Cent quarante-sept pages de documents, une liasse qui doit faire à peu près ça d'épaisseur », répondit Cotton en formant avec son pouce et son index un écart d'environ deux centimètres.

Il s'avança jusqu'à la statue défraîchie du saint et constata que, à l'instar du crucifix, elle ne constituait pas un élément indépendant. Comme la niche qui la contenait, elle avait été sculptée en bas-relief à même la roche. Rien ne pouvait donc être caché en dessous ou derrière elle. Et les autres représentations avaient été taillées de la même façon.

Tout indiquait pourtant que ce qu'ils cherchaient se trouvait là. Mais où ?

Il s'agissait de faire travailler ses méninges.

Eli entendit de nouveau les voix, en même temps que les trois autres. Ils s'immobilisèrent tous comme un seul homme. Sur un geste d'Ivan, ils éteignirent leurs lampes, Konrad avec une seconde de retard. Ils se tenaient à présent dans la nuit complète.

« C'est juste un peu plus loin que nous allons ? demanda Eli tout bas.

– Après le prochain coin, confirma Konrad dans un souffle.

– Quelqu'un déjà là », commenta Ivan.

Ce dernier, comme Munoz, était armé, mais Konrad ne pouvait pas s'en rendre compte à cause de l'obscurité. Eli savait ce qui lui restait à faire.

« Konrad, ne bougez pas d'ici, ordonna-t-il au guide, indiscernable dans le noir. Nous allons voir ce qui se passe.

– Nous avancer avec seulement une lampe pour éclairer sol, dit le Russe.

– D'accord. »

Cotton procéda par élimination et déduisit qu'il n'y avait qu'une cachette possible.

Le banc.

Unique objet de la chapelle bricolée à ne pas être fait de sel, c'était un assemblage sommaire de lattes et de planches mal dégrossies qui tenait avec des clous. Long d'à peu près deux mètres, il comportait un siège et un pupitre incliné où poser ses coudes ou bien un livre de cantiques quand on s'agenouillait.

Cotton souleva le meuble et le déplaça. À l'endroit que celui-ci avait occupé, le plancher minéral était intact et ferme. Il le frotta de sa semelle sans parvenir à l'entamer, le sol se révélant aussi compact que du béton. Il échangea un regard avec Stéphanie, qui hocha la tête. Elle était manifestement arrivée à la même conclusion que lui : rien n'avait été enterré là.

Il fit basculer le banc pour en observer le dessous. Rien non plus.

La partie inférieure était faite de planches de dix-neuf millimètres d'épaisseur sur cent quatre-vingts de largeur, assemblées pour constituer, à l'arrière, l'assise du siège, à l'avant, un agenouilloir. Le tout cloué avec des pointes sans tête.

« Le siège et l'agenouilloir forment des coffres », remarqua-t-il.

Restait à les ouvrir.

À la volée, il donna deux coups de pied qui fendirent les fines feuilles de bois du siège et les séparèrent de l'armature. Il écarta les débris et constata qu'il avait vu juste. Il y avait bien un compartiment. Mais vide. Il répéta l'opération sur l'autre caisson.

Et là, fixé sous les planches à l'aide de chatterton, il découvrit un sac en plastique soudé sous vide. La présence de la machine qu'il avait vue dans la bibliothèque du château de Sturney prenait à présent tout son sens. L'étui renfermait une enveloppe en papier kraft analogue à celle qui avait contenu le livre d'Olivier sur la mine.

« Et voilà le travail ! » s'exclama-t-il en arrachant la pochette.

Un coup de feu retentit.

67

Czajkowski était assis à une longue table de bois dans un grand hall orné de lustres en cristaux de sel. La salle était disponible à la location pour des manifestations culturelles ou commerciales. Une fois, il avait assisté là à un concert donné par l'orchestre philharmonique de Wrocław – un superbe concerto pour violoncelle, si sa mémoire était exacte. Un régal. Dans ce vaste espace ouvert, à cent vingt-cinq mètres sous terre, l'acoustique était presque parfaite. Juste à côté se trouvait la taverne des mineurs, taillée elle aussi dans le sel gris, où l'on servait un éventail d'excellents plats polonais. Deux ans plus tôt, il y avait présidé un déjeuner auquel étaient conviés les participants à un sommet européen sur l'énergie. Il gardait un souvenir ému de la tarte au chocolat qu'il avait dégustée à cette occasion. Un vrai délice. Pour l'heure, les lieux étaient déserts, le directeur ayant diligemment ordonné l'arrêt anticipé des visites.

Curieusement, les téléphones portables étaient utilisables grâce à des relais amplificateurs répartis dans toutes les zones ouvertes aux touristes, ce qui permit à Czajkowski de prendre un appel de sa femme.

« Je viens de quitter Jasna Góra, où j'ai eu une charmante discussion avec le père Orlik », annonça-t-elle.

Il ne pouvait qu'imaginer la scène.

« Il refuse toujours de coopérer ? demanda-t-il à mi-voix, une main devant la bouche.

– Quand il a compris que je savais tout, il a changé d'attitude. Bien sûr, il a commencé par dire pis que pendre de toi pour m'avoir mise au courant, tout en niant en bloc. Ce qu'il ignorait, c'est que, pendant notre conversation, des agents du BOR fouillaient sa chambre, à ma requête. »

Il sourit. Son épouse n'avait jamais fait dans la dentelle.

« Ils ont trouvé quelque chose ?

– Un gros dossier.

– Et tu l'as ? demanda-t-il, ébahi.

– Je l'ai, oui... À propos, vous vous ressemblez beaucoup, tous les deux. Mais j'imagine que tu l'avais déjà remarqué. »

En effet, et il y avait longtemps de cela. À une époque, il avait sans doute été l'un des rares Polonais à pouvoir se dire l'ami du « Hibou ». Mais cela ne lui avait pas servi à grand-chose.

Il préféra taire ce qui était en train de se passer à la mine. Anna n'avait aucun moyen d'infléchir le cours des événements à Wieliczka. Mais, si les choses tournaient mal, posséder une copie du protocole de Varsovie pourrait se révéler d'un grand secours.

« Tu as été efficace, dit-il. J'apprécie le geste.

– Je n'ai fait que jouer mon rôle », répondit-elle avant de raccrocher.

Czajkowski laissa son regard errer sur la vaste salle et l'estrade qui se trouvait tout au fond. Quel endroit extraordinaire que cette immense grotte artificielle creusée dans le sel ! Par association d'idées, il songea à Boleslas le Vaillant et aux rois endormis. Une légende connue de chaque écolier polonais. Une fois par an, la veille de Noël, quand l'énorme cloche Sigismond sonnait minuit, les rois de Pologne s'éveillaient de leur sommeil éternel et se rassemblaient dans une somptueuse salle souterraine baignée de lumière comme une cathédrale. Selon certaines versions, ce lieu se situait sous le château du Wawel ; selon d'autres, bien plus loin vers le sud, dans les Tatras. Mais pourquoi pas ici même, à Wieliczka ? Qui aurait pu le dire ?

Les monarques, vêtus des habits de leur couronnement, prenaient place autour d'une table ronde pour évoquer le sort du pays. Boleslas lui-même présidait la réunion, la célèbre Szczerbiec, l'épée du sacre, entre les mains. Un spectacle grandiose.

Mais les souverains n'étaient pas les seuls à sortir cette nuit-là. Les chevaliers endormis des Tatras, eux aussi, sillonnaient la campagne la veille de Noël. Ils quittaient leurs montagnes sur leurs blancs destriers et se mettaient en quête des rois. Quand ils avaient découvert où ceux-ci se trouvaient, ils frappaient un coup à la porte de la salle. Puis un autre. Et un autre encore. Toujours trois. Très fort. Les rois se taisaient pendant que Boleslas allait ouvrir pour dire aux chevaliers : « Non, pas encore. L'heure n'est pas venue. »

Czajkowski sourit, sensible à l'ironie du conte. Des hommes proposaient leur appui, ne demandant qu'à servir la Pologne, mais l'heure n'était « pas venue ».

Avant de reprendre leurs conciliabules, les rois écoutaient s'éloigner la cavalcade des paladins, qui rejoignaient leurs cavernes glacées. Une fois là, les preux soignaient leurs montures, puis se rendormaient, utilisant leur selle comme oreiller, prêts pour l'action… quand l'heure « viendrait ».

Son téléphone vibra, interrompant sa rêverie. Un SMS de son secrétaire particulier.

Czajkowski avait ordonné à ses gardes du corps de regagner le Sheraton, à Cracovie, et de faire en sorte qu'on le croie de retour dans sa suite. Il avait également appelé son secrétaire pour l'avertir qu'il allait se reposer quelques heures et ne voulait être dérangé sous aucun prétexte.

Sauf urgence vitale.

Il lut le message.

La Maison-Blanche annonce que le conseiller adjoint à la sécurité nationale Thomas Bunch est porté disparu quelque part en Pologne, où il était en mission officielle, protégé par l'immunité diplomatique. Washington somme Varsovie de mettre immédiatement tout en œuvre pour le retrouver. Le ministère des Affaires étrangères attend notre réponse.

Fox venait d'ouvrir les hostilités en braquant le projecteur sur le contentieux en cours. Mais la formulation du communiqué autorisait une marge de manœuvre. Czajkowski tapa sa riposte.

Dites aux Américains que nous partageons leurs préoccupations et diligentons une enquête. Demandez également à notre ministre des Affaires étrangères de se renseigner auprès de son homologue sur la nature exacte de la « mission officielle » que menait ce conseiller adjoint, cette information étant indispensable au bon déroulement de nos investigations.

De quoi freiner suffisamment Fox pour que le dénouement de la crise puisse aller à son terme, songea-t-il, satisfait.

68

Cotton sursauta, les tympans douloureusement vrillés par la détonation, qui se répercuta contre les parois de sel.

Ce bruit incongru qui venait soudain déchirer un silence omniprésent le prit complètement au dépourvu. Patrycja poussa un cri. Il leva les yeux vers l'ouverture de la chapelle à temps pour apercevoir, au-delà, une forme imposante qui se détachait de l'obscurité et se mettait à couvert derrière un des piliers. Enfermés dans l'espace confiné où ils se trouvaient, leurs lampes allumées, ils constituaient des cibles idéales. Actionnant l'interrupteur de la batterie qu'il portait à la ceinture, il coupa l'alimentation de sa frontale. Stéphanie l'imita aussitôt, mais Patrycja ne réagit pas. Il bondit et la plaqua au sol tout en lui éteignant sa lampe.

Le noir les engloutit.

Un bruit de pas sur le sel craquant lui parvint de la chambre. Il empoigna le banc renversé pour en faire un bouclier. Les lampes des assaillants étaient elles aussi éteintes, mais rien ne les empêchait de mitrailler la chapelle. Auquel cas le meuble n'offrirait de toute façon qu'une protection toute relative.

« Vous coincé, Malone », fit une voix.

Ivan.

Difficile de le localiser, l'écho et la poix environnante concourant à perturber les perceptions et à abolir tout point de repère.

« Stéphanie, Patrycja, venez près de moi, chuchota Cotton. Et restez baissées. »

Il tendit la main dans le noir et les guida jusque derrière le banc.

« Comme on se retrouve, monsieur Malone ! » s'exclama la voix d'un homme plus âgé.

Reinhardt.

« Vous savoir ce que je veux, reprit le Russe. Je vu la chose que vous avez trouvée. »

Mais Cotton ne s'avouait pas encore vaincu. L'obscurité valait pour les deux camps, même s'il était risqué de tenter une sortie en traversant la chambre, la distance étant assez grande pour que leurs agresseurs aient le temps de rallumer leurs lampes et de les prendre dans leurs faisceaux comme des chevreuils dans les phares d'une voiture.

« Je peux abattre vous tous et venir chercher dossier moi-même, continua Ivan. Vous être raisonnable, Malone. Je pas vouloir tuer vous. Vraiment. »

Ben voyons ! Ivan était prêt à toutes les extrémités pour obtenir ce qu'il convoitait. Témoin le tas de cadavres du château slovaque. Mais si Stéphanie et Cotton étaient des professionnels qui connaissaient les risques encourus, il n'en allait pas de même pour Patrycja, dont il se devait d'assurer la sécurité.

« Bon, d'accord, Ivan. Je vous envoie les documents. »

Il lança le paquet dans la direction qu'il pensait être celle de l'entrée de la chapelle. Une frontale s'alluma et, protégeant ses yeux pour ne pas être ébloui, il discerna une silhouette qui ramassait le sac et une main armée d'un pistolet. Un reflet fugitif éclaira le visage, et il reconnut Munoz, l'homme à tout faire de Reinhardt. Des formes indistinctes se déplacèrent à l'arrière-plan. La lumière s'éteignit.

« Nous partir, maintenant, Malone, dit Ivan. Vous rester ici. »

Il existait à l'évidence un second parcours pour parvenir à la chambre, puisqu'ils n'avaient rencontré personne en venant. Cotton s'attendait donc à ce qu'Ivan et les autres repartent par là, mais, à sa grande surprise, il vit quatre lampes s'allumer puis disparaître dans le tunnel que leur avait fait emprunter Patrycja.

« Pourquoi prennent-ils cette galerie ? demanda-t-il à la jeune femme.

– Pour arriver plus vite à un ascenseur. Ils ont dû descendre par le puits Regis, qui se trouve à environ un kilomètre. »

Ils demeurèrent un moment assis dans le noir.

« Bon, je vais les suivre, maintenant, déclara enfin Cotton. Stéphanie, vous et Patrycja n'aurez qu'à sortir dans quelques minutes par le même chemin qu'à l'aller.

– Pas question, répliqua son ancienne patronne.

– Pour moi non plus », dit leur guide.

Le refus de Stéphanie était compréhensible, mais celui de la jeune Polonaise n'avait aucun sens.

« Patrycja, insista-t-il, la situation est sur le point de dégénérer.

– Sans moi, vous ne savez absolument pas par où passer. J'ai aperçu le visage d'un des hommes qui viennent de s'en aller. C'est un mineur qui travaille également comme accompagnateur. Si ces gens-là ont de l'aide, vous devez en avoir aussi. »

Pas faux. Et elle avait décidément du cran.

« Soit, acquiesça-t-il. Allons-y. Mais une seule lampe : la mienne. »

Ce qui faisait de lui la première cible.

« Ils doivent être assez loin, à présent, pour que nous puissions leur emboîter le pas sans trop de risque, reprit-il. Vous ne connaîtriez pas un moyen d'accéder à cet ascenseur sans passer par la galerie qu'ils ont empruntée ?

– En fait, si. »

Eli marchait sur les talons d'Ivan. Par chance, le Slave avait lui-même décidé de passer devant. Il portait son pistolet dans une main et tenait de l'autre le sac scellé que Munoz lui avait remis avant qu'ils ne quittent la chambre.

Eli hésitait. Devait-il abattre le gros homme et prendre le risque d'affronter ce qui l'attendait à la surface ? Mais les services secrets russes, pas moins impitoyables que leur prédécesseur, le KGB, disposaient d'un personnel et de ressources illimités, et il ne serait en sécurité nulle part dans le monde. D'autant que les Américains, les Français, les Iraniens, les Coréens du Nord et les Chinois chercheraient eux aussi à venger leurs morts. La seule chose intelligente à faire – la seule chose à faire tout court – était de concéder la victoire à Ivan et de décamper avec ses cinq millions d'euros. Le « garde-manger » était toujours là, un niveau plus bas, et il pourrait en négocier le contenu avec les Polonais.

Si ça n'avait tenu qu'à lui, il aurait tué Malone et les gens qui l'accompagnaient dans la chambre. Mais Ivan lui avait bien fait comprendre que c'était exclu. Il ne voulait pas contrarier encore plus les Américains en fabriquant un martyr dont ils pourraient faire leur porte-étendard. Mieux valait laisser Malone et Stéphanie Nelle rendre des comptes et justifier leur échec à s'emparer des documents.

Ils poursuivaient leur route derrière Konrad, leurs lampes éclairant leurs pas. Un vent froid, agréablement caressant, anticipait les bienfaits de l'air frais qu'ils retrouveraient bientôt à la surface. Ils franchirent deux derniers coudes et arrivèrent à l'ascenseur. Konrad s'arrêta devant les portes closes.

« Quand va-t-on me payer ? demanda-t-il.

– Ce pas mon problème, déclara Ivan.

– Non, c'est son problème à lui, dit le guide en désignant Eli. Cent mille euros. Et personne ne m'avait prévenu à propos des pistolets. Les armes sont interdites, ici. Nous serons tous dans de beaux draps si quelqu'un a entendu cette détonation.

– Apparemment, personne ne l'a entendue, remarqua Eli.

– Vous avez promis de me régler dès que je vous aurais menés à la statue. Je l'ai fait. Où est mon argent ? »

Ivan leva son pistolet et tira.

Cotton entendit un coup de feu qui se réverbéra en écho dans le noir.

« Les ascenseurs sont encore loin ? s'enquit-il.

– Juste devant nous », dit Patrycja.

Eli adressa un geste à Munoz, qui recula dans la galerie en tirant le corps de Konrad, avant de le traîner dans un diverticule devant lequel ils étaient passés un instant plus tôt.

« Vous aviez vraiment besoin de faire ça ? demanda-t-il à Ivan.

– Nous pas pouvoir permettre un témoin. »

Sauf qu'il avait compté sur Konrad pour le conduire au « garde-manger ». Maintenant, il allait devoir trouver un autre moyen. Saloperies de Russes !

« Moi aussi, je suis témoin. Vous pouvez vous permettre de m'épargner ? »

Ivan ricana.

« On m'a dit vous laisser tranquille. Vous avoir amis dans Kremlin qui aiment faire affaires avec vous. » Le Russe brandit le paquet. « Pas souci. Nous avoir ce que nous vouloir. »

Rassurant. Mais seulement à moitié : les Russes mentaient toujours.

Munoz reparut.

Dans combien de temps le cadavre serait-il retrouvé ? Quelques heures ? Non, plutôt quelques jours. Parfait. Eli avait déjà réfléchi à la suite et vit avec satisfaction que son acolyte en avait fait autant quand celui-ci lui tendit la télécommande de Konrad pour faire fonctionner les ascenseurs.

« Maintenant, nous regagnons le niveau III et nous nous mêlons aux touristes qui partent après leur visite. Comme ça, dit-il en montrant le bip, les enregistrements prouveront que ce truc a été utilisé pour remonter d'ici. Une fois là-haut, nous enlevons nos combinaisons et nous sortons avec les autres personnes. Ni vu ni connu. »

Ivan sourit et lui posa sa patte sur l'épaule droite.

« Bon plan. »

69

Czajkowski était toujours assis à la table de la salle de réception. Quelques personnes étaient entrées et sorties, mais, le prenant sans doute pour un employé à cause de la combinaison qu'il portait, aucune ne lui avait prêté attention. Ivona était en train d'évaluer la situation avec la direction de la mine afin d'arrêter un plan d'action. Elle avait jugé préférable qu'il attende où il se trouvait, grâce à quoi il avait eu le temps de parler avec Anna au téléphone.

Étonnamment, son sort reposait entre les mains de deux femmes : l'épouse dont il s'était séparé parce qu'il ne l'aimait plus et la maîtresse qui était son nouvel amour. Toutes deux œuvraient de concert dans le même but : le sauver.

Certains hommes auraient pu voir là une forme de castration. Pas lui.

Toute sa vie, il s'était efforcé de bien se comporter, même si le mot « bien » était parfois compliqué à définir. Le combat contre les communistes avait nécessité le recours à des mesures extrêmes, qu'elles soient défensives ou offensives. À l'époque, on regroupait toutes ces initiatives sous le terme de « résistance ». Mais ce concept s'illustrait par des actions qui, pour être faciles à décrire, présentaient de telles différences entre elles qu'on avait souvent du mal à le cerner. Avec le temps, il avait appris à faire la distinction entre révolution et résistance, la première consistant à se projeter vers un avenir souhaitable, la seconde à rêver d'un retour au passé et à ce qui avait été. L'engagement pour l'une ou l'autre était rétribué de la même façon par l'exil, la prison, la torture et la mort, mais c'était bien l'esprit de *résistance*, le simple désir de vivre de nouveau dans une Pologne libre, qui avait animé Czajkowski et des millions de ses semblables dans leur lutte contre les communistes.

Il s'était agi d'une véritable guerre.

Un vocable assumé par le gouvernement lui-même, qui proclamait l'irréversibilité du socialisme et joignait le geste à la parole en déployant toute une armée de sbires du SB à travers le pays, chargés de briser les grèves, d'intimider et de contraindre les gens par la violence, la terreur et le meurtre. Et, dans cet affrontement, les espions de chaque bord avaient joué un rôle central.

Une guerre, oui. Et qui avait fait des victimes des deux côtés.

Plus de trois décennies s'étaient écoulées depuis. Pourtant, assis là, dans le cocon de cette salle souterraine, il avait l'impression que tout cela s'était déroulé la veille. Ces derniers temps, il s'était profondément immergé dans le passé. Les autorités de l'époque s'étaient révélées d'une bêtise insondable en faisant leurs les pratiques de Staline et le principe selon lequel ce ne sont pas les votants qui décident, mais ceux qui comptent les voix. Par chance, cette attitude les avait conduites au désastre.

Il ne voulait à aucun prix reproduire ce genre d'erreurs ni permettre à d'autres que lui de les reproduire.

Il n'était pas irremplaçable, il le savait. Il était à tout moment à la merci d'un tireur caché dans la foule. S'il était abattu, on laverait la chaussée de son sang au tuyau d'arrosage, et la circulation serait rétablie le soir même.

Triste, mais vrai. En Pologne, aucune personnalité ne pouvait se vanter de contrôler grand-chose à elle seule. Tout était affaire de consensus.

La divulgation du protocole de Varsovie n'apporterait rien de bon. Les arguments qu'il pourrait avancer pour se défendre seraient noyés sous les vociférations de ses opposants. Dans les années 1980, où Internet et les réseaux sociaux comme Twitter n'existaient pas, il était possible de maîtriser l'information, mais aujourd'hui l'onde de choc provoquée par une telle révélation serait dévastatrice et durable. Une multitude de partis politiques jusque-là incapables de s'entendre sur quoi que ce soit feraient bloc pour le chasser de son poste.

Et ils atteindraient leur but.

La force de la coalition qui l'avait porté au pouvoir tenait au fait que l'opposition restait divisée, les Polonais ne semblant malheureusement prêts à s'unir que pour faire face à un ennemi commun. Or cet ennemi, cette fois, ce serait lui.

Quel guêpier !

Sans compter qu'un facteur aggravant compliquait encore la situation : l'urgence. Les opérations conçues dans la hâte, comme celle-ci, se déroulaient rarement sans accroc. Comment être sûr qu'un détail passé inaperçu au départ ne constituait pas une erreur fatale qui se révélerait avec le temps et ne pourrait plus être corrigée ? Mais le doute, il ne l'ignorait pas, était indissociable de l'exercice des responsabilités. Conscient de son impuissance, il ne pouvait que respirer à fond et se préparer au pire.

Ivona apparut et vint vers lui en traversant la salle.

« L'ascenseur est en train de remonter du niveau IX », annonça-t-elle.

Il se leva.

« Pas question que j'attende ici. Ne me le demande même pas.

– Ce n'était pas mon intention.

– As-tu pu voir qui est dans la cabine ?

– Non. Que ce soit les uns ou les autres, espérons qu'ils ont sur eux le dossier qu'ils sont venus chercher.

– Et sinon ?

– Nous le trouverons nous-mêmes. »

Il aimait cette détermination. Jamais elle ne cédait un pouce de terrain au pessimisme.

« Il faut vraiment que je divorce, déclara-t-il.

– Tu dis ça parce que tu es inquiet, répondit-elle en souriant.

– Non, parce que je t'aime. Pourquoi n'aurais-je pas le droit d'être heureux, comme tout le monde ?

– Parce que tu es notre président et que les Polonais n'accepteront jamais qu'un dirigeant divorce en cours de mandat. Je ne te l'apprends pas.

– J'en ai assez de vivre dans le mensonge.

– J'ai l'impression que c'est ton lot depuis longtemps. »

Elle ne savait rien du protocole, auquel il n'avait fait que quelques vagues allusions devant elle. Il aurait voulu tout lui raconter, mais ce n'était pas le moment. Aussi se contenta-t-il de dire :

« Cette affaire a des implications que tu n'imagines pas.

– Il n'en va jamais autrement.

– Nous en reparlerons quand tout cela sera terminé.

– Janusz, je me moque de ce que tu as pu faire. Si tu as mal agi, je suis certaine que c'était sous la pression de la nécessité. J'avais dix ans quand l'Union soviétique s'est effondrée. Ce n'était pas une époque facile. Les gens devaient se débrouiller pour survivre. Ni moi, ni toi, ni personne n'est en droit de les juger selon les critères actuels… D'ailleurs, qui suis-je pour critiquer qui que ce soit, moi qui viens d'abattre un homme de sang-froid ? Et d'autres avant lui. Alors, tu peux me croire quand je t'assure que je me contrefous de ce que tu as fait. »

Il la savait résolue, il la découvrait pragmatique, et il s'en réjouit.

« Maintenant, viens avec moi, reprit-elle. Il y a un endroit d'où on peut guetter l'arrivée de l'ascenseur. »

Il la suivit hors de la salle.

70

Cotton s'arrêta à un coude de la galerie au-delà duquel il distinguait les rémanences d'un éclairage à incandescence. Sans doute celui du vestibule d'où ils étaient partis à l'aller, et qui était allumé à ce moment-là. Il n'entendait rien, à part le ronronnement de l'ascenseur qui remontait. Il risqua un coup d'œil par-delà l'angle et vit trois combinaisons abandonnées sur le sol, ainsi que trois casques.

« Ils ne sont plus là », dit-il.

Stéphanie et Patrycja, qui s'étaient immobilisées derrière lui, le rejoignirent.

Il se rappelait que cet ascenseur n'allait pas plus haut que le niveau III, où ils l'avaient pris après en avoir emprunté un autre pour descendre de la surface. Il désigna les trois tenues.

« Ils comptent se fondre dans la foule des niveaux touristiques pour sortir tranquillement », supposa-t-il.

Mais le mystère du coup de feu restait entier.

Il quitta la galerie et s'approcha du tas de vêtements. En observant le sol, il remarqua des traînées dans la mince couche de sel pilé. Elles le conduisirent vers l'entrée sombre d'un tunnel sur sa droite. Il y pénétra et suivit les traces sur une dizaine de mètres, jusqu'à un diverticule où il découvrit le corps d'un homme qui portait une combinaison de la même couleur que celle de Patrycja. Il ne pouvait s'agir que du guide auquel la jeune femme avait fait allusion. Il avait dû être soudoyé ou contraint à coopérer, puis abattu. La détonation n'était plus une énigme. Ivan n'était pas du genre à laisser le travail inachevé.

Il retourna à l'ascenseur.

« Il y a un cadavre, annonça-t-il. Un certain Konrad, d'après la bande d'identification cousue sur sa combinaison. »

Patrycja parut accuser le coup.

« Dawid Konrad. Je le connais... Enfin, je le connaissais... »

Jusqu'ici, la jolie jeune femme s'était comportée comme une vraie pro et n'avait pas posé trop de questions. Même dans la chapelle, après avoir brièvement paniqué en entendant le coup de feu, elle s'était tout de suite reprise. Mais ce meurtre risquait d'être la goutte d'eau. Il fallait lui occuper l'esprit.

« Rappelez l'ascenseur », lui dit-il.

Elle s'approcha du tableau de commande et pressa de son bip sur un bouton, qui s'éclaira.

« Que comptez-vous faire ? s'enquit Stéphanie.

– Les intercepter.

– Ne vaudrait-il pas mieux réclamer de l'aide ? Il doit bien y avoir un service de sécurité, ici.

– Nous ne pouvons pas risquer de nous faire souffler ces documents sous le nez. Nous devons jouer le coup tout seuls. »

Elle acquiesça.

La cabine arriva.

« Il va falloir que nous nous mêlions aux touristes, nous aussi », dit-il en commençant à enlever sa combinaison.

Czajkowski était posté entre les niveaux II et III, sur le premier palier d'un robuste escalier de bois que le directeur avait réquisitionné. De là, on pouvait observer sans être vu les cabines qui montaient et descendaient. Le hall devant les ascenseurs était vaste, haut de plafond et bien éclairé. Une dalle de sel poli en constituait le sol, et d'impressionnantes poutres peintes en blanc étayaient deux des murs. Des files d'attente s'étaient formées derrière des cordes tendues en guise de barrières. Les touristes s'agitaient un peu, impatients de regagner la surface après leur visite.

Ivona se tenait près de lui, et ils guettaient l'ouverture des portes de la cabine desservant les niveaux inférieurs. L'angle de l'escalier et leur position en retrait les masquaient à la vue de la foule.

« Il va falloir du temps pour évacuer tous ces gens, remarqua-t-il.

– Moins ils seront nombreux, mieux ça vaudra. »

Ivona tenait un petit talkie-walkie connecté à un centre de sécurité secondaire situé au niveau I. Czajkowski avait déjà noté la présence de caméras fixées haut sur les parois et braquées sur les ascenseurs.

« Cette zone est sous vidéosurveillance ? demanda-t-il.

– Oui. C'est un plus pour nous. Aucun des fugitifs ne pourra nous échapper.

– Il faut mettre ces caméras hors circuit, dit-il, s'attirant un regard perplexe de la jeune femme. Il n'est pas question que tout ça soit enregistré. Tu comprends sûrement pourquoi. »

Elle hocha la tête et pria le directeur par radio de couper toutes les caméras, sur ordre du président de la République.

À cet instant, les portes de l'ascenseur montant du fond s'ouvrirent, livrant passage à trois hommes.

« Le plus âgé est Reinhardt et le plus jeune son employé, Munoz, commenta Ivona. Le gros est Ivan, le Russe. »

Le trio tourna tranquillement à droite, s'éloignant de l'escalier, puis, franchissant une des cordes, se fondit dans la foule.

« Gonflés, murmura Czajkowski.

– Ils ne se savent pas observés.

– Vaut-il mieux les laisser monter d'abord ou intervenir ici même ? »

Elle hésita un instant, semblant peser les risques.

« Ivan est un tueur. Il ne reculera devant rien pour sortir d'ici. Il est préférable de ne pas le provoquer et de le laisser monter. Nous pourrons l'attendre là-haut, à l'arrivée de la cabine. »

Un plan frappé au coin du bon sens.

« Restons tout de même un peu ici pour nous assurer qu'ils ne filent pas », ajouta-t-elle.

Il lui prit la main et la serra dans la sienne, qu'elle pressa en retour avec un sourire. Pour la première fois, il se laissa aller à envisager une issue heureuse.

C'est alors que les portes du premier ascenseur se rouvrirent. Cotton Malone, Stéphanie Nelle et une jeune femme en uniforme de guide en sortirent. Malone parcourut rapidement du regard la foule agglutinée derrière les cordes.

Un pistolet apparut dans la main d'Ivan, qui appuya sur la détente.

71

Eli, qui avait aperçu Malone en même temps qu'Ivan, applaudit intérieurement quand ce dernier tira en l'air.

L'initiative du Russe produisit l'effet escompté.

Les touristes s'égaillèrent aussitôt dans tous les sens, ignorant les cordes qui interdisaient l'accès direct aux ascenseurs. Chargeant comme un troupeau, une partie de la foule déferla vers l'endroit où se tenait Malone, ce qui permit à Eli, Munoz et Ivan de se mêler à ceux qui fuyaient dans la direction opposée.

Ils s'engagèrent dans un large couloir bien éclairé dont le sol présentait une alternance de roche nue et de planchers de bois. Avec leurs surfaces parfaitement lustrées et leur illumination *a giorno*, les galeries, à ce niveau, ne ressemblaient pas du tout à celles qu'ils avaient parcourues dans les tréfonds de la mine. Ils débouchèrent dans une chambre de taille moyenne où étaient exposés des coffres, des wagonnets de fer et des seaux jadis utilisés par les mineurs. Le flot humain poursuivit son chemin en s'engouffrant dans le tunnel qui permettait de ressortir de la chambre après l'avoir traversée.

Mais Ivan s'arrêta et se posta derrière un des wagonnets, pistolet en main.

« Nous régler problème Malone ici », déclara-t-il.

Il adressa un signe à Munoz, qui se tapit à son tour derrière un autre chariot, arme au poing. Eli s'apprêtait à l'imiter quand le Russe ordonna :

« Non ! Vous rester là. »

À découvert ? Comme un appât, donc ?

Cotton, tenant le pistolet qu'il avait gardé après avoir ôté sa combinaison, s'avança vers le couloir étançonné où Ivan et ses deux comparses avaient disparu. Tout le monde ayant déguerpi, la galerie était déserte. Stéphanie et Patrycja étaient restées près des ascenseurs. Au bout d'une ligne droite d'une quinzaine de mètres, le tunnel aboutissait à une embrasure au-delà de laquelle régnait une relative pénombre.

Il s'approcha puis, s'avisant qu'il serait imprudent de foncer tête baissée dans ce qui pouvait constituer un piège, se plaqua contre le rebord du massif de sel formant le jambage de l'ouverture. Il coula un regard de l'autre côté.

Reinhardt se tenait là, debout au centre d'une cavité chichement éclairée, mais ni Ivan ni Munoz n'étaient visibles.

Czajkowski avait observé la pagaille engendrée par le coup de feu du Russe pendant qu'Ivona rappelait le directeur pour lui ordonner de bloquer tous les ascenseurs desservant la surface. Dans le chaos qui régnait, ils ne pouvaient pas prendre le risque de laisser s'échapper leurs proies, qui se retrouveraient ainsi coincées sous terre, comme tout le monde.

Malone s'était lancé à la poursuite des fugitifs, mais Ivona n'avait pas souhaité en faire autant.

Et il comprenait pourquoi. Jusqu'ici, leur présence était passée inaperçue, et il était bon qu'elle le reste. Mais, surtout, il ne voulait pas qu'il y ait de blessés, ou pire. Trop de sang avait déjà été versé.

Ivona et lui avaient rapidement gagné le niveau II par l'escalier, puis, suivant les instructions que leur donnait le directeur par talkie-walkie et espérant ne pas croiser inopinément le chemin d'Ivan, ils s'étaient rendus à l'endroit où arrivaient les tunnels en pente liant les niveaux II et III. Avec un peu de chance, leurs cibles viendraient directement à eux.

Eli se figea. Une ombre s'était approchée dans la galerie brillamment éclairée, avant de s'immobiliser brusquement sur le seuil de la chambre. Puis une tête s'était penchée brièvement dans l'embrasure. Malone.

Ivan et Munoz étaient prêts à tirer, mais l'Américain était manifestement sur ses gardes.

Eli attira l'attention de Munoz, à qui il fit signe de changer de position pour se placer plus près de l'ouverture.

« Je suis là, Malone ! cria-t-il. Pourquoi ne pas discuter de tout ça tranquillement ? »

Cotton flaira tout de suite le piège, mais préféra faire en sorte que Reinhardt ne s'en rende pas compte.

« D'accord, discutons, dit-il. Vous pouvez vous montrer. »

Au bout d'un moment, Reinhardt émergea de l'ombre.

Cotton resta de son côté de l'embrasure de façon à ne pas se trouver dans la ligne de mire d'un éventuel tireur posté à l'intérieur de la chambre. S'ils voulaient lui régler son compte, il faudrait qu'ils viennent le chercher.

« Je suis un peu surpris de vous voir là, dit Reinhardt. Comment avez-vous su ?

– Un coup de chance. »

Un sourire se dessina sur les lèvres de Reinhardt.

« Vous trouvez le moyen de faire de l'humour ? La situation est pourtant grave, vous savez.

– Elle l'est surtout pour vous. Moi, je suis du côté du bien et de l'ordre.

– Allons donc, Malone ! Soyons un peu raisonnable.

– Où est Ivan ?

– Il est en train de faire ce à quoi les Russes excellent », répondit l'aigrefin avec une mimique amusée.

Puis il se laissa tomber à terre, et des coups de feu retentirent dans la chambre.

Des projectiles frôlèrent Cotton en sifflant avant de ricocher contre les parois de sel ou les étais plus loin dans le tunnel. Il resta collé dans l'encoignure qui le protégeait, espérant que Stéphanie et Patrycja s'étaient mises à couvert.

Reinhardt recula en rampant jusqu'à l'intérieur de la chambre, où des mouvements se firent entendre. Cotton risqua un nouveau coup d'œil. Cette fois, l'endroit semblait désert.

« Stéphanie ! appela-t-il par-dessus son épaule.

– Nous sommes là.

– Je pars à leur poursuite.

– Les ascenseurs ne fonctionnent plus, cria Patrycja. Ils ont été bloqués depuis la surface. »

Ce qui signifiait qu'il se passait quelque chose de nouveau.

Stéphanie et la guide apparurent et se hâtèrent vers lui.

« Où mène cette galerie ? s'enquit-il.

– Elle permet de rejoindre les secteurs touristiques en passant par les lacs et les escaliers, répondit Patrycja.

– Bon. Remontez là-haut comme vous pourrez, toutes les deux, et faites en sorte que ces salopards restent confinés à ce niveau-ci sans pouvoir sortir. »

Stéphanie fit oui de la tête, puis Patrycja et elle rebroussèrent chemin pendant que Cotton repartait en chasse.

72

Czajkowski patientait dans une chambre remplie de vitrines éclairées renfermant des cristaux de sel de couleurs, formes et tailles variées. Il s'était réfugié là en attendant qu'Ivona ait pu prendre la mesure des derniers événements. Comme d'habitude, il aurait aimé être lui-même à la manœuvre – n'était-il pas président, après tout ? –, mais il se rendait compte qu'il était préférable pour lui de faire profil bas. S'ils parvenaient à endiguer la crise, il ne pouvait pas se permettre de s'exposer davantage qu'il l'avait fait jusque-là. Il était déjà suffisamment ennuyeux que le directeur soit au courant de sa présence et que lui-même ait dû jouer de son autorité pour contraindre le brave homme à couper les caméras. Moins il y aurait de monde dans la confidence, mieux cela vaudrait.

« Il y a eu de nouveaux tirs en bas, annonça Ivona, qui venait d'entrer dans la salle en coup de vent. Les visiteurs se sont éparpillés un peu partout. Le personnel essaie de les faire tous remonter aux niveaux I et II. Le directeur craint de ne pas pouvoir garder le secret bien longtemps. Le danger est réel, et son service de sécurité lui met la pression. »

Le message était clair : ce foutoir devait cesser, et tout de suite.

« Nous devons absolument descendre voir ce qui se passe, dit-il.

– Janusz… » Il adorait qu'elle l'appelle par son prénom, ce qu'elle faisait rarement. « Je ne peux pas courir le risque qu'il t'arrive quelque chose. Ne me mets pas en porte-à-faux. Il faut que *moi* je descende. Veux-tu bien attendre ici ?

– Je suis le président de ce pays, et ton patron de surcroît. La discussion est close.

– Alors, comme ça, tu en es à jouer du galon ? demanda-t-elle, narquoise.

– Absolument.

– Comme c'est surprenant ! »

Elle secoua la tête, puis défit la fermeture Éclair d'une des poches de sa combinaison pour en extraire un automatique, qu'elle lui tendit.

« J'imagine que tu sais t'en servir ?

– Tout à fait. »

Eli suivait Munoz et Ivan.

Ils avaient échoué à neutraliser Malone en faisant usage de leurs armes, mais cela leur avait permis de gagner suffisamment de temps pour fuir. Ils se trouvaient à présent dans une longue galerie transversale et venaient de traverser une chambre basse de plafond où étaient exposés des outils anciens. Ils continuaient d'avancer sans vraiment savoir où ils allaient. Leur seule certitude était qu'ils devaient rejoindre la surface. Mais comment ? Malone était à leurs trousses, et ils ignoraient quels dangers pouvaient surgir devant eux. Le point positif était que l'Américain n'était guère plus au fait de ce qui le guettait au détour d'un tunnel, et la prudence l'obligeait sûrement à ralentir sa progression.

Ivan marchait en se dandinant sur ses fortes cuisses, alerte pour un homme de sa corpulence, son pistolet dans une main, le sac en plastique dans l'autre. Une bonne chose que Jonty ait été assez prévoyant pour protéger ainsi les documents.

Ils s'engagèrent dans un passage long d'une vingtaine de mètres, bordé sur la droite d'une haute paroi de sel et sur la gauche d'une balustrade en bois qui dominait un petit lac. Un spectacle étrange à une telle profondeur.

La surface immobile de l'eau claire était aussi lisse que du verre. Des projecteurs immergés éclairaient le fond, dispensant une inquiétante lumière émeraude. Les infiltrations et égouttements de la mine devant bien aller quelque part, il semblait logique de les recueillir dans des lacs.

Ivan s'arrêta.

« Nous pas pouvoir continuer courir comme ça, déclara-t-il.

– Que voulez-vous que nous fassions d'autre ? » demanda Eli.

Le gros Russe désigna une courte volée de marches menant à un minuscule appontement auquel étaient amarrées deux barques. Eli observa le bassin et vit qu'il comportait plusieurs sorties par où l'eau paraissait s'écouler dans des chenaux plongés dans le noir.

« Vous pensez que nous échapperons à Malone en prenant un bateau ?

– Pas nous, moi, répondit Ivan. Il faut nous séparer. Comme ça, Malone forcé de choisir. Je prends bateau. Vous deux continuer marcher.

– Dans quel but ?

– Vous trouver sortie. Foutre camp. Disparaître. Profiter votre argent. Affaire terminée. »

La tactique semblait sage. Surtout du point de vue d'Eli. Malone, qui cherchait sûrement à récupérer les documents et ne pouvait pas savoir qui les détenait, devrait procéder par déduction. Sur qui son choix se porterait-il ? Le courtier ? Non, plutôt le Russe, qui n'avait pas hésité à tirer.

Eli, lui, n'avait encore abattu personne. La balle qui avait tué Konrad provenait de l'arme d'Ivan. Son pistolet à lui n'avait pas quitté sa ceinture.

« *Dasvidaniya* », dit Ivan en agitant son automatique.

« C'est ça, à la prochaine », songea Eli.

Le Russe enjamba un portillon découpé dans la balustrade, descendit l'escalier et monta dans une des embarcations. Celle-ci était équipée d'un moteur électrique qu'il mit en marche pour se propulser à petite vitesse en direction des tunnels inondés.

« Qu'est-ce qu'on fait ? demanda Munoz.

– Ce qu'il a dit : on fout le camp. »

Et ils se remirent en route.

Cotton traversa une nouvelle chambre en prenant soin d'éviter les vieux outils qui y étaient exposés. Parvenu de l'autre côté, à l'entrée de la galerie, il aperçut, à une vingtaine de mètres devant lui, Reinhardt et Munoz qui s'éloignaient à la hâte dans un passage ouvert longé d'une barrière sur la gauche. Puis ils disparurent dans l'ombre d'une cavité. Il courut jusqu'à l'endroit que venaient de quitter les deux hommes. Là, en contrebas de la barrière, s'étendait un lac souterrain éclairé par des spots subaquatiques. Et il vit Ivan, à la barre d'un petit canot à moteur, s'engager dans l'obscurité d'un tunnel à l'extrémité du bassin.

Le trio s'était séparé.

Qui avait gardé les documents ? Ivan étant Ivan, il y avait fort à parier que c'était lui.

Cotton examina rapidement les lieux. Devant lui, un portillon fermé par un cadenas ; au-delà, un court escalier au pied duquel une seconde embarcation flottait sur l'eau dormante. Il franchit la balustrade d'un bond, dévala les marches, sauta dans le bateau et se lança sur la piste du Russe.

Czajkowski savait manier un pistolet, mais cela faisait longtemps qu'il n'en avait pas eu un entre les mains. Solidarność, qui n'avait jamais prôné la violence, interdisait les armes au même titre que l'alcool. Quiconque était pris de boisson se voyait empêché de participer aux activités officielles. Couteaux et revolvers étaient proscrits lors des manifestations. Il arrivait pourtant que des armes surgissent, mais à aucun moment les instances dirigeantes du syndicat n'en avaient cautionné la présence. Bien au contraire.

L'image de marque du mouvement était un élément primordial. Si les paroles et les actes comptaient, bien sûr, les apparences importaient encore plus. Le but était de gagner le monde entier à sa cause, et le meilleur moyen de l'atteindre était l'action pacifique. Cette stratégie n'avait certes pas fonctionné dans cent pour cent des cas, mais pas loin. Solidarność avait toujours été perçu comme l'incarnation du bien, le gouvernement comme celle du mal, et cette vision des choses restait ancrée dans les esprits.

Mais qu'adviendrait-il de cet héritage si le protocole de Varsovie venait à être mis au jour ? Difficile à dire, même si le pire était à craindre.

Sur les talons d'Ivona, il descendait en silence un solide escalier de bois en direction du niveau III. De son côté, le directeur de la mine s'employait à faire évacuer vers la surface les gens encore présents aux niveaux I et II. Avant qu'ils abandonnent leur poste d'observation près des ascenseurs, Czajkowski avait vu Malone se lancer sur les traces d'Ivan et de Reinhardt, qu'accompagnait son homme de main Munoz. Tous se trouvaient sûrement toujours au niveau III. Ivona avait sur elle un plan que lui avait fourni le directeur, mais elle n'aurait peut-être pas à s'en servir.

Comme ils abordaient le dernier palier avant la volée de marches finale, ils aperçurent, à trente mètres devant eux, Eli Reinhardt qui quittait le vestibule brillamment éclairé où aboutissait l'escalier pour entrer dans une galerie obscure.

Ils prirent le même chemin.

73

Cotton guida le canot vers le tunnel où il avait vu disparaître Ivan, puis s'y engagea à son tour, passant de la lumière à l'obscurité. N'eût été la présence d'un autre réservoir éclairé, une quinzaine de mètres en avant, la visibilité aurait été nulle. L'espace était par ailleurs un peu trop confiné à son goût, car le plafond ne s'élevait pas à plus de vingt centimètres au-dessus de sa tête. Le petit moteur électrique manquait de puissance, et l'esquif se traînait à la vitesse d'un escargot.

Il déboucha dans le lac. Plus petit que le précédent, celui-ci était entouré de parois de sel qui culminaient à plus de quinze mètres. Ici aussi, un passage protégé par une balustrade de bois longeait l'eau. Il se dirigea vers la seule galerie qui s'ouvrait de l'autre côté du bassin et fut bientôt englouti de nouveau dans le noir. Ce tunnel-ci, dont le plafond lui frôlait le crâne alors qu'il était assis, s'apparentait davantage à un boyau. Pour quelqu'un qui souffrait de claustrophobie, il avait l'impression de se retrouver dans ce genre d'endroit un peu plus souvent qu'à son tour. Mais la ventilation et la lumière qu'il apercevait au bout du souterrain rendaient l'expérience supportable.

Remarquant que des ombres mouvantes se dessinaient à la surface de l'eau comme il approchait de la sortie, il coupa le moteur, s'allongea bien à plat sur le dos et, la main gauche sur la barre, la droite tenant le pistolet, laissa le canot continuer sur son erre, tous les sens en éveil. Il émergea de l'obscurité dans un bassin bien éclairé encadré d'à-pics sur trois côtés et bordé par la même balustrade que les deux autres.

Il vit l'embarcation d'Ivan à l'instant précis où celui-ci ouvrait le feu. La balle passa en miaulant au-dessus de lui.

Il était trop loin et trop bas pour que le Russe puisse ajuster son tir en restant assis. Ivan s'en rendit compte et se leva.

Relançant le moteur, Cotton mit le cap droit sur le gros homme, qui avait du mal à conserver son équilibre. Sa proue heurta le flanc de l'autre barque, faisant tomber son occupant les quatre fers en l'air. La coque de noix tangua sans se renverser, mais Ivan lâcha son arme, qui rebondit sur le plancher et partit toute seule. Obéissant à la troisième loi de Newton et au principe d'action-réaction, l'embarcation de Cotton recula.

Il se redressa, se rassit sur le siège central et regarda un instant son adversaire se débattre pour maîtriser à la fois ses mouvements et ceux de son bateau.

Puis il le mit en joue.

Eli et Munoz avançaient sans s'arrêter, enchaînant une chambre après l'autre, toutes décorées d'objets datant des périodes où la mine était en activité. Ils n'avaient croisé personne, et cela semblait curieux.

Où étaient passés tous les visiteurs ?

Ils entrèrent dans une des nombreuses chambres faisant office de carrefour. Celle-ci, haute de plafond, était étançonnée avec des troncs blanchis à la chaux et abritait le départ d'un escalier d'accès au niveau supérieur. En face d'eux, au-delà de l'escalier, une double porte métallique fermait la galerie. Ce qui expliquait l'absence de touristes : ils étaient tous remontés.

Eli était tenté d'en faire autant pour se mêler à eux, mais son sixième sens l'avertissait que cela pourrait se révéler dangereux si les équipes de sécurité étaient en embuscade plus haut. Non, il était trop tard pour s'échapper par là. Sa longue expérience d'homme d'affaires lui avait appris bien des choses sur la psychologie humaine. C'était grâce à ces connaissances chèrement acquises qu'il était parvenu à persuader Jonty de l'accepter comme partenaire. Deviner ce que convoitait l'adversaire. S'en assurer le contrôle. Puis négocier. Il avait fait fortune en appliquant cette formule et avait nourri l'espoir de l'utiliser de nouveau, à son profit cette fois-ci. Mais il n'avait pas envisagé une seconde que les Américains ou les Russes découvriraient le pot aux roses. S'il avait eu le moindre soupçon à ce sujet, jamais il n'aurait mis les pieds dans cette mine. Rien ne justifiait une telle prise de risque.

Évitant l'escalier, Munoz et lui s'approchèrent des portes et s'aperçurent qu'elles étaient simplement tirées, pas verrouillées. Logique. Il aurait été imprudent de contraindre la circulation des gens en rendant certains itinéraires totalement inaccessibles.

Sauf en cas d'incendie, mais ce n'était pas d'actualité.

Un bruit lointain, qui ressemblait à un coup de feu, leur parvint soudain d'au-delà des portes.

Ivan ?

Eli ouvrit l'un des battants, et ils se glissèrent dans l'ombre qui régnait de l'autre côté.

Czajkowski et Ivona, toujours sur les traces de Reinhardt et Munoz, qui ignoraient être suivis, parvinrent à un dégagement ménagé au pied d'une large cage d'escalier. Les parois et le plafond étaient renforcés par un lourd boisage fait de grumes chaulées. Une porte métallique à deux vantaux fermait l'accès au prolongement de la galerie du côté opposé à celui par lequel ils étaient arrivés.

« Sont-ils montés ? » articula silencieusement Czajkowski.

Ivona répondit par une moue dubitative puis, lui faisant signe de l'attendre, grimpa deux à deux les marches sans un bruit. Elle s'arrêta au premier palier et tendit l'oreille en scrutant les hauteurs au-dessus d'elle avant de redescendre à pas feutrés.

« Il n'y a personne », chuchota-t-elle.

Elle désigna la porte, et ils s'en approchèrent.

Cotton regarda Ivan se réinstaller dans son bateau. Par chance, le coup de feu inopiné n'avait blessé personne. Il ne voyait pas le sac contenant les documents, mais celui-ci se trouvait vraisemblablement bien à l'abri au fond de l'embarcation.

« Vous ne sortirez pas d'ici, dit-il en brandissant son arme à l'intention du Russe, qui avait ramassé la sienne.

– Vous pas sortir non plus, assura celui-ci avec un ricanement. Vous failli avoir moi. Je pas savoir nager.

– Ici, ce n'est pas nécessaire. Le lac est tellement saturé de sel que rien ne peut couler. On pourrait marcher à la surface.

– C'est grand réconfort. Mais quand même j'aime pas l'eau.

– Dans ce cas, pourquoi prendre un bateau ?

– Nous pas toujours faire ce qu'on désire.

– Je veux que vous me rendiez ce paquet.

– Vous être raisonnable, Malone. Votre président pas raisonnable. Vous pas pareil. Nous utiliser documents pour faire même chose que Polonais vouloir faire : empêcher implantation missiles. Où est le mal ?

– Vous avez tué beaucoup de gens pour mettre la main sur ce sac.

– Je fais mon travail, Malone. Nous tous faire notre travail.

– Sauf que, moi, je ne fais pas le mien en massacrant tout le monde.

– Vous plaindre ces hommes ? Ils sont pas vos amis. Ils sont pas amis de l'Amérique ou de la Russie. »

Cotton avait du mal à déterminer si son adversaire avait une idée derrière la tête et cherchait à gagner du temps ou s'il ne savait tout simplement pas quel parti prendre. Il n'avait eu affaire au bonhomme qu'une fois par le passé, mais les agents russes n'étaient pas réputés pour leur bêtise ni leur lâcheté. Surtout quand ils avaient l'âge et l'envergure d'Ivan, qui avait dû commencer très tôt sa carrière au sein du KGB et la poursuivre dans le SVR après la chute de l'URSS. Au mieux, c'était un être immoral, ou amoral, ce qui le rendait d'autant plus redoutable.

Et l'enjeu était énorme.

Comme Ivan le lui avait expliqué à Bruges, la Russie n'avait aucune envie de dépenser des milliards de roubles pour déployer ses propres missiles en réponse à l'initiative américaine. D'autant que le problème pouvait être résolu rapidement et en toute discrétion en ayant recours à la bonne vieille méthode du chantage.

Un calcul qui était à présent compromis.

Eli entendit un grincement derrière lui. Celui des portes métalliques que quelqu'un ouvrait. Mais qui ? Des touristes affolés qui se seraient perdus dans le secteur ? Lui et Munoz se trouvaient dans une chambre décorée de statues de sel artistement éclairées par des projecteurs qui dispensaient une lueur sinistre.

« Il faut que nous sachions qui a fait ce bruit », chuchota-t-il.

À cet instant, ce furent des voix qui attirèrent son attention. Provenant de la direction opposée.

Étaient-ils pris en sandwich entre deux menaces ?

« Allez jeter un coup d'œil devant, dit-il à voix basse en sortant son pistolet de sa ceinture. Moi, j'attends ici pour voir qui vient. »

Pendant que Munoz s'éloignait, il prit position dans un coin d'ombre, prêt à tirer.

Et il attendit.

74

Czajkowski éprouvait une sorte d'exaltation, mais il n'avait pas peur. S'exposer au danger n'était pas une nouveauté pour lui. Longtemps, au cours des années 1980, il avait côtoyé l'abîme, risquant à tout moment de s'attirer les foudres de l'autorité. Il ne fallait pas être timoré pour jouer au plus fin avec le SB. Il savait donc comment se comporter dans des situations d'extrême tension. Et, cette fois, ce n'était rien de moins que sa vie entière qui était en balance.

Il avait fait un excellent travail pendant son premier mandat et entendait bien finir ce qu'il avait commencé en se faisant réélire pour cinq ans. Après quoi, il irait grossir les rangs des ex-hommes d'État pitoyables qui donnaient des conférences sans rien accomplir de concret. Mais, avant cela, il voulait laisser sa marque, améliorer le sort de la Pologne, la rapprocher de l'Ouest et la rendre plus circonspecte à l'égard de l'Est.

Dieu merci, l'exercice de l'État avait gagné en maturité. Le temps n'était plus où des groupuscules marginaux – tel le Parti polonais des amis de la bière – pouvaient acquérir un vrai poids dans l'opinion. Le ridicule n'était plus d'actualité. Il avait eu la chance d'être élu pendant une période de boom, et les gens se montraient plus indulgents quand ils avaient les poches pleines. Il avait profité de cette prospérité pour introduire un nouveau système d'allocations familiales plus généreux en faveur des classes modestes.

Ce concept, jusque-là étranger au débat public polonais, avait été bien accueilli. Il n'avait pas ménagé sa peine pour faire de la Pologne un champion régional en matière d'innovations politiques, économiques et sociales. Il avait également hissé son pays au rang de membre influent de l'Union européenne et de l'OTAN. Mais nombreux étaient les partisans de choix plus cocardiers et isolationnistes. Des orientations qu'il ne rejetait pas entièrement, d'ailleurs. Par exemple quand il s'agissait de refuser l'implantation sur le sol national de missiles américains prétendument destinés à frapper l'Iran, mais qui pourraient facilement être reprogrammés pour viser la Russie, mettant en danger tous les citoyens polonais.

Comment pouvait-on être assez fou pour provoquer un ours ?

Ivona et lui franchirent la porte métallique et traversèrent bientôt une nouvelle chambre tout éclairée. La brise fraîche qui soufflait ici était la bienvenue, car il sentait la sueur perler sur son front.

Un effet de sa nervosité, à n'en pas douter.

Il avait glissé l'automatique fourni par Ivona dans une des poches de sa jambe de combinaison. Mieux valait ne le sortir qu'en cas d'absolue nécessité. En espérant qu'une telle occasion ne se présenterait jamais. L'image d'un président polonais jouant les pistoleros au cœur d'un site historique comme Wieliczka risquait d'être mal perçue par les médias.

Ivona était armée. Et cela constituait une protection suffisante, lui semblait-il.

Eli se tenait tout près de la paroi inégale, à l'écart des quelques spots qui éclairaient le reste de la chambre. Celle-ci n'abritait pas d'objets anciens, mais seulement une chapelle ornée d'un autel et de statues, et elle était en bien meilleur état que celle qu'il avait aperçue au niveau IX. Tapi dans l'ombre, il avait les yeux rivés sur la bouche de la galerie par laquelle Munoz et lui étaient arrivés un instant plus tôt.

Une femme entra. Ivona Novak. Armée. Suivi d'un homme. Et pas n'importe lequel. Janusz Czajkowski !

La chance lui souriait enfin.

Cotton dévisagea Ivan.

« Vous avez déjà entendu parler des chiens qui gobent des œufs ? demanda-t-il.

– Ça très américain.

– Pas spécialement, non. Il y en a partout, même en Russie. Il arrive parfois que des chiens de ferme se découvrent un goût pour les œufs frais. Ils vont même jusqu'à tuer les poules pour les leur prendre. En fait, les œufs, ils ne les gobent pas à proprement parler : ils les croquent en entier. Mais ce que je veux dire, c'est que, quand un chien se met à aimer les œufs, il n'y a pas moyen de lui en faire passer l'envie.

– Vorace, le chien.

– Pire. Obsédé. Ensorcelé. Un chien comme ça ne vit plus que pour piller les poulaillers des alentours. Rien ne l'arrête… Sauf si on le tue.

– Votre président ressemble ça, dit Ivan avec un petit rire.

– Possible. Mais, pour le moment, c'est vous le chien mangeur d'œufs qui me préoccupe. Vous êtes dans mon poulailler, répondit Cotton avant d'enchaîner en chantonnant sur un air mélancolique entendu dans son enfance : "*J'suis pas le mauvais gars, mais si t'arrêtes pas de me bouffer mes œufs, j'vais chercher le fusil et je t'expédie dans le grand poulailler des cieux"*... C'est une chanson de Johnny Cash que mon grand-père fredonnait en travaillant.

– Vous essayez gagner du temps, Malone ?

– Tout à fait.

– Vous espérez aide venir ?

– C'est l'idée.

– Peut-être moi aussi j'ai aide...

– J'ai aperçu Reinhardt et Munoz qui s'éloignaient. Mais j'imagine qu'ils pourraient revenir par ici. »

Pistolet calé au creux de sa main droite, doigt sur la détente, Cotton épiait chaque mouvement de son vis-à-vis.

« Vous dire ce lac être très salé ?

– C'est une réserve de saumure à l'état pur. Transparente et jolie à regarder, il faut avouer. On la fait remonter à la surface par pompage pour en extraire le sel. »

Ivan se pencha pour caresser doucement l'eau avec sa main libre.

« Froide. Comme océan Arctique. »

Il y avait quelque chose de surréaliste dans cet échange futile au-dessus de l'eau entre deux ennemis armés distants de quelques mètres, chacun guettant l'instant où l'autre agirait. Mais Cotton était résolu à ne pas braver ce Russe démoniaque avant d'être certain de l'issue. Qui semblait bien douteuse pour le moment.

Comme tout le reste.

Donc, patience.

Eli attendit qu'Ivona et Czajkowski, apparemment rassurés par le silence, aient traversé la chambre jusqu'à la chapelle en passant devant lui sans le voir. Puis il sortit de l'obscurité et pressa le canon de son arme contre la nuque du président.

Qui se figea.

« Ne bougez plus, ordonna-t-il. Et vous, lâchez ça », ajouta-t-il en s'adressant à Ivona, qui avait fait volte-face, pistolet braqué.

Il tira en arrière le chien de son automatique pour se faire clairement comprendre. La jeune femme le dévisagea, se demandant à l'évidence si elle avait le temps de faire feu avant lui.

« Je vous déconseille d'essayer », dit-il.

Elle parut prendre la menace au sérieux et baissa le bras.

« Maintenant, laissez tomber votre arme et écartez-la d'un coup de pied. »

Elle obtempéra.

« Et gardez vos mains bien en vue. »

75

Cotton concentrait simultanément son attention sur Ivan et sur ce qui l'entourait. À quinze mètres l'un de l'autre, le Russe et lui flottaient, chacun dans sa barque, sur une eau émeraude aussi claire et transparente que de l'air. Juste sous le plafond, une banquette bordée d'un garde-corps courait autour d'un énorme massif isolé formant pilier, prolongée par des passerelles en bois qui enjambaient le vide et continuaient en encorbellement le long des parois. Comme l'avait deviné Ivan, Cotton temporisait. Dans l'espoir que Stéphanie parviendrait à convaincre les gens du cru de leur prêter main-forte. S'il existait une personne au monde capable d'obtenir un tel résultat, c'était bien elle. Restait le problème de Reinhardt et Munoz, qui se promenaient librement dans les parages.

« Qu'est-ce que nous faire ? » demanda Ivan.

Bonne question.

Récupérer les documents contribuerait grandement au retour en grâce de Stéphanie auprès de la Maison-Blanche. Certes, Cotton était en total désaccord avec la stratégie de Fox, mais il serait toujours temps de trancher ce dilemme plus tard. Dans l'immédiat, l'impératif était de ne pas laisser Ivan quitter la mine avec le dossier sous le bras. Bien sûr, Moscou souhaitait l'abandon du projet concernant les missiles, mais c'était comme avec Fox : il n'existait aucune certitude quant aux autres exigences que pourrait avoir le Kremlin vis-à-vis de Varsovie. Dans ce contexte où plusieurs pays s'étaient montrés prêts à débourser des sommes astronomiques pour s'assurer le moyen d'exercer un chantage hors du commun, aucun coup tordu n'était à exclure.

« Vous pourriez, par exemple, me remettre le paquet que vous avez, suggéra Cotton. Et l'affaire serait close.

– Je pourrais dire même chose à propos votre pistolet », répondit le Russe en s'esclaffant.

Certaines parties du lac étaient éclairées, d'autres non. Dans les zones intermédiaires qui présentaient un dégradé entre ces deux extrêmes, l'espace environnant se reflétait sur la surface de l'eau comme dans un miroir. Un de ces secteurs limitrophes, à droite de la barque d'Ivan, renvoyait l'image inversée de la balustrade côtoyant l'une des parois.

Et là, légèrement en retrait par rapport à l'endroit où il se trouvait, Cotton vit Munoz.

Celui-ci était tapi sur le chemin en corniche qui surplombait le bassin d'un bout à l'autre et faisait partie de l'itinéraire emprunté par les touristes pour découvrir les lacs. Apparemment, les renforts qu'attendait Ivan avaient été plus rapides que les siens. Munoz, accroupi, s'abritait derrière un petit parapet en pierre entre deux longueurs de rambarde. Il avait sûrement une arme sur lui, mais la bonne nouvelle était qu'il lui faudrait se mettre debout s'il voulait en faire usage.

Restait Ivan, qui, lui, ne souffrait pas du même handicap.

Eli enfonça un peu plus le canon de son pistolet dans la nuque de Czajkowski.

« Où est Ivan ? demanda Ivona.

– Pas loin. »

Il devait absolument circonvenir la jeune femme. Elle était redoutable, dangereuse. Ne l'avait-il pas vue abattre Jonty sans la moindre hésitation ? Mais elle savait maintenant qu'il collaborait avec Ivan, et qu'il pouvait donc bénéficier de renforts.

« Je veux sortir d'ici, dit-il.

– Alors, allez-vous-en.

– Ce n'est pas si simple. »

Si seulement ça l'était !

Et que faisait Munoz ? Où était-il ?

Czajkowski repensa au professeur de mathématiques contraint à ramper sur le sol répugnant de la prison de Mokotów sous les coups de pied et de trique. Une image qu'il évoquait toujours quand il avait besoin de se sentir fort. Ce malheureux avait fait preuve d'un courage sans faille alors qu'il risquait la mort, et lui-même avait la ferme intention de suivre cet exemple.

« Vous êtes fini, dit-il à Reinhardt.

– Une affirmation bien téméraire de la part de quelqu'un qui a un pistolet chargé braqué sur sa tête.

– J'ai vécu toute ma vie sous ce genre de menace. Jour après jour.

– Ne le provoquons pas », plaida Ivona.

Mais il avait justement décidé de faire l'inverse.

Cotton se tenait immobile dans sa barque, sans laisser le moins du monde paraître qu'il était conscient de la présence d'un tiers. Ivan, quant à lui, faisait de son mieux pour éviter de lever les yeux vers la balustrade, mais il était évident que lui aussi avait vu Munoz.

Il y avait quelque chose de piquant, songea Cotton, à flotter ainsi dans un silence absolu sur un lac de saumure glacée, plusieurs centaines de mètres sous terre, à la merci de deux individus bien décidés à le tuer. Sans laisser dévier son arme, il continuait d'observer du coin de l'œil le reflet qui lui montrait Munoz en train de manœuvrer pour trouver une meilleure position. Il allait devoir éliminer deux hommes tout en étant assis dans une embarcation instable. Compliqué. Le bon côté de la chose était qu'un de ses deux adversaires souffrait du même désavantage que lui, ce qui affecterait son temps de réaction. C'était donc Munoz, bien en appui sur la terre ferme, qui représentait la plus grande menace.

Il aurait fallu une diversion, un moyen de détourner l'attention des deux hommes qui lui permettrait de bénéficier de quelques précieuses fractions de seconde, le temps nécessaire pour agir.

Eli n'avait qu'une obsession : retrouver Munoz et filer.

Attendre passivement était une mauvaise idée. Même s'il maîtrisait la situation pour l'instant, Ivona Novak constituait un problème.

« Allez jusqu'à la sortie de la chambre », commanda-t-il.

Elle hésita.

« Vous tenez vraiment à me tester ? ajouta-t-il.

– Faites ce qu'il vous dit, enjoignit Czajkowski d'une voix ferme et tranchante. C'est moi qui ai le pistolet sur la nuque, pas vous. Ne jouez pas avec ma vie. N'oubliez pas que vous travaillez pour moi. »

Ivona n'apprécia visiblement pas la réprimande, mais le président n'avait pas tort : elle était son employée, et il ne lui appartenait pas de prendre des risques inconsidérés.

« C'est un ordre ? demanda-t-elle.

– Exactement. Avancez. »

Eli donna un petit coup sur la tête de Czajkowski avec son arme.

« Suivez-la. »

Czajkowski avait assorti son injonction d'un clin d'œil discret à l'adresse d'Ivona pour l'engager à jouer le jeu. Reinhardt n'avait aucun moyen de savoir qu'il existait entre eux autre chose que des rapports purement officiels. Bien sûr, l'escroc devait se poser des questions sur la présence en ces lieux du président polonais, mais celle-ci pouvait très bien s'expliquer par le fait que c'était l'avenir dudit président qui était dans la balance.

Ivona lui adressa un bref regard inquiet avant de se diriger vers la sortie, s'interrogeant sans doute sur ce qu'il mijotait.

Si elle l'avait su, elle n'aurait sûrement pas sauté de joie.

Czajkowski fit un pas et s'arrêta.

« Continuez ! dit Reinhardt.

– Je n'irai pas plus loin. » Ivona s'immobilisa à son tour. « Que comptez-vous faire ? Abattre le président de la République ? Et vous pensez aller où, après ça ? Vous aurez de la chance si vous arrivez vivant à l'étage du dessus. »

« À quoi joues-tu ? » lut-il dans le regard d'Ivona.

Il avait les bras le long du corps, sa main droite tout près du pistolet que lui avait confié la jeune femme. Au moment où il avait admonesté Ivona, attirant sur elle l'attention de Reinhardt, il avait eu le temps de défaire la fermeture Éclair de la poche qui contenait l'arme.

Il ne lui restait plus qu'à s'en saisir.

Mais tout mouvement intempestif pouvait être fatal.

76

Cotton vit que Munoz avait trouvé un bon poste d'observation. Pour ne rien arranger, sa barque dérivait lentement vers l'endroit en question, situé trois mètres au-dessus de l'eau, ce qui réduisait la distance le séparant du danger.

« Je partir, maintenant, déclara Ivan.

– Je ne suis pas de cet avis, dit Cotton en brandissant son pistolet.

– Moi, si. »

Le Russe fit un geste de sa main libre, et Munoz se dressa, arme pointée.

« Lui protéger mon départ », ajouta-t-il en remettant son moteur en marche.

Czajkowski restait déterminé.

« Vous êtes négociant en renseignements. Alors, négocions, dit-il.

– Que m'offrez-vous ?

– L'autorisation de sortir d'ici, pour commencer. Quelle somme les Russes vous ont-ils versée ?

– Cinq millions d'euros.

– Je vous en donne cinq fois plus pour me remettre les documents que Jonty Olivier voulait vendre. Les avez-vous sur vous ? »

Il espérait qu'Ivona, qui connaissait comme lui la réponse, interpréterait cette question superflue comme un signal d'alarme destiné à l'avertir de l'imminence de l'action.

« Je les ai, oui, affirma Reinhardt.

– Vraiment ? Le Russe vous les a laissés ? Quelle générosité de sa part, alors que Moscou aimerait tant pouvoir utiliser ce dossier contre moi, ne serait-ce que pour me convaincre de refuser l'implantation de missiles américains sur mon sol. Et où sont-ils, ces documents ?

– Mon associé, Munoz, est allé les chercher. »

Sans doute un mensonge de plus, mais…

« Parfait. Appelons-le pour qu'il revienne. Monsieur Munoz ! cria-t-il. Pouvez-vous nous rejoindre, je vous prie ? »

Cotton entendit une voix héler Munoz.

Et ce dernier entendit aussi.

Munoz tourna la tête l'espace d'à peine une seconde en direction de l'appel, mais cela suffit à Cotton pour l'abattre d'une seule balle parfaitement placée.

Pas mal pour un tir sur une cible à six mètres de distance, trois de hauteur, et dans la pénombre.

Il reporta immédiatement son attention sur Ivan, qui était en train de disparaître dans un tunnel sombre par où l'eau s'écoulait dans le prochain bassin.

Trop tard.

Il lança son propre moteur et suivit le Russe.

Czajkowski entendit un coup de feu.

Il mit à profit l'instant de flottement qui suivit pour glisser la main dans sa poche, heureusement placée assez haut sur la cuisse pour qu'il n'ait pas à tendre le bras. Il empoigna le pistolet, doigt sur la détente, mais ne le sortit pas. Ivona pouvait voir ce qu'il faisait, pas Reinhardt.

Ce dernier fourra le canon de son automatique dans ses cheveux en avertissant :

« Ne vous avisez pas de recommencer à appeler Munoz.

– Je n'ai pas d'ordres à recevoir de vous, répliqua Czajkowski sans ambages.

– Des paroles bien intrépides, ironisa Reinhardt en appuyant un peu plus fort son arme contre son crâne.

– Des paroles de vérité, surtout. »

Ivona, qui avait manifestement compris où il voulait en venir, le suppliait du regard de renoncer, tout en gardant un masque impassible pour ne pas alerter leur adversaire.

« Le moment est venu pour vous de prendre une décision, dit Czajkowski, s'adressant à Reinhardt, mais les yeux rivés sur Ivona. Il va falloir choisir.

– Votre offre ne m'intéresse pas. Ces documents valent bien plus que vingt-cinq millions d'euros.

– Imaginez que Munoz soit mort, comme pourrait l'indiquer la détonation que nous venons d'entendre. Si c'est le cas, vous vous retrouvez tout seul. Vous espérez nous tuer tous les deux et vous en aller tranquillement ? Vous devez bien mesurer que c'est impossible. Vous êtes coincé ici. Toutes les issues sont bloquées. »

Il accentuait la pression, mettant en œuvre sa tactique de jadis contre le SB, qui consistait à jouer sur les craintes et les incertitudes de l'ennemi afin qu'il s'enfonce dans la paranoïa, doute de lui-même et perde rapidement toute efficacité dans l'action.

« La ferme ! » aboya Reinhardt.

La main droite de Czajkowski tenait fermement le pistolet. La relative obscurité de la chambre l'aidait à dissimuler ses intentions. Reinhardt, sans doute persuadé d'avoir dompté l'un de ses deux adversaires, prêtait plus d'attention à l'autre, Ivona, qui était libre de ses mouvements et susceptible de frapper.

« Posez donc cette arme, reprit Czajkowski. Limitez vos pertes avant que tout ça ne dégénère.

– Je vous ai dit de la fermer ! »

Quelque chose remua dans l'obscurité au débouché de la galerie, puis un homme pénétra dans la chambre d'un pas chancelant, une main crispée sur un pistolet, l'autre sur sa poitrine. Son visage émergea peu à peu de l'ombre.

Munoz.

Ivona se tourna vers le nouveau venu. Profitant de la confusion, Czajkowski sortit son arme, en planta le canon au jugé dans le ventre de Reinhardt, derrière lui, et tira.

Il ressentit la vibration des chairs sous l'impact du projectile. Pour plus de sécurité, il appuya de nouveau sur la détente.

Reinhardt s'écroula.

Munoz tenta de lever son automatique, mais, d'un coup de pied, Ivona le lui fit lâcher.

Le moment d'en finir.

Et ce que par la force l'étranger nous a pris, par l'épée nous le reconquerrons.

Czajkowski visa Munoz et fit feu une troisième fois.

Cotton entendit plusieurs détonations résonner en écho dans la mine et se demanda qui avait tiré. Des renforts ? Peut-être. Il n'avait pas pu vérifier si Munoz était mort, mais il était certain de l'avoir touché.

Quoi qu'il en soit, sa cible était Ivan, à présent.

Sa barque cheminait dans une galerie sombre plus longue que les précédentes. Il lui restait encore quinze bons mètres à parcourir avant d'atteindre la lumière, au bout. Ivan, qui avait suffisamment d'avance, risquait fort de se tenir en embuscade près de la sortie, et surgir du tunnel sans prendre de précautions aurait été stupide.

Cotton n'avait pas menti quand il avait parlé au Russe des propriétés de la saumure. Lors d'un voyage au Moyen-Orient, des années plus tôt, il avait eu l'occasion de plonger dans la mer Morte, et il avait pu constater que son corps flottait sans difficulté à la surface de l'eau saturée de sel. Il avait dû aller se rincer tout de suite après, de crainte que la couche de chlorures qui enduisait sa peau ne brûle sous l'effet de la chaleur torride régnant dans la région. Sur la rive, des panneaux avertissaient les baigneurs de se protéger le visage et de ne pas avaler l'eau.

Le lac souterrain présentait les mêmes dangers, aggravés par la température polaire.

Il y avait fort à parier qu'Ivan était aux aguets, curieux de découvrir qui se dirigeait vers lui dans un ronronnement de moteur électrique. Munoz ou quelqu'un de moins bien intentionné ? Cotton ne vit qu'une solution. Se penchant par-dessus bord, il se laissa glisser dans le liquide glacé. Le froid l'enveloppa comme un manteau. Son corps ne supporterait pas un tel choc plus de quelques minutes, mais il n'avait pas besoin de plus. Accroché au plat-bord particulièrement bas du canot, il flottait à la surface et avait du mal à s'enfoncer davantage. La musique du petit moteur n'avait pas varié d'un iota. De sa main droite, il tenait son pistolet au sec à l'intérieur de la barque. En voyant arriver un bateau sans pilote, Ivan ne comprendrait pas tout de suite que sa cible était dans l'eau.

C'était sur cet instant d'indécision que comptait Cotton pour agir.

Il sentait le bas de son corps s'engourdir au fur et à mesure que l'embarcation poursuivait sa progression. Quand il franchit la limite entre l'ombre et la lumière, il constata qu'il ne s'était pas trompé : Ivan était bien là, près de la paroi qui plongeait dans le lac, à la verticale d'une passerelle en bois, debout dans son esquif, pistolet pointé.

Le Russe tira.

Cotton s'immergea de façon à être protégé par sa barque, enfonçant un peu sa tête dans la saumure glacée. La balle le frôla en sifflant pendant qu'il continuait d'avancer. Faisant de sa flottabilité un allié, il cessa de résister à la poussée d'Archimède, qui le propulsa vers le haut en même temps qu'il lâchait le plat-bord. Jaillissant de l'eau comme un bouchon, il visa et tira à son tour, atteignant le Russe à l'abdomen.

Ivan grimaça de douleur, porta une main à sa blessure et laissa échapper son arme.

Puis il perdit l'équilibre et tomba à la renverse dans le lac au milieu d'une gerbe d'éclaboussures, soulevant des vagues qui se propagèrent dans toutes les directions.

Après avoir lancé son pistolet dans son bateau, Cotton se hissa de nouveau à bord en opérant un rétablissement. Sans tenir compte du froid qui lui mordait les jambes, il empoigna la barre et se dirigea vers Ivan, qui se débattait. Comme il arrivait près de son adversaire, celui-ci roula sur lui-même, plongeant son visage dans la saumure.

Puis tout mouvement cessa.

Le sang, qui continuait à couler de la plaie, se répandait en nuages rouges dans l'eau limpide. Enfin, le corps se retourna de nouveau et se mit à flotter sur le dos, porté haut par la viscosité du liquide. Les yeux noirs grand ouverts semblaient vriller le plafond.

Cotton coupa son moteur et attira à lui le bateau du Russe. Le sac scellé s'y trouvait.

Il se détendit et remua doucement la tête, essayant de ne pas intensifier le ballet de mouches que le froid faisait danser devant ses pupilles et qui lui donnait le tournis. Bien que raides et douloureuses, ses jambes paraissaient fonctionner.

Ivan était mort.

Comme tous les autres.

77

Czajkowski abaissa son arme.

Ivona fut tout de suite près de lui.

« Ça va ? » s'enquit-elle.

Il acquiesça. Mais, en vérité, ça n'allait pas vraiment. Il venait d'abattre deux hommes. À ajouter à sa liste, car il avait déjà tué, de façon indirecte, mais tout aussi radicale, par l'intermédiaire du protocole de Varsovie.

« C'était nécessaire, assura-t-elle. Tu n'avais pas le choix. »

Il la dévisagea sans rien dire, les doigts encore crispés sur le pistolet.

« Voyons si nous pouvons retrouver Ivan », reprit-elle.

Comme ils s'apprêtaient à quitter la chambre, ils perçurent un bruit de pas. Quelqu'un s'approchait dans la galerie par où était arrivé Munoz. Sur un signe d'Ivona, ils reculèrent dans l'ombre et attendirent.

Ce fut Cotton Malone qui entra, une arme dans une main, un sac en plastique dans l'autre, ses vêtements en bonne partie trempés.

Ils se montrèrent.

« J'ai entendu tirer, puis j'ai reconnu vos voix… J'ai l'impression que vous maîtrisez la situation, dit Malone en regardant les cadavres.

– Ivan ? demanda Ivona.

– En train de dériver le ventre en l'air dans la saumure… qui est un peu fraîche, soit dit en passant. »

Ivona sourit.

« Tu dois être gelé.

– C'est un euphémisme. »

Czajkowski désigna le paquet que portait l'Américain.

« Ce sont les documents ?

– Oui.

– Que comptez-vous en faire ?

– Vous allez droit au but, à ce que je vois. Pas de préliminaires. Avec vous, ce serait plutôt *crac, boum, merci madame.*

– Je ne peux pas me permettre le luxe de perdre du temps.

– Je vous le concède. Mais, pour répondre à votre question, je n'ai pas encore pris ma décision.

– Vous hésitez entre quoi et quoi ?

– Soit je garde le dossier et je fais mon boulot en le remettant au trou du cul qui nous sert de président... soit non.

– Nous pourrions vous le prendre.

– Vous pourriez essayer, oui.

– Vous me plaisez, Malone, avoua Czajkowski. Vous m'avez plu dès l'instant où j'ai pris conscience que vous détestiez Tom Bunch. Qui était un fieffé menteur, entre nous.

– Ou plutôt un pauvre type tombé dans le grand bain sans savoir nager. Un amateur qui voulait se faire mousser en jouant contre des pros. Ça lui a coûté la vie.

– L'opération est entre les mains de l'Agencja Wywiadu, intervint Ivona. Nous prenons sur nous toutes les morts qui sont survenues ici. Y compris celle d'Ivan.

– C'est très correct de votre part, surtout que vous avez aussi une responsabilité dans le massacre de Sturney, tous les deux.

– Ce qui est arrivé là-bas n'est pas notre faute, assura Ivona. Nous ignorions tout de ce que ces gens maniganсaient. C'est d'ailleurs pour ça que nous avons dû nous servir de toi pour nous mener au château.

– Donc, quand tu m'as conseillé de rester en dehors de l'histoire, à Bruges, c'était du vent ? Vous saviez ce qui se tramait. Peut-être pas dans les détails, mais il vous suffisait de raisonner un peu pour conclure que deux et deux faisaient quatre… Est-ce vous, monsieur le président, qui avez ordonné l'élimination d'Olivier ?

– Non, ce n'est pas lui, affirma Ivona. Je l'ai fait de ma propre initiative.

– Mais j'en assume la pleine responsabilité », compléta Czajkowski.

Malone secoua la tête.

« Ce n'est pas à vous d'endosser quoi que ce soit. Toute la responsabilité incombe au président Warner Fox. C'est lui qui a tout déclenché. Vous n'avez fait qu'assurer votre survie, contraint et forcé par lui. C'est aussi à cause de ce crétin que j'ai dû tirer sur deux hommes. À cause de lui encore que les enfants de Tom Bunch se retrouvent sans père, que Reinhardt et Munoz sont morts. Fox est comptable de tout ce qui est arrivé, pas vous, conclut-il, avant d'ajouter en montrant les corps sur le sol : Au fait, à qui sont attribuables ces deux-là ?

– À moi, répondit Ivona.

– Dans ce cas, pourquoi est-ce le président qui tient le pistolet ?

– Parce que c'est moi qui les ai tués tous les deux, pas elle, dit Czajkowski.

– Pas très présidentiel, comme pratique, vous ne trouvez pas ?

– Nous vivons une époque très difficile, monsieur Malone.

– Hum. À ce propos… »

Et Malone lui tendit le paquet.

« Pourquoi faites-vous ça ? demanda Czajkowski, abasourdi.

– L'Amérique n'a pas à faire chanter les gens pour les forcer à agir comme elle le voudrait. Soit les intéressés sont d'accord pour nous complaire, soit ils ne le sont pas. Et s'ils ne le sont pas, nous devons respecter leur choix. C'est comme ça que les choses doivent être.

– Je n'aurais pas dit mieux.

– Dans mon rapport, je prétendrai que ni Ivan ni moi n'avons découvert quoi que ce soit. Que les documents sont perdus. Cela aura sans doute pour conséquence que des agents américains viendront fureter par ici, mais, comme il n'y a rien à trouver, grand bien leur fasse. J'imagine que vous allez brûler ce paquet ?

– Bien sûr. C'est le président Fox qui ne va pas être content.

– Ce sera le petit plus qui nous consolera d'avoir vécu tout ça. »

Porté par la douce euphorie de l'instant, Czajkowski poussa un soupir de soulagement. Il était libéré, gracié, ressuscité d'entre les morts.

Tel Lazare.

Le cauchemar avait vraiment pris fin.

« Tout ce qui s'est passé ici sera classé secret défense par l'AW, déclara Ivona. Nous enlèverons les corps quand la mine aura fermé pour la nuit et nous nettoierons tout, comme à Sturney. L'affaire sera étouffée. Nous raconterons aux Russes qu'il y a eu un échange de tirs au cours duquel Eli Reinhardt a abattu leur agent. Il sera dit que j'ai moi-même éliminé Reinhardt et Munoz. Il ne sera fait allusion à personne d'autre. »

En clair, ni Malone ni Czajkowski lui-même ne seraient mentionnés. En bon officier du renseignement, Ivona prenait les choses en main avec sa promptitude et son efficacité habituelles.

« Il y a un autre cadavre au niveau IX, dit Malone. Celui d'un guide, sans doute tué par Ivan ou Reinhardt.

– Oh, non ! s'exclama Czajkowski. Je suis vraiment désolé de l'apprendre.

– Me laissera-t-on sortir d'ici sans me chercher noise ?

– Ça peut s'arranger, assura Ivona avec un sourire en coin. Et nous pouvons même trouver quelqu'un pour sécher tes vêtements.

– Ah, *ça*, ce serait gentil. »

Czajkowski s'approcha et tendit une main que Malone serra fermement.

« Merci. Pour tout ce que vous avez fait. Et pour votre droiture.

– Tout le plaisir a été pour moi, monsieur le président. »

Cotton sortit des bâtiments et dut cligner des paupières le temps que ses yeux, habitués à la pénombre des souterrains, s'adaptent à la lumière encore vive du soir. Ivona avait tenu parole, et il avait pu faire sécher ses vêtements par la blanchisserie de la mine. Même s'ils étaient un peu froissés, il se sentait autrement mieux que quand ils étaient imprégnés de saumure glacée. Stéphanie l'attendait à l'extérieur.

« Patrycja va bien ? s'enquit-il.

– Oui, pas de problème… Je ne sais pas qui commande, ici, mais je n'ai jamais réussi à obtenir l'intervention des agents de sécurité. Patrycja a disparu comme par enchantement, on m'a fourrée dans un ascenseur sans que je comprenne ce qui m'arrivait, et je me suis retrouvée dehors avec l'ordre de patienter devant la porte. »

Il lui raconta alors par le menu tout ce qui s'était passé, sans rien omettre.

« Ivona s'occupe de tout, dit-il pour finir. Czajkowski est encore là, lui aussi, mais elle cherchait un moyen de l'exfiltrer discrètement quand je les ai quittés. Je leur ai donné les documents.

– J'en suis ravie. Si vous ne l'aviez pas fait, je m'en serais chargée moi-même.

– Votre carrière est terminée.

– Je le sais. Mais, comme je vous l'ai déjà dit, il était peut-être temps que je plie bagage. »

Il était triste pour elle. Mais il ne pouvait rien faire, et, s'il y avait une chose que Stéphanie Nelle détestait entre toutes, c'était qu'on s'apitoie sur son sort.

« Rentrons à Cracovie, suggéra-t-il.

– Cotton ! » appela une voix derrière lui.

Il se retourna et vit Ivona venir vers eux.

« Je tenais à te remercier, dit-elle. J'ai apprécié tout ce que tu as fait, en bas. Absolument tout.

– Le président est ton nouveau béguin, je me trompe ? avança Cotton, qui avait remarqué certains détails en parlant à Czajkowski. Tu l'aimes ?

– Comment as-tu deviné ?

– Ton regard. Ton empressement à tout prendre sur toi.

– Je suis avec lui depuis quelque temps, c'est vrai, confessa-t-elle. Son mariage n'en est plus un. Je ne sais pas à quoi cela nous mènera, mais nous sommes ensemble.

– J'en suis heureux pour toi, Ivona. N'hésite pas. Fonce ! »

Et ils s'étreignirent.

« Comme je te le disais en Belgique, ton amie a bien de la chance », murmura-t-elle en l'embrassant sur la joue.

Un compliment qu'il avait du mal à accepter.

« Comme je te l'ai répondu ce jour-là, c'est surtout moi qui ai de la chance », répliqua-t-il.

78

DIMANCHE 9 JUIN

18 H 15

Czajkowski regardait le feu dans l'âtre.

Il était de retour au palais présidentiel, à Varsovie, trois jours après les événements de la mine, qui pesaient encore lourdement sur son esprit. Il avait réussi à quitter Wieliczka sans être vu et à regagner son hôtel de Cracovie à la faveur de la nuit. Ivona avait supervisé le nettoyage des lieux. Les échanges de tirs, entendus par de nombreux témoins, avaient fait l'objet d'une certaine couverture médiatique, les reportages se contentant toutefois d'indiquer que les responsables étaient parvenus à s'échapper et que personne n'avait été blessé.

Dieu bénisse Ivona !

Sans oublier Anna, qui avait soutiré au père Orlik ce que lui-même n'avait pas pu obtenir : les preuves concernant le protocole de Varsovie. Bien que désormais inutiles, elles étaient toujours bonnes à avoir, comme les documents que des escrocs avaient voulu vendre aux enchères et qui se trouvaient maintenant sur le guéridon, près de lui, sortis de la pochette scellée sous vide. Il les avait épluchés un à un, reconnaissant sa propre écriture, sa signature et le nom de code infamant que lui avait attribué Dilecki.

Baran. Le mouton.

La lecture de ces feuillets lui avait rappelé des gens, des lieux, des événements, des décisions qu'il avait prises et qui avaient eu des conséquences. Et continuaient à en avoir.

Agirait-il différemment si c'était à refaire ? En aucune manière.

La stratégie avait porté ses fruits. La Pologne était libre.

Assis dans son fauteuil, il observait les flammes en dégustant un verre de ce whiskey dans lequel il trouvait l'un de ses plus constants réconforts depuis quelque temps.

La porte de la pièce s'ouvrit, et Anna entra. Il avait prié le personnel d'avertir celle-ci qu'il l'attendait dès qu'elle rentrerait. Elle avait passé la journée de la veille dans le sud du pays à s'acquitter des obligations que lui valait sa position de Première dame. Elle était irréprochable de ce point de vue et accomplissait son devoir avec une élégance et une dignité qui faisaient honneur à la nation. Hélas, ni lui ni elle n'affichaient le même dévouement dans le cadre de leur relation de couple.

Mais, au moins, ils restaient amis.

Elle referma derrière elle. Elle portait suspendu à son épaule un sac de toile qui semblait peser lourd.

« C'est le dossier d'Orlik ? » demanda-t-il.

Elle hocha la tête et sortit du fourre-tout une épaisse chemise remplie de papiers.

« J'en ai feuilleté une partie. Tout un tas de noms, de dates, de lieux. Des attestations de paiement. Des pots-de-vin. Orlik savait à l'évidence comment s'y prendre pour manœuvrer les communistes. Il y a une liste des gens qui travaillaient directement pour lui, et tu y figures en bonne place. C'est la preuve irréfutable de ta sincérité.

– Malheureusement, ça n'aurait convaincu personne. On aurait prétendu que ces documents sont des faux fabriqués pour me protéger.

– Mais ceux qui ont participé à cette opération ne sont sûrement pas tous morts. On doit pouvoir les retrouver pour qu'ils témoignent.

– Je doute qu'un seul d'entre eux soit prêt à le faire. Tous sont comme moi : ils préfèrent tourner la page. »

Anna désigna la liasse posée sur le guéridon.

« Les documents qui devaient être mis en vente ? s'enquit-elle.

– Oui. Et si l'histoire qu'ils racontent était vraie, elle serait de nature à causer de gros dégâts. »

Anna prit place dans un des fauteuils. La veille, lors d'un appel sécurisé, il l'avait mise au courant de ce qui s'était passé à la mine, omettant seulement de mentionner qu'il avait abattu deux hommes – une péripétie qu'il valait mieux taire.

« Ce que tu as fait à l'époque était courageux, affirma-t-elle. Je m'en suis rendu compte en parlant avec Orlik. Toi et lui étiez contraints de composer avec une situation épouvantable que les circonstances vous imposaient. Wałęsa et les autres dirigeants de Solidarność devaient travailler sous le feu des projecteurs. Ils étaient le visage du mouvement. Mais ils n'auraient pas pu jouer leur rôle si des gens comme toi, Orlik ou ceux que mentionne cette liste n'avaient pas œuvré dans l'ombre, en secret, pour combattre un ennemi implacable.

– Il est vrai qu'ensemble nous avons changé le cours des choses, admit-il après avoir dégusté une gorgée de whiskey. Mais nous avons aussi fauché pas mal de vies. »

Ils se turent tous les deux et restèrent là à écouter les crépitements du feu, chacun plongé dans ses pensées.

« Quoi qu'il advienne, je t'aimerai toujours, déclara enfin Anna. Peut-être pas comme une épouse doit aimer son mari, mais avec les sentiments d'une femme envers un homme qu'elle admire et respecte.

– Cela faisait longtemps que tu ne m'avais pas fait un tel compliment, remarqua-t-il, agréablement surpris.

– J'étais sincère en te disant ça, tu peux me croire, assura-t-elle, avant de poursuivre, montrant la cheminée : Personne n'a trouvé bizarre que tu veuilles faire une flambée en plein mois de juin ?

– Ça m'a valu quelques regards surpris, mais j'ai expliqué que c'était un moyen de me détendre. »

Le silence retomba, rompu au bout d'un moment par Anna, qui demanda à mi-voix :

« Et pour ce qui est de nous deux, Janusz ? Qu'allons-nous faire à présent ?

– Je suis candidat à ma réélection. Si je gagne, nous continuerons à vivre comme maintenant. Et quand mon mandat sera terminé, dans cinq ans, nous mettrons un terme à notre mariage.

– Un peu hypocrite de notre part, non ? »

Il trempa de nouveau ses lèvres dans son verre.

« Peut-être, oui. Mais, comme tu le remarquais toi-même, nous devons composer avec ce que les circonstances nous imposent.

– Je suis contente qu'elle t'aime.

– Elle nous a sauvé la mise, répondit-il, totalement pris au dépourvu par cette confidence inattendue.

– Remercie-la pour moi, dit-elle, révélant une largeur d'esprit qui le toucha.

– Tu n'as pas été en reste, toi non plus. Quand je pense que tu as fait fouiller la chambre d'Orlik ! C'était culotté.

– Le bon père n'a rien vu venir. Il pensait sans doute qu'un monastère était un asile inviolable. »

Mais il avait quelques doutes à ce sujet. Après son entrevue avec le « Hibou », celui-ci ne pouvait pas ne pas avoir compris que les documents en sa possession étaient désormais convoités et que le premier endroit où un éventuel fouineur les chercherait était sa chambre. Il aurait donc logiquement dû les changer de place. Or il ne l'avait pas fait. Au contraire, il les avait laissés là où ils étaient, comme s'il avait souhaité qu'on les trouve. Son vieil ami avait-il eu des remords après leur discussion et profité de la visite d'Anna pour faire amende honorable ? La question se posait.

« Et les missiles ? demanda-t-elle. Ce problème-là aussi est-il réglé ?

– J'ai informé hier le président Fox que je n'accepterai en aucun cas leur déploiement sur notre sol. J'ai également préparé une allocution à l'attention des parlementaires dans laquelle j'expose ma doctrine en la matière. Je ferai de mon refus de céder aux Américains la pierre angulaire de mon programme électoral. Si mes adversaires veulent voir ces missiles en Pologne, il faudra qu'ils me battent dans les urnes. D'après mes conseillers, le public est sensible à cette question, et une confortable majorité soutiendra mon initiative.

– La Pologne n'est pas un terrain de jeu, il est temps que le monde l'apprenne.

– En effet. Dommage que tant de vies aient dû être sacrifiées pour que ce point de vue s'impose. »

Il n'avait rien révélé à Anna des événements de Slovaquie. Ceux-ci relevaient du secret d'État, et il continuerait d'en être ainsi. Pour la même raison, il ne lui avait rien dit non plus d'une information qu'Ivona avait recueillie. Eli Reinhardt et Jonty Olivier s'étaient apparemment présentés ensemble à la mine quatre jours plus tôt et avaient obtenu d'être conduits au fond. Personne ne savait exactement où. Était-ce à ce moment-là qu'ils avaient dissimulé les documents destinés à être mis aux enchères ? Mais, si c'était le cas, qu'étaient venus faire Olivier et son acolyte DiGenti à Wieliczka le soir précédent ? Peut-être y avait-il autre chose de caché dans ces souterrains ? L'affaire avait été confiée à l'Agencja Wywiadu, et Ivona en personne mènerait une équipe de recherche pour vérifier cette hypothèse.

Il regarda Anna. La compagne rêvée pour un homme politique, mais son cœur appartenait à une autre désormais. Il termina son verre et se leva.

« Prête ? » demanda-t-il.

Il prit sur le guéridon la petite pile de documents rapportés de la mine, elle, l'épais dossier qu'elle avait posé près d'elle, et, ensemble, ils allèrent jeter les deux liasses dans la cheminée. Le vieux papier commença par brunir sous l'effet de la chaleur avant de s'embraser soudain avec un bruit sourd.

Puis les feuillets tombèrent en cendres.

« Cette fois, dit-il, c'en est bien fini du protocole de Varsovie. »

Cotton avait pris place avec Cassiopée à une table du café Norden proche d'une fenêtre du premier étage. C'était une radieuse soirée dominicale, et la foule se pressait sur les pavés de l'Højbro Plads, au centre de Copenhague.

En simple chemisier de soie, jeans et talons hauts, Cassiopée, comme toujours, resplendissait. Discrètement maquillée, elle arborait pour unique bijou le bracelet de chez Cartier qu'il lui avait offert pour Noël : un ovale rigide en or rose incrusté de dix diamants, adapté sur mesure à la taille du poignet et qu'on ne pouvait pas ôter sans l'aide d'un petit tournevis, en or rose lui aussi. Il était conçu pour être porté en permanence, et elle ne l'avait pas quitté une seule fois depuis le 25 décembre.

La librairie de Cotton, fermée pour la journée, se trouvait en face du café, de l'autre côté de la place. Il n'ouvrait jamais le dimanche. Non pour des raisons religieuses, mais par respect pour ses employés. Il habitait au-dessus de sa boutique, dans un appartement au troisième étage qu'il partageait avec Cassiopée depuis qu'elle était arrivée, le vendredi précédent. Lui-même ne l'avait devancée que de deux heures, mais il n'avait pas commis l'erreur de le lui cacher et lui avait raconté ses aventures de la semaine

– un épisode en marge qu'il avait vécu seul, mais qui, Dieu merci, n'avait pas affecté leur week-end.

Les deux journées qu'ils venaient de passer ensemble avaient été merveilleuses.

« As-tu des nouvelles de Stéphanie ? demanda-t-elle.

– Elle m'a envoyé un e-mail tard hier soir. Le ministre de la Justice lui a notifié sa suspension, dans l'attente d'une possible radiation. Fox n'a pas été enchanté par le dénouement de l'affaire polonaise et il a mis sa menace à exécution. Mais, en tant que fonctionnaire, elle a le droit de plaider son cas, et j'imagine qu'elle ne va pas s'en priver. »

Se posait également le problème de la dépouille de Tom Bunch. Fox voulait qu'elle soit rapatriée, mais cela risquait fort d'être impossible. Les Polonais avaient nettoyé Sturney de fond en comble et fait disparaître tous les corps, qui avaient sans doute été incinérés ou enterrés dans des tombes anonymes de sorte qu'on ne puisse jamais les retrouver.

« Stéphanie et toi avez eu raison d'agir comme vous l'avez fait, affirma Cassiopée.

– Une maigre consolation en regard des conséquences. Si Fox le pouvait, il s'en prendrait aussi à moi sur le plan administratif. Mais j'imagine qu'il se contentera de me châtier en me privant de missions en free-lance.

– Ce ne sera pas une grosse perte.

– C'est quand même du bon argent que je ne toucherai plus. »

Ils s'étaient mis à table tôt et attendaient à présent leurs desserts – dont l'établissement proposait une appétissante variété – en profitant de la douceur du soir entrant par les fenêtres ouvertes. Cassiopée avait prévu de ne repartir que le mardi pour sa résidence dans le sud de la France. La fois suivante, ce serait lui qui ferait le voyage pour l'y retrouver.

« J'espère seulement que Fox ne pourrira pas ma réputation auprès des services de renseignement étrangers pour lesquels il m'arrive de travailler, dit-il en laissant son regard errer sur les badauds qui passaient sous leur fenêtre.

– À mon avis, tu n'as pas grand-chose à craindre de ce côté-là. Les gens qui t'embauchent ne sont sûrement pas dupes de ce qui se passe entre toi et Fox. Ils savent que tu es le meilleur. »

Le compliment le fit sourire.

« Cotton… », murmura Cassiopée sur un ton qui l'alerta.

Il la dévisagea et se rendit compte qu'elle avait le regard fixé sur un point derrière lui. Il tourna la tête et vit, seule en haut de l'escalier qui montait du rez-de-chaussée, la dernière personne qu'il s'attendait à rencontrer à Copenhague.

Danny Daniels.

Grand, large d'épaules, épais cheveux argentés, l'ex-président des États-Unis et actuel *junior senator* du Tennessee était en tenue décontractée. Il s'avança jusqu'à leur table.

Cotton se mit debout.

« C'est à propos de Stéphanie ? » demanda-t-il, alarmé.

Daniels leva les deux mains à la manière d'un homme qui se rend.

« Oh, pour ça… Elle m'a bien fait comprendre que son problème ne me regardait pas.

– Alors, que faites-vous au Danemark ? » s'enquit Cassiopée.

L'inquiétude se peignit sur les traits de leur ami.

« J'ai besoin de votre aide. »

Note de l'auteur

La préparation de ce roman a nécessité quelques voyages réellement exceptionnels. Le premier à Bruges, en Belgique, un spectaculaire musée vivant de la vie médiévale. Il y eut ensuite deux séjours en Pologne, avec la découverte de Cracovie et de la mine de sel toute proche – deux joyaux du patrimoine mondial. Je ne saurais trop recommander la visite de ces trois sites inoubliables aux lecteurs qui ne les connaîtraient pas encore.

Mais il est temps de faire la part de la réalité et de la fiction.

La prison de Mokotów, à Varsovie, existe bien et fut le théâtre de multiples horreurs, que ce soit pendant l'occupation nazie ou au temps de la domination soviétique (prologue et chapitre 16). Le tabassage décrit dans le prologue est inspiré d'un événement réel, l'un des innombrables « interrogatoires » qui eurent lieu dans ses locaux. Beaucoup de victimes y laissèrent la vie, et leurs noms figurent sur un mémorial apposé sur le mur extérieur (chapitre 16). Il arrivait parfois que des démonstrations d'extrême cruauté soient utilisées comme moyen pour recruter des informateurs.

Bruges regorge de maisons anciennes, places pavées et autres canaux issus en droite ligne du XVIe siècle. Tous ses sites, le marché aux poissons, la place centrale, les rues bordées de cafés (chapitres 7, 9, 15) et les canaux sillonnés de vedettes touristiques (chapitre 3) sont fidèlement dépeints. Subsiste toutefois un élément du paysage que je ne suis pas parvenu à intégrer au manuscrit de façon satisfaisante : les cygnes, auxquels je ne fais qu'une brève allusion au chapitre 10. Ces oiseaux se sont approprié les voies d'eau depuis 1448. Pourquoi cette date ? Au XVe siècle, les habitants de Bruges se révoltèrent contre le très impopulaire empereur Maximilien d'Autriche, qu'ils réussirent à capturer, ainsi que son conseiller, un certain Pieter Lanchals. Ce dernier fut condamné à mort, et Maximilien contraint d'assister à la décapitation. L'empereur, qui réussit par la suite à s'évader, eut sa revanche. Il reprit la ville et décréta que la municipalité devait jusqu'à la fin des temps entretenir des cygnes sur tous ses lacs et canaux. Pourquoi ces palmipèdes ? Parce que l'expression flamande désignant leur long cou – *lange hals* – rappelait par sa sonorité le nom de Pieter Lanchals.

Ce n'est bien entendu qu'une des versions pittoresques de la légende.

La basilique du Saint-Sang est effectivement un des lieux emblématiques de Bruges. L'exubérance de son décor extérieur ne laisse rien présager du style austère qui prévaut à l'intérieur. La vénération du Saint Sang s'y déroule quotidiennement dans un silence recueilli et conformément à la description qui en est faite au chapitre 1, y compris concernant le dépôt d'une obole dans une corbeille pour avoir accès à la relique. La châsse elle-même est un merveilleux échantillon de l'art byzantin. Apportée à Bruges il y a bien longtemps, elle demeure l'un des objets liturgiques les plus précieux du continent européen. Chaque année, le jour de l'Ascension, l'évêque du diocèse promène la fiole par les rues lors de la procession du Saint Sang. La première eut lieu en 1291, et la tradition se perpétue depuis.

La Belgique réserve de bien agréables surprises au visiteur. La dame blanche dont Cotton parle au chapitre 1 est un fleuron gastronomique qui figure à la carte de tous les cafés. Il s'agit d'un *sundae* très amélioré par l'adjonction en quantité généreuse de bon chocolat belge fondu et de chantilly véritable. Chaque établissement propose sa propre version de ce délice, et j'avoue m'en être régalé à plus d'une occasion.

Les reliques religieuses ont une histoire mouvementée (chapitre 9). Il semble que l'humanité ait de tout temps eu besoin de croire en des réalités transcendantes. Nous sommes également habités par un besoin impérieux de préserver nos convictions, aussi dénuées de fondements soient-elles. En témoignent les récits portant sur le prépuce de l'enfant Jésus. Prétendument placé dans un coffret d'albâtre rempli d'huile après la circoncision, il apparaît pour la première fois au IXe siècle, donné, disait-on, à Charlemagne par un ange. Il se retrouve ensuite dans la basilique Saint-Jean-de-Latran. Dérobé pendant le sac de Rome, en 1527, il resurgit dans près de vingt lieux différents au cours des quatre siècles suivants pour être volé une dernière fois en 1984. Des millions de fidèles le vénéraient. L'Église en a tiré des revenus énormes. Et ce en dépit de la doctrine selon laquelle le corps du Christ aurait été intact lors de son ascension.

La même réflexion vaut pour les Arma Christi, elles aussi de longue date partie intégrante du culte chrétien. Constituées non pas d'une seule, mais de plusieurs reliques de la Crucifixion, elles figurent dans quantité de représentations religieuses, picturales ou autres. Il existe un excellent traité sur le sujet édité par Lisa Cooper et Andrea Denny-Brown, *The Arma Christi in Medieval and Early Modern Material Culture* – « Les Arma Christi dans la culture matérielle, de l'époque médiévale au début des temps modernes ». Bien sûr, personne ne sait lesquels des nombreux objets dispersés à travers le monde sont les véritables Arma Christi. Contrairement à ce qui est dit dans le roman, aucune liste officielle n'en a été dressée par le Vatican. Les sept « armes du Christ » qui sont évoquées dans le livre (chapitre 9) ont été choisies au hasard parmi la pléthore de candidates au titre. En revanche, ce que relate le chapitre 9 à propos de l'impératrice Hélène et de la naissance du culte des reliques est exact.

Le projet de déployer un système antimissile en Europe a été proposé par George W. Bush avant d'être abandonné par Barack Obama. L'idée, exposée au chapitre 9, était d'installer en Pologne des intercepteurs basés au sol comme moyen de dissuasion vis-à-vis de l'Iran. Moscou, à l'instar de la plupart des pays européens et d'une majorité de Polonais, était farouchement hostile à ce dessein. La résurgence de ce programme stratégique est pure invention de ma part.

Le dispositif de défense antimissile balistique Aegis (chapitre 50) aurait été la clé de voûte du système, même si son efficacité faisait – et fait encore – l'objet de polémiques. La controverse suscitée par le renoncement au projet, telle qu'évoquée au chapitre 50, a bien eu lieu, de nombreux leaders polonais ayant vu dans cette rétractation une concession faite à Moscou aux frais de la Pologne. Ironie de l'histoire, la décision d'Obama fut rendue publique le 17 septembre 2009, soit soixante-dix ans jour pour jour après l'invasion soviétique.

L'AW, pour Agencja Wywiadu, le service polonais du renseignement extérieur (chapitre 11), existe bien sous ce nom, de même que le Biuro Ochrony Rządu, le BOR, bureau de protection gouvernementale qui assure au quotidien la garde rapprochée du président polonais (chapitre 5). Quant au Służba Bezpieczeństwa, le SB, qui était le département de la sécurité intérieure du régime communiste (chapitre 12), il plongea le pays dans le chaos pendant des décennies, n'hésitant pas à torturer, à tuer et à recruter des espions selon la méthode indiquée au chapitre 38. Dieu merci, ce service a disparu. L'affaire Dreyfus, relatée au chapitre 65, fut un événement historique majeur. Les critères exigés pour concourir à l'élection présidentielle polonaise sont exactement ceux dont la liste figure au chapitre 5. Le président est élu pour un mandat de cinq ans renouvelable une seule fois.

Cracovie est une autre ville tout droit sortie du passé. Le Rynek Główny, l'immense place centrale, offre un spectacle grandiose, de même que la Halle aux draps qui s'y trouve. Le *hejnał*, auquel il est fait allusion au chapitre 20, est une légende qui remonte à la nuit des temps, et le trompette solitaire continue à égrener tous les jours ses notes mélancoliques.

Le château du Wawel, jadis siège du pouvoir politique polonais, domine Cracovie depuis des siècles. Il abrite les sépultures de nombreux rois et reines. Les salles et la disposition générale des lieux sont fidèlement dépeintes (chapitres 28, 30 et 32), de même que l'entrée secondaire du palais et la loggia extérieure, sans oublier le chiffonnier où se cache Cotton – bien situé à l'emplacement indiqué. La grotte du Dragon existe et se visite. Le site est l'un des plus vieux d'Europe à avoir été occupés sans interruption, et la légende du dragon (chapitre 32) fait partie de la mythologie de la ville.

Le restaurant Pod Aniołami (chapitre 54) est un temple de la cuisine traditionnelle polonaise. Le Sheraton Grand Kraków est tout proche du château du Wawel, et le panorama que l'on découvre depuis la suite royale Wawel est magnifique (chapitres 27 et 34). Le monastère des Camaldules est bâti dans un site admirable sur une colline à la sortie de Cracovie. Sa visite vaut le détour, mais, attention, les moines sont plutôt rigoristes (chapitre 22). Une rumeur ridicule prétend même qu'ils dorment dans des cercueils ! Ce qui est vrai, c'est qu'ils gardent les crânes de leurs prédécesseurs dans leurs cellules. Il faut aussi savoir que les femmes ne sont admises à l'intérieur du couvent que quelques jours par an.

La Sainte Lance fait l'objet de toutes sortes de spéculations. De nombreux exemplaires de cette relique existent un peu partout dans le monde, chacun présenté comme le seul authentique. La liste des principaux prétendants est donnée au chapitre 20. Le spécimen de Cracovie, connu sous le nom de Lance de saint Maurice, est exposé au musée de la cathédrale, sur la colline du Wawel. La restauration du musée évoquée dans le roman a eu lieu il y a quelques années. Les histoires en rapport avec la Lance – l'offrande qui en fut faite au roi de Pologne par l'empereur germanique, la façon dont elle survécut à plusieurs invasions, son vol, puis sa restitution par les Allemands – sont, elles, toutes conformes à la vérité (chapitre 20). La Lance de saint Maurice reste un trésor national polonais, symbole de force et d'unité, au même titre que l'aigle monocéphale (chapitre 60).

Lech Wałęsa fut véritablement accusé d'avoir été un espion au service des communistes (chapitres 27 et 45). Témoignages à charge et à décharge se succédèrent concernant son rôle. Wałęsa commença par dénoncer un coup monté contre lui pour le discréditer. Un tribunal le mit effectivement hors de cause. Des années plus tard, soumis à de nouvelles pressions, il concéda avoir signé certaines des pièces qui semblaient démontrer sa complicité, mais affirma avoir agi de la sorte dans le but de gagner la confiance des autorités et d'obtenir ainsi des renseignements de l'intérieur. C'est ce qui m'a inspiré l'idée de mon protocole de Varsovie, dont j'ai forcé le trait pour en faire un dispositif d'une radicalité extrême (chapitre 38). Les documents décrits au chapitre 44 sont adaptés d'originaux bien réels. L'imputation d'espionnage au bénéfice des communistes était et demeure aux yeux des Polonais une infamie, l'insulte suprême. Les craintes de Janusz Czajkowski sont donc fondées.

Le souvenir des événements qui se sont déroulés en Pologne entre 1945 et 1990 reste vif. L'Institut de la mémoire nationale et sa Commission pour la poursuite des crimes contre la nation polonaise (chapitre 12) ont pour tâche de veiller à la perpétuation de ce souvenir. Ces deux institutions assurent la sauvegarde d'un vaste fonds d'archives couvrant les périodes nazie et communiste. Il arrive encore que des dossiers apparaissent, la plupart provenant de particuliers qui les détenaient depuis des décennies. Comme dans le livre, un lot de ce genre fut réellement proposé à la vente par la veuve d'un ex-responsable du Parti. Le « garde-manger » est de mon invention, mais l'existence d'une telle cache n'est pas totalement invraisemblable. Et quel meilleur endroit qu'une mine de sel pour dissimuler en quantité des documents papier anciens de grande valeur ?

Solidarność a transformé la Pologne. Fondé au sein des chantiers navals Lénine le 17 septembre 1980, il fut le premier syndicat d'Europe de l'Est non contrôlé par un parti communiste. Ainsi que cela est rappelé au chapitre 16, c'était une organisation de jeunes dont la majorité des dirigeants avaient moins de trente ans. À son apogée, il comptait plus de dix millions d'adhérents, soit un tiers de la population polonaise en âge de travailler. Il lutta pour faire advenir le changement sur le plan politique, défiant la bourgeoisie rouge (chapitre 16) jusqu'à la victoire ultime, en 1990, quand prit fin l'hégémonie communiste. Mais il n'a jamais existé d'engagement comparable au protocole de Varsovie évoqué dans le roman, du moins à la connaissance des historiens.

Sturney est un assemblage composite de plusieurs châteaux que l'on peut voir dans le nord de la Slovaquie (chapitre 14). La méthode de torture utilisée par Jonty Olivier au chapitre 2, consistant à introduire un fil électrique dans la gorge de la victime, n'est pas le fruit de mon imagination. Košice, en Slovaquie, et Zakopane, en Pologne, sont aussi réelles que l'est le musée des Tatras (chapitres 23 et 37). Il y a bien un consulat américain à Cracovie (chapitre 35) et un musée ouvert au public dans la maison de la famille Wojtyła, à Wadowice (chapitre 55).

Le monastère de Jasna Góra est le sanctuaire le plus sacré de Pologne (chapitres 41, 43 et 45). L'icône de la

Vierge noire à l'enfant est depuis longtemps associée à des guérisons miraculeuses. Les moines qui accompagnent les visiteurs portent des robes blanches qui les font ressembler à des papes. Les descriptions des différentes parties du couvent sont fidèles, y compris celle de la superbe bibliothèque. Enfin, le stylo Edgar Allan Poe mentionné au chapitre 23 est une pièce de collection créée par la maison Montblanc. J'en ai moi-même reçu un en cadeau il y a quelques années.

La mine de sel de Wieliczka fut l'un des douze premiers sites inscrits sur la liste du patrimoine mondial de l'Unesco en 1978. Un choix entièrement justifié pour cet ouvrage hors du commun. Sept cents années d'extraction continue du sel ont laissé là leur marque sous la forme de milliers de chambres et de plus de trois cents kilomètres de galeries. L'histoire de sainte Cunégonde sur les débuts de l'exploitation fait partie des légendes bien enracinées dans le terreau local (chapitre 14). La mine ne comporte que neuf niveaux ; j'ai créé le dixième (chapitre 31). Le lecteur familier des lieux constatera que leur disposition dans le roman ne correspond pas à la réalité, mais ces arrangements étaient nécessaires au récit.

La grande majorité des visiteurs se contentent des itinéraires touristiques des niveaux I et II, auxquels on accède par le puits Daniłowicz et ses cages d'ascenseur d'origine. Ces niveaux sont bien éclairés et aménagés. On y trouve tout, depuis un restaurant jusqu'à un centre de conférence en passant par des magasins de souvenirs, des expositions, des boutiques et même un établissement thermal pour asthmatiques. Les esprits plus aventureux préféreront le « parcours minier », avec descente par le puits Regis jusqu'aux niveaux les plus profonds, qui sont aussi les plus rustiques, quoique moins anciens. Là, dans un silence absolu et avec sa lampe de casque pour toute lumière, le visiteur expérimente ce qu'était la vie des mineurs d'antan. Je me suis efforcé de rendre cette atmosphère particulière dans le roman, mais, rien ne valant le vécu, je recommande à tous ceux qui en auront l'occasion de choisir ce parcours. Bien que je sois un peu claustrophobe, je n'ai éprouvé aucun malaise dans ces tunnels très bien ventilés. Je fais référence au chapitre 5 à un excellent ouvrage sur le sujet : *La Cité de sel*, d'Andrzej Nowakowski.

La plupart des chambres souterraines portent des noms (chapitre 18), et leurs parois sont renforcées par des étançons de bois mis en place il y a des siècles (chapitre 31). On rencontre de nombreux murs construits en blocs de sel comme celui qui est décrit au chapitre 33. J'en ai moi-même vu un qui datait du XVIIIe siècle. On trouve des chapelles à chaque niveau, mais la plus grandiose est celle qui est dédiée à sainte Cunégonde (chapitre 29). Ma chapelle Saint-François, au chapitre 66, emprunte des éléments à plusieurs de ses semblables qui, elles, existent vraiment. Les sculptures de toutes sortes sont omniprésentes, œuvres de mineurs pour l'essentiel, mais la statue de saint Bobola évoquée au chapitre 56 est de ma propre conception.

À l'extérieur de la mine se dresse la tour de graduation (chapitre 59), où le sel de la saumure pompée du sous-sol se concentre par évaporation. Cette saumure est recueillie au fond dans une série de lacs (chapitres 73 à 76) aussi limpides et glacés qu'ingénieusement illuminés. La saturation en sel est si élevée dans ces réservoirs qu'aucun corps ne peut y couler à moins d'être très fortement lesté. Les premiers touristes de la mine furent des têtes couronnées que les rois polonais accueillaient là jadis pour faire étalage de leur richesse. On festoyait et dansait dans les plus vastes chambres avant de se promener en barque sur les lagons souterrains. Les guides relatent que, un jour, au XIXe siècle, l'un des canots chavira, emprisonnant ses occupants sous sa coque renversée. À cause de la très forte teneur de l'eau en sel, aucun de ces malheureux ne parvint à plonger pour se sortir du piège, et tous périrent asphyxiés.

Ce qui constitue le cœur de ce roman est avant tout la Pologne, un pays où l'on sait ce qu'oppression veut dire. Suédois, Turcs, Cosaques, Russes, Prussiens, Autrichiens, Français et Allemands l'envahirent ou s'y livrèrent bataille au fil des siècles, semant la dévastation sur leur passage. La Pologne fut rayée de la carte en 1795, son territoire partagé entre la Russie, la Prusse et l'Autriche, qui réécrivirent l'histoire de façon à éradiquer tout ce qui pouvait rappeler l'existence d'une nation polonaise (chapitre 12). Elle finit par renaître, mais ce ne fut que pour tomber sous le joug des nazis, avant d'être abandonnée à Staline par les Alliés après la Seconde Guerre mondiale (chapitre 16). Enfin, en 1990, elle revint une nouvelle fois à la vie avec la chute du communisme. C'est à juste titre que la Pologne peut se qualifier de *Christ des nations*, pour reprendre la citation mentionnée au chapitre 16.

La loi martiale fut instaurée en décembre 1981 (chapitre 55). Des dizaines de milliers de personnes furent arrêtées et incarcérées, le pays tout entier déclaré en état d'urgence. Mais, ainsi qu'il est suggéré au chapitre 55, ces mesures terriblement coercitives furent peut-être ce qui sauva la nation. D'abord parce qu'elles permirent à Solidarność de se réorganiser ; ensuite parce qu'elles ouvrirent enfin les yeux des habitants sur l'horrible réalité du régime qui les opprimait. La vie était plus que dure dans la Pologne de cette époque (chapitre 22). Sottement, le gouvernement se mit soudain à submerger les magasins de flots de marchandises et de denrées, espérant s'attirer la reconnaissance du peuple. Mais cela prouva seulement que la pénurie avait été organisée par les autorités dès le départ. Pour finir, les événements de Pologne constituèrent un choc qui incita le monde à réagir, accentuant encore la pression sur les communistes – un sujet dont je traite dans mon roman *La 14e Colonie.*

Mais la Pologne a une part de responsabilité dans les soubresauts qui ont émaillé son passé.

Son histoire est faite d'instabilité (chapitre 5). L'absurdité qu'est la monarchie élective (chapitre 34) a eu pour résultat des siècles de chaos politique. Par ailleurs, le *liberum veto*, qui permettait à un seul homme de bloquer toute initiative parlementaire, a paralysé l'action publique et conduit à la domination de quelques-uns sur le plus grand nombre, facilitant du même coup la tâche aux envahisseurs. Pendant une longue période, la Pologne ne se contenta pas d'avoir des gouvernements faibles : elle n'eut pas de gouvernement du tout. Et cela finit par lui coûter son existence même.

Aujourd'hui, les partis politiques abondent, les deux plus importants étant le PO et le PiS (chapitre 12), qui ne cessent de ferrailler et tentent d'amalgamer autour d'eux des semblants de coalition, avec des fortunes diverses. Il y a bel et bien eu un Polska Partia Przyjaciół Piwa, un Parti polonais des amis de la bière (chapitre 12), parfaite illustration du degré d'absurdité atteint par le système. La Pologne continue de lutter pour trouver sa place au sein des communautés européenne et internationale. Malheureusement, les violences et les dissensions dont il est fait état aux chapitres 65 et 74 sont une réalité. Comme l'a dit Ronald Reagan : « La Pologne n'est ni de l'Est ni de l'Ouest. La Pologne est au centre de la civilisation européenne. Elle a énormément apporté à cette civilisation et continue de le faire en s'opposant glorieusement à l'oppression. » Laissons le dernier mot à l'hymne national polonais, qui résume tout :

La Pologne ne mourra pas tant que nous vivrons.
Et ce que par la force l'étranger nous a pris,
Par l'épée nous le reconquerrons.

Remerciements

Une fois de plus, mes sincères remerciements à John Sargent, directeur général de Macmillan, à Sally Richardson, qui préside aux destinées de St Martin's Publishing, et à mon éditeur chez Minotaur Books, Andrew Martin. Je renouvelle également l'expression de toute ma gratitude à Hector DeJean, du service promotion, et à Jeff Dodes, de même qu'à tous les collaborateurs du département commercial – et plus particulièrement à Paul Hochman et Danielle Prielipp –, à Anne-Marie Tallberg, la magicienne des éditions de poche, David Rotstein, qui a réalisé la couverture, et Marie Beth Roche, ainsi que son équipe audio si inventive.

Un grand salut pareillement à Simon Lipskar, mon agent et ami, et aux deux êtres merveilleux que sont Kelley Ragland, ma responsable éditoriale, et son assistante, Madeline Houpt.

Que soient aussi assurés de ma reconnaissance : Meryl Moss et son extraordinaire pool de publicitaires (avec une mention spéciale pour Deb Zipf) ; Jessica Johns et Esther Garver, qui continuent de veiller au bon fonctionnement de ma société Steve Berry Enterprises ; Anna Slotorsz, pour nous avoir énormément facilité la vie au cours de nos séjours à Cracovie ; Patrycja Antoniak, qui nous a par deux fois servi de cicerone dans la mine de sel de Wieliczka, a répondu à mes innombrables questions et a lu mon manuscrit pour y détecter les erreurs ; Jan Kucharz, l'un des mineurs qui nous ont fait découvrir les trésors cachés de leur lieu de travail ; Iwona Zbela, pour sa chaleureuse hospitalité quand nous étions à Wieliczka ; Jolanta Pustuła Szeląg, véritable puits de science sur le sujet de la Lance de saint Maurice ; et enfin le père Simon Stefanowicz, pour son extraordinaire visite guidée de Jasna Góra.

Comme toujours, ma femme Elizabeth occupe une place particulière parmi tous ceux à qui je suis redevable.

La dédicace qui accompagne ce roman a un goût doux-amer. Voici maintenant vingt-neuf ans, un enseignant qui exerçait dans un institut universitaire local m'invita à me joindre à son atelier d'écriture. J'acceptai, et ainsi naquit une relation qui changea le cours de mon existence. Une chose est certaine : nul ne peut enseigner la création littéraire à qui que ce soit. Mais il est des gens qui savent communiquer aux autres le goût d'apprendre à écrire.

Frank Green était de ceux-là. Il me menait la vie dure, mais sans lui je n'aurais jamais été publié.

Dieu merci, il est toujours là. Dans ma tête. Chaque jour.

Imprimé en France par CPI
en mai 2020

MIXTE
Papier issu de
sources responsables
FSC® C003309
FSC
www.fsc.org

Les papiers utilisés dans cet ouvrage
sont issus de forêts responsablement gérées.

N° d'impression : 3038974
M16516/01